REET

RAJASTHAN RECRUITEMENT CUM ELIGIBILITY EXAM FOR TEACHER

बाल विकास व शिक्षा शास्त्र

(कक्षा I - V एवं VI - VIII शिक्षक पात्रता परीक्षा हेतु)

संपादन एवं लेखन
डायमंड पॉवर लर्निंग टीम

DIAMOND
POWER LEARNING

प्रकाशक

डायमंड पॉवर लर्निंग

डायमंड पॉकेट बुक्स (प्रा.) लि. की इकाई

X-30, ओखला इंडस्ट्रियल एरिया, फेज-II, नई दिल्ली-20

फोन : 91-011-40712200

ई-मेल : sales@dpb.in

वेबसाइट : www. diamondbook.in

प्रोडक्शन :

पुष्पेंद्र शर्मा

मुद्रक: रेप्रो नॉलेज कास्ट लिमिटेड, ठाणे

विषय सूची

महत्वपूर्ण तथ्य

जीन पियाजे का संज्ञानात्मक विकास सिद्धान्त

स्विट्जरलैंड (जन्तु वैज्ञानिक)

- जन्म 9 अगस्त, 1860 ई0
- 22 वर्ष की आयु में जन्तुविज्ञान में पीएचडी की।
- अल्फ्रेड बिने के निर्देशन में फ्रेन्च स्कूल में बच्चों के बुद्धि परीक्षण का कार्य किया।
- 400 से अधिक पुस्तकों व लेखों में अपने 3 बच्चों के मानसिक विकास से संबंधित लेखा-जोखा प्रकाशित किया।
- 16 सितम्बर 1980 को मृत्यु हुई।

(i) इद्रिय जनित गामक अवस्था- 0-2 वर्ष

(ii) पूर्व संक्रियात्मक अवस्था- 2-7 वर्ष

(iii) मूर्त संक्रियात्मक अवस्था- 7-11 वर्ष

(iv) अमूर्त संक्रियात्मक अवस्था- 11-15 वर्ष

ब्रूनर के संज्ञानात्मक विकास की अवस्था

अमेरिका

1. क्रियात्मक अवस्था
2. प्रतिबिम्बावस्था
3. संकेतात्मक अवस्था

ब्रूनर का संज्ञानात्मक (मानसिक) विकास

(i) दृश्य प्रतिमा विधि (Iconic Mode) 18 माह

(ii) सांकेतिक विधि (Symbolic Mode) 18-24 माह

(iii) संक्रियता विधि (Inactive Mode) 7 वर्ष

ऐरिक्सन का मनोसामाजिक विकास

(i) विश्वास बनाम अविश्वास- (0-1 वर्ष)

(ii) स्वतन्त्रता बनाम लज्जा शक्ति-(2-3वर्ष)

(iii) पहल शक्ति बनाम दोषिता-(4-6 वर्ष)

(iv) परिश्रम बनाम हीनता- (6-12 वर्ष)

(v) अहम् पहचान बनाम भूमिका संभ्राति- (12-20 वर्ष)

(vi) घनिष्ठ बनाम विलगन- (20-30 वर्ष)

(vii) जननात्मकता बनाम स्थिरता-(30-65 वर्ष)

(viii) अहम् सम्पूर्णता बनाम निराशा- (65 वर्ष से अधिक)

सिगमण्ड फ्रायड द्वारा मनोलैंगिक विकास

(i) मुख्यावस्था- (0-1 वर्ष)

(ii) गुदावस्था- (2-3 वर्ष)

(iii) लिंग प्रधानावस्था- (4-6 वर्ष)

(iv) अव्यक्तावस्था- (11-12 वर्ष)

अधिगम विकार/अधिगम अशक्तता

1. अफेज्या- मौखिक विकार
2. अलेक्सिया- मानसिक विकार
3. डिस्लेक्सिया- पठन विकार
4. अप्रेक्सिया- डिस्प्रेक्सिया-हाव भाव व अंग संचालन में विकार
5. डिस्ग्राफिया - लेखन विकार
6. डिस्कैल्कुलिया - गाणितीय सम्बन्धित विकार
7. डिस्थीमिया- तनाव (शारीरिक विकार)
8. डिस्मोरफिया- भ्रम की अवस्था

कोह्लबर्ग (1963) का नैतिक विकास

1. प्री-कन्वेंशनल

(i) आज्ञा एवं दण्ड की अवस्था

(ii) अहंकार की अवस्था

2. कन्वेंशनल

(i) प्रशंसा की अवस्था

(ii) सामाजिक व्यवस्था के प्रति सम्मान

3. पोस्टकन्वेंशनल

(i) सामाजिक समझौते की अवस्था

(ii) विवेक की अवस्था

वाइगोस्की निकट विकास क्षेत्र (ZPD) सिद्धान्त रचनाओं के माध्यम से सीखना

(i) प्रथम चरण- इसमें बालक सीखने के लिए बड़ों व शिक्षकों का सहारा लेता है।

(ii) द्वितीय चरण- इसमें बालक सवालों का हल स्वयं खोजने की कोशिश करता है।

(iii) तृतीय चरण- इसमें बालक स्वयं हल कर सकता है।

(iv) चतुर्थ चरण- इसमें बालक सवालों का हल करने में परिपूर्ण व आत्मनिर्भर हो जाता है।

हावर्ड गार्डनर का बहुबुद्धि सिद्धान्त

1. भाषागत बुद्धि- लेखकों, कवियों में।
2. तार्किक गणितीय-वैज्ञानिकों व नोबल पुरस्कार विजेता में।
3. देशिक बुद्धि- मूर्तिकार, नाविक, चालक।
4. संगीतमय बुद्धि-संगीतकारों में।
5. शारीरिक, गतिसंवेदी बुद्धि-खिलाड़ी, जिमनास्टीको, नर्तकों व अभिनेता।
6. अंतर्वैयक्तिक बुद्धि- मनोवैज्ञानिक, नेता राजनीतिज्ञ, सामाजिक कार्यकर्ता।
7. अंत: वैयक्तिक बुद्धि - किसान, शिकारी, पक्षी विज्ञानी, प्रकृतिवादी में।

ब्लूम द्वारा शैक्षिक उद्देश्य

1. ज्ञानात्मक पक्ष
2. भावात्मक पक्ष
3. क्रियात्मक पक्ष

हरबर्ट का पंचपदीय उपागम

रूसो, पेस्टोलोजी के बाल-प्रकृति आधारित शिक्षण को हरबर्ट के द्वारा आगे बढ़ाया गया। ये पंच पद हैं।

1. (i) प्रस्तावना-पूर्व ज्ञान परीक्षण
   (ii) उद्देश्य कथन- पाठ पढ़ाने के उद्देश्य
2. प्रस्तुतिकरण- पाठ योजना व शिक्षण सामग्री
3. स्पष्टीकरण- पूर्व ज्ञान के साथ नव-ज्ञान निर्माण
4. सामान्यीकरण-तथ्यों के निष्कर्ष पर पहुँचना
5. प्रयोग- सीखे हुए ज्ञान का छात्रों के द्वारा प्रयोग

बाल विकास एवं शिक्षा शास्त्र

अध्याय 1

शिक्षा मनोविज्ञान व इसकी प्रकृति अथवा शिक्षा मनोविज्ञान का अर्थ, संबंधित महत्त्वपूर्ण कारक व तथ्य

- ★ अध्ययन करने के तरीके क्या होते हैं?
- ★ विद्यार्थियों को क्या चीज अभिप्रेरित करती है?
- ★ कुछ विद्यार्थी दूसरे विद्यार्थियों से अधिक सफल क्यों हो जाते हैं?
- ★ पढ़ना, लिखना और गणित कैसे पढ़ाया जाए?
- ★ समूह में पढ़ना अच्छा है या अकेले?
- ★ एक अच्छा अध्यापक कौन होता है?
- ★ अधिगम को प्रभावी बनाने के लिए तकनीकी का प्रयोग कैसे किया जा सकता है?
- ★ क्या परीक्षण वास्तव में ही सही होते हैं?

शिक्षा मनोविज्ञान इस प्रकार के सभी प्रश्नों का उत्तर तलाश करने की कोशिश करता है। **"शैक्षिक मनोविज्ञान" मनोविज्ञान की ही एक शाखा है जो यह अध्ययन करती है कि व्यक्ति अनुदेशनों को कैसे सीख पाता है।** इसके अलावा शैक्षिक मनोविज्ञान अधिक-से-अधिक प्रभावी अधिगम के लिए सामग्री कार्यक्रम और प्रविधियों का निर्माण करती है। शैक्षिक मनोविज्ञान अधिगम के सिद्धांतों का निर्माण करने के लिए अनुसंधान करता है।

व्यक्ति का **सामाजिक, शारीरिक, मानसिक और संवेगात्मक विकास** भी शिक्षा मनोविज्ञान के अध्ययन की विषयवस्तु है।

मनोविज्ञान की परिभाषा

"मानव का व्यवहार किसी प्रतिधारण, क्रिया-प्रतिक्रिया तथा सामाजिक और भौतिक प्रतिक्रियाओं से प्रभावित होता है। मानव व्यवहार उसी प्रभाव से कार्य करने लगता है।"

मनोविज्ञान का शाब्दिक अर्थ :

मनोविज्ञान शब्द का अर्थ होता है – **मन का विज्ञान।**

साइकॉलोजी (Psychology)

साईक (Psyche) - आत्मा/मन/मानस

लोगस (Logos) - विज्ञान

मनोविज्ञान का उद्‌गम **दर्शन शास्त्र** को माना जाता है। जिसमें आते हैं-

मानसिक दर्शन
↓ मनोविज्ञान | ↓ शिक्षा मनोविज्ञान | ↓ बाल मनोविज्ञान

मनोविज्ञान की विभिन्न परिभाषाएं

1. मनोविज्ञान को प्राचीन विद्वान **अरस्तू व प्लेटो** ने **"आत्मा का विज्ञान"** कहा है।
2. प्रसिद्ध मनोवैज्ञानिक **मैकडुग्ल** ने मनोविज्ञान को **"मन का विज्ञान"** कहा है।
3. **सिगमण्ड फ्रायड** ने मनोविज्ञान को **"चेतना का विज्ञान"** कहा है।
4. **पील्सबरी** ने मनोविज्ञान को **"व्यवहार का विज्ञान"** कहा है जो आधुनिक परिभाषा है।
5. **थाम्पसन** के अनुसार, ''बाल मनोविज्ञान सभी को एक नई दिशा में संकेत करता है। यदि इसे उचित रूप में समझा जा सके तथा इसका उचित समय पर, उचित ढंग से विकास हो सके, तो हर बच्चा एक सफल व्यक्ति बन सकता है।

मनोविज्ञान से संबंधित महत्वपूर्ण तथ्य

1. 1879, ई. को सर्वप्रथम **'विलियम बुंट'** के द्वारा मनोविज्ञान की प्रयोगशाला स्थापित की गई जो **लिपजिग** (बर्लिन) **जर्मनी** में स्थित है।
2. 1890 ई. को सर्वप्रथम **"विलियम जेम्स"** के द्वारा मनोविज्ञान का क्रमबद्ध अध्ययन किया गया।
3. 1900 ई. में "शिक्षा मनोविज्ञान" एक **विषय** के रूप में प्रारम्भ हुआ।
4. 1920 ई. को शिक्षा मनोविज्ञान का अध्ययन **स्कूलों** में प्रारम्भ हुआ।
5. 1930 ई. को शिक्षा मनोविज्ञान विषय सर्वप्रथम भारत के **कलकत्ता** शहर में **के. एम. मुंशी** के द्वारा शुरू किया गया। जिसके अध्यक्ष **ए. के. घोष** थे।

शिक्षा मनोविज्ञान के अनुसार सीखने के स्तर

इसके अनुसार तीन स्तर बताए गए हैं जो निम्न प्रकार से हैं-

1. स्मृति स्तर (2 से 7 वर्ष)
2. अवबोधन स्तर (7 से 11 वर्ष)
3. चिन्तन स्तर (11 से 15 वर्ष)

***अधिगम - शिक्षण/पढ़ाई   *प्रविधियां - विधियां   *अनुदेशन - निर्देश**

1. **स्मृति स्तर :-** इस स्तर पर बच्चा वस्तुओं, आकृतियों, जीवों इत्यादि की पहचान करना सीखता है। वह वस्तुओं को देखकर, सुनकर, सूंघकर पहचानना शुरू करता है। **इस स्तर की अवधि 2 से 7 वर्ष है।**
2. **अवबोधन स्तर :-** इस स्तर पर बच्चा या व्यक्ति वस्तुओं, आकृतियों, जीवों इत्यादि को पहचानकर समझना शुरू कर देता है। **इस स्तर की अवधि 7-11 वर्ष तक होती है।**
3. **चिन्तन स्तर :-** इस स्तर पर व्यक्ति या विद्यार्थी चीजों को पहचान कर और समझकर उन पर अपने विचार प्रकट करने योग्य हो जाता है। इस स्तर को विचारागमन अवस्था के नाम से भी जाना जाता है। **इसकी अवधि 11 से 15 वर्ष तक है।**

शिक्षा	**मनोविज्ञान**
↓	↓
व्यवहार में परिवर्तन	व्यवहार का विज्ञान

शिक्षा मनोविज्ञान का कार्य क्षेत्र

1. वंशानुक्रम
2. विकास
3. व्यक्तिगत भिन्नता
4. व्यक्तित्व
5. अपवादात्मक बालक
6. अधिगम प्रक्रिया
7. पाठ्यक्रम निर्माण
8. मानसिक स्वास्थ्य
9. शिक्षण विधियाँ
10. मानसिक एवं परामर्श
11. मापन एवं मूल्यांकन

शिक्षा मनोविज्ञान की अध्ययन विधियाँ

1. अन्तर्दर्शन
2. बहिर्दर्शन
3. प्रयोगात्मक विधि
4. जीवन-इतिहास
5. विकासात्मक
6. तुलनात्मक विधि
7. मनो-विश्लेषणात्मक विधि
8. नैदानिक विधि
9. सर्वेक्षण विधि

मनोविज्ञान के सम्प्रदाय

1. संरचनावाद
2. प्रकार्यवाद
3. व्यवहारवाद
4. समग्रवाद
5. मनोविश्लेषणवाद
6. मानवतावाद
7. संज्ञानवाद
8. हारमिक

शिक्षा शब्द की व्युत्पत्ति

शिक्षा शब्द की उत्पत्ति लैटिन भाषा के शब्द **"एज्युकेटम"** से हुई है। जिसे अंग्रेजी भाषा में Educatem लिखा जाता है- जिसका अर्थ है **'शिक्षित करना'**

E 'ई' का अर्थ होता है– **अन्दर से**

DUCA 'ड्यूको' का अर्थ होता है– **बाहर निकालना या आगे बढ़ाना**

1. शिक्षा एक त्रिध्रुवीय प्रक्रिया है।
   ये तीन ध्रुव हैं शिक्षक, विद्यार्थी और वातावरण।
2. शिक्षा एक सामाजिक प्रक्रिया है।
3. **शिक्षा को मनोवैज्ञानिक ढंग से प्रदान करना ही "शिक्षा मनोविज्ञान" है।**

शिक्षा

शिक्षा का अर्थ **ज्ञान** तथा **अनुभव** है। वास्तव में शिक्षा शब्द की उत्पत्ति **संस्कृत** की **'शिक्ष'** धातु से हुई है जिसका अर्थ होता है **ज्ञान अर्जित करना।**

शिक्षा

1. मानव की **मूल-प्रवृत्तियों** में संशोधन करती है।
2. मानव को वातावरण में **समायोजित** करती है।
3. स्वस्थ शरीर में स्वस्थ मन का विकास है।
4. शिक्षा द्वारा ज्ञान प्राप्ति का ऐसा साधन है जो संस्कारों व व्यवहार का निर्माण कर सके।

शिक्षा का केन्द्र बिन्दु पहले 'अध्यापक' हुआ करता था परन्तु आज बालक अर्थात 'विद्यार्थी' है।

अत: **शिक्षा** और **मनोविज्ञान** दो अलग शब्द न होकर एक ही कार्य करते हैं। दोनों का उद्देश्य **छात्र के व्यवहार** को नियंत्रित करना है।

शिक्षा की परिभाषाएँ

1. **''मनुष्य की अन्तर्निहित पूर्णता को अभिव्यक्त करना ही शिक्षा है।'' -स्वामी विवेकानन्द**
2. **''शिक्षा वह प्रक्रिया है जिसके द्वारा बालक अपनी आंतरिक शक्तियों को बाहर की ओर प्रकट करता है'' -फ्रोबेल**
3. **''स्वस्थ शरीर में स्वस्थ मस्तिष्क का निर्माण ही शिक्षा है।'' -अरस्तू**
4. **''शिक्षा विकास की वह प्रक्रिया है, जिसमें मनुष्य शैशवकाल से प्रौढ़काल तक विकास करता है और जिसके द्वारा वह धीरे-धीरे अपने को अनेक प्रकार से अपने प्राकृतिक, सामाजिक और आध्यात्मिक पर्यावरण के अनुकुल बनाता है।'' -रेमण्ड**
5. **''शिक्षा मनुष्य के व्यक्तित्व का पूर्ण विकास है जिससे कि वह अपनी उच्चतम योग्यता के अनुसार मानव जीवन को मौलिक योगदान दे सके।'' -टी० पी० नन**
6. **''शिक्षा अन्दर से होने वाला विकास है, बाहर से एक साथ होने वाली वृद्धि नहीं, यह प्राकृतिक मूल प्रवृत्तियों के क्रियाशील होने से विकसित होती है, बाह्य शक्तियों की प्रक्रिया के परिणामस्वरूप नहीं।'' -रूसो**
7. **शिक्षा एक प्रक्रिया है और एक सामाजिक कार्य है जो समाज अपने हित के लिए करता है।'' -बी० एन० झा**
8. **''शिक्षा का कार्य मनुष्य के शरीर एवं आत्मा को पूर्णता प्रदान करना है जिसके योग्य वह है।'' -प्लेटो**
9. **''मैं पूर्ण उदार शिक्षा उसको कहता हूँ जो व्यक्तिगत और सामाजिक कार्यो को न्यायोचित ढंग से दक्षता और उदारता के साथ करना सिखाती है।'' -जॉन मिल्टन**

शिक्षण

शिक्षण एक कला है। शिक्षण वह प्रक्रिया है जो कुछ नए उद्देश्यों की ओर अग्रसारित करती है। इस प्रक्रिया में शिक्षक और विद्या. र्थी में अन्त: क्रिया होती है। शिक्षण विशेष परिस्थितियों के अन्तर्गत होता है।

जैसे:- अध्यापक श्यामपट्ट पर कोई चित्र

बनाता है और इस बात पर बल देता है कि सभी बालकों द्वारा चित्र को समझा जाए। इस प्रकार इस दौरान अध्यापक द्वारा की गई सभी क्रियाएं शिक्षण प्रक्रिया का अंग हैं।

शिक्षा के स्वरूप

1. **नियमित तथा अनियमित शिक्षा**
2. **प्रत्यक्ष एवं अप्रत्यक्ष शिक्षा**
3. **वैयक्तिक तथा सामूहिक शिक्षा**
4. **सकारात्मक तथा नकारात्मक शिक्षा**
5. **सामान्य एवं विशिष्ट शिक्षा**
6. **औपचारिक एवं अनौपचारिक तथा निरौपचारिक शिक्षा**

शिक्षण की प्रकृति

1. शिक्षण एक सामाजिक प्रक्रिया है
2. शिक्षण आमने-सामने होने वाली प्रक्रिया है
3. शिक्षण अधिगम से सम्बन्धित है
4. शिक्षण व्यवहार को स्वरूप-प्रदान करता है
5. शिक्षण **स्मृति स्तर** से अवबोधन स्तर तक होता है
6. शिक्षण कला और विज्ञान है
7. शिक्षण भाषायी प्रक्रिया है
8. शिक्षण क्रियाओं की एक प्रणाली है
9. शिक्षण विकास की प्रक्रिया है
10. शिक्षण एक उपचार विधि है
11. शिक्षण उद्देश्यपूर्ण प्रक्रिया है
12. शिक्षण कठिनाइयों का निदान करता है
13. शिक्षण एक त्रिध्रुवीय प्रक्रिया है जो निम्न है-
    1. शिक्षक 2. विद्यार्थी
    3. सहायक सामग्री या वातावरण

भारत की प्रमुख शिक्षण समस्याएँ

1. आर्थिक विकास तथा रोजगार की समस्या
2. राजनीति के विकास की समस्या
3. खाद्यान्न की समस्या-

   महात्मा गांधी के अनुसार -''**यदि परमात्मा को भारत में अवतरित होना पड़ा तो उसे रोटी के टुकड़े के रूप में अवतरित होना पड़ेगा। इसलिये खाद्यान्न में आत्म-निर्भरता हमारा मुख्य लक्ष्य है।**''
4. सामाजिक तथा राष्ट्रीय एकीकरण की समस्या

प्राचीन काल में शिक्षा के उद्देश्य

प्राचीन काल में शिक्षा के उद्देश्यों का आधार आशीर्वाद था। आध्यात्मिक क्रियाएं तथा दार्शनिक चिन्तन के अनुसार शिक्षा के उद्देश्य निम्न प्रकार थे-

1. चरित्र निर्माण
2. सामाजिक कुशलता तथा सुख साधना
3. संस्कृति का संरक्षण एवं हस्तांतरण
4. पवित्रता तथा जीवन की सद्भावना
5. व्यक्तित्व का विकास
6. नागरिक एवं सामाजिक कर्त्तव्य का विकास

मध्य युग में शिक्षा के उद्देश्य

मध्य युग में शिक्षा के उद्देश्य निम्न प्रकार थे-

1. इस्लामी राज्यों में वृद्धि करना
2. शरियत का प्रसार
3. इस्लाम का प्रसार
4. भौतिक सुखों की प्राप्ति
5. नैतिकता का विकास
6. मुसलमानों में शिक्षा का विस्तार
7. चरित्र निर्माण

आधुनिक भारत में शिक्षा के उद्देश्य

कोठारी कमीशन के अनुसार-''**भारत के भाग्य का निर्माण उसकी कक्षा में हो रहा है। हमारा विकास है कि कोई चमत्कारोक्ति नहीं है।**'' इसका अर्थ यह है कि भाग्य के निर्माण की कोई निर्धारित दिशा है। किसी देश की शिक्षा उसके भविष्य का आधार होती है। हमारे देश ने प्रजातन्त्रीय रूप का निर्माण किया तथा समाजवादी समाज की रचना के लिए अनेक कार्य किए। स्वयं को समर्पित संविधान से आत्मनियन्त्रण का संकल्प लिया।

मुदालियर कमीशन द्वारा प्रस्तावित शैक्षिक उद्देश्य

मुदालियर कमीशन के अनुसार -

''**राजनीतिक, सामजिक तथा आर्थिक परिस्थितियों में परिवर्तन आ गया है तथा नवीन समस्याओं का अभ्युदय हुआ है। यह आवश्यक हो गया है कि सावधानीपूर्वक परीक्षण करके प्रत्येक निश्चित स्तर पर शिक्षा के उद्देश्यों का निर्धारण हो।**'' इसलिये शिक्षा के उद्देश्य अग्र प्रकार होने चाहिएं-

1. व्यावसायिक कुशलता का विकास
2. नेतृत्व के लिये शिक्षा
3. प्रजातंत्रीय नागरिकता का विकास
4. व्यक्तित्व का विकास

   इन उद्देश्य के महत्व पर प्रकाश डालते हुए आयोग ने कहा है- ''हमें आशा है कि यदि शिक्षा का संगठन स्वतन्त्रता पर आधारित हो तथा अनेक विषयों का समावेश कर क्षेत्र को विस्तृत किया जाए तथा छात्र संवेदनशील एवं प्रखर बुद्धि वाले हों तो उन्हें कला तथा प्रकृति की दुनिया में रखकर सांस्कृतिक वंशक्रम को उत्पन्न किया जा सकता है।''

राधाकृष्णन कमीशन द्वारा प्रस्तावित उद्देश्य

राधाकृष्णन कमीशन के अनुसार शिक्षा के उद्देश्य निम्नलिखित हैं-

1. साहसी तथा बुद्धिमान व्यक्तित्व का निर्माण
2. आध्यात्मिक विकास करना
3. सामाजिक, व्यक्तिगत तथा मानवीय मूल्यों का विकास करना
4. राजनीति, प्रशासन, व्यवसाय, उद्योग तथा वाणिज्य के क्षेत्र में नेतृत्व
5. स्वास्थ्य निर्माण
6. ज्ञान तथा पदार्थ के विषय में बौद्धिक दृष्टिकोण का विकास
7. व्यक्ति के जन्मजात गुणों की खोज करना
8. जीवन तथा ज्ञान की विभिन्न शाखाओं में समन्वय करना

कोठारी कमीशन तथा शिक्षा के उद्देश्य

कोठारी कमीशन के अनुसार शिक्षा के निर्धारित लक्ष्य निम्नलिखित हैं-

1. शिक्षा द्वारा प्रजातन्त्र को संगठित करना
2. जिज्ञासा, मनोवृत्ति तथा मूल्यों द्वारा कौशल का विकास करते हुए समाज का आधुनिकीकरण करना
3. शिक्षा को उत्पादन के साथ जोड़ना
4. सामाजिक, नैतिक तथा आध्यात्मिक मूल्यों का विकास
5. शैक्षणिक कार्यक्रमों के द्वारा सामाजिक एवं राष्ट्रीय एकता को बल देना

शिक्षण के चर

शिक्षा के क्षेत्र में चर का अर्थ होता है **कोई भी व्याख्या जो शिक्षण प्रक्रिया को प्रभावित करे।** ये चर तीन प्रकार के होते हैं:-

1. स्वतन्त्र चर – अध्यापक
2. आश्रित चर – विद्यार्थी
3. मध्यस्थ चर – शिक्षण सामग्री

स्वतन्त्र चर

वर्तमान शिक्षण प्रक्रिया में शिक्षक एक स्वतन्त्र चर के रूप में कार्य करता है। शिक्षक स्वतन्त्र रूप से विद्यार्थी को अधिगम के अनुभव प्रदान करता है। शिक्षण में शिक्षक ही योजनात्मक, संगठनात्मक, नेतृत्व और निर्णयात्मक कार्य करता है।

आश्रित चर

विद्यार्थी शिक्षण प्रक्रिया में आश्रित चर है, क्योंकि विद्यार्थी को शिक्षक पर आश्रित रहना पड़ता है। वह शिक्षक की योजना और संगठन के अनुसार कार्य करता है।

मध्यवर्ती चर

यह वह चर है जो स्वतन्त्र और आश्रित चरों के मध्य में स्थित हो या सक्रिय हो। शिक्षण के लिए प्रयोग किए जाने वाले ढंग, अभिप्रेरणा के तरीके, शिक्षण के लिए विषय-वस्तु आदि मध्यस्थ चर के उदाहरण हैं।

शिक्षण प्रक्रिया को प्रभावित करने वाले कारक–

अध्यापक से संबंधित कारक (स्वतंत्र चर से संबधित कारक)

1. अध्यापक का शारीरिक व मानसिक स्वास्थ्य
2. ज्ञान और विषय में निपुणता
3. शिक्षण व्यवसाय के प्रति रुचि व अभिवृत्ति
4. संप्रेषण कौशल
5. अध्यापक में धैर्य, सहनशक्ति, सहयोग, संयम, स्नेह, ईमानदारी आदि का होना आवश्यक है
6. शिक्षण विधियों व तकनीक के उपयोग करने का अध्यापक को ज्ञान
7. समस्या का निदान करके उपचार देने की अध्यापक की योग्यता
8. अध्यापक द्वारा मूल्यांकन की तकनीकों व विधियों का ज्ञान
9. अध्यापक की सक्रियता, व्याख्यात्मक अभिप्रेरित करना, अनुशासनात्मक परामर्शदायी, लोकतन्त्रीय व्यवहार करने वाला, अनुमान लगाना, योजना बनाना, विद्यार्थियों के साथ अन्त:क्रिया करना, ज्ञान और ज्ञान के प्रति खोज करना शामिल है

2. विद्यार्थी से संबंधित कारक: (आश्रित चर से संबंधित कारक)

1. विद्यार्थी का शारीरिक व मानसिक स्वास्थ्य
2. विद्यार्थी की सीखने के प्रति तत्परता
3. विद्यार्थी की अभिप्रेरणा और आकांक्षा स्तर
4. विद्यार्थी की रुचि और अभिवृत्ति
5. विद्यार्थी का बुद्धि स्तर
6. विद्यार्थी के जीवन का लक्ष्य
7. ध्यान केन्द्रियता
8. विद्यार्थी की जिज्ञासु प्रवृत्ति

3. वातावरण या सहायक सामग्री से संबंधित कारक (मध्यवर्ती चर से संबंधित कारक)

1. शिक्षण के लिए वातावरण, पाठ्यपुस्तकें, विषय सामग्री व विषय वस्तु
2. कक्षा का आकार
3. शिक्षण साधनों की उपलब्धता
4. प्रभावकारी व उचित मूल्यांकन प्रणाली

शिक्षा मनोविज्ञान की अध्यापक के लिए उपयोगिता

1. छात्र केन्द्रित शिक्षा के लिए
2. पाठ्य सहगामी क्रियाओं के लिए
3. व्यक्तिगत विभिन्नताओं के अध्ययन के लिए
4. शिक्षा के उद्देश्य प्राप्त करने के लिए
5. समस्यात्मक बालकों को समझाने के लिए
6. समय-सारणी के निर्माण के लिए
7. दृश्य-श्रव्य सामग्री के प्रयोग के लिए
8. विकास की अवस्थाओं के ज्ञान के लिए
9. शिक्षा विधि के सुधार एवं चयन में सहायता के लिए
10. अभिप्रेरणा प्रदान करने की सहायता के लिए
11. स्वयं का ज्ञान प्राप्त करने में सहायक
12. छात्रों के स्वभाव को समझना
13. बाल निर्देशन में सहायता के लिए
14. शिक्षण की प्रकृति को समझने के लिए
15. मानसिक स्वास्थ्य के ज्ञान के लिए
16. प्रभावशाली अधिगम के लिए
17. पाठ्यक्रम निर्माण के ज्ञान के लिए
18. अध्यापक-विद्यार्थी संबंधों को सुधारने के लिए
19. अधिगम के परिणामों के मूल्यांकन हेतु
20. अध्यापक से सकारात्मक व्यवहार के विकास हेतु
21. अभिप्रेरणा एवं स्वयं के अध्ययन के लिए
22. व्यक्तित्व एवं बुद्धि के अध्ययन के लिए

मनोविज्ञान के प्रकार

1. सामान्य मनोविज्ञान
2. असामान्य मनोविज्ञान
3. नैदानिक मनोविज्ञान
4. शारीरिक मनोविज्ञान
5. सामाजिक मनोविज्ञान
6. औद्योगिक मनोविज्ञान
7. अपराध मनोविज्ञान
8. प्रयोगात्मक मनोविज्ञान
9. बाल मनोविज्ञान
10. किशोर मनोविज्ञान
11. प्रौढ़ मनोविज्ञान
12. शिक्षा मनोविज्ञान
13. पेरा मनोविज्ञान
14. विकासात्मक मनोविज्ञान
15. पशु मनोविज्ञान

अभ्यास प्रश्न

1 शिक्षा का उद्देश्य होना चाहिए?

(a) विद्यार्थियों में व्यावसायिक कुशलता का विकास करना।

(b) विद्यार्थियों में सामाजिक जागरूकता का विकास करना।

(c) विद्यार्थियों को परीक्षा के लिए तैयार करना।

(d) व्यावहारिक जीवन के लिए विद्यार्थियों को तैयार करना।

2. वह कौन-सा स्थान है जहाँ बच्चे में 'संज्ञानात्मक विकास' को सबसे बेहतर तरीके से परिभाषित किया जा सकता है?

(a) खेल का मैदान

(b) विद्यालय एवं कक्षा कार्यालय

(c) सभागार

(d) घर

3. प्राथमिक शिक्षण के लिए बाल मनोविज्ञान का ज्ञान आवश्यक है क्योंकि-

(a) यह बच्चों को अनुशासित बनाने में सहायता करता है।

(b) परीक्षा के परिणाम में उन्नति होती है।

(c) यह बच्चों को अभिप्रेरित करने के लिए सुविधाजनक तरीका बन जाता है।

(d) यह बच्चों के व्यवहार को समझने में शिक्षक की सहायता करता है।

4. इरफान खिलौनों को तोड़ता है और उसके पुर्जों को देखने के लिए उन्हें अलग-अलग कर देता है। आप क्या करेंगे?

(a) उस पर हमेशा नजर रखेंगे।

(b) उसके जिज्ञासु स्वभाव को प्रोत्साहित करेंगे ओर उसकी ऊर्जा को सही दिशा में संचरित करेंगे।

(c) उसे समझाएंगे कि खिलौनों को तोड़ना नहीं चाहिए।

(d) इरफान को खिलौनों से कभी भी नहीं खेलने देंगे।

5. बाल विकास में-

(a) प्रक्रिया पर बल है।

(b) वातावरण और अनुभव की भूमिका पर बल है।

(c) गर्भावस्था से किशोरावस्था तक अध्ययन होता है।

(d) उपर्युक्त सभी पर

6. बाल विकास का अध्ययन क्षेत्र है-

(a) बाल विकास की विभिन्न अवस्थाओं का अध्ययन

(b) वातावरण का बाल-विकास पर पड़ने वाले प्रभावों का अध्ययन

(c) वैयक्तिक विभिन्नताओं का अध्ययन

(d) उपर्युक्त सभी

7. 'सर्वाधिक उपयुक्त जीवित (survival of the fittest) रहता है,' का सिद्वान्त है-

(a) लेमार्क का (b) हैरिसन का

(c) डारविन का (d) मैक्डूगल का

8. बाल मनोविज्ञान के आधार पर कौन-सा कथन सर्वोत्तम है?

(a) सारे बच्चे एक जैसे होते हैं।

(b) कुछ बच्चे एक जैसे होते हैं।

(c) कुछ बच्चे विशिष्ट होते हैं।

(d) प्रत्येक बच्चा विशिष्ट होता है।

9. मानसिक स्वास्थ्य विज्ञान का प्रमुख उद्देश्य है-

(a) बालक के मानसिक स्वास्थ्य की रक्षा करना।

(b) कुसमायोजन का निराकरण करना।

(c) उपर्युक्त दोनों।

(d) उपर्युक्त में से कोई नहीं।

10. बाल मनोविज्ञान के अनुसार शिक्षा के क्षेत्र में मुख्य स्थान है-

(a) बालक का

(b) अध्यापक का

(c) अभिभावक का

(d) प्रशासक का

11. ''बालक एक ऐसी पुस्तक है जिसका शिक्षक को आद्योपान्त अध्ययन करना चाहिए।'' उपर्युक्त कथन किसके द्वारा दिया गया है?

(a) प्लेटो (b) अरस्तू

(c) रूसो (d) रॉस

12. निम्नलिखित में से कौन-सा कथन शिक्षण के बारे में सत्य नही है?

(a) शिक्षण में सुधार किया जा सकता है।

(b) शिक्षण औपचारिक किया जा सकता है।

(c) शिक्षण विज्ञान के साथ-साथ कला भी है।

(d) शिक्षण अनुवेशन है।

13. प्राथमिक विद्यालयों में बालकों के लिए निम्नलिखित में से किसे बेहतर मानते हैं?

(a) वीडियो अनुरूपण।

(b) प्रदर्शन।

(c) स्वयं के द्वारा किया गया अनुभव।

(d) उपर्युक्त सभी।

14. बाल-विकास के शैक्षिक निहितार्थ से सम्बन्धित नहीं है-

(a) विद्यालय तथा समुदाय को जोड़ना

(b) प्रात: कालीन विद्यालयी सभाओं को सम्बोधित करना

(c) विद्यालय के बाग की देखभाल करना

(d) पिछड़े और गन्दे क्षेत्रों में लोगों की सेवा के लिए न जाना

15. आप एक शिक्षक होने के नाते शिक्षक का सबसे महत्वपूर्ण तत्व क्या मानते हैं?

(a) विषय-वस्तु

(b) शिक्षण विधियां

(c) अध्यापक एवं छात्रों का सम्बन्ध

(d) विद्यालय का फर्नीचर

16. आपकी कक्षा का एक छात्र कक्षा में काफी बात करता है। आप उसके विषय में पता करते हैं तथा पाते हैं कि वह छात्र अपने घर पर बहुत ही कम बात करता है, तो आप उस छात्र के विषय पर निम्न में से क्या विचार देंगे?

(a) विद्यालय प्रत्येक समय बच्चों को खूब बातें करने का अवसर देता है।

(b) शिक्षक की यह माँग है कि बच्चे विद्यालय में खूब बात करें।

(c) उस बच्चे को उसका घर पसन्द नहीं है।

(d) उस बच्चे के विचारों को विद्यालय में मान्यता मिलती है।

17. 'मन का मानचित्रण' सम्बन्धित है-
(a) बोध समझ बढ़ाने की तकनीक से
(b) साहसिक कार्यों की क्रिया-योजना से
(c) मन का चित्र बनाने से
(d) मन की क्रियाशीलता पर अनुसंधान से

18. जब एक विद्यार्थी असफल होता है तो समझा जाता है कि-
(a) पद्धति असफल है।
(b) शिक्षक असफल है।
(c) पाठ्य-पुस्तकें असफल है।
(d) यह वैयक्तिक असफलता है।

19. आप किसी कक्षा में पाठ पढ़ाते हैं और एक विद्यार्थी विषय से असम्बद्ध एक प्रश्न पूछता है। आप क्या करेंगे?
(a) उसे असम्बद्ध प्रश्न पूछने की अनुमति देंगे।
(b) उसे असम्बद्ध प्रश्न पूछने की अनुमति नहीं देंगे।
(c) उसे गैर-अनुशासित समझकर दण्डित करेंगे।
(d) कक्षा के बाद प्रश्न का उत्तर देंगे।

20. विद्यार्थी में अवांछित व्यवहार को किंचित परिवर्तन करने में सबसे प्रभावी पद्धति है-
(a) विद्यार्थी को दण्ड देना।
(b) अभिभावकों के ध्यान में इसे लाना।
(c) अवांछित व्यवहार के कारणों को ढूँढ़ना एवं उपचार का प्रबन्धन करना।
(d) इसकी उपेक्षा करना।

21. मनोचित्रण का सन्दर्भ है-
(a) अर्थग्राहता को बढ़ाने की एक तकनीक।
(b) जोखिम भरे कार्य के लिए कर्म योजना।
(c) मन का चित्रण खींचना।
(d) मन के प्रकार्य का अन्वेषण।

22. प्रतिभाशाली होने का संकेत निम्न में से कौन नही है?
(a) विचारों में सृजनात्मकता।
(b) दूसरों के साथ लड़ना।
(c) अभिव्यक्ति में अनूठापन।
(d) कौतूहल।

23. आपकी कक्षा में एक छात्र देर से आता है। आप-
(a) उसके अभिभावकों को सूचित करेंगे।
(b) उसे दण्ड देंगे।
(c) कारण जानने की कोशिश करेंगे।
(d) उस पर कोई ध्यान नहीं देंगे।

24. एक शिक्षिका अपने शिक्षार्थियों की सदैव इस रूप में सहायता करती है कि वे एक विषय-क्षेत्र से प्राप्त ज्ञान को दूसरे विषय-क्षेत्रों के ज्ञान के साथ जोड़ सकें। इससे .... को बढ़ावा मिलता है।
(a) पुनर्बलन।
(b) ज्ञान के सह-सम्बन्ध एवं अन्तरण।
(c) वैयक्तिक भिन्नताओं।
(d) शिक्षार्थी स्वायत्तता।

25. शिक्षकों का यह सलाह दी जाती है कि वे अपने शिक्षार्थियों को सामूहिक गतिविधियों में शामिल करें, क्योंकि सीखने को सुगम बनाने के अतिरिक्त, ये .... में भी सहायता करती है।
(a) दुश्चिंता (b) समाजीकरण
(c) मूल्य द्वन्द्व (d) आक्रामता

26. एक अभिभावक आपसे विद्यालय में मिलने के लिए कभी नहीं आता है-
(a) आप बच्चे की अपेक्षा करेंगे।
(b) आप अभिभावक को लिखेंगे।
(c) आप स्वयं उनसे मिलने जाएंगे।
(d) बच्चे को दण्ड देना शुरू करेंगे।

27. एक शिक्षक के लिए सबसे महत्वपूर्ण है-
(a) कक्षा में अनुशासन बनाए रखना।
(b) कक्षा में समयानुवर्ती होना।
(c) विद्यार्थियों की कठिनाइयों को दूर करना।
(d) एक सुवक्ता होना।

28. अपने विद्यार्थियों को समझने के लिए एक शिक्षक में अच्छी जानकारी होनी चाहिए-
(a) बाल मनोविज्ञान की।
(b) बच्चों को समझने की प्रवृत्ति की।
(c) विषय-वस्तु के प्रति विद्यार्थियों के मत की।
(d) उपर्युक्त सभी।

29. शिक्षक को मनोविज्ञान की जानकारी उसके शिक्षण कार्य में उसकी सहायता कैसे करती है?
(a) उसे योग्य शिक्षक बनाती है।
(b) उसे अपनी योग्यता से परिचित कराती है।
(c) उसको अधिक व्यावहारिक बनाती है।
(d) उसे प्रभावशाली ढंग से पढ़ाने योग्य बनाती है।

30. किशोर मनोविज्ञान निम्नलिखित में से किसका अध्ययन करता है?
(a) प्रौढ़ का (b) किशोर का
(c) बालक का (d) वृद्ध का

उत्तरमाला

1. (d)	**2.** (b)	**3.** (d)	**4.** (b)	**5.** (d)	**6.** (d)	**7.** (c)	**8.** (c)	**9.** (c)	**10.** (a)
11. (c)	**12.** (d)	**13.** (c)	**14.** (d)	**15.** (c)	**16.** (d)	**17.** (d)	**18.** (d)	**19.** (d)	**20.** (c)
21. (d)	**22.** (b)	**23.** (c)	**24.** (d)	**25.** (b)	**26.** (c)	**27.** (c)	**28.** (d)	**29.** (d)	**30.** (b)

अध्याय 2

वंशानुक्रम और वातावरण

वंशानुक्रम

वंशानुक्रम शब्द अंग्रेजी भाषा के शब्द Heriedity का हिन्दी अनुवाद है। यह शब्द लैटिन भाषा के शब्द 'Hereditary' से बना है।

इसका अर्थ है- "वह पूंजी जो बालक को माता-पिता से उत्तराधिकार के रूप में मिलती है।"

वंशानुक्रम वे सभी तत्व हैं जो बच्चे के जन्म के साथ ही नहीं गर्भाधान के समय भी उसमें उपस्थित होते हैं। वंशानुक्रम की इस धारणा के अन्तर्गत शारीरिक, मानसिक और व्यक्तित्व के दूसरे लक्षण होते हैं।

1. शारीरिक लक्षण

इनमें चेहरा, आंखों का रंग, त्वचा, आंखों का आकार, टांगों का आकार, ग्रंथियां, लम्बाई आदि आते हैं।

2. मानसिक लक्षण

इनमें प्रवृत्तियां, बुद्धि, स्मरण-शक्ति, सूक्ष्म विचार, निर्णय, तर्कशक्ति, निर्णय क्षमता तथा ध्यान इस लक्षण के अन्तर्गत आते हैं।

3. व्यक्तित्व लक्षण

इसके अन्तर्गत व्यवहार, स्वभाव, आदतें, संवेग आदि शामिल हैं।

ये सभी लक्षण बच्चा अपने माता-पिता से प्राप्त करता है, इन्हें **वंशानुक्रम** कहते हैं।

वंशानुक्रम के नियम

1. समानता का नियम
2. विभिन्नता का नियम
3. प्रत्यागमन का नियम
4. चयनित गुणों का सिद्धांत
5. मातृ एवं पितृ पक्षों का नियम
6. संयोग का नियम
7. बीजकोष का नियम
8. मेण्डल का नियम
9. गाल्टन का जीव-सांख्यिकी नियम

वंशानुक्रम की संरचना

1. जीन

यह सबसे **छोटा** अंश होता है व वंशानुक्रम की सबसे **मूलभूत इकाई** होती है। वास्तव में ये जीन ही **अनुवांशिक गुणों के वाहक** होते हैं।

2. गुण सूत्र

गुणसूत्र में जीन होते हैं जो अनुवांशिकता को अगली पीढ़ी में स्थानांतरित करते हैं।

एक युग्म पिता से व **एक ही युग्म माता** से मिलता है। मानव गुणसूत्रों के पहले **22 जोड़े** एक समान होते हैं व **23वां** जोड़ा शिशु का **लिंग निर्धारण** करता है। शिशु का **लिंग** मुख्यत: **पिता** पर निर्भर करता है। पिता में **X, Y गुणसूत्र** होता है जबकि माता में **X, X गुण सूत्र** होते हैं।

इनमें **X, Y गुणसूत्र** के मिलने से **लड़का** तथा **X, X गुणसूत्रों** के मिलने से **लड़की** का जन्म होता है।

मनुष्य में **23 जोड़े** या युग्म अर्थात **46 गुण सूत्र** होते हैं। गुणसूत्र का आकार **झाड़ों** (धागे) जैसा होता है। ये गुणसूत्र या क्रोमोसोम एक जैसे नजर आते हैं लेकिन इनमें काफी आंतरिक विभिन्नताएं होती हैं। क्रोमोसोम के अंदर बहुत ही सूक्ष्म कण होते हैं इन्हें ही 'जीन' कहते हैं।

जीन रसायनों से बने होते हैं। **साइटोप्लाज्म** के अंदर जीन की गतिविधियां कोशिका की आकृति और अन्य विशेषताओं को प्रभावित करती हैं जिसके कारण व्यक्तिगत विभिन्नताएं पैदा होती हैं।

दो सगे भाइयों में भी एक जैसी समानताएं नहीं मिलती, क्योंकि उनको माता-पिता से भिन्न जीन्स प्राप्त होते हैं। यहां तक कि जुड़वां भाइयों के जीन्स में भी भिन्नता होती है। लेकिन **मोनोजाइगोटक** जुड़वों में एक ही प्रकार के जीन्स होते हैं, क्योंकि वे एक ही **डिम्ब** से बने होते हैं।

बालक पर वंशानुक्रम का प्रभाव

1. शारीरिक गुणों पर प्रभाव
2. मूल-प्रवृत्तियों पर प्रभाव
3. व्यावसायिक कौशल पर प्रभाव
4. सामाजिक स्तर पर प्रभाव

5. जातिगत श्रेष्ठता पर प्रभाव
6. चरित्र (महानता) पर प्रभाव
7. बुद्धि पर प्रभाव
8. स्वभाव पर प्रभाव

वंशानुक्रम सम्बन्धी विभिन्न परीक्षण

1. गाल्टन का अध्ययन

सर फ्रांसिस गाल्टन ने **चार हजार व्यक्तियों** में **एक व्यक्ति** को श्रेष्ठ मानकर **977** सुप्रसिद्ध व्यक्तियों की एक सूची बनाई और इन प्रतिभावान व्यक्तियों के वंशों का अध्ययन किया जिनमें केवल चार व्यक्ति ही सुप्रसिद्ध निकले। इन एकत्रित तथ्यों को उसने **'हरिडिटी जीनियस'** नामक पुस्तक में संकलित किया है।

2. एडवर्ड वंश का अध्ययन

डॉ. ए. ई. विनशिप ने एडवर्ड परिवार का अध्ययन किया। रिचर्ड एडवर्ड ने एक सुप्रसिद्ध महिला से विवाह किया। इस परिवार से जो वंश-परम्परा चली उसमें सभी व्यक्तियों ने विभिन्न क्षेत्रों मे प्रतिष्ठा प्राप्त की और उनमें से अधिकांश चरित्रवान थे व अच्छे पदों पर नियुक्त हुए। कुछ समय बाद रिचर्ड एडवर्ड ने एक साधारण महिला से विवाह किया। इस महिला से जो वंश चला उसमें सभी व्यक्ति साधारण कोटि के ही दिखाई दिए।

3. कालीकाक परिवार का अध्ययन

गोडार्ड ने मार्टिन कालीकाक नामक एक सैनिक के वंशजों का अध्ययन किया। उसका अवैध सम्बन्ध एक मंदबुद्धि महिला से हो गया। इस महिला से जो वंश चला उसमें 480 वंशजों मे से 143 मंदबुद्धि, 36 अवैध संतान, 33 वेश्याएँ, 24 शराबी, मानसिक रोगग्रस्त तथा 11 अपराधी व्यक्ति निकले।

4. ज्यूक वंश का अध्ययन

इस परिवार के इतिहास का अध्ययन **डगडेल और स्अब्रुक** ने किया।

5. जुड़वाँ बालकों का अध्ययन

थार्नडाइक ने अपने अध्ययन के आधार पर स्पष्ट किया कि गैर जुडवां भाई व बहनों की अपेक्षा जुड़वाँ बच्चों में अधिक सामानता पाई जाती है।

वातावरण

वातावरणीय प्रभाव वे होते हैं जो जीव को बाहर से प्रभावित करते हैं। ये कारक बालक को गर्भ से ही प्रभावित करना शुरू कर देते हैं और जीवन भर प्रभावित करते हैं।

वातावरण के प्रकार

1. प्राकृतिक वातावरण
2. सामाजिक वातावरण
3. बौद्धिक व मानसिक वातावरण
4. संवेगात्मक वातावरण

1. प्राकृतिक वातावरण

मनुष्य के सम्पर्क में आने वाले इस धरती के सभी जीव-जन्तु तथा विभिन्न प्राणी प्रकृतिक वातावरण के अनुसार ही बदलते हैं जैसे गर्मी-सर्दी, खान-पान, रहन-सहन आदि।

2. सामाजिक वातावरण

बच्चे का परिवार, पड़ोस, विद्यालय तथा समाज सामाजिक सम्बन्धों से निर्मित होता है और जो सामाजिक वातावरण के अन्तर्गत आता है।

3. बौद्धिक या मानसिक वातावरण

इस वातावरण से तात्पर्य उन सभी मानसिक परिस्थितियों से है जो मस्तिष्क पर प्रभाव डालती हैं। इसके दृष्टिकोण में पुस्तकें, मनोरंजन के साधन, गोष्ठियां, प्रयोगशाला आदि महत्वपूर्ण तत्व हैं।

4. संवेगात्मक वातावरण

इस वातावरण में संवेगों पर नियंत्रण उनके उपयुक्त प्रशिक्षण से ही सम्भव हो सकता है। इसके लिए बालक के मित्रों, सम्बन्धियों तथा अध्यापकों का स्वभाव ही बालक के संवेगात्मक वातावरण का निर्माण करता है।

बालक पर वातावरण का प्रभाव

1. शारीरिक बनावट पर प्रभाव
2. बुद्धि पर प्रभाव
3. मानसिक विकास पर प्रभाव
4. व्यक्तित्व पर प्रभाव
5. बालक पर बहुमुखी प्रभाव

शिक्षक हेतु वंशानुक्रम सम्बन्धी ज्ञान का महत्व

किसी शिक्षक हेतु वंशानुक्रम सम्बन्धी ज्ञान का निम्न महत्व है –

1. वंशानुक्रम के नियमों को ठीक प्रकार से समझ कर शिक्षक बालकों के प्रति उचित व्यवहार कर सकता है।
2. वंशानुक्रम द्वारा बालकों मे विभिन्न मूलप्रवृत्तियां हस्तान्तरित होती हैं। ये प्रवृत्तियां वांछित और अवांछित दोनों तरह की होती हैं। शिक्षक वंशानुक्रम के ज्ञान के आधार पर उत्तम मूल प्रवृत्तियों का विकास और बुरी मूल प्रवृत्तियों का दमन एवं शोधन कर सकता है।
3. वंशानुक्रम बालक और बलिकाओं में लिंग-भेद का निर्धारण करता है। शिक्षक वंशानुक्रम के ज्ञान के आधार पर लैंगिक भेद को समझ कर उसकी शिक्षा की उत्तम व्यवस्था कर सकता है।
4. वंशानुक्रम ग्रामीण और शहरी बालकों की मानसिक योग्यता को भी प्रभावित करता है। शहरी बालकों में उच्च मानसिक योग्यता वंशानुक्रम के फलस्वरूप ही दिखलाई देती है। शिक्षक इस ज्ञान के आधार पर अपना शिक्षण बालकों के मानसिक स्तर के अनुसार निर्धारित कर सकता है।
5. वंशानुक्रम बालकों में शारीरिक अन्तर उत्पन्न करता है। शिक्षक इस ज्ञान के द्वारा बालकों के शारीरिक विकास में योगदान दे सकता है।
6. वंशानुक्रम बालकों में सीखने की क्षमता उत्पन्न करता है। शिक्षक वंशानुक्रम के इस ज्ञान का उपयोग देर से सीखने वाले और शीघ्रता से सीखने वाले बालकों के शिक्षण में कर सकता है।
7. वंशानुक्रम बालकों की जन्मजात क्षमताओं में भेद करता है। शिक्षक द्वारा इस ज्ञान का उपयोग मन्दबुद्धि बालक की शैक्षिक प्रगति में किया जा सकता है।
8. वंशानुक्रम बालकों में योग्यता, रुचि, अभिवृद्धि आदि के सम्बन्ध में भेद करता है। यह भेद बालक के बड़े होने पर अधिक स्पष्ट होने लगता है। शिक्षक इस

ज्ञान का उपयोग उचित शिक्षा व्यवस्था के आयोजन में कर सकता है।

शिक्षक हेतु वातावरण सम्बन्धी ज्ञान का महत्व

किसी शिक्षक हेतु वातावरण सम्बन्धी ज्ञान का महत्व निम्न प्रकार है-

1. बालक जन्म से ही निश्चित सांस्कृतिक वातावरण में रहता है और वह उसके मानकों के आधार पर ही व्यवहार करता है। इस ज्ञान के आधार पर शिक्षक बालकों को अपना सांस्कृतिक विकास करने में सहयोग प्रदान कर सकता है।
2. बालक की भावनाएं वातावरण के फलस्वरूप अत्यधिक प्रभावित होती हैं। ये भावनाएं उसके चरित्र-निर्माण के अन्तर्गत उपयोगी होती हैं। इस ज्ञान के फलस्वरूप शिक्षक बालक हेतु इस प्रकार का वातावरण तैयार कर सकता है कि उसमें अच्छी भावनाओं का विकास हो सके एवं उत्तम चरित्र का निर्माण हो सके।
3. प्रत्येक समाज का अपना भिन्न वातावरण होता है। बालक इस वातावरण के साथ अपना समायोजन करता है। इस ज्ञान के आधार पर शिक्षक विद्यालय को समाज के लघु रूप में ढालने का प्रयास करता है और इसके फलस्वरूप बालक अपने वास्तविक समाज के साथ आसानी से समायोजित हो सकता है।
4. अच्छा वातावरण बालक की बुद्धि तथा योग्यता के विकास में सराहनीय योगदान देता है। इस ज्ञान के आधार पर शिक्षक बालकों हेतु विद्यालय में अच्छा वातावरण तैयार करने का प्रयास करता है।
5. वातावरण के फलस्वरूप बालक के विकास की दिशा निर्धारित होती है। वातावरण ही बालक को एक चरित्रवान व्यक्ति के रूप मे ढाल सकता है। शिक्षक इस ज्ञान का उपयोग करके उसके उत्तम विकास की दिशा-निर्धारित करने में समर्थ हो सकता है।
6. अनुकूल वातावरण बालक के विकास की दर तीव्र करता है जबकि प्रतिकूल वातावरण इस प्रक्रिया को मन्द कर देता है। इस ज्ञान के आधार पर शिक्षक अपने छात्रों की रुचि, प्रवृत्ति एवं क्षमताओं के अनुसार अनुकूल वातावरण तैयार करने में समर्थ हो सकता है।
7. परिवार, पास-पड़ोस, विद्यालय, खेल के मैदान आदि जीवन को प्रभावित करते हैं। वातावरण के ज्ञान के आधार पर शिक्षक बालक का उचित मार्गदर्शन करने में समर्थ हो सकता है।
8. वातावरण के महत्व की ओर ध्यान देने वाला शिक्षक विद्यालय के वातावरण को नियन्त्रित ढंग से इस तरह तैयार कर सकता है कि बालक का बहुमुखी विकास सम्भव हो सके।

अन्त में हम निष्कर्ष पर पहुँचते हैं कि एक शिक्षक हेतु वंशानुक्रम और वातावरण दोनों का ज्ञान अत्यन्त महत्त्वपूर्ण है। इस ज्ञान के आधार पर ही शिक्षक बालकों का सन्तुलित विकास करने में समर्थ होता है। **सोरेन्सन** ने लिखा है- **''एक शिक्षक हेतु बालक के विकास पर वंशानुक्रम एवं वातावरण के सापेक्ष प्रभाव और पारस्परिक सम्बन्ध का ज्ञान विशेष महत्त्व रखता है।''**

*गर्भाधान	- गर्भधारण	*प्रशिक्षण	- शिक्षण/ दक्षता प्रदान करना
*प्रत्यागमन	- अगली पीढ़ी तक जाना	*अन्त: क्रिया	- संवाद
*संवेगात्मक	- संवेगों से परिपूर्ण	*पाठ्य सहभागी	- पढ़ाई के साथ-साथ की जाने वाली गतिविधियां

अभ्यास प्रश्न

1 माता-पिता से वंशजों में स्थानान्तरित होने वाले लक्षणों को कहा जाता है-

(a) पर्यावरण (b) जीन

(c) आनुवंशिकता (d) होम्योस्टैसिस

2. निम्न में से .... के अतिरिक्त सभी वातावरणीय कारक विकास को आकार देते हैं।

(a) पौष्टिकता की गुणवत्ता

(b) संस्कृति

(c) शिक्षा की गुणवत्ता

(d) शारीरिक गठन

3. आनुवंशिकता को .... सामाजिक संरचना माना जाता है।

(a) गौण (b) गत्यात्मक

(c) स्थिर (d) प्राथमिक

4. शिक्षार्थियों को .... के लिए प्रोत्साहित नहीं करना चाहिए।

(a) समूह कार्य में दूसरे विद्यार्थियों के साथ सक्रिय रूप से अन्त: क्रिया करने

(b) अधिक से अधिक पाठ्य-सहभागी क्रियाओं में हिस्सा लेने

(c) शिक्षक जो पूछ सकते हैं उन सभी प्रश्नों के उत्तर याद करने

(d) कक्षा के अन्दर और बाहर अधिक-से -अधिक प्रश्न पूछने

5. वंशानुक्रम तथा वातावरण के सम्बन्ध का व्यक्ति की वृद्धि पर प्रभाव निम्न में से एक के अनुसार होता है।

(a) वंशानुक्रम व्यक्ति को प्रभावित करता है।

(b) वातावरण व्यक्ति को प्रभावित करता है।

(c) वंशानुक्रम + वातावरण व्यक्ति को प्रभावित करता है।

(d) वंशानुक्रम × वातावरण व्यक्ति को प्रभावित करता है।

6. आनुवंशिकता को एक .... सामाजिक संरचना माना जाता है।

(a) प्राथमिक (b) द्वितीयक

(c) गतिक (d) स्थायिक

7. निम्नलिखित में से कौन-सा कथन सही नहीं है?

(a) ''वंशानुक्रम माता-पिता से सन्तान में गुणों का संचरण है''

(b) ''माता-पिता की शारीरिक और मानसिक विशेषताओं का सन्तानों में संचरित होना वंशानुक्रम है''

(c) ''वंशानुक्रम व्यक्ति की जन्मजात विशेषताओं का शोधन है''

(d) ''माता-पिता की शारीरिक और मानसिक विशेषताओं का सन्तानों में संचरित होना वंशानुक्रम है''

8. एक बच्चा अपनी मातृभाषा सीख रहा है व दूसरा बच्चा वही भाषा द्वितीय भाषा के रूप में सीख रहा है। दोनों निम्नलिखित में से कौन-सी समान प्रकार की त्रुटि कर सकते हैं?

(a) विकासात्मक

(b) अत्यधिक संशुद्धता

(c) अधिकाधिक सामान्यीकरण

(d) सरलीकरण

9. पूर्व-विद्यालय में पहली बार आया बच्चा मुक्त रूप से चिल्लाता है। दो वर्ष पश्चात् वही बच्चा जब प्रारम्भिक विद्यालय में पहली बार जाता है, तो अपना तनाव चिल्लाकर व्यक्त नहीं करता अपितु उसके कन्धे व गर्दन की पेशियां तन जाती हैं। उसके उस व्यावसायिक परिवर्तन का क्या सैद्धान्तिक आधार हो सकता है?

(a) अलग-अलग लोगों में विकास भी भिन्न रूप से होता है।

(b) विभेद व एकीकरण विकास के लक्षण हैं।

(c) विकास क्रमिक प्रकार से होता है।

(d) विकास निरन्तर होता रहता है।

10. निन्नलिखित में से कौन-सा कथन सत्य है?

(a) अनुभव मस्तिष्क के विकास को प्रभावित नहीं करता है।

(b) विद्यालयीकरण का बुद्धि पर कोई प्रभाव नही पड़ता

(c) आनुवंशिक बनावट व्यक्ति की परिवेश की गुणवत्ता के प्रति प्रर्तयुरात्मकता को प्रभावित करती है

(d) गोद लिए गए बच्चों का वही बुद्धि-लब्धांक (IQ) होता है जो गोद लिए गए उनके सहोदर भाई-बहन का होता है।

11. निम्न में से कौन-सा सिद्धान्त बाल-विकास में वातावरण सम्बन्धी कारकों को ही महत्व देता है?

(a) विकास क्रम की एकरूपता का सिद्धान्त

(b) सामाजिक अधिगम का सिद्धान्त

(c) निरन्तरता का सिद्धान्त

(d) परस्पर सम्बन्ध का सिद्धान्त

12. आप अपनी कक्षा के छात्रों को पूरी कक्षा में कहीं पर भी बैठने की अनुमति दे देते हैं। उनमें से कुछ छात्र समूह बनाकर पढ़ते हैं तथा कुछ छात्रों के अभिभावकों को यह बात पसन्द नहीं आती है। इस स्थिति में क्या तरीका बेहतर होगा?

(a) अभिभावकों को प्रधानाचार्य से शिक्षक की शिकायत करनी चाहिए।

(b) अभिभावकों को शिक्षक के साथ कहा-सुनी करनी चाहिए।

(c) अभिभावको को विद्यालय से बच्चों को निकाल लेना चाहिए।

(d) अभिभावकों को शिक्षक पर विश्वास व्यक्त कर, समस्या-चर्चा करनी चाहिए।

13. व्यक्ति एवं बुद्धि में वंशानुक्रम की-

(a) नाममात्र की भूमिका है।

(b) महत्वपूर्ण भूमिका है।

(c) अपूर्वानुमेय भूमिका है।

(d) आकर्षक भूमिका है।

14 वह प्रक्रिया जिसके द्वारा माता-पिता यह अनुमान लगाते हैं कि उनके बच्चे में सभी सकारात्मक गुण हैं क्योंकि एक गुण सकारात्मक है, कहलाता है-

(a) परिवेश का प्रभाव

(b) हावर्थोन का प्रभाव

(c) प्रभाव का नियम

(d) प्रतिलोप परिवेश का प्रभाव

15. आपको शिक्षक दिवस पर कुछ विद्यार्थियों ने एक बधाई पत्र भेजा है-
(a) आप कुछ नहीं करेंगे।
(b) उन्हें धन्यवाद देंगे।
(c) उन्हें पैसों की बर्बादी नहीं करने के लिए कहेंगे।
(d) उन्हें बदले में शुभकामनाएं देंगे।

16. किसी बच्चे का व्यक्तित्व, वंशानुक्रम तथा वातावरण का क्या होता है?
(a) योगात्मक प्रतिरूप
(b) गुणात्मक प्रतिरूप
(c) ऋणात्मक प्रतिरूप
(d) धनात्मक प्रतिरूप

17. शिक्षण को सुचारू रूप से चलाने के लिए एक शिक्षक को अधिक-से-अधिक प्रश्न पूछने चाहिए, क्योंकि इससे-
(a) कक्षा का अनुशासन बना रहता है।
(b) छात्रो को यह पद्धति पसन्द नहीं होती है।
(c) छात्रों को अभिव्यक्ति का अवसर मिलता है।
(d) शिक्षकों को अभिव्यक्ति का अवसर मिलता है।

18. शिक्षक का बालकों के समाजीकरण में सबसे महत्वपूर्ण कारक निम्नलिखित में से कौन-सा है?
(a) जानकारी (b) व्यक्तित्व
(c) व्यवहार (d) शिक्षा

19. निम्नलिखित में से कौन-सी संस्था सामाजिक परम्पराओं के हस्तान्तरण में सबसे अधिक प्रभावशाली है?
(a) परिवार (b) पड़ोस
(c) विद्यालय (d) सामाजिक वर्ग

20. समाजीकरण के निम्नांकित साधनों में से सबसे महत्वपूर्ण साधन कौन-सा है?
(a) खेल
(b) सामाजिक नियंत्रण
(c) शिक्षा
(d) सामुदायिक कार्यक्रम

21. सामाजिक दृष्टि से शिक्षा का क्या उद्देश्य है?
(a) बालकों में जनतांत्रिक भावनाओं, सामाजिक गुणों का विकास करना
(b) बालकों को व्यावसायिक शिक्षा प्रदान करना
(c) अवकाशों को सदुपयोग करना
(d) उपर्युक्त सभी

22. बालक के सामाजिक विकास पर बाल समूहों की निम्नलिखित क्रियाओं में से किसका सबसे अधिक प्रभाव पड़ता है?
(a) अन्त:क्रिया
(b) प्रतियोगिता
(c) संघर्ष
(d) सहयोग

23. समाजीकरण की प्रक्रिया निम्नलिखित में से किस अवस्था में आरंभ होती है?
(a) शैशवावस्था (b) बाल्यावस्था
(c) युवावस्था (d) प्रौढ़ावस्था

24. विद्यालय के निम्न कारकों में बालक के समाजीकरण में सबसे अधिक प्रभावशाली कार्य भाग किसका है?
(a) शिक्षक (b) सहपाठी
(c) खेल (d) विद्यालय परिवेश

25. मानव समाज की मौलिक इकाई के रूप में समाजीकरण का सर्वप्रथम साधन निम्न में से कौन-सा है?
(a) परिवार (b) पड़ोस
(c) विद्यालय (d) सामाजिक वर्ग

26. समाज की कौन-सी बातों का शिक्षा पर प्रभाव पड़ता है?
(a) समाज की प्रकृति एवं आदर्श
(b) सामाजिक दृष्टिकोण
(c) सामाजिक परिवर्तन
(d) उपर्युक्त सभी

27. बालक का समाजीकरण करने वाला तत्व कौन-सा है?
(a) परिवार (b) पड़ोस
(c) स्कूल (d) उपर्युक्त सभी

28. निम्नलिखित में से किस आयु में बालक का सामाजिक व्यवहार निश्चित होता है?
(a) 3 वर्ष से पूर्व
(b) 3 से 6 वर्ष
(c) 6 से 14 वर्ष
(d) 14 वर्ष के बाद

29. सामाजिक स्तरीकरण का बालकों पर प्रभाव सबसे अधिक निम्नलिखित में से किसके माध्यम से होता है?
(a) माता-पिता (b) शिक्षक
(c) सहपाठी (d) समाज

30. समाजीकरण के अभाव में निम्नलिखित में से कौन-से विकास में बाधा दिखाई पड़ती है?
(a) मानसिक विकास
(b) सामाजिक विकास
(c) नैतिक विकास
(d) बौद्धिक विकास

उत्तरमाला

1. (c)	**2.** (d)	**3.** (c)	**4.** (c)	**5.** (d)	**6.** (d)	**7.** (c)	**8.** (a)	**9.** (b)	**10.** (c)
11. (b)	**12.** (d)	**13.** (a)	**14.** (a)	**15.** (b)	**16.** (b)	**17.** (c)	**18.** (a)	**19.** (a)	**20.** (c)
21. (d)	**22.** (a)	**23.** (a)	**24.** (a)	**25.** (a)	**26.** (d)	**27.** (d)	**28.** (a)	**29.** (a)	**30.** (b)

अध्याय 3

वृद्धि और विकास

वृद्धि (Growth)

ऐसी प्रक्रिया जो किसी वस्तु की मात्रात्मक या संख्यात्मक स्थिति बताए, वृद्धि कहलाती है। जैसे–शरीर के भार का बढ़ना व उसके आकार का बढ़ना शामिल है, इस **तरह वृद्धि का अर्थ–शरीर, आकार और भार में बढ़ोत्तरी होना है।**

फ्रैंक (Frank) के अनुसार :-"शरीर के किसी विशेष पक्ष में जो परिवर्तन आता है, उसे वृद्धि कहते हैं।"

वृद्धि का अर्थ एवं विभिन्न परिभाषाएं

1. वृद्धि से व्यक्ति बड़ा और भारी होता है।
2. वृद्धि को मात्रात्मक या संख्यात्मक रूप से मापा जा सकता है।
3. वृद्धि की सामान्य पद्धति होती है।
4. वृद्धि निरन्तर नहीं होती।
5. वृद्धि की गति एक समान नहीं होती।
6. वृद्धि एक विशेष समय तक होती है फिर उसके बाद रुक जाती है।
7. वृद्धि आन्तरिक व बाह्य दोनों रूप में होती है।
8. वृद्धि वंशानुक्रम व वातावरण की अन्त: क्रिया से होती है।
9. स्त्रियों में पुरुषों की अपेक्षा वृद्धि तीव्र होती है।
10. शिशुकाल में वृद्धि तीव्र गति से होती है लेकिन बाद में धीमी हो जाती है।
11. शारीरिक व मानसिक वृद्धि का आपस में गहरा संबंध होता है।
12. जब कद में वृद्धि होती है तो भार कम हो जाता है।
13. स्वास्थ्य और भोजन शारीरिक और मानसिक वृद्धि को प्रभावित करते हैं।
14. शारीरिक वृद्धि को देखना मानसिक वृद्धि की अपेक्षाकृत सरल होता है।

विकास (Development)

विकास शब्द का प्रयोग एक निश्चित समय में हुए गुणात्मक बदलावों के लिये किया जाता है।

''समग्र दृष्टि से व्यक्ति में जो परिवर्तन होता है, उसे विकास कहते है।''

विकास शब्द उन्नति से संबंधित परिवर्तनों की ओर संकेत करता है और परिपक्वता की ओर अग्रसर करता है।

मानव के आकार और उसकी रचना में गुणात्मक और मात्रात्मक परिवर्तनों के कारण उसमें कार्य सम्बन्धी सुधार आ जाते हैं। अत: विकास परिपक्वता की ही एक प्रक्रिया है। उदाहरण के लिए जब एक बालक बैठना शुरू करता है और धीरे-धीरे बोलना शुरू करता है, तो ये उसमें गुणात्मक बदलाव हैं।

विकास की प्रकृति

1. विकास की एक निश्चित पद्धति होती है।
2. विकास सामान्य से विशिष्ट की ओर चलता है।
3. विकास निरन्तर चलने वाली प्रक्रिया है। यह कभी रुकती नहीं है।
4. विकास सभी प्रकार के परिवर्तनों का प्रतिनिधित्व करता है।
5. विकास और वृद्धि की प्रक्रियाएं साथ-साथ चलती हैं।
6. विकास गुणात्मक परिवर्तनों की ओर संकेत करता है।
7. सामाजिक, शारीरिक, मानसिक स्थितियां सर्वांगीण विकास के द्वारा ही परिवर्तित होती हैं।

विकास के सिद्धान्त

1. निश्चित दिशा का सिद्धान्त
2. निरन्तर विकास का सिद्धान्त
3. व्यक्तिगत विभिन्नता का सिद्धान्त
4. विकास-क्रम का सिद्धान्त
5. सह-सम्बन्ध का सिद्धान्त
6. समान प्रतिमान का सिद्धान्त
7. वंशानुक्रम एवं पर्यावरण में अन्त: क्रिया का सिद्धान्त
8. सामान्य से विशिष्ट प्रतिक्रियाओं का सिद्धान्त

विकास के विभिन्न आयाम

1. **शारीरिक विकास** :- शारीरिक विकास व्यक्ति की लम्बाई, भार और उसके शारीरिक अंगों के विकास से संबंधित होता है।

2. **गत्यात्मक विकास** :- गत्यात्मक विकास का संबंध पेशीय विकास और शरीर के अंगों के आपसी तालमेल से है।

3. **संज्ञानात्मक विकास** :- इसका संबंध मानसिक विकास से है।

4. **सामाजिक विकास** :- इस विकास का संबंध सामाजिक और सांस्कृतिक वातावरण का व्यक्तित्व पर पड़ने वाला प्रभाव है।

5. **संवेगात्मक विकास** :- संवेगात्मक विकास का संबंध व्यक्ति के विभिन्न संवेग और उनके विकास के लिए उपयुक्त समय से है।

6. **भाषात्मक विकास** :- इस विकास का संबंध बच्चों के द्वारा भाषा को सीखने व आयु के अनुसार भाषा के विकास से है।

7. **व्यक्तित्व विकास** :- इसका संबंध व्यक्तित्व के गुणों के विकास से है।

8. **नैतिक विकास** :- नैतिक विकास का संबंध बालक के गलत और सही कार्य के संप्रत्यय के विकास से है। इसमें जीवन मूल्य, सामाजिक नियम और सही-गलत के विचार को भी शामिल किया जाता है।

9. **व्यावसायिक विकास** :- इसका संबंध व्यक्ति द्वारा जीवनयापन के लिए सही व्यवसाय के चुनाव से है।

"विकास शरीर के आंतरिक व बाह्य परिवर्तनों का योग है।"

विकास की अवस्थाएं

	अवस्था	अवधि
1.	गर्भावस्था या गर्भकाल	गर्भाधान से जन्म तक (0-280 दिन)
2.	शैशवास्था या शैशवकाल	जन्म से 3 वर्ष तक
3.	बाल्यकाल या बाल्यावस्था	4 से 12 वर्ष तक
	i) पूर्व बाल्यकाल	4 से 6 वर्ष
	ii) उत्तर बाल्यकाल	7 से 12 वर्ष
4.	किशोरावस्था या किशोरकाल	13 से 19 वर्ष
5.	प्रौढ़ावस्था या परिपक्वकाल	20 वर्ष से ऊपर या आगे

गर्भावस्था या गर्भकाल या पूर्व-प्रसव अवस्था (Pre-Natal Stage)

गर्भधारण करने से लेकर शिशु के जन्म तक को पूर्व-प्रसव अवस्था या गर्भावस्था या गर्भकाल कहते हैं।

शारीरिक विकास का प्रारम्भ गर्भाधान के साथ ही शुरू हो जाता है। भ्रूणावस्था में शारीरिक विकास सर्वाधिक व तेजी से होता है। गर्भावस्था का काल सामान्य तौर पर **9 महीने या 280 दिन** होता है। जीव विज्ञान की दृष्टि से एक **भ्रूण 266 दिन** में जन्म की प्रक्रिया के लिए तैयार होता है।

गर्भावस्था या गर्भकाल अवस्था **हुकर व हर्टमैन** मनोवैज्ञानिक का प्रयोग है।

गर्भावस्था के तीन भाग हैं –

1. बीजावस्था या डिम्बावस्था–0-14 दिन तक
2. भ्रूणावस्था–14 दिन से 60 दिन तक
3. गर्भस्थ शिशु की अवस्था–60 दिन से 280 दिन तक

1. **बीजावस्था** :- बीजावस्था गर्भधारण से 14 दिन तक चलती है। यह एक अण्डे जैसा होता है, जिसे **युक्ता** कहते हैं। इसके अन्दर कोष्ठ विभाजन की प्रक्रिया चलती है। यह गर्भावस्था में तैरता रहता है और लगभग **10 दिन के** बाद गर्भाशय की दीवार से चिपक जाता है।

2. **भ्रूणावस्था** :- इसकी अवधि 14 दिन से लेकर 60 दिन तक होती है। इस काल में शरीर के मुख्य अंगों का विकास शुरू हो जाता है। 2 मास के बाद भ्रूण की लम्बाई $1\frac{1}{4}$ इंच से 2 इंच तक हो जाती है तथा भार लगभग **2 से 3 औंस** हो जाता है। भ्रूण का **सिर** शरीर के अन्य हिस्से की अपेक्षा **बड़ा** होता है। इस अवस्था में मां के मानसिक तनाव, दुर्बल आहार, शारीरिक दुर्बलता और धक्का लगने आदि से भ्रूण के विकास में विकृतियां उत्पन्न हो जाती हैं।

3. **गर्भस्थ शिशु की पूर्ण अवस्था** :- यह अवस्था 60 दिन से लेकर **280 दिन** तक होती है। इस अवस्था में पूर्व निर्मित अंगों में वृद्धि होती है।

गर्भस्थ शिशु का भार व लम्बाई इस प्रकार है–

समय	भार	लम्बाई
1. 3 माह	3 से 4 औंस	3.5 इंच
2. 5 माह	9 से 10 औंस	10 इंच
3. 8 माह	4 से 5 पौंड	16-18 इंच
4. जन्मपूर्व	5 से 8 पौंड	20 इंच

सिर का विकास -

सिर का विकास **6 महीने** तक तीव्र गति से होता है। **3 महीने** के अंत में सिर सम्पूर्ण शरीर का **1/3** (एक तिहाई) भाग **6 महीने** के अंत में **1/2** (आधा) भाग और **जन्म से पूर्व 1/4** (एक चौथाई) भाग से कुछ कम होता है।

गर्भस्थ शिशु की क्रियाएं–

गर्भावस्था में शिशु में 3 महीने के अंत तक इतना विकास हो जाता है कि उसमें स्वतः गति शुरू हो जाती है। ये क्रियाएं सभी शिशुओं में समान नही होती हैं। कुछ गर्भस्थ शिशु निरन्तर घूमते रहते हैं तो कुछ में केवल हाथ व पैरों मे ही गति होती है। माँ के क्रोध, भय या थकान से गर्भस्थ शिशु की क्रियाओं में वृद्धि हो जाती है। जिन गर्भस्थ शिशुओं में अधिक गति होती है, जन्म के समय उनका भार अपेक्षाकृत कम होता है। ये शिशु वातावरण के साथ शीघ्र ही समायोजित हो जाते हैं। गर्भकाल के दौरान शिशु का शारीरिक विकास निम्न चरणों से होता है–

गर्भकाल	गर्भस्थ शिशु का विकास
1. 2 सप्ताह	डिंब में कोष्ठ विभाजन की प्रक्रिया
2. 3 सप्ताह	त्वचा, मांसपेशियों व आंखों का विकास
3. 8 सप्ताह	शरीर के मुख्य अंगों का निर्माण शुरू
4. 10 सप्ताह	धड़ का विस्तार
5. 14 सप्ताह	छींकना व निगलना
6. 16 सप्ताह	सांस लेने से पूर्व की क्रिया
7. 17 सप्ताह	हृदय की धड़कन सुन सकते हैं।
8. 18 सप्ताह	मुट्ठी बंद करना
9. 20 सप्ताह	गर्दन की सहज क्रिया
10. 24 सप्ताह	शारीरिक व सामाजिक नियंत्रण
11. 40 सप्ताह	गर्भस्थ शिशु का पूर्ण विकास व जन्म

गर्भकालीन विकास को प्रभावित करने वाले कारक

1. माता का आहार:–

गर्भकाल में शिशु अपनी मां द्वारा आहार प्राप्त करता है। इसलिए मां का आहार सन्तुलित और सभी पोषक तत्वों से युक्त होना चाहिए। मां के आहार में उचित मात्रा में प्रोटीन, कार्बोहाइड्रेट्स विटामिन और वसा होनी चाहिए। गर्भवती स्त्री का आहार असन्तुलित होने पर गर्भस्थ शिशु में अनेक विकृतियां उत्पन्न हो जाती हैं। जैसे असामान्य शारीरिक विकास, मानसिक कमजोरी, मिरगी का दौरा, श्वसन सम्बन्धी बीमारियां।

गर्भावस्था में मां के आहार में विटामिन 'A' की कमी से शिशु की आंखों में विकृतियां आ जाती हैं। विटामिन 'B' की कमी से हड्डियों व दांतों में विकृतियां उत्पन्न हो जाती हैं।

2. माता का स्वास्थ्य :-

गर्भवती स्त्रियों की बीमारियों का दुष्प्रभाव गर्भस्थ शिशु पर पड़ता है। यदि गर्भवती **स्त्री कुनैन** की औषधि का सेवन करती है तो शिशु बहरा हो सकता है। **दर्द निवारक** दवाइयों का अधिक सेवन करने से गर्भस्थ शिशु के मस्तिष्क में **ऑक्सीजन प्राप्ति में रुकावट** आ जाती है। गर्भस्थ स्त्री को गम्भीर संक्रामक बीमारी होने पर शिशु आधा बहरा, मानसिक रूप से दुर्बल हो जाता है। गर्भस्थ स्त्री के बार-बार **एक्स-रे** (X-Ray) करवाने से शिशु के **मस्तिष्क** को **हानि** पहुंच सकती है।

3. माता की संवेगात्मक अनुभूतियां :-

गर्भवती स्त्री में यदि गर्भकाल की प्रारंभिक स्थिति में संवेगात्मक तनाव अधिक रहता है तो शिशु में मानसिक दोष उत्पन्न हो सकते हैं। यदि गर्भवती स्त्री गर्भकाल में अधिक चिन्तित रहती है तो उसका बालक अपेक्षाकृत निम्न बुद्धि वाला होता है।

4. गर्भवती स्त्री का नशा करना :-

यदि गर्भवती स्त्री निरन्तर तम्बाकू व शराब का सेवन करती है तो इससे उसके बालक पर बुरा प्रभाव पड़ता है। उसके द्वारा शराब का सेवन करने पर शिशु में बैचेनी व हृदय की धड़कन तीव्र हो जाती है।

तम्बाकू में निकोटीन होता है जिसका स्वास्थ्य पर बुरा प्रभाव पड़ता है। तम्बाकू का अधिक सेवन करने पर बालक परिपक्व होने से पहले ही जन्म ले लेता है।

5. अपरिपक्व माता-पिता :-

गर्भवती स्त्री की आयु **21 वर्ष** से कम होने पर उसके द्वारा जन्म लेने वाले बच्चे के अंगों का पूर्ण विकास नहीं हो पाता और गर्भस्थ शिशु का शारीरिक विकास व मानसिक विकास अवरुद्ध हो जाता है। माता की आयु **21 वर्ष से 28** वर्ष तथा पिता की आयु **25 वर्ष से 34** वर्ष के बीच होने पर बालक के शारीरिक व मानसिक रूप से अधिक सक्षम व प्रतिभाशाली होने की सम्भावना होती है।

बच्चे की वृद्धि व विकास को प्रभावित करने वाले कारक

जन्म से पहले	जन्म के समय	जन्म के बाद
मां का शारीरिक स्वास्थ्य	जन्म प्रक्रिया	बच्चे का पोषण
मां को मिलने वाले आहर	प्रसव के समय स्वास्थ्य की स्थिति	मां का दूध
अकेला बच्चा या बहुल बच्चा	बच्चे की पर्याप्त देखभाल	शारीरिक दोष
गर्भकाल के दौरान लगी कोई चोट	माँ व बच्चे की पर्याप्त देखभाल	जीवन शैली
मां के द्वारा औषधि का सेवन	ऑक्सीजन की कमी	अस्थिर संवेग
नशा उपभोग, धूम्रपान करना	संक्रमण	वातावरण, सामाजिक-आर्थिक दशा, बुद्धि

संबंधित महत्वपूर्ण तथ्य

- **किल पैट्रिक** ने बाल्यावस्था को **प्रतिद्वन्द्वात्मक समाजीकरण** का काल कहा है।
- भ्रूण के शरीर का विकास कम व उसके सिर का विकास अधिक होता है।
- गर्भावस्था की अवधि **9 महीने या 280 दिन** की होती है।
- गर्भकाल में माता द्वारा लिया जाने वाला भोजन भ्रूण के विकास पर सर्वाधिक प्रभाव डालता है।
- गर्भकाल के दौरान जो प्रभाव पड़ता है, वह आजीवन रहता है।
- अस्थियों व दांतों के विकास में कैल्सियम व फास्फोरस सहायक है।
- किशोर लड़कियों व स्त्रियों के भोजन में लौह तत्वों की अधिकता होनी चाहिए।
- आयु, लिंग व कार्य के अनुसार भोजन में पोषक तत्वों की आवश्यकता है।
- बढ़ते बालक-बालिकाओं के विकास के लिए भोजन में प्रचुर मात्रा में प्रोटीन की आवश्यकता होती है।
- शैशवावस्था के प्रथम तीन वर्षों में शिशु की शारीरिक विकास की गति तीव्र होती है।
- **क्रो व क्रो** ने 20**वीं** शताब्दी को **बालक की शताब्दी** कहा है।
- नवजात शिशु का जन्म के समय भार **5-8 पौंड** व लम्बाई **20** इंच होती है।
- नवजात शिशु में **270 हड्डियां** होती हैं।
- दूध के दांतों की संख्या **20** होती है।
- बाल्यावस्था शैक्षिक दृष्टि से बालक के निर्माण की अवस्था है।
- शैशवावस्था में प्रथम **तीन वर्षों** में शिशु की शारीरिक विकास की गति अति तीव्र होती है।
- 1 पौंड = 450 ग्राम, 16 औंस = 1 पौंड
- जन्म के समय बालक बालिका से लगभग **13 से० मी०** अधिक लम्बे होते हैं।
- 1 वर्ष में **शिशु** की लंबाई लगभग **68.58 से. मी.** तक अथवा **71.02 से. मी.** होती है।
- 2 वर्ष में लम्बाई लगभग **78.5 से. मी.** होती है।
- 6 वर्ष की आयु तक लम्बाई लगभग **101.6 से. मी.** के बीच हो जाती है।
- शिशु की माँसपेशियों का भार उसके शरीर के कुल भार का **23 प्रतिशत** होता है।
- 1 वर्ष की अवस्था तक बच्चे के दाँतों की संख्या **8** हो जाती है।
- 6 वर्ष की अवस्था में मस्तिष्क का भार **1280** ग्राम हो जाता है।

शिशुकाल या शैशवावस्था (Infancy)

शिशुकाल की अवधि बालक के **जन्म से लेकर 3 वर्ष** तक होती है। इस अवस्था में शिशु में कुछ प्रतिबिंबों का विकास होता है। जब एक नवजात शिशु के गाल को छुआ जाता है तो वो अपना मुंह खोलता है व अपने सिर को घुमाता है। बच्चे की स्वचालित गतिविधियों को **प्रतिबिंब** कहते हैं। ये प्रतिबिंब बच्चे को माता का दूध पीने में सहायता करते हैं, क्योंकि **चूसने या निगलने** का प्रतिबिंब बालक में गर्भावस्था के दौरान ही बन जाता है। इन्हें **जड़ प्रतिबिंब** भी कहते हैं।

शैशवावस्था में शारीरिक विकास-

1. भार का विकास

शैशवावस्था में बालक का भार बालिका की अपेक्षा अधिक होता है। जन्म के समय बालक का भार **5 से 8 पौंड** के बीच होता है जो कि चार माह में दो गुना, 1 वर्ष में तीन गुना हो जाता है।

आयु	औसत भार
जन्मकाल	5-8 पौण्ड
4-6 माह	(10-16 पौण्ड) जन्म के भार का दो गुना
8 माह	16-19 पौण्ड (4 किग्रा)
1 वर्ष	(19-25 पौण्ड) जन्म के भार का तीन गुना
2 वर्ष	28 पौण्ड (12 किग्रा)
3 वर्ष	31 पौण्ड (14 किग्रा)
5 वर्ष	38 पौण्ड (17 किग्रा)
6 वर्ष	40 पौण्ड (18 किग्रा)
9 वर्ष	65 पौण्ड (29 किग्रा)
12 वर्ष	91 पौण्ड (41 किग्रा)
15 वर्ष	126 पौण्ड (57 किग्रा)

2. लम्बाई का विकास

जन्म के समय बालक की लम्बाई लगभग **20 इंच** होती है। शैशवावस्था के दौरान लड़कियों की अपेक्षा लड़कों की लम्बाई अधिक होती है। बाल्यावस्था में लड़कियों की लम्बाई लड़कों की अपेक्षा अधिक तीव्रता से बढ़ती है।

आयु	औसत लम्बाई
जन्मकाल	18-20 इंच
4 माह	23 से 24 इंच
8 माह	26 से 27 इंच
12 माह	28 से 30 इंच
2 वर्ष	33 से 34 इंच
5 वर्ष	38 से 40 इंच
11 वर्ष	61 से 62 इंच
18 वर्ष	68 से 70 इंच

3. हड्डियों का विकास

नवजात शिशु में **270 हड्डियां** होती हैं। ये हड्डियां छोटी, कोमल ओर लचीली होती हैं। पहले वर्ष हड्डियों का विकास तीव्र गति से होता है। दूसरे वर्ष अपेक्षाकृत मंद गति से होता है। बालक की हड्डियां कैल्शियम, फास्फोरस व खनिज लवण के कारण कड़ी (मजबूत) बनती जाती हैं। इस प्रक्रिया को **अस्थि निर्माण** क्रिया कहा जाता है।

4. दांतों का विकास

बच्चों के दो बार दांत निकलते हैं। प्रथम **अस्थाई** या **दूध के दांत** होते हैं। दूसरे स्थाई दांत होते हैं। अस्थाई दांत छोटे, कमजोर और संख्या में केवल **20** होते हैं। ये दांत **6 से 8** वर्ष की आयु में निकलने आरम्भ होते हैं। कैल्शियम की कमी से बाद में व अधिकता के कारण ये पूर्व भी निकल जाते हैं। लड़कों की अपेक्षा लड़कियों के दांत पहले निकलते हैं। **तीन** वर्ष की अवस्था तक दूध के दांत निकलने शुरू हो जाते हैं। **6 से 7** वर्ष की अवस्था में दूध के दांत गिरकर स्थाई दांत आते हैं।

5. सिर और मस्तिष्क का विकास

नवजात शिशु का सिर शरीर की लम्बाई का **22** प्रतिशत, **1/4** होता है जबकि प्रौढ़ व्यक्तियों में यह सम्पूर्ण शरीर का लगभग **8 पौण्ड** हो

जाता है या **10 प्रतिशत** होता है। प्रथम **दो वर्षों** में सिर बहुत तीव्र गति से बढ़ता है। जन्म के समय शिशु के मस्तिष्क का भार **350 ग्राम** होता है। जो उसके भार के अनुपात में अधिक होता है। जबकि सम्पूर्ण शरीर का भार **1440 ग्राम** होता है।

शैशवावस्था में मानसिक विकास

"जॉन लॉक" के अनुसार **नवजात शिशु का मस्तिष्क कोरे कागज** के समान होता है। अनुभव के साथ-साथ उसके ऊपर हर बात लिख दी जाती है।

आयु	मानसिक विकास
1 सप्ताह	कष्ट होने पर रोकर कष्ट प्रकट करना, अचानक जोर की आवाज सुनकर चौंकना।
2 सप्ताह	चमकीली और बड़ी आकार की वस्तुओं को ध्यान से देखना।
1 माह	हाथ में देने पर वस्तु पकड़ने की कोशिश करना, भूख, दुःख, सुख में अलग-अलग तरह से चिल्लाना।
2 माह	सुनने या देखने के लिए सिर घुमाना व अलग-अलग तरह की ध्वनि निकालना।
6 माह	शिशु का नाम पुकारने पर सामने देखना, प्रेम या क्रोध में अन्तर पहचानना, आवाज सुनकर उसका अनुकरण करना।
8 माह	अपनी पसंद के खिलौने लेने की चाह करना और दूसरे बालकों के साथ खेलने की चाह करना।
1 वर्ष	दूसरे के क्रियाकलापों का अनुकरण करना व चार-पांच शब्द बोलना।
2 वर्ष	बालक 2 शब्दों का वाक्य बोल सकता है। उसका शब्द भण्डार 100 से 150 शब्द के बीच होता है।
3 वर्ष	बालक छोटा वाक्य बोल सकता है व पूछने पर अपना नाम बता सकता है।
4 वर्ष	बालक अक्षर लिखना प्रारम्भ कर सकता है। 5 या 10 तक गिनती बोल सकता है।
5 वर्ष	जटिल वाक्य बोल व दोहरा सकता है और रंगों में अन्तर कर सकता है।

शैशवावस्था में सामाजिक विकास

आयु	सामाजिक विकास
1 माह	बालक साधारण आवाजों व मानव की आवाजों में अन्तर नहीं समझ पाता है।
2 माह	इस अवस्था में बालक मनुष्य की आवाज पहचान सकता है। दूसरों को मुस्कुराते देखकर मुस्कुराता है और गोद में उठाने पर रोना बंद कर देता है।
3 माह	बच्चा दूसरों के बीच अपनी माँ को पहचान लेता है। उससे बात करने पर वह रोना बंद कर देता है।
4 माह	बालक उठाने के लिए बाहें फैलाता, है उसके साथ कोई खेलता है तो वह हँसता है।
6 माह	अपरिचित व परिचित में अंतर करता है, वह क्रोध व प्रेम के व्यवहार में भिन्न प्रतिक्रिया करता है।
8 माह	आवाज व कार्यों का अनुसरण करने लगता है।
12 माह	बालक बड़ों की आज्ञा सीखना प्रारंभ करता है और शीशे में अपने प्रतिबिम्ब से खेलता है।
2 वर्ष	बालक घर के कार्यों में सहयोग करने लगता है। वह खिलौनों और खेलों में रुचि दिखाता है।
3 वर्ष	इस आयु में बालक दूसरे बच्चों के साथ खेलने लगता है।
5 वर्ष	इस आयु में बालक सामूहिक खेलों की और आकर्षित होता है जो वे खेलते है।

शैशवावस्था में सामाजिक विकास

1. परिवार सामाजिक गुणों के विकास की पहली पाठशाला है।
2. तीन-चार माह के शिशु में सामाजिकता का विकास होने लगता है। इसका सबूत है कि रोता या हँसता हुआ बालक अपरिचित व्यक्ति को देखकर शांत हो जाता है।
3. 2 वर्ष की आयु में शिशु अपनी आयु के बच्चों के साथ खेलना शुरू कर देता है।
4. 3 वर्ष की आयु में वह समूह कार्य में रुचि लेने लगता है।
5. 6 वर्ष तक वह सामूहिक खेलों में भाग लेने लगता है।

बाल्यावस्था में शारीरिक विकास

- **'रॉस'** ने बाल्यावस्था को **छद्म (मिथ्या) परिपक्वता** का काल कहा है क्योंकि **6 से 7 वर्ष की** आयु में बालक के विकास में स्थिरता आ जाती है।
- बाल्यावस्था चुस्ती-फुर्ती की आयु है, इसलिए इस आयु के बच्चों में बिना उद्देश्य घूमने की प्रवृत्ति पाई जाती है।
- बाल्यावस्था नये कौशलों व **क्षमताओं** के विकास का **स्वर्णिम काल** है। तोल की दृष्टि से मस्तिष्क इस काल में पूर्णता प्राप्त कर लेता है।

1. भार का विकास

बाल्यावस्था के दौरान शुरुआत में भार में वृद्धि कम होती है जबकि अंतिम वर्षों में भार में अपेक्षाकृत वृद्धि अधिक होती है। पहले पांच वर्ष में अधिक वृद्धि होती है। पांच वर्ष के बालक का औसत भार **38 पौण्ड** होता है जो कि **12 वर्ष** की आयु में बढ़कर **औसतन 91 पौण्ड** हो जाता है।

2. लम्बाई का विकास

बाल्यावस्था में शरीर की लम्बाई कम बढ़ती है। इस अवस्था में बालक की लम्बाई में **2 या 3 इंच** की प्रति वर्ष वृद्धि होती है। **12 वर्ष** की अवस्था में लड़कों की अपेक्षा लड़कियों की ऊंचाई **अधिक** हो जाती है। लड़कियों की लम्बाई **15 वर्ष** की अवस्था तक तीव्रता से बढ़ती है और **18 वर्ष** की आयु तक स्थिर

हो जाती है। लड़कों की **लम्बाई 17 वर्ष** तक तीव्रता से बढ़ती है और **20 वर्ष** तक स्थिर हो जाती है।

3. हड्डियों का विकास

बाल्यावस्था में हड्डियों की संख्या में कमी होती है। इस अवस्था में हड्डियां **270 से घटकर 206** रह जाती हैं। बाल्यावस्था के दौरान हड्डियां कठोरता प्राप्त करती हैं और मजबूत होती हैं।

4. दांतों का विकास

6 वर्ष की आयु में दूध के दांत गिरने ओर स्थाई दांत निकलने प्रारम्भ होते हैं। **13 वर्ष** की आयु तक स्थाई दांत निकल आते हैं। जबकि **अकल दाड़ 17 वर्ष से 25 वर्ष** के मध्य आती है। कम बुद्धि वाले बच्चों के दांत देर से और अधिक बुद्धि वाले बच्चों के दांत जल्दी आते हैं। अस्थाई दांतों की भांति स्थाई दांत भी लड़कियों के जल्दी आते हैं।

आयु	दांतों की संख्या
6 वर्ष	1 से 2
8 वर्ष	10 से 12
10 वर्ष	14 से 16
12 वर्ष	24 से 26
13 वर्ष	27 से 28
25 वर्ष	32

बाल्यावस्था में मानसिक विकास

(*i*) बाल्यावस्था में बालक शैशवावस्था के काल्पनिक जगत को त्याग कर वास्तविक जगत में प्रवेश करता है। इस अवस्था में बालक तर्क और विचार करने लगता है।

(*ii*) बाल्यावस्था में बालक बहिर्मुखी हो जाता है। वह अपना एकान्तप्रिय स्वभाव त्याग कर बाह्य जगत में रुचि लेने लगता है।

(*iii*) बाल्यावस्था में बालक में सहज प्रवृत्तियों और मूल प्रवृत्तियों का विकास हो जाता है। इस अवस्था में बालक में नैतिक गुण विकसित होने लगते हैं।

(*iv*) इस अवस्था में बालक रचनात्मक कार्यों और संग्रहण में रुचि लेता है।

आयु	मानसिक विकास
6 वर्ष	इस अवस्था में बालक सरल प्रश्नों के उत्तर दे सकता है। चित्र या फोटो दिखाने पर सम्बन्धित व्यक्ति या वस्तु का नाम बता सकता है।
7 वर्ष	इस अवस्था में बालक अपनी साधारण समस्याओं का हल खोजने की कोशिश कर सकता है तथा छोटी-छोटी घटनाओं का वर्णन कर सकता है।
8 वर्ष	इस अवस्था में बालक दो वस्तुओं में अंतर बता सकता है। छोटी-छोटी कहानियों और कविताओं को दोहरा सकता है। छोटे उत्तर वाले प्रश्नों का उत्तर दे सकता है। अपनी साधारण समस्याओं का हल ढूंढ़ सकता है।
9 वर्ष	इस अवस्था में बालक दिनांक, समय और सिक्कों के बारे में ज्ञान रखता है। वह देखी हुई फिल्म की सारांश में कहानी सुना सकता है।
10 वर्ष	इस अवस्था में बालक बड़ी कविताओं व कहानियों को याद करके सुना सकता है। उसे दैनिक जीवन के नियमों व परम्पराओं का ज्ञान हो जाता है।
11 वर्ष	इस अवस्था में बालक में जिज्ञासा, तर्क, चिंतन, निरीक्षण की शक्तियों का पर्याप्त विकास हो जाता है। बालक वनस्पति, जीव-जन्तु, मशीनों आदि के बारे में जिज्ञासा प्रकट करता है।
12 वर्ष	इस अवस्था में बालक की तर्कशक्ति बढ़ जाती है। वह किसी बात का कारण बता सकता है और अपनी समस्याओं का समाधान अच्छी तरह कर सकता है।

बाल्यावस्था में सामाजिक विकास

1. बाल्यावस्था में बालक विधिवत रूप से सामाजिक जीवन में प्रवेश करता है। इस काल में बालक में सामूहिक प्रवृत्ति की प्रबलता होती है और बालक सामूहिक खेलों में रुचि लेता है।
2. इस अवस्था में बालकों में **ऑडीपस** और बलिकाओं में **एल्कट्रा ग्रंथि** विकसित हो जाती है। जिसके फलस्वरूप बालक माता से व बालिकाएं पिता से प्रेम करती हैं।
3. इस अवस्था में सहयोग, सद्भावना और सामजिक गुणों का विकास होता है।
4. 6-7 वर्ष की आयु में बालक छोटे समूह में खेलता है। वह नए मित्र बनाकर उनके साथ रहना चाहता है। वह दूसरों से प्रेम की आशा करता है।
5. बालक खेलों द्वारा अपनी भावनाओं पर नियंत्रण करता है। उनमें सहयोग व **आत्म बलिदान** की भावना विकसित होती है।
6. बच्चों में इस अवस्था में आदतें बननी शुरू हो जाती हैं। वह अपना समूह बनाना पसंद करता है। अधिक रोक-टोक पंसद नही करता। वह सामाजिक स्वीकार्यता प्राप्त करना चाहता है।

किशोरावस्था में मानसिक विकास

1. किशोरावस्था को **क्रांतिकारी परिवर्तन का** काल कहा जाता है।
2. इस **अवस्था** को तूफान एवं संवेगों की व्यवस्था मानी जाती है।
3. **कालसनिक के अनुसारः**- किशोर की मानसिक जिज्ञासा का विकास होता है। वे इन समस्याओं के संबंध में अपने विचारों का निर्माण भी करते हैं।
4. **स्टेनले हाल के अनुसारः**- "किशोरावस्था बड़े संघर्ष, तनाव, तूफान तथा विरोध की अवस्था है।
5. **किल पैट्रिक के अनुसारः** "इस बात पर कोई मतभेद नहीं हो सकता कि किशो. रावस्था जीवन का सबसे कठिन काल है।"
6. किशोरावस्था को **पाश्चात्य** विद्वानों ने **'टीन एज'** कहा है। कुछ विद्वान इस अवस्था को 'Age of Beauty' भी कहते हैं।
7. किशोरों को अनुकूल अवसर नहीं मिलने पर चिड़चिड़ापन और द्वन्द्व पैदा हो जाता है।
8. इस अवस्था में ध्यान केन्द्रित करने की क्षमता विकसित हो जाती है। किशोर अमूर्त चिंतन कर सकता है। उसमें चंचलता समाप्त हो जाती है। 16 वर्ष की आयु तक स्मरणशक्ति पूर्णतया विकसित हो जाती है।

9. किशोरावस्था में दिवास्वप्न और कल्पनाशक्ति विकसित हो जाती है। ऐसा माना जाता है कि लड़कों में **कल्पनाशक्ति** अधिक होती है और लड़कियों में रटन शक्ति अधिक होती है।
10. 13 से 15 वर्ष के बीच रुचियों में निरंतर परिवर्तन होता रहता है। 15 व 16 वर्ष के बाद किशोर विपरीत लिंगी के प्रति आकर्षित होने लगते हैं।

किशोरावस्था में सामाजिक विकास

1. किशोरावस्था (13 से 19 वर्ष) में समाज सेवा की भावना तीव्र होती है। यौन विकास के कारण लड़के-लड़कियां आपस में मिलना, बात करना और सामाजिक कार्यों में भाग लेना चाहते हैं।
2. किशोर अपने दल या साथियों की प्रतिष्ठा के लिए त्याग करने को तैयार हो जाते हैं। इस काल में समान उद्देश्य होने के कारण स्थाई मित्रता का भी अभ्युदय होता है।
3. लड़कियों का सामाजिक विकास अधिक परिपक्वता लिए होता है। लड़कियां इस अवस्था में साहित्य में अधिक रुचि लेती हैं।
4. किशोरावस्था में लैंगिक चेतना बढ़ने के कारण विपरीत लिंगी के साथ मित्रता करने की रुचि पैदा हो जाती है।
5. इस अवस्था में सामाजिक चेतना विकसित होने के कारण किशोर दूसरों से अपनी प्रशंसा सुनना चाहता है।
6. बालक में नेतृत्व भावना का विकास होता है और वह समूह के प्रति स्वामीभक्ति प्रदर्शित करता है।

वृद्धि तथा विकास के सामान्य सिद्धान्त

1. निरंतरता का सिद्धान्त
2. व्यक्तिगतता का सिद्धान्त
3. परिमार्जिता का सिद्धान्त
4. निश्चित एवं पूर्व कथनीय प्रतिरूप का सिद्धान्त
5. विकास प्रतिमान का सिद्धान्त
6. समन्वय का सिद्धान्त
7. संचयी एवं पुनरावृत्ति का सिद्धान्त
8. वंशानुक्रम तथा वातावरण की अंत:क्रिया का सिद्धान्त
9. चक्राकार प्रगति का सिद्धान्त

वृद्धि/विकास को प्रभावित करने वाले कारक

1. वंशानुगत कारक

(i). संरचना (ii). वृद्धि

(iii). लिंग भेद (iv). स्नायुमण्डल

(v). अन्त: स्त्रावी ग्रन्थियां

2. पर्यावरणीय कारक

(i). पौष्टिक भोजन

(ii). अभ्यास एवं क्रिया-कलाप

(iii). दुर्घटना

(iv). पारिवारिक वातावरण

(v). स्कूल का वातावरण

(vi). बचपन के अनुभव

(vii). मित्र एवं पड़ोस का वातावरण

महत्वपूर्ण तथ्य

- सामाजिक गुणों के विकास की **प्रथम पाठशाला 'परिवार'** है।
- शिशु **जन्म** के समय **न** तो **सामाजिक** होता है और **न** ही **असामाजिक**।
- समूह में रहने से बालक में आत्मनियंत्रण, साहस, सहनशीलता, न्याय, सहयोग आदि सामाजिक गुणों का विकास होता है।
- बालक के मानसिक विकास पर **सर्वाधिक प्रभाव वंशानुक्रम** का पड़ता है।
- मानसिक विकास बालक को वातावरण के साथ समायोजन की प्रवृत्ति प्रदान करता है।
- **अरस्तू के अनुसार**, स्वस्थ शरीर में ही स्वस्थ मन का **विकास** होता है।
- **गुड एंड हाक** के अनुसार व्यक्ति का जितना भी मानसिक विकास होता है, उसका आधार **3 वर्ष की अवस्था** में रखा जा सकता है।
- एक वर्ष का शिशु अस्पष्ट ध्वनियां एवं तुतलाते हुए चार-पाँच निरर्थक शब्द बोल सकता है।
- तीन वर्ष का बालक चार-पाँच शब्दों का सरल वाक्य बोल सकता है।
- शिशु की शिक्षा का उचित समय 3 वर्ष की आयु से होता है।
- **गर्भावस्था:**- गर्भधान से 9 माह 10 दिन
- **शैशवावस्था:**- जन्म से 2 वर्ष या 6 वर्ष
- **पूर्व-बाल्यावस्था:**- 2 वर्ष से 6 वर्ष
- **बाल्यावस्था:**- 6 वर्ष से 12 वर्ष
- **किशोरावस्था:**- 12 वर्ष से 18 वर्ष
- **प्रौढ़ावस्था:**- 18 वर्ष से 60 वर्ष
- **वृद्धावस्था:**- 60 वर्ष से मृत्यु तक

*प्रक्रिया	- क्रिया	*प्रतिद्वन्द्वात्मक	- बराबर वालो का विरोध
*गुणात्मक	- फायदेमंद/लाभकारी	*बहिर्मुखी	- विमुख, जिसका मन बाहरी विषयों में उलझा हो
*विशिष्ट	- ऊँच	*रचनात्मक	- निर्माणत्मक
*सर्वांगीण	- सम्पूर्ण	*पाश्चात्य	- पश्चिम दिशा का
*बहुत	- एक से अधिक	*दिवास्वप्न	- हवाई किला

अभ्यास प्रश्न

1. पृथक्-पृथक् समजातीय समूहों के व्यक्तियों के प्रति बच्चों की अभिवृत्ति साधारणतया आधारित होती है-
(a) उनके अभिभावकों की चित्रवृत्ति पर
(b) उनके समकक्षियों की अभिवृत्ति पर
(c) दूरदर्शन के प्रभाव पर
(d) उनके सहोदरों की अभिवृत्ति पर

2. निम्नलिखित में से कौन-सा विकास का सिद्धान्त है?
(a) सभी को विकास दर समान नहीं होता है।
(b) विकास हमेशा रेखीय होता है।
(c) यह निरन्तर चलने वाली प्रक्रिया नहीं है।
(d) विकास की सभी प्रक्रियाएं अन्त: सम्बन्धित नहीं हैं।

3. ''विकास कभी न समाप्त होने वाली प्रक्रिया है।'' यह विचार किससे सम्बन्धित है?
(a) अन्त: सम्बन्ध का सिद्धान्त
(b) निरन्तरता का सिद्धान्त
(c) एकीकरण का सिद्धान्त
(d) अन्त: क्रिया का सिद्धान्त

4. बाल विकास की परिभाषा का अध्ययन क्षेत्र वह है जो-
(a) मानवीय सामर्थ्यों में परिवर्तन का परीक्षण करता है।
(b) जीवन-अवधि के दौरान व्यवहार की व्याख्या ढूँढेगा।
(c) बच्चों की वयस्क तथा वरिष्ठ नागरिकों के साथ तुलना करेगा।
(d) किसी बच्चे का संज्ञानात्मक, सामाजिक तथा दूसरे सामर्थ्यों के क्रमिक विकास के लिए उत्तरदायी होगा।

5. मानव विकास किन दोनों के योगदान का परिणाम होता है?
(a) अभिभावक एवं वातावरण का
(b) वंशानुक्रम एवं वातावरण का
(c) सामाजिक एवं सांस्कृतिक कारकों का
(d) इनमें से कोई नहीं

6. विकास के परिप्रेक्ष्य में समय के साथ होने वाले परिवर्तनों में निम्न में क्या शमिल है?
(a) रूप (b) दर
(c) अनुक्रम (d) इनमें से सभी

7. निम्न में से कौन-सा कथन विकास के बारे में सत्य नहीं है?
(a) विकास अन्त: क्रिया का फल है।
(b) विकास एक व्यवस्थित श्रृंखला का अनुगामी है।
(c) विकास एक व्यक्तिगत प्रक्रिया है।
(d) विकास विशिष्ट से सामान्य की ओर होता है।

8. विकास के किस काल को 'अत्यधिक दबाव और तनाव का काल' कहा गया है?
(a) किशोरावस्था (b) प्रौढ़ावस्था
(c) मध्यावस्था (d) वृद्धावस्था

9. बच्चों के विकास के सिद्धान्तों को समझना शिक्षक की सहायता करता है
(a) शिक्षार्थी की अर्थिक पृष्ठभूमि को पहचानने में
(b) शिक्षार्थियों को क्यों पढ़ना चाहिए इस औचित्य स्थापित रूप में
(c) शिक्षार्थियों की भिन्न अधिगम-शैलियों को प्रभावी रूप में सम्बोधित करने में
(d) शिक्षार्थी के सामाजिक स्तर को पहचानने में

10. संकल्पनाओं की व्यवस्थित प्रस्तुति विकास के निम्नलिखित किन सिद्धान्तों के साथ सम्बन्धित हो सकती है?
(a) विद्यार्थी भिन्न दरों पर विकसित होते हैं।
(b) विकास साक्षेप रूप से क्रमिक होता है।
(c) विकास के परिणामस्वरूप वृद्धि होती है।
(d) विकास विषमजातीयता से स्वायत्तता की ओर अग्रसर होता है।

11. व्यक्तिगत शिक्षार्थी एक-दूसरे से .... में भिन्न होते हैं।
(a) विकास की दर
(b) विकास क्रम
(c) विकास की सामान्य दक्षता
(d) वृद्धि एवं विकास के सिद्धान्तों

12. 'बच्चे के उचित विकास को सुनिश्चित करने के लिए उसका स्वस्थ शारीरिक विकास एक महत्वपूर्ण आवश्यकता है' यह कथन
(a) गलत हो सकता है, क्योंकि विकास नितान्त व्यक्तिगत मामला है।
(b) सही है, क्योंकि विकास क्रम में शारीरिक विकास सबसे पहले स्थान पर आता है।
(c) सही है, क्योंकि शारीरिक विकास, विकास के अन्य पक्षों के साथ अन्त: सम्बधित है।
(d) गलत है, क्योंकि शारीरिक विकास, विकास के अन्य पक्षों को किसी भी प्रकार से भी प्रभावित नहीं करता।

13. मानव विकास कुछ विशेष सिद्धान्तों पर आधारित है। निम्नलिखित में से कौन-सा मानव विकास का सिद्धान्त नही है?
(a) आनुक्रमिकता
(b) सामान्य से विशिष्ट
(c) प्रतिवर्ती (d) निरन्तरता

14. फ्रॉयड की विकास अवस्थाओं के अनुसार, किस अवस्था को प्रारम्भिक विद्यालय की आयु समझा जाता है?
(a) मुखावस्था (b) गुदावस्था
(c) अव्यक्तावस्था (d) शैशवावस्था

15. बच्चों के भाषाई विकास के लिए जरूरी है कि -
(a) उनको अधिक से अधिक अपने विचार व्यक्त करने के अवसर देने चाहिए।
(b) भाषाई, कौशलों के विकास हेतु गतिविधियां आयोजित की जानी चाहिए।
(c) लिखना, पढ़ना, बोलना तथा सुनने का अभ्यास कराना चाहिए।
(d) उपरोक्त सभी।

16. विकास की कौन-सी अवस्था 'तनाव एवं तूफान की अवस्था' कही जाती है?
(a) शैशवावस्था (b) बाल्यावस्था
(c) किशोरावस्था (d) प्रौढ़ावस्था

17. कोहलबर्ग के नैतिक विकास के सिद्धान्त के अनुसार निम्न अवस्था में लोगों की आशा तथा इच्छाएँ पूरी करने के सन्दर्भ में सही या गलत का निर्णय लेता है-
(a) अवस्था-1 (b) अवस्था-2
(c) अवस्था-3 (d) अवस्था-4

18. कोहलबर्ग के नैतिक विकास के सिद्धान्त एवं उसके विभिन्न स्तरों के अनुसार निम्न में से कौन-सा सोपान उनके द्वारा प्रतिपादित नहीं है?

(a) आत्मकेन्द्रित निर्णय
(b) परस्पर एकरूप अभिमुखता
(c) वैयक्तिकता व विनिमय अभिमुखता
(d) सामाजिक अनुबंध विधिसम्मत अभिमुखता

19. निम्नलिखित में से कौन-सा कथन विकास के सम्बन्ध में सही नहीं है?

(a) विकास प्रतिमानों की कुछ निश्चित विशेषताओं की भविष्यवाणी की जा सकती है।
(b) विकास का उद्देश्य वंशानुगत सम्भाव्य क्षमता का विकास करना है।
(c) विकास के विभिन्न क्षेत्रों में सम्भाव्य खतरे होते हैं।
(d) प्रारम्भिक विकास बाद के विकास से अधिक महत्वपूर्ण है।

20. श्रीमती चौधरी का पहला बच्चा 10 महीने में चलने लगा। उनका दूसरा बच्चा 13 महीने का है और अभी भी नही चल रहा है। वह दुःखी या चिन्तित नहीं हैं, क्योंकि -

(a) उनके पति ने कहा है कि जब तक वे 16 महीने के नही हुए थे, उन्होंने भी चलना शुरू नहीं किया था।
(b) वह जानती है कि वह जितना अधिक इंतजार करेगी उतना ही अधिक उसके पैर चलने के लिए मजबूत होंगे।
(c) एक पड़ोसी का लड़का भी 18 महीने का है और वह भी नहीं चल रहा है।
(d) वह जानती है कि चलने के विकास के लिए वह अभी सामान्य समय सीमा के अन्दर है।

21. निम्न में से कौन-सा कथन सही नहीं है?

(a) जो अध्यापक यह विश्वास करता है कि विकास प्रकृति की वजह से होता है, वह अनुभव प्रदान करने को महत्व नहीं देता।
(b) प्रारम्भिक अनुभव महत्वपूर्ण होते हैं और अध्यापक का हस्तक्षेप भी महत्वपूर्ण होता है।
(c) प्रारम्भिक जीवन की नकारात्मक घटनाओं के प्रभाव से कोई भी अध्यापक बचाव नही कर सकता।
(d) व्यवहारात्मक परिवर्तन के सन्दर्भ में विकास वातावरणीय प्रभावों के फलस्वरूप होता है।

22. 9 वर्ष के बालक की नैतिक तर्कना आधारित होती है-

(a) किसी कार्य के भौतिक परिणाम उसकी अच्छाई या बुराई को निर्धारित करते हैं।
(b) कोई कार्य सही होना इस बात पर निर्भर करता है कि उससे व्यक्ति की अपनी आवश्यकता पूर्ति होती है।
(c) नियमों का पालन करने के बदले में कुछ लाभ मिलना चाहिए
(d) सही कार्य वह है जो उस व्यक्ति के द्वारा किया जाये जो अन्य व्यक्तियों को अपने व्यवहार से प्रभावित करता है।

23. शारीरिक वृद्धि और विकास 000. को कहते हैं-

(a) तत्परता (b) अभिवृद्धि
(c) गतिशीलता (d) आनुवंशिकता

24. बाल्यावस्था की प्रमुख मनोवैज्ञानिक विशेषता क्या है?

(a) निर्भरता
(b) सामूहिकता की भावना
(c) धार्मिकता
(d) अनुकरणात्मक प्रवृत्ति का अभाव

25. विद्यार्थियों में प्रत्यय विकास या निर्माण के लिए शिक्षक-

(a) की शिक्षण विधि सरल से जटिल की ओर होनी चाहिए।
(b) को विद्यार्थी को व्यापक अनुभव प्रदान करना चाहिए।
(c) को विद्यार्थी को निर्मित प्रत्ययों के अन्तरण का अवसर देना चाहिए।
(d) को उपर्युक्त सभी क्रियाएं करनी चाहिए।

26. कल्पना के विकास के लिये-

(a) ज्ञानेन्द्रियों को प्रशिक्षित करना चाहिए।
(b) कहानी सुनाना चाहिए।
(c) रचनात्मक प्रवृत्ति के विकास पर ध्यान देना चहिए।
(d) उपर्युक्त सभी क्रियाएं करनी चाहिए।

27. मानवीय विकास में आनुवंशिकता एवं परिवेश की भूमिका के सन्दर्भ में निम्नलिखित में से कौन-सा कथन समुचित है?

(a) परिवेश की भूमिका लगभग स्थिर-सी रहती है जबकि आनुवंशिकता का प्रभाव परिवर्तित हो सकता है।
(b) 'व्यवहारवाद' के सिद्धान्त प्रायः मानवीय विकास में 'प्रकृति' की भूमिका पर आधारित हैं।
(c) विकास के विभिन्न क्षेत्रों में आनुवंशिकता एवं परिवेश का सापेक्षिक प्रभाव परिवर्तनशील है।
(d) भारत सरकार की क्षतिपूरक विभेद (Compensatory discrimination) सम्बन्धी नीति मानवीय विकास में प्रकृति, की भूमिका पर आधारित है।

28. 14-वर्षीय देविका अपने अंदर पृथक स्वनियन्त्रित व्यक्ति की भावना को विकसित करने का प्रयास कर रही है। वह विकसित कर रही है-

(a) किशोरावस्थात्मक अक्खड़पन
(b) परिपक्वता
(c) नियमों के प्रति घृणा
(d) स्वायत्तता

29. खिलौनों की आयु कहा जाता है-

(a) पूर्व-बाल्यावस्था को
(b) उत्तर-बाल्यावस्था को
(c) शैशवावस्था को
(d) ये सभी

30. निम्नलिखित में से कौन-सी पूर्व-बाल्यावस्था की विशेषता नहीं है?

(a) दल / समूह में रहने की अवस्था
(b) अनुकरण करने की अवस्था
(c) प्रश्न करने की अवस्था
(d) खेलने की अवस्था

31. विकास का अर्थ है-

(a) परिवर्तनों की उत्तरोत्तर श्रृंखला
(b) अभिप्रेरणा के फलस्वरूप होने वाले परिवर्तनों की उत्तरोत्तर श्रृंखला
(c) परिपक्वता एवं अनुभव के फलस्वरूप होने वाले परिवर्तनों की उत्तरोत्तर श्रृंखला
(d) परिपक्वता एवं अनुभव के फलस्वरूप होने वाली परिवर्तनों की श्रृंखला

32. विकास के सन्दर्भ में निम्नलिखित में से कौन-सा कथन सत्य नहीं है?

(a) विकास की प्रत्येक अवस्था के अपने खतरे हैं

(b) विकास उकसाने/बढ़ावा देने से नही होता है

(c) विकास सांस्कृतिक परिवर्तनों से प्रभावित होता है

(d) विकास की प्रत्येक अवस्था की अपनी विशेषताएं होती हैं

33. निम्नलिखित में से कौन-सा विकासात्मक कार्य उत्तर-बाल्यावस्था के उपयुक्त नहीं है?

(a) सामान्य खेलों के लिए आवश्यक शारीरिक कुशलताएं सीखना।

(b) पुरुषोचित या स्त्रियोचित सामाजिक भूमिकाओं को प्राप्त करना।

(c) वैयक्तिक आत्मनिर्भरता प्राप्त करना।

(d) अपने हमउम्र बालकों के साथ रहना, सीखना।

34. आप अपनी कक्षा में से दस छात्रों को चुनकर तीन माह तक उनमें होने वाले विकास का अध्ययन करते हैं, तो आपके द्वारा किए गए अध्ययन में निम्नलिखित में से क्या सत्य हो सकता है?

(a) सभी छात्रों में विकास एक ही दिशा में हुआ।

(b) आधे छात्रों में विकास एक ही दिशा में परन्तु आधे छात्रों में विकास भिन्न-भिन्न दिशा में हुआ।

(c) सभी छात्रों में विकास अलग-अलग दिशा में हुआ।

(d) इस सम्बन्ध में कुछ नहीं कहा जा सकता।

35. निम्नलिखित कथनों में से मानव-विकास के सम्बन्ध में कौन-सा कथन सत्य है?

(a) सामान्य से सामान्य की ओर

(b) सामान्य से विशिष्ट की ओर

(c) विशिष्ट से सामान्य की ओर

(d) विशिष्ट से विशिष्ट की ओर

36. मानव व्यवहार का विकास निम्नलिखित में से किन कारकों पर निर्भर होता है?

(a) अभिवृद्धि (b) परिपक्वन

(c) विकास (d) ये सभी

37. आपकी कक्षा की एक छात्रा रजनी की लम्बाई पिछले वर्ष की तुलना में लगभग 6 इंच बढ़ गई है, उनके इस परिवर्तन को आप क्या कहेंगे?

(a) रजनी का विकास तेजी से हो रहा है।

(b) रजनी में वृद्धि तेजी से हो रही है।

(c) रजनी ज्यादा काम करने लगी है।

(d) रजनी पढ़ाई में कमजोर होती जा रही है।

38. विकास के सम्बन्ध में निम्नलिखित में से कौन-सा कथन सत्य नहीं है?

(a) विकास की प्रक्रिया एक निश्चित दिशा में होती है।

(b) वृद्धि और विकास की क्रिया वंशानुक्रम और वातावरण का संयुक्त परिणाम है।

(c) किसी बच्चे में वृद्धि और विकास की गति को ध्यान में रखकर उसके आगे बढ़ने की दिशा और स्वरूप के बारे में भविष्यवाणी नहीं की जा सकती है।

(d) विकास हमेशा सामान्य से विशेष की ओर चलता है।

39 ''एक बालक पहले पूरे हाथ को, फिर उंगलियों को और फिर हाथ और उंगुलियों को एक साथ चलाना सीखता है।'' बाल-विकास के सम्बन्ध में यह सिद्धान्त कहलाता है-

(a) परस्पर सम्बन्ध का सिद्धान्त

(b) सामाजिक अधिगम का सिद्धान्त

(c) एकीकरण का सिद्धान्त

(d) इनमें से कोई नहीं

40. आपकी कक्षा का एक छात्र राज, शारीरिक विकास की दृष्टि से काफी पिछड़ा हुआ है। आपको हमेशा लगता है कि कहीं राज....... हमेशा पिछड़ा न रह जाए-

(a) संवेगात्मक विकास में

(b) बौद्धिक विकास में

(c) सामाजिक विकास में

(d) इन सभी में

उत्तरमाला

1. (a)	**2.** (a)	**3.** (b)	**4.** (d)	**5.** (d)	**6.** (d)	**7.** (d)	**8.** (a)	**9.** (c)	**10.** (b)
11. (a)	**12.** (c)	**13.** (c)	**14.** (c)	**15.** (d)	**16.** (c)	**17.** (c)	**18.** (c)	**19.** (c)	**20.** (d)
21. (d)	**22.** (c)	**23.** (b)	**24.** (b)	**25.** (d)	**26.** (d)	**27.** (c)	**28.** (d)	**29.** (a)	**30.** (c)
31. (c)	**32.** (b)	**33.** (b)	**34.** (c)	**35.** (b)	**36.** (d)	**37.** (b)	**38.** (c)	**39.** (c)	**40.** (d)

अध्याय 4 संवेग व संवेगात्मक विकास

संवेग बालक के विकास और व्यवहार के आधार हैं। संवेग बालक के सामाजिक, नैतिक और चारित्रिक विकास को प्रभावित करते हैं। प्रेम, हर्ष, उत्सुकता आदि सकारात्मक संवेग बालक के शारीरिक, मानसिक और सामाजिक विकास में योगदान देते हैं जबकि क्रोध, भय, ईर्ष्या आदि नकारात्मक संवेग उनके विकास को अवरुद्ध कर देते हैं।

''प्रत्येक व्यक्ति अपने जीवन में समय-समय पर क्रोध, भय, हर्ष, घृणा, प्रेम, वासना आदि भावों का अनुभव करता है, इन्हें संवेग कहते हैं।''

संवेदना एक प्रकार का **आभास** है जो वस्तु को समझने के लिए पहला कदम है। हम बाहरी संसार की वस्तुओं का आभास अपनी ज्ञानेन्द्रियों के माध्यम से करते हैं। संवेदना स्वयं में अर्थहीन होती है।

संवेग वास्तव में मानसिक उपद्रव की अवस्था होती है। इस अवस्था में बुद्धि एवं विवेक का व्यवहार पर नियंत्रण नहीं रह जाता। संवेगों का शब्दिक अर्थ है-वेग से युक्त अर्थात् जब व्यक्ति वेगवान होकर कार्य करता है तो उसे संवेग कहते हैं।

संवेग अंग्रेजी भाषा के शब्द Emotion से बना है। (E-अन्दर तथा Motion-गति) जिसका अर्थ है आन्तरिक भावों को बाहर की ओर गति देना।

i) **मोरिस के अनुसार "संवेदना से तात्पर्य दृष्टि, श्रवण, गंध, स्वाद, संतुलन, स्पर्श तथा दर्द की ज्ञानेन्द्रियों से प्राप्त मौलिक आंकड़ों से होता है।"**

(Sensation refer to the raw sensory data from the senses of sight, hearing, smell, taste, balance, touch, and pain-morris)

ii) '**वुडवर्थ** के अनुसार "**व्यक्ति की उत्तेजित दशा ही संवेग है।"**

iii) **रॉस** के अनुसार **"संवेग चेतना की** वह अवस्था है जिसमें रागात्मक (feelings) तत्व की प्रधानता होती है।"

iv) **वेलेन्टाइन** के अनुसार "जब रागात्मक का वेग बढ़ जाता है तभी संवेग की उत्पत्ति होती है।"

संवेदनाओं के प्रकार

1. दृश्यात्मक संवेदना (Visual Perception)
2. श्रवण संवेदना (Hearing)
3. सूंघना (Smell)
4. स्वाद (Taste)
5. स्पर्श व अन्य त्वचा संवेदनाएं (Touch and other Skin Senses)
6. गतिसंवेदन तंत्र (Kinesthetic System)

1. **दृश्यात्मक संवेदना** :- यह संवेदना आंख के माध्यम से होती है। सभी संवेदना प्रकारों में मानव की दृष्टि सर्वाधिक विकसित होती है। विभिन्न आकलनों के अनुसार हम बाह्य जगत से अपने व्यवहार में लगभग 80 प्रतिशत इसी का उपयोग करते हैं। जब हमारी आँखों में प्रकाश प्रवेश करता है तथा हमारे चाक्षुग्राहियों को उद्दीप्त करता है तो चाक्षु संवेदना प्रारम्भ होती है। हमारी आंख प्रकाश के उस वर्णक्रम के प्रति संवेदनशील होती है जिसके तरंगदैर्घ्य का परास **380 नैनोमीटर से 780 नैनोमीटर** तक होता है। एक नैनोमीटर एक मीटर का एक अरबवां भाग होता है। इस प्रकार के परास के परे किसी भी संवेदना का पंजीकरण नहीं होता है।

2. **श्रवण संवेदना** :- श्रवण भी एक महत्वपूर्ण संवेदना है। यह एक विश्वसनीय स्थानिक सूचना देती है। किसी वस्तु अथवा व्यक्ति की तरफ मोड़ने के अतिरिक्त यह भाषित संप्रेषण में भी महत्वपूर्ण भूमिका का निर्वहन करती है। **कान** श्रवण उद्दीपकों का प्राथमिक ग्राही है। यद्यपि इसका सर्वज्ञात कार्य सुनना है परन्तु यह **शरीर- संतुलन** को भी बनाए रखने में सहायता करता है। कान की संरचना तीन खंडों में विभक्त है—बाह्य कान, मध्य कान एवं आंतरिक कान।

3. **सूंघना** :- सूंघना संवेदना के उद्दीपक हवा में विद्यमान विभिन्न पदार्थों के अणु होते हैं। ये नाक मार्ग में प्रवेश करते हैं जहां वे नम उत्तकों में घुल जाते हैं। यहां से वे घ्राण उपकला की ग्राही कोशिकाओं के संपर्क में आते हैं। मानव में लगभग **पांच करोड़ ग्राही** पाए जाते हैं। जबकि कुत्तों में इस तरह के **20 करोड़ ग्राही** पाए जाते हैं फिर भी हमारे

सूंघने की योग्यता प्रभावशाली है। यह ज्ञात है कि मनुष्य लगभग **10,000 प्रकार** की विभिन्न गंधों को पहचान सकता है।

4. **स्वाद :-** स्वाद के संवेदी ग्राहक हमारी जीभ के छोटे उभरे हुए भाग में पाए जाते हैं जिन्हें पैपिला कहते हैं। प्रत्येक **पैपिला** में **स्वाद-कलिका** के गुच्छे होते हैं।

   मनुष्यों में लगभग **10,000 स्वाद-कलिकाएं** होती हैं। यद्यपि लोग भोजन की विविध सुगंधों की पहचान कर सकने का दावा करते हैं परंतु मात्र चार प्रकार के मूल स्वाद होते हैं– **मीठा, खट्टा, कड़वा तथा नमकीन।**

5. **स्पर्श एवं अन्य त्वचा संवेदनाएं :-** त्वचा एक संवेदी अंग है। जिसमें स्पर्श, गर्मी, सर्दी तथा पीड़ा की संवेदना उत्पन्न होती है। हमारी त्वचा में अनेक संवेदना के लिए विशिष्ट ग्राहियां होती हैं। हमारे **शरीर का चेहरा तथा उंगलियां पैर की** तुलना में अधिक संवेदनशील होते हैं। पीड़ा की संवेदना का कोई विशेष उद्दीपक नहीं होता है।

6. **गति संवेदन तंत्र :-** इसके ग्राही जोड़े, स्नायु, तथा मांसपेशियों में पाए जाते हैं। यह तंत्र हमारे शरीर के अंगों की परस्पर स्थिति के विषय में सूचना देते हैं तथा हमें साधारण तथा जटिल गतिविधियां करने देता है। इस संदर्भ में हमारी दृश्यात्मक व्यवस्था अधिक सहायता करती है।

संवेगों की विशेषताएं

1. शारीरिक परिवर्तन
2. विचार प्रक्रिया का लोप हो जाना
3. व्यक्तिगतता
4. संवेगों की अस्थिरता
5. संवेग की व्यापकता
6. मूल प्रवृत्ति से संबंध
7. संवेगों की क्रियात्मक प्रवृति
8. सुख-दु:ख का भाव निहित होना

शैशवावस्था में सांवेगिक विकास

1. शिशु जन्म लेते ही रोना, चिल्लाना, हाथ- पैर पटकना आदि सांवेगिक व्यवहार करता है।
2. शिशु के सांवेगिक व्यवहार में अत्यधिक अस्थिरता होती है जैसे रोते-रोते हँस देना। उम्र बढ़ने के साथ-साथ बालक के सांवेगिक व्यवहार में स्थिरता आनी शुरू हो जाती है।
3. शिशु के संवेगों में अत्यधिक तीव्रता होती है जो आयु के साथ कम होती जाती है।
4. शिशु के संवेग पहले अस्पष्ट और धीरे-धीरे स्पष्ट होते जाते हैं। जैसे- तीन सप्ताह तक के शिशु की चिल्लाहट से भूख, क्रोध, कष्ट, स्पष्ट नहीं होते।
5. शिशु के संवेगों में लगातार परिवर्तन होता रहता है और ये संवेग समय के साथ बदलते रहते हैं।

गेट्स और अन्य का मत है **''प्रारम्भ में संवेगात्मक प्रतिक्रियाएं एक सामान्य उत्तेजना नही होती हैं और तब उनमें क्रोध, भय, हर्ष आदि का भी स्पष्ट बोध नही होता।''**

वाट्सन के अनुसार **''नवजात शिशु में मूल संवेग पाये जाते हैं- क्रोध, भय और स्नेह।''**

जोन्स के अनुसार, ''शैशव में सभी बच्चे भय का अनुभव करते हैं परन्तु 2 वर्ष का शिशु सांप से नहीं डरता है और पांच वर्ष की आयु तक बालक अपने भय पर नियंत्रण नहीं कर पाता।"

ब्रिजेज के अनुसार, "शिशु के जन्म के समय केवल **उत्तेजना** होती है।"

एलिस क्रो के अनुसार, "शिशु अपने साथियों और बड़े लोगों के सांवेगिक व्यवहार का अनुकरण करता है।

बाल्यावस्था में सांवेगिक विकास

1. बाल्यावस्था में संवेग अधिक निश्चित और कम शक्तिशाली होते हैं। बालकों का भय, क्रोध आदि पर नियंत्रण हो जाता है।
2. बालकों के संवेग शिष्टतायुक्त हो जाते हैं और उनमें संवेगों को दबाने की क्षमता विकसित हो जाती है।
3. बालक जिन समूहों का सदस्य होता है उनके संवेगों जैसे- ईर्ष्या, घृणा, द्वेष आदि का प्रभाव उस पर पड़ता है।
4. बालक के संवेगात्मक विकास में शिक्षक की भूमिका मुख्य होती है। उसके द्वारा शारीरिक दण्ड और कठोर अनुशासन से बालक का संवेगात्मक विकास अवरुद्ध हो जाता है।
5. बालक के सांवेगिक विकास पर विद्यालय के वातावरण का बहुत अधिक प्रभाव पड़ता है।
6. **एलिस क्रो के अनुसार,** "बालक अपने दोषों के परिणामों को सोच कर चिन्तित हो जाता है और वह अपने से अधिक भाग्यशाली बालकों से ईर्ष्या करता है।"
7. **वाटसन के अनुसार,** "बालक में सबसे पहले भय एवं प्रेम के संवेग विकसित होते हैं।"

किशोरावस्था में सांवेगिक विकास

1. **कोल व ब्रुश के अनुसार,** "किशोरावस्था के आगमन का मुख्य चिन्ह सांवेगिक विकास में तीव्र परिवर्तन है।
2. **बी. एन. झा** के अनुसार, "किशोरावस्था में बालक-बालिका दोनों में काम प्रवृत्ति बहुत तीव्र हो जाती है और उनके सांवेगिक व्यवहार पर असाधारण प्रभाव डालती है।
3. स्वस्थ व सबल किशोर में सांवेगिक स्थिरता एवं अस्वस्थ और निर्बल किशोर में सांवेगिक अस्थिरता पाई जाती है।
4. किशोर में प्रेम, दया, सहानुभूति, क्रोध आदि संवेग स्थाई रूप धारण कर लेते हैं व इन पर उनका नियंत्रण नहीं रहता।

ब्रिजेज के अनुसार सांवेगिक विकास

आयु		सांवेगिक विकास
जन्म	–	उत्तेजना
3 माह	–	कष्ट, उत्तेजना, आनंद
6 माह	–	भय, क्रोध, कष्ट, उत्तेजना, घृणा, आनंद
12 माह	–	भय, घृणा, क्रोध, कष्ट, उत्तेजना, आनंद, उल्लास, प्रेम
18 माह	–	भय, घृणा, क्रोध, ईर्ष्या, कष्ट, उत्तेजना, आनंद, उल्लास, प्रेम
24 माह	–	भय, घृणा, क्रोध, ईर्ष्या, कष्ट, उत्तेजना, आनंद, हर्ष, उल्लास, प्रेम

5. किशोर सांवेगिक संतुष्टि की वजह से अपने मित्रों पर अधिक विश्वास करते हैं।
6. किशोर अपने प्रयास में असफल होने पर घोर निराश हो जाते हैं।
7. किशोर अपनी कमियों व समस्याओं (चिंता) के प्रति चिंतित रहते हैं।

संवेगात्मक विकास की विशेषताएं

1. संवेग का कम शक्तिशाली होना
2. भय का संवेग
3. निराश और असहायपन की भावना
4. ईर्ष्या-द्वेष
5. क्रोध
6. जिज्ञासा
7 स्नेह-भाव
8. प्रफुल्लता

संवेगात्मक विकास को प्रभावित करने वाले कारक

1. स्वास्थ्य
2. थकान
3. बुद्धि तथा मानसिक योग्यता
4. वंशानुक्रम
5. परिवार
6. माता-पिता का दृष्टिकोण
7. सामाजिक स्थिति
8. आर्थिक स्थिति
9. सामाजिक स्वीकृति
10. विद्यालय
11. शिक्षक

संवेगात्मक विकास की उपयोगिता

1. मूल-प्रवृतियों के नियन्त्रण में उपयोगी
2. अनुशासन में उपयोगी
3. व्यवहार-शोधन में उपयोगी
4. सामाजिक मूल्यों के संरक्षण में उपयोगी
5. संवेगात्मक प्रशिक्षण में उपयोगी
6. संवेगों के प्रदर्शन में उपयोगी
7. बाल-अपराध के रोक-थाम में उपयोगी

संवेगों के प्रकार

1. **मैक्डूगल** ने 14 प्रकार के संवेगों का उल्लेख किया है।

संवेगों का सम्बन्ध मूल प्रवृतियों से है। 14 मूल संवेग हैं जो इस प्रकार हैं:-

मूल प्रवृत्तियां -

1. भय	8. क्रोध
2. घृणा	9. वात्सल्य
3. करुणा व दु:ख	10. कामुकता
4. आश्चर्य	11. आत्महीनता
5. आत्म-अभिमान	12. एकाकीपन
6. अभूख	13. अधिकार भावना
7. कृतज्ञभाव	14. आमोद

2. भारतीय विद्वानों के अनुसार:-
   (i). रागात्मक
   (a) बड़ों के प्रति-भक्ति, श्रद्धा
   (b) बराबर वालों के प्रति-प्रेम, मित्रता, आसक्ति
   (c) छोटों के प्रति-स्नेह, वात्सल्य, दया
   (ii) द्वेषात्मक
   (a) बड़ों के प्रति-भय, घृणा
   (b) बराबर वालों के प्रति-ईर्ष्या, क्रोध, जलन
   (c) छोटों के प्रति-अभिमान, गर्व
3. **नैसर्गिक**- भय, क्रोध, आश्चर्य
   अर्जित- ईर्ष्या, प्रेम, घृणा
4. **सुखद**- स्नेह, प्रेम, मित्रता
   दु:खद- भय, क्रोध, घृणा, ईर्ष्या

महत्वपूर्ण तथ्य

- संवेगावस्था में व्यक्ति में मनोवैज्ञानिक परिवर्तन होते हैं।
- संवेग हमारी उत्तेजित दशा का नाम है। इससे हमारा आन्तरिक व बाह्य व्यवहार बदल जाता है।
- मनुष्य व अन्य प्राणियों में एक ही प्रकार के संवेग पाए जाते हैं।
- क्रोध या आक्रामकता की उत्पत्ति असन्तोष या निराशा से होती है।
- बालकों की अपेक्षा बालिकाओं में क्रोध प्रदर्शन की प्रवृत्ति अधिक होती है।
- भीषण विपत्ति की आशंका और उसका सामना ना कर पाने की विवशता होती है।
- भय से चिंता और चिंता से भ्रम उत्पन्न होता है।
- बालक में 18 माह की आयु से पैरों के कौशलों का विकास प्रारंभ होता है। बालक में विकास का क्रम सिर से पैर की ओर होता है-**सिर-मुख-गर्दन-धड़-पैर**
- 6 माह तक शिशु दोनों हाथों से समान रूप से कार्य करता है।
- स्त्रियों की अपेक्षा पुरुष दाएं हाथ का प्रयोग अधिक करते हैं।
- मनोगत्यात्मक विकास गर्भकालीन अवस्था के लगभग मध्यकाल में प्रारंभ होता है।
- मनोगत्यात्मक विकास बड़ी से छोटी मांसपेशियों की ओर होता है।
- बालक में प्रायः तीन संवेग जन्मजात होते हैं- **भय, प्रेम** और **क्रोध**

*सवेदना - मन में होने वाला अनुभव या बोध
*उपद्रव - उत्पात, उधम या हलचल मचाना
*रागात्मक - प्रेमपूर्ण, संगीतमय
*परास - रेंज

अभ्यास प्रश्न

1. **निम्नलिखित में से कौन-सी परिस्थिति में बच्चे का संवेगात्मक एवं सामाजिक विकास अच्छे से होगा?**
   (a) जब बच्चे को महत्वपूर्ण माना जाए, उसकी भावनाओं का सम्मान किया जाए
   (b) बच्चे को अधिक से अधिक पढ़ने को कहा जाए
   (c) बच्चे के कक्षा में अच्छे अंक आएं
   (d) जब शिक्षक बच्चों को उनके बौद्धिक स्तर के अनुसार पढ़ाए
2. **कक्षा-कक्ष में शिक्षक व विद्यार्थियों के मध्य सम्प्रेषण होना चाहिए-**
   (a) पाठ्यपुस्तक केन्द्रित
   (b) विद्यार्थी केन्द्रित
   (c) शिक्षक केन्द्रित
   (d) उद्देश्य केन्द्रित
3. **संवेग शब्द का शाब्दिक अर्थ है-**
   (a) क्रोध और भय
   (b) स्नेह तथा प्रेम
   (c) उत्तेजना या भावों में उथल-पुथल
   (d) इनमें से कोई नहीं
4. **संवेगात्मक विकास को प्रभावित करने वाले कारक हैं-**
   (a) शारीरिक स्वास्थ्य
   (b) मानसिक योग्यता
   (c) थकान (d) ये सभी
5. **किशोरवस्था में संवेगों की तीव्रता किस प्रकार प्रकट होती है?**
   (a) प्रतिकूल पारिवारिक सम्बन्ध
   (b) व्यवसाय की समस्या
   (c) नयी परिस्थिति के साथ
   (d) उपर्युक्त सभी
6. **कुछ लोगों का कहना है कि जब बालकों को गुस्सा आता है तो वे खेलने के लिए चले जाते हैं। जब तक कि पहले से अच्छा महसूस नही करते, उनके व्यवहार में निम्नलिखित में से कौन-सा प्रतिरक्षा तन्त्र प्रतिलक्षित होता है?**
   (a) प्रक्षेपण (b) विस्थापन
   (c) प्रतिक्रिया निर्माण
   (d) उद्दात्तीकरण
7. **'संवेग' शब्द का शाब्दिक अर्थ है-**
   (a) क्रोध तथा आश्चर्य
   (b) उत्तेजना या भावों में उथल-पुथल
   (c) स्नेह तथा प्रेम
   (d) इनमें से कोई नहीं
8. **''अभिवृति अनुभवों के द्वारा व्यवस्थित वह संवेगात्मक प्रवृत्ति है, जो किसी मनोविज्ञानिक पदार्थ या वस्तु के प्रति सकारात्मक या नकारात्मक रूप से प्रतिक्रिया करती है।'' यह परिभाषा प्रस्तुत की है-**
   (a) रेमर्स ने (b) फ्रीमैन ने
   (c) थर्स्टन ने (d) लिकर्ट ने
9. **एक विद्यार्थी अपने समकक्ष व्यक्तियों के समूह के प्रति आक्रामक व्यवहार करता है और विद्यालय के मानदण्डों को नहीं मानता। इस विद्यार्थी को .... में सहायता की आवश्यकता है।**
   (a) भावात्मक क्षेत्र
   (b) उच्चस्तरीय चिन्तन कौशल
   (c) संज्ञानात्मक क्षेत्र
   (d) मनोगत्यात्मक क्षेत्र
10. **कक्षा में ध्यान न देने वाले बच्चे से व्यवहार करने के लिए कौन-सा उपाय सर्वाधिक लाभकारी हो सकता है?**
    (a) बच्चे को महसूस कराने के लिए उसे कक्षा में सबके सामने बार-बार डाँटना-डपटना
    (b) बच्चो की उस जगह बैठाना जहाँ सबसे कम ध्यान-भंग हो सके
    (c) ध्यान केन्द्रित करने के लिए, कार्य करते हुए बच्चे को खड़े रहने की अनुमति देना
    (d) बच्चे के ध्यान को स्फूर्तियुक्त बनाने के लिए बीच-बीच में उसे अवकाश देना
11. **''जन्म के समय मस्तिष्क एक खाली स्लेट (Slate) के समान होता है। जीवन की अनुभूतियां उस पर कुछ लिखती हैं। अतः हम सभी जो हैं वह इन अनुभूतियों एवं शिक्षा का ही परिणाम हैं।'' यह कथन निम्नलिखित में से किसकी विचारधारा को व्यक्त करता है?**
    (a) हरलॉक (b) जॉन लॉक
    (c) ज्यां पियाजे (d) थॉमसन
12. **पियाजे (Piaget) के अध्ययनों का सम्बन्ध है-**
    (a) बच्चों में भाषा के विकास से
    (b) संज्ञानात्मक या बौद्धिक विकास से
    (c) सामाजिक सम्बन्धों के विकास से
    (d) भावात्मक सम्बन्धों के विकास से
13. **वाटसन ने नवजात शिशु में मुख्य रूप से किन संवेगों की बात कही है?**
    (a) उत्तेजना
    (b) कष्ट व प्रसन्नता
    (c) भय, क्रोध व स्नेह
    (d) ये सभी
14. **संवेगात्मक विकास में किस अवस्था में तीव्र परिवर्तन होता है?**
    (a) शैशवावस्था (b) बाल्यावस्था
    (c) किशोरावस्था (d) प्रौढ़ावस्था
15. **बालक के निर्माण काल की अवस्था कौन-सी मानी जाती है?**
    (a) शैशवावस्था (b) किशोरावस्था
    (c) वृद्धावस्था (d) प्रौढ़ावस्था
16. **एडोलेसेन्स पुस्तक के लेखक हैं-**
    (a) हॉल (b) रॉस
    (c) जोन्स (d) मैसलो
17. **कौन-सी अवस्था बालक के व्यक्तित्व निर्माण की होती है?**
    (a) बाल्यावस्था (b) किशोरावस्था
    (c) प्रौढ़ावस्था (d) वृद्धावस्था
18. **किसने शैशवावस्था को 'सीखने का आदर्शकाल' माना है?**
    (a) वैलेन्टाइन (b) क्रो एण्ड क्रो
    (c) गैसल (d) वाटसन
19. **किसके अनुसार, व्यक्ति का जितना भी मानसिक विकास होता है, उसका आधा तीन वर्ष की आयु तक हो जाता है?**
    (a) गुडएनफ (b) ऐडलर
    (c) कोहलर (d) मैक्डुगल
20. **किस मनोवैज्ञानिक के अनुसार, ''बालक के हाथ, पैर और नेत्र उसके प्रारंभिक शिक्षक हैं। इन्हीं के द्वारा वह पांच वर्ष में ही पहचान सकता है, सोच सकता है और याद कर सकता है''?**
    (a) रूसो (b) पियाजे
    (c) पॉवलव (d) ब्रूनर
21. **किस अवस्था में बालकों का भार बालिकाओं से अधिक बढ़ता है?**
    (a) बाल्यावस्था (b) किशोरावस्था
    (c) प्रौढ़ावस्था (d) वृद्धावस्था

22. आकस्मिक विकास सिद्धांत के प्रतिपादक हैं-
(a) हॉल (b) ब्रूनर
(c) जोन्स (d) गैसल

23. किसके अनुसार, वातावरण वह बाहरी शक्ति है, जो हमें प्रभावित करती है?
(a) रॉस (b) पियाजे
(c) स्किनर (d) हरलॉक

24. वंशानुक्रम व वातावरण की अन्तःक्रिया के सिद्धांत के प्रतिपादक हैं-
(a) स्किनर (b) पैवलाव
(c) थॉर्नडाइक (d) कोहलर

25. विकास की विभिन्न गति के सिद्धांत के प्रतिपादक हैं-
(a) गैरिसन
(b) डगलस व हालैण्ड
(c) हरलॉक (d) पियाजे

26. किसके अनुसार चारित्रिक विकास वंशानुक्रम पर निर्भर है?
(a) मैक्डुगल (b) डगडेल
(c) क्लिनबर्ग (d) केटल

27. किस सिद्धांत के अनुसार मानव जाति के शिशुओं के विकास के प्रतिमान एक ही हैं?
(a) समान प्रतिमान का सिद्धांत
(b) विकास क्रम का सिद्धांत
(c) विकास दिशा सिद्धांत
(d) सभी उपर्युक्त

28. किस सिद्धांत के अनुसार प्रत्येक बालक और बालिका के विकास का अपना स्वयं का स्वरूप होता है?
(a) विकास क्रम का सिद्धांत
(b) विकास दिशा का सिद्धांत
(c) एकीकरण का सिद्धांत
(d) वैयक्तिक विभिन्नताओं का सिद्धांत

29. किस सिद्धांत के अनुसार बालक का गामक और भाषा सम्बन्धी विकास होता है?
(a) विकास क्रम का सिद्धांत
(b) विकास दिशा का सिद्धांत
(c) एकीकरण का सिद्धांत
(d) समान प्रतिमान का सिद्धांत

30. निम्नलिखित में से किसे विकास के नियम में शामिल नहीं किया जा सकता है?
(a) विकास में वैयक्तिक भिन्नता होती है
(b) विकासात्मक पैटर्न के कुछ पूर्वानुमेय गुण होते हैं
(c) विकास, परिपक्वता तथा सीखने की उपज होता है
(d) परवर्ती विकास प्रारम्भिक विकास से अधिक महत्वपूर्ण होता है

31. समान प्रतिमान का सिद्धांत किसने दिया है?
(a) गेरिसन
(b) डगलस व हालैण्ड
(c) हरलॉक (d) केटल

32. किसके अनुसार मनुष्य की व्यावसायिक योग्यता का विकास उसके वंशानुक्रम पर निर्भर करता है?
(a) मैक्डुगल (b) डगडेल
(c) क्लिनबर्ग (d) केटल

33. किसने कहा है कि ''मनुष्य की संवेगात्मक स्थिति शरीर और मस्तिष्क पर निर्भर रहने के फलस्वरूप संवेगात्मक विकास में वंशानुक्रम का प्रभाव होता है-''
(a) मैक्डुगल (b) डगडेल
(c) क्लिनबर्ग (d) केटल

34. व्यक्ति में कोई आकस्मिक परिवर्तन नहीं होता है, यह किस सिद्धांत द्वारा दिया गया है?
(a) विकास क्रम का सिद्धांत
(b) विकास दिशा का सिद्धांत
(c) निरन्तर विकास का सिद्धांत
(d) परस्पर सम्बन्ध का सिद्धांत

35. किस सिद्धांत के द्वारा बालक के शारीरिक, मानसिक, संवेगात्मक आदि पहलुओं का अध्ययन करते हैं?
(a) विकास क्रम का सिद्धांत
(b) विकास दिशा का सिद्धांत
(c) एकीकरण का सिद्धांत
(d) परस्पर सम्बन्ध का सिद्धांत

36. 'मानसिक विकास 15 से 20 वर्ष की आयु में अपनी उच्चतम सीमा तक पहुंच जाता है।' यह कथन किसका है?
(a) वुडवर्थ (b) हॉल
(c) जर्सील्ड
(d) इनमें से कोई नहीं

37. बाल्यावस्था में शिक्षा का स्वरूप निम्न में क्या होना चाहिए?
(a) सामूहिक खोजों के आयोजन से सामूहिकता की प्रवृत्ति को विकसित किया जाए
(b) बालक की संग्रह-प्रवृत्ति के विकास पर बल दिया जाए
(c) भाषा और अंकगणित की शिक्षा विशेष रूप से दी जाए
(d) उपर्युक्त सभी

38. बाल्यावस्था में सामान्यतः बालक का व्यक्तित्व होता है-
(a) अन्तर्मुखी (b) उभयमुखी
(c) बहिर्मुखी (d) व्यक्तित्वविहीन

39. शारीरिक विकास के लिए शिक्षा का स्वरूप होना चाहिए-
(a) शिशु के कपड़े बहुत साफ-सुथरे एवं ढीले होने चाहिए
(b) आंख, कान, नाक, त्वचा, दांतों आदि की सफाई के लिए बालकों को शिक्षा
(c) शिक्षकों के अतिरिक्त राज्य को भी बालकों के स्वास्थ्य के लिए सुचारू रूप से व्यवस्था करनी चाहिए
(d) उपरोक्त सभी

40. वयस्कावस्था तथा तरुणावस्था के बीच की अवधि को कहा जाता है-
(a) प्रीनुवेसेन्स (b) किशोरावस्था
(c) बाल्यावस्था (d) यौवन

उत्तरमाला

1. (d)	**2.** (d)	**3.** (c)	**4.** (d)	**5.** (d)	**6.** (b)	**7.** (b)	**8.** (a)	**9.** (a)	**10.** (b)
11. (b)	**12.** (b)	**13.** (c)	**14.** (c)	**15.** (a)	**16.** (a)	**17.** (a)	**18.** (a)	**19.** (a)	**20.** (a)
21. (b)	**22.** (a)	**23.** (b)	**24.** (a)	**25.** (b)	**26.** (b)	**27.** (a)	**28.** (d)	**29.** (a)	**30.** (d)
31. (c)	**32.** (d)	**33.** (a)	**34.** (c)	**35.** (d)	**36.** (a)	**37.** (c)	**38.** (b)	**39.** (d)	**40.** (b)

अध्याय 5

मानसिक विकास अथवा संज्ञानात्मक विकास

जीन (ज्यां) पियाजे के अनुसार मानसिक विकास

जीन (ज्यां) पियाजे स्विट्जरलैंड वासी थे जो मूलतः **जन्तु मनोवैज्ञानिक** थे। इनकी रुचि यह जानने की थी कि बालकों में वृद्धि और विकास किस ढंग से होता है। इसके लिए इन्होंने अपने स्वयं के बच्चों को खोज का विषय बनाया। बच्चे जैसे-जैसे बड़े होते गये उनके मानसिक विकास संबंधी क्रियाओं का इन्होंने बड़ी बारीकी से अध्ययन किया। इस अध्ययन के परिणामस्वरूप इन्होंने जिन विचारों का प्रतिपादन किया उन्हें पियाजे के **मानसिक या संज्ञानात्मक विकास** के सिद्धांत के नाम से जाना जाता है।

पियाजे ने अपने इस सिद्धांत के तहत यह बात सामने रखी कि बच्चों में बुद्धि का विकास उनके जन्म से जुड़ा हुआ है। प्रत्येक बालक अपने जन्म के समय कुछ जन्मजात प्रवृत्तियां एवं सहज क्रियाओं को करने सम्बन्धी योग्यताओं जैसे- चूसना, देखना, वस्तुओं को पकड़ना आदि को लेकर पैदा होता है। जन्म के समय बालक के पास बौद्धिक संरचना के रूप में इसी प्रकार की क्रिया करने की क्षमता होती है। जैसे-जैसे बालक बड़ा होता है, वैसे-वैसे उसकी भौतिक क्रियाओं का दायरा भी बढ़ जाता है। पियाजे के इस क्रमिक विकास को चार अवस्थाओं में विभाजित किया जाता है। जो इस प्रकार है-

1. इन्द्रियजनित गामक अवस्था –	0 से 2 वर्ष
2. पूर्व संक्रियात्मक अवस्था	2 से 7 वर्ष
3. मूर्त संक्रियात्मक अवस्था	7 से 11 वर्ष
4. अमूर्त संक्रियात्मक अवस्था	11 वर्ष या इससे अधिक आयु

1. इन्द्रियजनित गामक अवस्था या संवेदी प्रेरक अवस्था
(Sensory motor stage)

मानसिक विकास का यह चरण **जन्म से लेकर 2 वर्ष** की अवधि तक पूरा होता है। इस अवस्था में बालक की मानसिक क्रियाएं उसकी इन्द्रियजनित गामक क्रियाओं के रूप में सम्पन्न होती है। उन्हें भूख लगी है वे इस बात को रो कर बताते हैं। किसी भी वस्तु को जो उन्हें चाहिए उसे दिखा कर अपनी बातें प्रकट करते हैं। इस प्रकार से इस अवस्था के बालक भाषा के अभाव में अपने चारों ओर के वातावरण को अपनी इन्द्रियजनित गामक क्रियाओं और अनुभव के माध्यम से ही जानते हैं। उन्हें विचारों के रूप में जो कुछ कहना और समझना होता है, उनकी गामक क्रियाओं के रूप में ही अभिव्यक्ति होती है। कोई वस्तु बच्चे के सामने तभी तक होती है जब तक वह वस्तु उसकी आंखों के सामने रहे। आंखों से ओझल होते ही वस्तु उसके लिए समाप्त हो जाती है।

2. पूर्व संक्रियात्मक अवस्था
(Pre-operational stage)

बच्चों में यह अवस्था **2 से 7 वर्ष** के अन्दर होती है। इसके दौरान बालकों में भाषा का विकास ठीक प्रकार से आरम्भ हो जाता है। अभिव्यक्ति का माध्यम अब भाषा बनने लग जाती है गामक क्रियाएं नहीं। वस्तुओं के बारे में सोचने तथा विचारने के लिए अब भाषा तथा चित्रों का प्रयोग प्रारंभ हो जाता है। बालक अपने परिवेश की वस्तु को पहचानने और उनमें भेद करना प्रारम्भ कर देते हैं उसमें अभिक्रिया प्रारम्भ हो जाती है। वे वस्तुओं को समूह में विभाजित कर उन्हें नाम देना शुरू कर देते हैं। परन्तु शुरू के वर्षों में उनका सम्प्रत्य कार्य अधूरा एवं दोषपूर्ण ही होता है।

3. मूर्त संक्रियात्मक अवस्था
(Concrete operational stage)

यह अवस्था **7 से 11 वर्ष** के बालकों के अन्दर होती है। बच्चों में वस्तुओं को पहचानने, विभेदीकरण करने, वर्गीकरण करने तथा उपयुक्त नाम से समझने की उपयोगिता विकसित हो जाती है। वे वस्तुओं के बीच समानता, सम्बन्ध असमानता, दूरी और विषमता को समझने लगते हैं। शुरू में इस प्रकार की उनकी समझ मूर्त रूप तक ही सीमित होती है। उनका चिन्तन अब अधिक क्रमबद्ध एवं तर्कसंगत होने लगता है। हवाई उड़ान भरना कम हो जाता है और वे यथार्थ की दुनिया को समझना शुरू कर देते हैं।

4. अमूर्त संक्रियात्मक अवस्था/ औपचारिक संक्रियात्मक अवस्था
(Firmal operational stage)

11 वर्ष या इससे अधिक आयु के बालकों के अन्दर पाई जाती है। बालकों में इस अवस्था की मानसिक विकास संबंधी बातों को निम्न रूप से समझा जा सकता है-

1. सभी प्रकार के संप्रत्यों का समुचित विकास हो जाता है।
2. भाषा संबंधी योग्यता तथा संप्रेषण - शीलता का विकास अपनी ऊंचाई को छूने लगता है।
3. विचारने, सोचने, तर्क करने, कल्पना, निरीक्षण, अवलोकन, प्रेक्षण, प्रयोग आदि के द्वारा उचित निष्कर्ष निकालने की पर्याप्त योग्यता विकसित होती है।
4. स्मरणशक्ति रटने पर आधारित न होकर अब समझ पर आधारित होने लगती है।
5. चिंतन अब मूर्त नहीं रहता अमूर्त बन जाता है। वस्तुओं के स्थूल रूप का अब चिंतन प्रक्रिया के लिए उपस्थित रहना अनिवार्य नहीं रहता।
6. समस्या-समाधान योग्यता का उचित विकास हो जाता है। बच्चों में संभावित समस्या का हल खोजने की क्षमता पैदा हो जाती है।
7. संश्लेषण, विश्लेषण तथा सूक्ष्म सिद्धांतों की स्थापना संबंधी उच्च मानसिक क्षमताओं का समुचित विकास हो जाता है।

पियाजे के अनुसार संज्ञानात्मक कार्यविधि की विशेषताएं

1. **संगठन**- पियाजे प्रथम मनोवैज्ञानिक थे जिन्होंने व्यक्ति को जन्म से क्रियाशील तथा सूचना-प्रक्रमाणित प्राणी स्वीकार किया है।
2. **अनुकूलन**- अनुकूलन वह प्रक्रिया है जिसमें व्यक्ति अपने पूर्णज्ञान एवं नवीन अनुभवों के मध्य संतुलन स्थापित करता है।

(i) आत्मसातीकरण (ii) समाविष्टीकरण

3. **साम्यधारणा**- ऐसी प्रक्रिया है जिसमें व्यक्ति नई परिस्थिति के करण उत्पन्न संज्ञानात्मक असंतुलन को दूर कर संतुलन लाने का प्रयास करता है। इस प्रक्रिया में आत्मसातीकरण अथवा समाविष्टिकरण या दोनों की प्रक्रिया सम्मिलित होती है।
4. **स्कीमा**- व्यक्ति की ऐसी मानसिक प्रक्रिया है जिसका सामान्यीकरण किया जा सकता है।
5. **स्कीम्स**- व्यवहारों का संगठित पैटर्न जिसे आसानी से दोहराया जा सकता है।

   जैसे- बालक द्वारा विद्यालय के लिए तैयार होने की नित्य क्रिया।

ब्रूनर का संज्ञानात्मक विकास

(i) **दृश्य प्रतिमा विधि (Iconic Mode) (18 माह)**

यह वह विधि है जिसमें बालक अपनी अनुभूति को अपने मन में कुछ दृश्य प्रतिमा बनाकर प्रकट करता है। इस अवस्था में बालक प्रत्यक्षीकरण के माध्यम से सीखता है।

(ii) **सांकेतिक विधि (Symbolic Mode) (18 से 24 माह)**

यह वह विधि होती है जिसमें बच्चा अपनी अनुभूतियों को भाषा के माध्यम से अभिव्यक्त करता है। इस प्रक्रिया में बच्चा प्रतीकों का उसके मूल विकल्पों से सम्बन्ध स्थापित करने की योग्यता का प्रदर्शन करता है।

(iii) **असक्रियता विधि (Inactive Mode) (7 वर्ष)**

यह वह तरीका है जिसमें बच्चा अपनी अनुभूतियों को शब्दहीन क्रियाओं द्वारा अभिव्यक्त करते हैं जैसे वस्तु को पकड़ना, हाथ-पैर हिलाना। इनके माध्यम से वह बाहरी वातावरण से संबंध स्थापित करने का प्रयत्न करता है।

एरिक्सन का मनोसामाजिक विज्ञान

एरिक एरिक्सन ने सर्वप्रथम 8 स्तरीय मानव विज्ञान का सिद्धांत 1950 में अपनी पुस्तक **बाल्यकाल और समाज नामक** पुस्तक में प्रकाशित किया।

1. विश्वास बनाम अविश्वास (जन्म से 1 वर्ष तक)

i) दूसरों तथा अपनों में विश्वास की भावना का विकास।

ii) जब बच्चा विश्वास बनाम अविश्वास के संघर्ष या द्वंद्व का समाधान सफलताप. ूर्वक कर लेता है तो उसमें एक विशेष मनोसामाजिक शक्ति की उत्पत्ति होती है जिसे आशा का नाम दिया गया है। यह फ्रायड द्वारा बताई गई मनोलैंगिक विकास की मुखावस्था से है।

2. स्वतंत्रता बनाम लज्जाशीलता और संदेह (2 से 3 वर्ष)

i) लज्जाशीलता के परिणामस्वरूप बच्चों में अन्य मनोसामाजिक मनोवृत्तियां विकसित होती हैं जैसे स्वयं पर शक, शक्तिहीनता आदि।

ii) लज्जाशीलता की तुलना में स्वतन्त्रता का अनुकूल कार्य हो जाने पर बच्चे में एक नयी मनोसामाजिक शक्ति की उत्पत्ति होती है जिसे **इच्छाशक्ति** कहा जाता है। यह एक ऐसी शक्ति होती है जो बच्चों को स्वतन्त्र होकर अपनी रुचि या पसंद के अनुसार कार्य करने में सक्षम बनाती है।

3. पहल शक्ति बनाम दोषिता (4 से 6 वर्ष)

i) जब माता-पिता द्वारा बच्चे को इस अवस्था में घर से बाहर के सामाजिक कार्यों में हाथ बंटाने से रोका जाता है या जब माता-पिता द्वारा बच्चों के इस तरह की इच्छा से शाब्दिक या शारीरिक दंड दिया जाता है तब बच्चों में दोषिता का भाव उत्पन्न होता है।

ii) जब बच्चा पहल शक्ति बनाम दोषिता से पैदा संघर्ष व समाधान सफलतापूर्वक कर लेता है तब जिस मनोसामाजिक शक्ति की उत्पत्ति होती है उसे 'उद्देश्य' कहा जाता है। उद्देश्य से तात्पर्य एक ऐसी मनोसामाजिक शक्ति से है जो बच्चों में कोई लक्ष्य निश्चित करने एवं उसे विश्वास के साथ बिना किसी दंड और भय के ही प्राप्त करने की क्षमता विकसित करने से होता है।

4. **परिश्रम बनाम हीनता**
(6 वर्ष से 12 वर्ष तक)

i) जब बच्चों को अपने कौशल पर शक हो जाता है या इन कौशलों को अर्जित करने में वह असफल हो जाता है तब इससे बच्चों में 'हीनता या असमर्थता' की भावना विकसित होती है।

ii) जब बच्चा परिश्रम बनाम हीनता के संघर्ष का समाधान सही तरीके से कर लेता है तो उसे **'सामर्थ्यता'** कहा जाता है। 'सामर्थ्यता' से अभिप्राय है किसी कार्य को पूरा करने में शारीरिक एवं बौद्धिक क्षमताओं का उचित प्रयोग करना।

5. **अहं पहचान बनाम भूमिका संभ्रांति**
(12 से 19 या 20 वर्ष)

i) भूमिका संभ्रांति ऋणात्मक परिप्रेक्ष्य में पहचान की अनुपस्थिति या अभाव है। अर्थात व्यक्ति यह स्पष्ट नहीं देख पाता कि वह कौन है और वह अपने पर्यावरण के साथ सकारात्मक रूप से किस प्रकार जुड़ सकता हैं।

ii) जब किशोर अहं पहचान बनाम भूमिका संभ्रांन्ति से उत्पन्न समस्या का सफलतापूर्वक समाधान कर लेता है तब जो उसमें विशेष मनोसामाजिक शक्ति उत्पन्न होती है उसे एरिकसन ने कर्त्तव्यनिष्ठता कहा है।

6. **घनिष्ठ बनाम विलगन**
(20 से 30 वर्ष तक)

i) इस अवस्था में व्यक्ति अपने भाई, बहनों, माता पिता तथा अन्य सम्बन्धियों के साथ घनिष्ठ सम्बन्ध विकसित करता है तथा पति-पत्नी घनिष्ठ लैंगिक सम्बन्ध स्थापित करते हैं।

ii) जब व्यक्ति घनिष्ठता बनाम विलंगन से उत्पन्न संघर्ष का समाधान सफलतापूर्वक कर लेता है तो उससे जो विशेष मनोसामाजिक शक्ति पैदा होती है उसे **'स्नेह'** की संज्ञा दी गई है।

7. **जननात्मकता बनाम स्थिरता**
(30 से 65 वर्ष)

i) इस अवस्था में व्यक्ति में जननात्मकता का भाव उत्पन्न होता है। जननात्मकता से अभिप्राय है व्यक्ति द्वारा अपनी अगली पीढ़ी के लोगों के कल्याण तथा साथ ही साथ उस समाज के लिए जिसमें वे रहेंगे, को उन्नत बनाने की चिन्ता से होता है।

ii) जो व्यक्ति ऐसी संक्रान्ति का सफल समाधान कर लेते हैं उनमें विशेष मनोवैज्ञानिक शक्ति पैदा होती है जिसे 'देखभाल' का नाम दिया जाता है।

8. **अहं सम्पूर्णता बनाम निराश**
(65 वर्ष से अधिक)

i) इन अवस्थाओं में गिरते हुए शारीरिक स्वास्थ्य एवं शक्ति के साथ उचित समायोजन, अवकाश प्राप्ति में उत्पन्न कमी, अपने किसी प्रिय की मृत्यु तथा अपने आयु-समूह के साथ सम्बन्धों की आवश्यकता मुख्य होती है।

ii) इस अवस्था में कोई व्यक्ति अपने बीते मनोसामाजिक अवस्थाओं में उत्पन्न असफलताओं से चिंतित भी रहता है इससे उसमें निराशा उत्पन्न होती है और वह स्वयं को निस्सहाय ओर निर्बल समझने लगता हैं।

वायगोत्स्की का संज्ञानात्मक सिद्धान्त

सोवियत रूस के मनोवैज्ञानिक लेव वायगोदस्की का सिद्धांत बालक की वास्तविक क्षमता स्तर तथा कार्यकारी विकास स्तर के मध्य अंतर से संबंधित है। इस अंतर को उन्होंने 'निकट विकास का क्षेत्र' कहा है।

वायगोत्स्की का निकट विकास क्षेत्र का सिद्धांत

और निष्क्रिय रूप से सीखने जाने की अपेक्षा, रचनात्मक ढंग से सीखने का मतलब है समझना व आत्मसात् करना। मार्गदर्शित रचनात्मक ढंग से सीखना एक ऐसी प्रक्रिया है जो मुख्यत: चार चरणों से गुजरती है।

1. प्रथम चरण

पहला चरण वह होता है जब सीखने वाले को किसी ज्यादा जानकार या बड़े से उसे सीधे मदद मिलती है। इस चरण में बच्चे के साथ काम करते हुए यह व्यक्ति उसे यह खोज करने में मदद करता है कि वह पहले से क्या जानता है? और इसका उस सवाल से क्या संबंध है? जो वह हल करने की कोशिश कर रहा है। सवाल का हल वह अपनी क्षमताओं के आधार पर खुद ही खोजता है।

2. द्वितीय चरण

दूसरे चरण में बच्चा स्वयं अपनी मदद करने लगता है जो पहले किसी बड़े के द्वारा की जाती थी। बड़े की मदद सिर्फ इतनी चाहिए थी कि वह पहले के सवाल और इस नए सवाल के बीच समानताएं इंगित कर दे।

3. तृतीय चरण

यह चरण तब आता है जब बच्चों को कार्य करने के लिए न तो बाहरी मदद चाहिए और न ही उसे बार-बार सोचना पड़े कि अगला कदम क्या होगा।

4. चतुर्थ चरण

जब बच्चा एक तरह से सोचने के ढंग और किसी दक्षता पर महारत हासिल कर लेता है और किसी क्षेत्र में उस वक्त तक बच्चे का जितना विकास संभव है वह हो चुका होता है तो अन्य क्षेत्र खुलने लगते हैं। इस पूरी प्रक्रिया को जिसमें बड़े बच्चों के सवाल हल करने तथा अपनी समझ बनाने में सहारा देते हैं, **स्कैफोल्डिंग** कहलाती है। जैसे-जैसे बच्चा ज्यादा आत्मनिर्भर होता है और सवालों को लेकर उसका आत्मविश्वास बढ़ता है- वैसे वैसे बड़ों की सहायता देने का तरीका व उसकी प्रकृति बदलते जाते हैं।

वायगोत्स्की के निकट विकास क्षेत्र के खेल का महत्व

वायगोत्स्की का विश्वास था कि खेल संज्ञानात्मक, भावात्मक और सामाजिक विकास को बढ़ावा देते हैं। विकास में खेल के महत्व के बारे में वायगोत्स्की का दृष्टिकोण समन्वयकारी था।

वायगोत्स्की का मानना था कि खेल बच्चों को अपने व्यवहार पर नियंत्रण की क्षमता देने वाला मानसिक उपकरण है। खेल में जो स्थितियां खड़ी की जाती हैं वे बच्चे के व्यवहार को एक खास तरह से नियंत्रित करने वाली दिशा देने वाली प्रथम बाधाएं हैं। खेल व्यवहार को संगठित करता है।

खेल के विकास से संज्ञानात्मक और सामाजिक विकास के अलावा स्कूलों से संबंधित कौशलों को भी लाभ पहुंचाते हैं। उदाहरण के लिए शाब्दिक अभिव्यक्ति, शब्द भण्डार की समझ, अवधान की अवधि, कल्पनाशीलता,

एकाग्रता, आवेश पर नियंत्रण, जिज्ञासा, समस्या समाधान की और अधिक युक्तियां, सहयोग, सहानुभूति और सामूहिक भागीदारी इसमें शामिल हैं। अधिगम की अन्य गतिविधियों की अपेक्षा खेल के दौरान बच्चों के मानसिक कौशल उच्चतर स्तर पर होते हैं। वायगोत्स्की ने इसे निकट विकास क्षेत्र के उच्चतर स्तर की तरह पहचाना है।

वायगोत्स्की के अनुसार खेल विकास को तीन तरीके से प्रभावित करता है–

1. खेल बच्चे के निकट विकास क्षेत्र का निर्माण करता है।
2. खेल कार्यों और वस्तुओं को विचार से अलग करने का काम करता है।
3. खेल आत्मनियंत्रण के विकास में सहायक होता है।

वायगोत्स्की के अनुसार

अधिगम की तथा अन्य गतिविधियों की अपेक्षा बालक में नई विकासमान दक्षताएं पहले प्रकट होती हैं। अतः 4 साल की उम्र में बालक की आगामी सम्भावनाओं की भविष्यवाणी के लिए खेल जितना उपयुक्त है उतना अक्षर पहचानने जैसे अकादमिक गतिविधियां नहीं। चार साल के बालक को खेल में हम एक उच्चतर स्तर पर उसकी ध्यान, प्रतीकन और समस्या समाधान की क्षमताओं का निरीक्षण कर सकते हैं। हम वस्तुतः आगामी कल के बालक को देख रहे होते हैं।

नैतिक विकास

व्यक्ति जिस समाज या समुदाय में रहता है वह समाज उसके ऊपर तरह-तरह के सामाजिक बंधन, निर्देश अथवा दायित्व आरोपित करता है जिन्हें समाज के आदर्श या मानक या नैतिक मानदण्ड कहा जाता है।

सामाजिक तथा बौद्धिक विकास का नैतिक विकास से घनिष्ठ संबंध है। सामाजिक तथा बौद्धिक विकास में विभिन्न स्तरों पर नैतिक मूल्य, मान्यताएँ तथा उनका विकास भी भिन्न-भिन्न होता है।

जीन (ज्यो) पियाजे का नैतिक विकास सिद्धान्त

1. **अनामी चरण** (प्रथम 5 वर्ष)
   इस चरण में न तो नैतिक होता है और न ही अनैतिक पीड़ा एवं हर्ष उसके व्यवहार को नियंत्रित करते हैं। यह प्राकृतिक परिणामों का अनुशासन है
2. **हेटरोनामी-अधिकार चरण** (5 वर्ष से 8 वर्ष)
   इसे कृत्रिम परिणामों के अनुशासन का नाम दिया जा सकता है।
3. **हेटरोनामी-पारस्परिक आदान-प्रदान चरण** (5 वर्ष से 13 वर्ष)
   यह चरण पारस्परिक आदान-प्रदान द्वारा नियंत्रित होता है।
4. **स्वायन्त्रता चरण** (13 से 18 वर्ष)
   पियाजे ने इसे समता का चरण भी कहा है।

पियाजे के विचार में महत्वपूर्ण संप्रत्यय

1. आत्मकेन्द्रिता
2. समाजकेन्द्रिता
3. प्रतिफलात्मक न्याय
4. सामाजिक न्याय

कोहलबर्ग का नैतिक विकास सिद्धांत

यह सिद्धांत कोहलबर्ग द्वारा 1963 में प्रतिपादित किया गया था। इस सिद्धांत में नैतिक विकास की अवस्थाओं के 3 स्तर हैं जिनको 6 भागों में बांटा गया है।

1. प्री कन्वेंशनल/पूर्व परम्परागत स्तर

जब बालक किसी बाहरी तत्व या किसी भौतिक घटना के संदर्भ में किसी आचरण को नैतिक अथवा अनैतिक मानता है तो उसे उसकी नैतिक तर्कशक्ति कही जाती है जिसे हम प्री कन्वेंशनल स्तर भी कहते हैं। इस स्तर के अन्तर्गत निम्नलिखित दो अवस्थाएं आती हैं-

1. आज्ञा एवं दण्ड की अवस्था
2. अहंकार की अवस्था

1. आज्ञा एवं दण्ड की अवस्था–

कोहलबर्ग के अनुसार इस अवस्था में बच्चे का चिंतन दण्ड से प्रभावित होता है। परिवार में परिवार के बड़े सदस्य बच्चे को कुछ कार्य करने का आदेश देते रहते हैं। इन आदेशों का उल्लंघन करने पर उन्हें दंडित किया जाता है। इस प्रकार नैतिक विकास की प्रारंभिक अवस्था को ही बच्चों की नैतिकता का मुख्य आधार माना जाता है।

2. अहंकार की अवस्था

इस उपअवस्था में बालक के चिन्तन का स्वरूप बदल जाता है। आयु में वृद्धि होने के परिणामस्वरूप बच्चा अपनी आवश्यकताओं और इच्छाओं को भली प्रकार से समझने लगता है। वह अपनी इच्छा से झूठ बोलना व खाने की वस्तु चुराना भी नैतिकता मानता है अर्थात् उसकी अपनी इच्छाएं और आवश्यकताएं उसकी नैतिक तर्कशक्ति का आधार बन जाती हैं।

2. कन्वेंशनल स्तर/ परम्परागत स्तर

***i)* प्रशंसा की अवस्था:-**

इस अवस्था के अन्तर्गत बच्चा किसी कार्य को इसलिए करता है क्योंकि दूसरे लोग उसकी प्रशंसा करते हैं। इस अवस्था में बच्चे सामाजिक प्रशंसा और निंदा के महत्व को समझने लगते हैं। बच्चे इस अवस्था में निन्दनीय आचरण से बचने का प्रयास करते रहते हैं। दूसरी ओर, समाज के सदस्य बच्चों से विशिष्ट भूमिकाओं की अपेक्षा करते हैं। इस अवस्था में बच्चे के चिंतन का स्वरूप समाज या उसका परिवेश होता है।

***ii)* सामाजिक व्यवस्था के प्रति सम्मान की अवस्था :-**

नैतिक विकास में यह अवस्था बहुत ही महत्वपूर्ण मानी जाती है। कोहलबर्ग के अनुसार समाज के अधिकांश सदस्य नैतिक विकास की इस अवस्था में पहुंच जाते हैं। इस अवस्था में प्रवेश करने से पहले बच्चा समाज को इसलिए महत्वपूर्ण मानता था कि समाज से उसे स्वीकृति या प्रशंसा मिलती थी। अब वह समाज को स्वयं में एक लक्ष्य मानने लगता है। वह समाज की प्रथाओं, परंपराओं और नियमों में आस्था विकसित करके सम्पूर्ण समाज व्यवस्था के प्रति अपना सम्मान प्रदर्शित करता है।

बच्चा यह चाहने लगता है कि उसे कोई अच्छा कार्य इसलिए करना चाहिए क्योंकि यह उसका कर्त्तव्य है। सामाजिक नियमों के विरुद्ध हर कार्य अनैतिक होगा।

3. पोस्टकन्वेंशनल स्तर/ उत्तर परम्परागत स्तर

i) **सामाजिक समझौते की अवस्था**

इस अवस्था में प्रवेश करने पर व्यक्ति के नैतिक चिन्तन की दशा में पर्याप्त परिवर्तन आ जाते हैं। व्यक्ति पारम्परिक लेन-देन में विश्वास करने लगता है। व्यक्ति यह स्वीकार करके चलता है कि व्यक्ति और समाज के बीच एक समझौते का संबंध है। अनैतिक कार्य करने से यह संबंध टूट जाता है। अतः अपने नियमों, प्रथाओं व कानूनों के द्वारा समाज व्यक्ति को स्वतंत्रता, अधिकार और सुरक्षा प्रदान करता है।

ii) **विवेक की अवस्था**

नैतिक विकास की यह अंतिम अवस्था ही है क्योंकि इस अवस्था में पहुंचने पर व्यक्ति नैतिकता के बारे में आत्मनिष्ठ दृष्टिकोण भी विकसित करने में सफल हो जाता है, व्यक्ति में विवेक जाग जाता है। व्यक्ति को अच्छे-बुरे, उचित-अनुचित आदि के बारे में अपने व्यक्तिगत विचार विकसित हो जाते हैं।

नैतिक विकास के स्तर तथा सोपान

स्तर	सोपान
1. पूर्व परम्परागत स्तर	1. आत्मकेन्द्रित निर्णय 2. दण्ड तथा आज्ञा-पालन अभिमुखता 3. यान्त्रिक सापेक्षिक अभिमुखता
2. परम्परागत स्तर	4. परस्पर एकजुट अभिमुखता 5. अधिकार-संरक्षण अभिमुखता
3. उत्तर-परम्परागत स्तर	6. सामाजिक अनुबन्ध विधिसम्मत अभिमुखता 7. सार्वभौमिक नैतिक सिद्धान्त अभिमुखता

नैतिक विकास को प्रभावित करने वाले कारक

1. परिवार
2. विद्यालय
3. पड़ोसी
4. धर्म का प्रभाव
5. मित्र समूह
6. संस्कृति
7. समुदाय
8. अध्यापक

मानसिक विकास को प्रभावित करने वाले कारक

1. वंशानुक्रम
2. परिवार का वातावरण
3. परिवार की सामाजिक-आर्थिक स्थिति
4. स्वास्थ्य
5. माता-पिता की शिक्षा
6. बालक की शिक्षा
7. विद्यालय
8. सहानुभूति एवं सहयोग
9. समाज

*संप्रतयय - दृष्टिकोण
*संप्रषणशीलता - विचारों को आदान-प्रदान करने की योग्यता
*प्रक्रमणिता - छोटे-छोटे कार्यो को एक निश्चित क्रम में करना
*विलंगन - अलगाव
*संक्रान्ति - भ्रांति
*अवधान - एकाग्र या सावधान होन की अवस्था या भाव
*स्वायन्त्रता - संतुलन
*अभिमुखता - सम्मुखता, प्रवृत्वता

अभ्यास प्रश्न

1. निम्न सिद्धान्तों में से कौन-सा बच्चे के बौद्धिक विकास के 4 चरणों (संवेदी-चालक, पूर्व परिचालन, सुदृढ़ परिचालन एवं औपचारिक परिचालन को चिह्नित करता है?

(a) एरिक्सन का मनोसामाजिक विकास सिद्धान्त
(b) फ्रायड का मानसिक-यौन विकास सिद्धान्त
(c) जीन (ज्यां) पियाजे का संज्ञानात्मक विकास सिद्धान्त
(d) कोलबर्ग का नैतिक विकास सिद्धान्त

2. वह विचारात्मक प्रक्रिया जिसमें नूतन, वास्तविक तथा उपयोगी अवधारणाओं का प्रस्तुतीकरण निहित हो, कही जाती है-

(a) रचनात्मकता (b) अभिनव
(c) बुद्धिमत्ता (d) नवविचार

3. बच्चे के संज्ञानात्मक विकास हेतु उत्तम स्थान है-

(a) खेल का मैदान
(b) सभागार
(c) घर
(d) विद्यालय एवं कक्षा का वातावरण

4. संज्ञानात्मक विकास का सिद्धान्त प्रतिपादित करने वाले थे-

(a) लाजारस (b) टैलमेन
(c) कोहलर (d) पियाजे

5. कौन-सा सिद्धान्त व्यक्त करता है कि मानव मस्तिष्क एक वर्ष की बड़ी चट्टान के समान है, जो कि अधिकांशतः छिपी रहती है एवं उसमें चेतन के तीन स्तर हैं?

(a) गुण सिद्धान्त
(b) प्रकार सिद्धान्त
(c) मनोविश्लेषणात्मक सिद्धान्त
(d) व्यवहारवाद सिद्धान्त

6. आप देखते हैं कि एक छात्र बुद्धिमान है। आप-

(a) उसके साथ संतुष्ट रहेंगे।
(b) उसे अतिरिक्त गृहकार्य नहीं देंगे।
(c) वह जैसे अधिक प्रगति कर सके उस तरह उसे अनुप्रेरित करेंगे।
(d) उसके अभिभावकों को सूचित करेंगे कि वह बुद्धिमान है।

7. निम्न में से कौन पियाजे के अनुसार बौद्धिक विकास का निर्धारक तत्व नहीं है?

(a) सामाजिक संचरण
(b) अनुभव
(c) सन्तुलनीकरण
(d) इनमें से कोई नहीं

8. बच्चों के बौद्धिक विकास की चार विशिष्ट अवस्थाओं की पहचान की गई-

(a) कोहलबर्ग द्वारा
(b) एरिकसन द्वारा
(c) स्किनर द्वारा
(d) पियाजे द्वारा

9. कोहलबर्ग के अनुसार, सही और गलत के प्रश्न के बारे में निर्णय लेने में शामिल चिन्तन-प्रक्रिया को कहा जाता है-

(a) सहयोग की नैतिकता
(b) नैतिक तर्कणा
(c) नैतिक यथार्थवाद
(d) नैतिक दुविधा

10. पियाजे के संज्ञानात्मक विकास के सिद्धान्त की मूर्त-संक्रियात्मक अवस्था निम्न योग्यता द्वारा लक्षित नहीं होती है-

(a) विचारों की विलोमीयता
(b) मानसिक द्वन्द्व
(c) संरक्षण
(d) क्रमबद्धता व पूर्ण-अंश प्रत्ययों का प्रयोग

11. किशोर प्रौढ़ों को अपने मार्ग में बाधा समझते हैं, जो उसे अपनी स्वतन्त्रता का लक्ष्य प्राप्त करने से रोकते हैं।'' यह किसने कहा है?

(a) कॉलसनिक
(b) ड्रेवर
(c) स्टेनले हॉल
(d) बिग्गी

12. निम्न में से कौन-सा कथन किसी व्यक्ति के मानसिक स्वास्थ्य को उत्तम रूप से प्रदर्शित करता है?

(a) पूर्ण अभिव्यक्ति, संगतिकरण और सामान्य लक्षण की ओर निर्देशन
(b) मानसिक विकारों का न होना
(c) व्यक्ति के विकारों से मुक्ति
(d) इनमें से सभी

13. 'चिन्तन संज्ञानात्मक पक्ष में एक मानसिक क्रिया है।' यह कथन दिया गया है

(a) डीवी द्वारा
(b) गिलफोर्ड द्वारा
(c) क्रूज द्वारा
(d) रौस द्वारा

14. बच्चो में वैज्ञानिक सोच का विकास करने के लिए आवश्यक घटक हैं

(a) बच्चों के समक्ष छोटी-छोटी समस्याएं रखी जाएं
(b) बच्चों के द्वारा किए गए सम्भावित समाधानों का परीक्षण करके
(c) बच्चों के सम्भावित समाधानों के निर्माण हेतु प्रेरित करके
(d) उपरोक्त सभी

15. बच्चों के बौद्धिक विकास के चार सुस्पष्ट स्तरों को पहचाना गया था-

(a) कोहलबर्ग द्वारा
(b) एरिक्सन द्वारा
(c) स्कीनर द्वारा
(d) पियाजे द्वारा

16. एक प्रसामान्य 12 वर्ष उम्र के बच्चे में सबसे अधिक होना सम्भव है-

(a) कुल प्रेरक समन्वय में कठिनाई
(b) वयस्कों को खुश करने के बारे में दुश्चिन्ता की अनुभूति
(c) अब और यहाँ में उसकी रुचियों को सीमित करना
(d) समकक्षी के अनुमोदन के लिए बेचैनी

17. बालिका शिक्षा को महत्ता देना उचित है, कारण
(a) बलिकाएं बालकों से अधिक बुद्धिमती हैं
(b) बलिकाएं बालकों से अल्पसंख्यक हैं
(c) अतीत में बलिकाओं को बुरी तरह से विभेदित किया जाता था
(d) किसी सामाजिक परिवर्तन के नेतृत्व में केवल बालिकाएं समर्थ हैं

18. विद्यालय से विद्यार्थियों के भाग जाने का कारण है-
(a) कक्षा-शिक्षक में रुचि का अभाव
(b) विद्यार्थियों में अध्ययन में रुचि का अभाव
(c) विद्यार्थियों को दण्ड नहीं देना
(d) समस्या के प्रति शिक्षकों की निर्दय अभिवृत्ति

19. बालकों की सोच अमूर्तता की अपेक्षा मूर्त अनुभवों एवं प्रत्ययों से होती है। यह अवस्था है-
(a) 7 से 12 वर्ष
(b) 12 से वयस्क तक
(c) 2 से 7 वर्ष तक
(d) जन्म से 2 वर्ष तक

20. फ्रॉयड व पियाजे एवं अन्य मनो वैज्ञानिकों ने व्यक्तित्व विकास की विभिन्न अवस्थाओं के सन्दर्भ में व्याख्या की है। परन्तु पियाजे ने-
(a) कहा है कि विकास की अवस्थाएं वातावरण से निर्धारित होती हैं
(b) कहा कि शैशवावस्था के अनुभव ही अधिक प्रभावित करते हैं, बाकि अवस्थाओं के सीमित प्रभाव होते हैं
(c) विभिन्न अवस्थाओं को समझाने के लिए संज्ञानात्मक बदलाव के बारे में कहा
(d) इनमें से कोई नहीं

21. यूनेस्को ने किस वर्ष को विकलांगों का अन्तर्राष्ट्रीय वर्ष घोषित किया है?
(a) 1992 को (b) 1985 को
(c) 1975 को (d) 1982 को

22. निम्न में से पिछड़े बालकों की शिक्षा के स्वरूप में कौन-कौन-सी बातें सम्मिलित की जानी चाहिए?
(a) विशेष शिक्षण विधियों का प्रयोग
(b) विद्यालय में विशिष्ट कक्षाओं की व्यवस्था
(c) विशेष पाठ्यक्रम की व्यवस्था
(d) उपर्युक्त सभी

23. निम्न में से पिछड़े बालकों के लिये विद्यालय के दोषपूर्ण संगठन सम्बन्धी कौन-कौन से कारण उत्तरदायी हैं?
(a) शिक्षकों का कठोर व्यवहार
(b) अनुपयुक्त पाठ्यक्रम
(c) अमनोवैज्ञानिक शिक्षण विधियों का प्रयोग
(d) उपर्युक्त सभी

24. निम्न शिक्षण-प्रणालियों में से प्रतिभाशाली बालकों के शिक्षण में कौन-कौन-सी प्रणालियां अपनानी चाहिए?
(a) पृथक्कीकरण (b) गतिवर्द्धन
(c) सम्पन्नीकरण (d) उपर्युक्त सभी

25. "प्रतिभाशाली बालकों के पाठ्यक्रम का निर्माण इस प्रकार किया जाना चाहिए जिससे उनकी मौखिक योग्यता, सामान्य मानसिक योग्यता और तर्क, चिन्तन एवं रचनात्मक शक्तियों का अधिकतम विकास हो सके।" यह कथन है–
(a) क्रो व क्रो का
(b) स्किनर का
(c) हालिंगबर्थ का
(d) विलकिन्स का

26. प्रतिभाशाली बालकों की विशेषताओं को कितने भागों में बांटा जाता है?
(a) तीन भागों में (b) चार भागों में
(c) पांच भागों में (d) छः भागों में

27. "प्रतिभाशाली बालक शारीरिक गठन, सामाजिक समायोजन, व्यक्तित्व के लक्षणों, विद्यालय उपलब्धि, खेल की सूचनाओं एवं रुचियों की एकरूपता में सामान्य बालकों से बहुत श्रेष्ठ होते हैं।" यह परिभाषा प्रस्तुत की है–
(a) स्किनर एवं हैरीमैन ने
(b) क्रो व क्रो ने
(c) टरमैन एवं ओडन ने
(d) हरलॉक ने

28. पिछड़े बालक कितने प्रकार के होते हैं?
(a) तीन प्रकार के (b) चार प्रकार के
(c) पांच प्रकार के (d) छः प्रकार के

29. "एक पिछड़ा बालक वह है जो अपने स्कूल जीवन के मध्यकाल (लगभग 10 वर्ष) की आयु में अपनी कक्षा से नीचे की कक्षा का कार्य नहीं कर सकता जो उसकी आयु के लिये सामान्य कार्य है।" यह परिभाषा प्रस्तुत की है–
(a) स्किनर ने
(b) गेट्स एवं अन्य विद्वानों ने
(c) बर्ट ने
(d) सचवाट्‌र्ज ने

30. सृजनात्मक बालक निम्न में से किस श्रेणी का विशिष्ट बालक है?
(a) शारीरिक रूप से विशिष्ट बालक
(b) बौद्धिक रूप से विशिष्ट बालक
(c) वचन की दृष्टि से विशिष्ट बालक
(d) मनो-सामाजिक दृष्टि से विशिष्ट बालक

31. विशिष्ट बालकों को प्रायः कितनी श्रेणी या भागों में बांटा जा सकता है?
(a) चार (b) पांच
(c) छः (d) सात

32. निम्न में से सामान्य बालकों की कौन-कौन-सी विशेषताएं होती हैं?
(a) अच्छी शारीरिक बनावट
(b) 90 से 110 तक बुद्धिलब्धि
(c) परिवार, विद्यालय एवं समाज में अच्छा समायोजन
(d) उपर्युक्त सभी

33. "जब हम किसी को विशिष्ट कहकर वर्णित करते हैं, हम व्यक्ति को औसत या सामान्य लोगों, जिन्हें हम एक या अधिक लक्षणों के सम्बन्ध में जानते हैं, से अलग रखते हैं।" यह परिभाषा प्रस्तुत की है–
(a) क्रो व क्रो ने
(b) वालेन्स वालिन ने
(c) सचवाट्‌र्ज ने
(d) हरलॉक ने

34. निम्न में से विकलांगता के कौन-कौन-से कारण उत्तरदायी हैं?

(a) जन्मजात अनियमितता
(b) दुर्घटना
(c) बीमारी
(d) उपर्युक्त सभी

35. "एक व्यक्ति या बालक जिसमें कोई इस प्रकार का शारीरिक दोष होता है जो किसी भी रूप से उसे सामान्य क्रियाओं में भाग लेने से रोकता है या उसे सीमित रखता है, उसको हम विकलांग व्यक्ति या बालक कह सकते हैं।" यह परिभाषा प्रस्तुत की है–
(a) स्किनर ने
(b) क्रो व क्रो ने
(c) हरलॉक ने
(d) टरमैन एवं ओडम ने

36. मन्दबुद्धि बालक का वही स्वरूप होना चाहिए -
(a) जो प्रतिभाशाली बालक का होता है
(b) जो विकलांग बालक का होता है
(c) जो वंचित बालक का होता है
(d) जो पिछड़े बालक का होता है

37. स्किनर ने मन्दबुद्धि बालकों को निम्न में से किन-किन नामों से पुकारा है?
(a) अल्पबुद्धि बालक
(b) मूढ़ बालक
(c) धीमी गति से सीखने वाले बालक
(d) उपर्युक्त सभी

38. निम्न में से विशिष्ट बालकों की कौन-कौन-सी विशेषताएँ होती हैं?
(a) शारीरिक रूप से प्रायः अस्वस्थ
(b) परिवार, विद्यालय एवं समाज में अच्छे समायोजन का अभाव
(c) प्रायः अन्तर्मुखी प्रवृत्ति का होना
(d) उपर्युक्त सभी

39. विकलांग बालक मुख्यतः कितने प्रकार के होते हैं?
(a) पांच प्रकार के
(b) सात प्रकार के
(c) आठ प्रकार के
(d) दस प्रकार के

40. निम्न में से विकलांग बालकों की शिक्षा में किन-किन विशेष बातों को सम्मिलित किया जाना चाहिए?
(a) विशेष विद्यालय
(b) विशेष कक्ष
(c) विशेष शिक्षक
(d) उपर्युक्त सभी

41. प्रतिभावान बालकों में किस अवस्था के लक्षण शीघ्र दिखाई देते हैं?
(a) बाल्यावस्था के
(b) किशोरावस्था के
(c) प्रौढ़ावस्था के
(d) वृद्धावस्था के

42. वंचित वर्ग के बालकों के अन्तर्गत कौन-से बालक आते हैं-
(a) अन्धे व अपंग बालक
(b) मन्द बुद्धि व हकलाने वाले बालक
(c) पूर्ण बधिर या आंशिक बधिर
(d) उपर्युक्त सभी

43. निम्नलिखित में से समस्यात्मक बालक कौन है?
(a) पिछड़े बालक
(b) मन्द बुद्धि बालक
(c) चोरी करने वाले बालक
(d) प्रतिभाशाली बालक

44. प्रतिभाशाली बालकों की समस्या है -
(a) गिरोहों में शामिल होना
(b) अध्यापन विधियाँ
(c) विषयों के चयन की समस्या
(d) उपर्युक्त सभी

45. मौलिकता का गुण पाया जाता है -
(a) प्रतिभाशाली बालकों में
(b) सृजनशील बालकों में
(c) धनी परिवार के बालकों में
(d) शिक्षित माता-पिता के बालकों में

46. ''कुशाग्र अथवा प्रतिभावान बालक वे हैं जो लगातार किसी भी कार्यक्षेत्र में अपनी कार्यकुशलता का परिचय देते हैं'' यह परिभाषा किस मनोवैज्ञानिक ने प्रस्तुत की-
(a) पियाजे (b) टरमन
(c) वुडवर्थ (d) टेलर

47. बालकों के समस्यात्मक व्यवहार का कारण..... नहीं है?
(a) निर्धनता
(b) अत्यधिक लाड़-प्यार
(c) मनोरंजन की सुविधा
(d) अनैतिक व्यवहार

48. अंधे बालकों को....... शिक्षण दिया जाता है -
(a) दृश्य-श्रव्य सामग्री द्वारा
(b) ब्रेल पद्धति द्वारा
(c) टंकण द्वारा
(d) गाने-बजाने द्वारा

49. प्रतिभावान बालकों की पहचान किस प्रकार की जा सकती है?
(a) बुद्धि परीक्षा द्वारा
(b) अभिरुचि परीक्षण द्वारा
(c) उपलब्धि परीक्षण द्वारा
(d) उपर्युक्त सभी

50. सीखने की धीमी गति किस वर्ग के बालकों में पायी जाती है-
(a) पिछड़े बालकों में
(b) मन्दबुद्धि बालकों में
(c) विकलांग बालकों मे
(d) उपर्युक्त सभी

51. समस्यात्मक बालकों में कौन-सी कमियां पायी जाती हैं?
(a) चोरी करना
(b) झूठ बोलना
(c) क्रोध करना
(d) उपर्युक्त सभी

52. ''जिन बालकों की बुद्धिलब्धि 70 से कम होती है उन्हें मन्दबुद्धि बालक कहते हैं।'' यह कथन किसका है?
(a) क्रो एवं क्रो (b) स्टोप्स
(c) डगलस (d) डाल्टन

53. सरल व रोचक शिक्षण विधियाँ किस प्रकार के बालकों के लिए आवश्यक हैं?
(a) पिछड़े बालकों के लिए
(b) मन्दबुद्धि बालकों के लिए
(c) प्रतिभाशाली बालकों के लिए
(d) उपर्युक्त में से कोई नहीं

54. बुद्धिलब्धि परीक्षण से पिछड़े बालक की बुद्धिलब्धि क्या है?
(a) 90 से 110 तक
(b) 70 से 90 तक
(c) 50 से 70 तक
(d) 30 से 50 तक

55. व्यक्तिगत रूप में शिक्षा देने की व्यवस्था किसके लिए होनी चाहिए?
(a) पिछड़े बालकों के लिए
(b) उच्च बालकों के लिए
(c) अपाहिज बालकों के लिए
(d) उपर्युक्त में से कोई नहीं

56. कौन-से बालक सामान्य बालकों से सभी बातों में श्रेष्ठ होता है?
(a) प्रतिभाशाली बालक
(b) अपवादात्मक बालक
(c) सृजनात्मक बालक
(d) चिंतनशील बालक

57. तीव्र मानसिक दुर्बलता के स्तर में बुद्धि-लब्धि होती है -
(a) 52 से 6 तक
(b) 20 से 25 तक
(c) 36 से 51 तक
(d) 60 से 70 तक

58. मन्दबुद्धि बालकों के सम्प्रत्यय में निम्नलिखित तत्व होता/होते है।/हैं-
(a) सीखने की गति मन्द होना
(b) इनमें आत्मविश्वास नहीं होता
(c) (a) और (b) दोनों
(d) शारीरिक विकलांगता

59. शैक्षिक पिछड़ापन व मन्दता का एक गम्भीर कारण है-
(a) निम्न सामान्य बुद्धि
(b) मन्दबुद्धि
(c) तीव्र बुद्धि
(d) उपर्युक्त में से कोई नही

60. जिनके व्यवहार में कोई ऐसी असामान्य बात होती है या कक्षा में अनुचित समस्याएं उत्पन्न करते हैं, उन्हें कैसे बालकों की श्रेणी में रखा जा सकता है?
(a) विशिष्ट बालक
(b) अपवादात्मक बालक
(c) मंदबुद्धि बालक
(d) समस्यात्मक बालक

61. बालकों में शैक्षिक मन्दता का एक मुख्य कारण है -
(a) विद्यालय का वातावरण प्रतिकूल होना
(b) पाठ्यक्रम का कठोर होना
(c) अयोग्य अध्यापक द्वारा शिक्षण
(d) उपर्युक्त सभी

62. विशिष्ट कक्षाओं में छात्रों की संख्या कितनी होनी चाहिए?
(a) 1 से 50
(b) 1 से 100
(c) 1 से 200
(d) 1 से 20

63 पिछड़े बालकों के लिए किस प्रकार के विद्यालय की स्थापना होनी चाहिए?
(a) साधारण विद्यालय
(b) विशिष्ट विद्यालय
(c) उच्चस्तरीय विद्यालय
(d) उपर्युक्त में से कोई नहीं

64. बुद्धि-लब्धि के आधार पर मन्दबुद्धि बालक का स्तर (level) निम्नांकित होता है -
(a) जड़ बुद्धि (Idiots) -0 से 25
(b) मूढ़ (Imbicile) -25 से 50
(c) मूर्ख (Morons) - 50 से 75
(d) उपर्युक्त सभी

65. असाधारण या विशिष्ट बालकों का वर्ग है-
(a) प्रतिभाशाली
(b) मन्दबुद्धि
(c) अपचारी बालक
(d) उपर्युक्त सभी

उत्तरमाला

1. (b)	**2.** (a)	**3.** (d)	**4.** (d)	**5.** (c)	**6.** (c)	**7.** (a)	**8.** (d)	**9.** (b)	**10.** (b)
11. (a)	**12.** (a)	**13.** (d)	**14.** (d)	**15.** (d)	**16.** (d)	**17.** (c)	**18.** (b)	**19.** (b)	**20.** (c)
21. (d)	**22.** (d)	**23.** (d)	**24.** (d)	**25.** (d)	**26.** (c)	**27.** (c)	**28.** (c)	**29.** (c)	**30.** (d)
31. (a)	**32.** (d)	**33.** (a)	**34.** (d)	**35.** (a)	**36.** (d)	**37.** (d)	**38.** (d)	**39.** (c)	**40.** (d)
41. (a)	**42.** (d)	**43.** (c)	**44.** (d)	**45.** (b)	**46.** (b)	**47.** (c)	**48.** (c)	**49.** (d)	**50.** (d)
51. (d)	**52.** (a)	**53.** (a)	**54.** (a)	**55.** (a)	**56.** (a)	**57.** (b)	**58.** (c)	**59.** (a)	**60.** (d)
61. (d)	**62.** (d)	**63.** (b)	**64.** (d)	**65.** (d)					

अध्याय 6

समायोजन-असमायोजन एवं अभिप्रेरणा तथा आदतें

समायोजन

समायोजन को सामंजस्य या **अनुकूलन** भी कहते हैं। समायोजन दो शब्दों **सम** और **आयोजन** से मिलकर बना है। **सम** का अर्थ है अच्छी तरह, सामान्य रूप से या **भली-भांति** तथा **आयोजन** का अर्थ है **व्यवस्था।**

अत: समायोजन का अर्थ हुआ सुव्यवस्था या अच्छी तरह से परिस्थितियों को अनुकूल बनाने की प्रक्रिया जिससे कि व्यक्ति की आवश्यकताएं पूर्ण हो जाएं और सामाजिक दायित्व का भी निर्वाह हो जाए।

बोरिंग, लैगफिल्ड व वेल्ड के अनुसार

''समायोजन वह प्रक्रिया है जिसके द्वारा प्राणी अपनी आवश्यकताओं की पूर्ति को प्रभावित करने वाली परिस्थितियों में संतुलन रखता है।''

गेट्स के अनुसार

''समायोजन निरंतर चलने वाली प्रक्रिया है जिसमें व्यक्ति अपने और अपने वातावरण के बीच संतुलित संबंध रखने के लिए व्यवहार में परिवर्तन करता है।

''समायोजन को संतुलित दशा कहा जाता है।''

समायोजन के लक्षण/समायोजित व्यक्ति के गुण

1. समायोजित व्यक्ति संतुलन बनाये रखता है।
2. परिस्थिति के ज्ञान, वातावरण के अनुकूल आचरण करता है।
3. पर्यावरण तथा परिस्थिति से लाभ उठाता है।
4. वह हमेशा संतुष्ट और सुखी रहता है।
5. समाज के अन्य व्यक्तियों का ध्यान रखता है।
6. समस्या का समाधान करने वाला और साहसी होता है।
7. सामाजिक व्यक्तित्व और आदर्श चरित्र वाला होता है।
8. दायित्वपूर्ण और संवेगात्मक दृष्टि से स्थिर होता है।

असमायोजन

व्यक्ति को जब अपने लक्ष्य की प्राप्ति आसानी से हो जाती है तो उसे संतोष का अनुभव होता है। जब लक्ष्य प्राप्त करने में उसे बाधाओं का सामना करना पड़ता है तो उसमें असंतोष, निराशा, विवशता, हताशा, कुण्ठा आदि भाव पैदा हो जाते हैं।

जब व्यक्ति को अपनी इच्छाओं और रुचियों के विरुद्ध शक्तियों का सामना करना पड़ता है तो उसमें मानसिक द्रव्य पैदा हो जाता है। तनाव के कारण व्यक्ति के मन में एक प्रकार की उथल-पुथल भयभीत कर जाती है जिसे दूर करने का वह प्रयास करता है। यदि यह प्रयास सफल हो जाता है तो वह वातावरण के साथ **समायोजन** कर लेता है। और यदि वह इन बाधाओं को दूर करने में असफल रहता है तो वह अवांछित मार्ग अपना लेता है जिसे असमायोजन कहते हैं।

गेट्स के अनुसार

असमायोजन व्यक्ति और उसके असंतुलन का उल्लेख करता है।

असमायोजन के कारण

1. **पारिवारिक कारण**
   - परिवार की निर्धनता।
   - माता-पिता का व्यवहार।
   - परिवार का अशांत वातावरण।
2. **विद्यालयीय कारण**
   - अपरिक्षित अध्यापक।
   - कक्षा का वातावरण।
   - अनुपयुक्त पाठ्यक्रम।
   - मनोरंजन सुविधाओं का अभाव।
   - दोषपूर्ण परीक्षा प्रणाली।
3. **सामाजिक कारण**
   - धार्मिक विकास व धार्मिक सहिष्णुता की कमी होना।
   - क्लब, पुस्तकालय, वाचनालय, मैदानों का अभाव होना।
   - समाज में वर्ग संघर्ष की स्थिति होना।
   - रोजगार के साधनों का अभाव होना।
   - समाज का वातावरण दूषित होना।
   - शिक्षा के साधनों का अभाव होना।
4. **वंशानुगत कारण**
   - दोषपूर्ण वंशानुक्रम के कारण शारीरिक या मानसिक विकास न होना।
   - असामान्य शारीरिक गठन या अंगों में विकृति होना।
   - शारीरिक या मानसिक रूप से अस्वस्थ होना।
   - लंबी बीमारी या चोट का होना।

अभिप्रेरणा

अभिप्रेरणा शब्द Motivation अंग्रेजी के शब्द का पर्याय है। यह लैटिन भाषा के मॉटन (Motun) शब्द से लिया गया है जिसका अर्थ प्रेरणा है।

अभिप्रेरणा एक प्रकार की शक्ति है जो छात्रों में अध्ययन तथा अन्य कार्यों को करने का जोश तथा रुचि उत्पन्न करती है। व्यक्ति जो भी कार्य करता है उसमें किसी प्रकार की अभिप्रेरणा की भूमिका आवश्यक होती है। अध्यापक के समक्ष यह बहुत बड़ी समस्या होती है कि छात्रों को किस प्रकार अधिक से अधिक अभिप्रेरित किया जाए। अध्यापक इसके लिए अनेक उपाय करता है। अभिप्रेरणा अधिगम के लिए कोई आवश्यक शर्त नहीं है। परन्तु फिर भी अधिगम प्रक्रिया को गतिशीतला प्रदान करती है। इसे ''सीखने का हृदय" (Heart of Learning), "सीखने का स्वर्ण पथ" (Golden Road of Learning) तथा सीखने की "अनिवार्य स्थिति'' (Potent Factor in Learning) मुख्य कारक कहा गया है। **गेट्स** के शब्दों में, "अभिप्रेरणा स्वतंत्र समाज में एक अच्छे कार्यक्रम की केंद्रीय समस्या है।'' **डॉ. एस.एस. चौहान** ने भी कहा है, "कोई व्यक्ति जो कुछ करता है वह क्यों करता है?

"क्यों" की समस्या हमें अभिप्रेरणा की समस्या तक ले आती है।

अभिप्रेरणा की समस्या मनोविज्ञान की केन्द्रीय समस्या है।

परिभाषाः- अभिप्रेरणा एक ऐसी आंतरिक प्रक्रिया है जो प्राणियों में क्रियाशीलता उत्पन्न करती है और लक्ष्य प्राप्ति तक चलती है।

गुड :- "अभिप्रेरणा कार्य को आरंभ करने, जारी रखने और नियंत्रित करने की प्रक्रिया है।''

स्किनरः- "अभिप्रेरणा अधिगम का सर्वोच्च स्तर है।''

मैक्डूगलः- "अभिप्रेरणा वे शारीरिक और मानसिक दशाएं हैं जो किसी कार्य को करने के लिए प्रेरित करती हैं।'' अभिप्रेरणा दो प्रकार की होती है:-

1 आंतरिक अभिप्रेरणा (Natural Motivation)
2. बाह्य अभिप्रेरणा (Artificial Motivation)

1. **आंतरिक अभिप्रेरणा/प्राथमिक प्राकृतिक अभिप्रेरणा**

   इस वर्ग की अभिप्रेरणा मनुष्य की जन्मजात प्रवृत्तियों व रुचियों पर निर्भर करती है। प्राकृतिक अभिप्रेरणा के अन्तर्गत शारीरिक, स्वभाविक, सामाजिक और संवेगात्मक अभिप्रेरणा शामिल हैं। इस प्रकार की अभिप्रेरणा में व्यक्ति को पाठ्य-पुस्तक और क्रियाओं से व्यक्ति को या छात्र को प्रोत्साहन मिलता है। प्राकृतिक अभिप्रेरणा का संबंध प्राकृतिक इच्छाओं, रुचियों एवम् आवश्यकताओं से होता है। प्राकृतिक अभिप्रेरणा के अन्तर्गत शारीरिक अभिप्रेरणा, सामाजिक अभिप्रेरणा, संवेगात्मक अभिप्रेरणा शामिल हैं।

2. **कृत्रिम/बाह्य/द्वितीयक अभिप्रेरणा**

   इस प्रकार की अभिप्रेरणा का संबंध किसी व्यक्ति से न होकर वातावरण से होता है। कृत्रिम अभिप्रेरणा में परिणामों का ज्ञान, पुरस्कार, दंड, लक्ष्य, प्रतियोगिता शामिल हैं।

कृत्रिम अभिप्रेरणा के दो भाग हैं–

1. सकारात्मक अभिप्रेरणा
2. नकारात्मक अभिप्रेरणा

अभिप्रेरणा के सिद्धांत

1. **मूल प्रवृत्यात्मक सिद्धांतः-** इस सिद्धांत का प्रतिपादन **मैक्डूगल** ने किया। उसके अनुसार सभी प्राणियों में जन्मजात प्रवृत्तियां पाई जाती हैं जिन्हें प्रेरक कहा गया है। यही मूल प्रवृतियां प्राणी के व्यवहार को प्रभावित एवम् संचालित करती हैं। उसके अनुसार मूल प्रवृत्तियों के तीन मुख्य तत्व हैं–

   i). सामान्य उत्तेजना
   ii). क्रिया
   iii). लक्ष्य निर्देशन

2. **उद्दीपन अनुक्रिया का सिद्धांतः-** इसका प्रतिपादन **'थार्नडाइक'** द्वारा किया गया था। इस सिद्धांत के अनुसार उद्दीपन के कारण जो शारीरिक प्रतिक्रिया होती है वही मानव व्यवहार है।

   प्राणी किसी उत्तेजना के होने पर ही स्वभाविक प्रतिक्रिया करता है।

3. **मनोविश्लेषणात्मक सिद्धान्तः-** इसके प्रतिपादक **सिग्मन फ्रायड** के अनुसार प्रेरणा के मुख्य कारक हैं-

   1. मूल प्रवृत्ति 2. अचेतन

   उन्होंने दो आधारभूत मूल प्रवृत्तियों **जीवन मूल प्रवृत्ति, मृत्यु मूल प्रवृत्ति** को प्रमुख अभिप्रेरणा का स्त्रोत माना। मानव **सकारात्मक, कार्य जीवन** मूल प्रवृत्ति और **नकारात्मक कार्य मृत्यु** मूल प्रवृत्ति से प्रेरित होकर करता है। अचेतन मन जो व्यक्ति की अतृप्त इच्छाओं का प्रतीक है, व्यक्ति के व्यवहार को प्रेरित करता है।

4. **निर्थीकरण सिद्धांत :-**इस सिद्धांत के प्रतिपादक **'अब्राहम मैस्लो'** थे। इस सिद्धांत के अनुसार मानव अपने अस्तित्व के लिए किसी वस्तु की कमी या आवश्यकता महसूस करता है तब उसे पूरा करने के लिए क्रियाशील हो जाता है। नियम क्रम की मांग पूरा होने पर ही उच्च क्रम की मागें व्यक्ति को प्रेरित करती हैं।

5. **लेविन का सिद्धांत :-** इस सिद्धांत के प्रतिपादक **'कुर्टलेविन'** ने अधिगम के विकास में अभिप्रेरणा का महत्व सर्वाधिक माना है। यह मत अभिप्रेरणा की **साक्षी की पृष्ठभूमि** पर आधारित है।

6. **प्रणोद न्यूनता सिद्धांत :-** इस सिद्धांत के प्रतिपादक **'सी. एल. हल'** थे। इन्होंने किसी प्रतिक्रिया को शुरू करने तथा बनाए रखने में भूख, प्यास, यौन क्रिया जैसे जैविक प्रणोद को महत्वपूर्ण माना है। ये प्रणोद व्यक्ति में शारीरिक तनाव उत्पन्न करते हैं जिन्हें दूर करने के लिए व्यक्ति क्रियाशील होता है।

अभिप्रेरणा के स्त्रोत

1. **आंतरिक स्त्रोतः-**

   1. आवश्कताएं 2. चालक
   3. उद्दीपन या प्रोत्साहन
   4. मूल प्रवृत्तियां 5. प्रेरक

2. **बाह्य स्त्रोतः-**

   1. प्रशंसा 2. पुरस्कार
   3. दण्ड 4. सहयोग
   5. निन्दा 6. प्रतिद्वंद्विता

अभिप्रेरकों का वर्गीकरणः- गैरेट के अनुसार वर्गीकरण

1. **मनोवैज्ञानिक अभिप्रेरक :-** प्रबल मनोवैज्ञानिक स्थितियों के कारण ये प्रेरक उत्पन्न होते हैं। इनमें भय, प्रेम, क्रोध, सुख-दुःख आदि प्रमुख हैं।

2. **जैविक प्रेरक :-** इनका संबंध शरीर की विभिन्न अवस्थाओं से होता है जैसे- नींद, पीड़ा, उपेक्षा, ऑक्सीजन की आवश्यकता, सैक्स आदि।

3. **सामाजिक प्रेरक :-**ये प्रेरक सामाजिक परिस्थितियों, आदर्शों आदि के कारण उत्पन्न होते हैं, जैसे आत्मप्रदर्शन, आत्मसुरक्षा, रचनात्मकता।

अभिप्रेरणा की विशेषताएं

1. अभिप्रेरणा सक्रियता अथवा क्रियाशीलता की प्रतीक होती है।
2. भावात्मक प्रदर्शन के माध्यम से व्यक्ति अपनी अभिप्रेरणाओं को व्यक्त करता है। भावात्मक जागृति संवेगों से सम्बद्ध होती है।
3. किसी भी कार्य को पूरा करने के लिए अभिप्रेरणा एक साधन है।
4. व्यक्ति के व्यवहार को अभिप्रेरणा उत्तेजित करती है।
5. प्रेरणा के माध्यम से ही व्यक्ति का व्यवहार संचालित होता है।
6. व्यक्ति में होने वाले शक्ति-परिवर्तन से अभिप्रेरणा आरम्भ होती है।
7. अभिप्रेरणा किसी क्रिया को उत्तेजित करने, जारी रखने एवं नियंत्रित रखने की प्रक्रिया है।

अभिप्रेरणा का महत्व

1. विद्यार्थियों के मानसिक विकास हेतु।
2. स्वस्थ मनोवृत्ति एवं उच्चाकांक्षा उत्पन्न करने हेतु।
3. मार्ग-निर्देशन प्रदान करने हेतु।
4. अधिगम के लिए प्रोत्साहित करने के लिए।
5. वांछनीय व्यवहार-परिवर्तन करने के लिए।
6. विद्यार्थियों में अनुशासन की भावना विकसित करने के लिए।
7. चरित्र एवं सामाजिकता की भावना का विकास करने हेतु।

अभिप्रेरणा को प्रभावित करने वाले कारक

1. प्रोत्साहन
2. जागरूकता
3. आकांक्षा
4. प्रगति का ज्ञान

अधिगम प्रक्रिया में अभिप्रेरणा की भूमिका

1. अधिगम हेतु दिशा-निर्देश
2. अधिगम की सशक्त दशा
3. व्यवहार को नियंत्रित करना
4. परिपक्वता का ज्ञान
5. ध्यान केन्द्रित करने में सहायक
6. मानसिक विकास में सहायक
7. लक्ष्य प्राप्ति में सहायक

महत्वपूर्ण तथ्य

1. अभिप्रेरणा को सीखने का **स्वर्ण पद** या **सुनहरा रास्ता** कहा जाता है।
2. अभिप्रेरणा **साध्य नहीं साधन** है। यह साध्य तक पहुंचाने का मार्ग प्रस्तुत करती है।
3. **'डारविन'** के अनुसार **मानव और पशु** की मूल प्रवृत्तियां एक समान हैं।
4. मनोविज्ञान में अभिप्रेरणा का आशय **आंतरिक उत्तेजना** है।
5. अभिप्रेरणा व्यक्ति को लक्ष्य तक पहुंचाने वाली शक्ति है।

आदतें

जो कार्य हमें पहले दिन कठिन जान पड़ता है, वह सीखने के बाद सरल हो जाता है। हम उसे जितना अधिक दोहराते हैं, उतना ही अधिक वह सरल हो जाता है। कुछ समय के बाद बिना ध्यान दिए ज्यों का त्यों करने लग जाते हैं। इसी प्रकार के कार्य को हम **आदत** कहते हैं।

"आदत एक सीखा हुआ कार्य या अर्जित व्यवहार है जो स्वतः होता है।"

गैरेट के अनुसार ''आदत उस व्यवहार को दिया जाने वाला नाम है जो इतनी बार दोहराया जाए कि यंत्रवत हो जाए।''

लैडेल के अनुसार "आदत कार्य का वह रूप है जो आरंभ में आदतों के निर्माण के मुख्य कारक से और जानबूझकर किया जाता है। पर जो बार-बार किए जाने के कारण स्वतः हो जाता है।

आदतों की विशेषताएं

आदत समबन्धी कार्यो में एकरूपता होती है।

चरित्र आदतों का पुंज है

1. आदतें बालक के व्यक्तित्व का निर्माण करती हैं और उसके अभाव में उसका व्यक्तित्व प्रभावहीन हो जाता है।
2. क्लेपर के अनुसार **''आदतें व्यक्तित्व का आवरण है।''**
3. आदत बालक में कठिनतम कार्यों को करने के प्रति घृणा उत्पन्न नहीं होने देती।
4. आदत बालक को समाज के अनुकूल और समाज के विरुद्ध कार्य न करने में सहायता प्रदान करती है।
5. जब बालक में किसी कार्य को करने की आदत पड़ जाती है तो वह उसे शीघ्रता और सफलता से कर लेता है। आदत हमारे शरीर में जीवन में अधिक महत्वपूर्ण कार्यों को करने के लिए मानसिक शक्ति की बचत करने की क्षमता विकसित करती है।

आदतों के प्रकार

1. यांत्रिक आदतें
2. शारीरिक अभिलाषा संबंधी आदतें
3. नाड़ी मंडल संबंधी आदतें
4. भाषा संबंधी आदतें
5. विचार संबंधी आदतें
6. भावना संबंधी आदतें
7. नैतिक आदतें

आदतों का निर्माण

1. संकल्प
2. क्रियाशीलता
3. निरंतरता
4. अभ्यास
5. अच्छा उदाहरण
6. पुरस्कार

आदतों का अधिगम महत्व

रेबर्न **के अनुसार**

1. सीखना आदतों के निर्माण की प्रक्रिया होती है।
2. आदतें अर्जित होती हैं।
3. अच्छी आदतें बालक के संतुलित शारीरिक, मानसिक और संवेगात्मक विकास में योगदान देती हैं।
4. आदतें बालक के चरित्र का निर्माण करती हैं। वह अपनी आदतों के कारण ही कर्मठ या अकर्मण्य, उदार या स्वार्थी, दयालु या कठोर बनता है। इसलिए चरित्र आदतों का पुंज है।

अभ्यास प्रश्न

1. **बच्चों में संवेगात्मक समायोजन..... प्रभावी होता है।**
   (a) व्यक्तित्व निर्माण में
   (b) कक्षा शिक्षण में
   (c) अनुशासन में
   (d) ये सभी
2. **विशेष अवधि के दौरान विकास प्रगति करता है लेकिन इस अवधि में समायोजन के लिए विराम करता है। यह विकास के निम्नलिखित में से किस नियम को अनुसरित करता है?**
   (a) समन्वय का सिद्धान्त
   (b) निरन्तरता का सिद्धान्त
   (c) चक्राकार प्रगति का सिद्धान्त
   (d) समान-प्रतिमान का सिद्धान्त
3. **कोहलबर्ग के अनुसार सही तथा गलत प्रश्न के बारे में निर्णय लेने में शामिल चिंतन प्रक्रिया को...... कहा जाता है।**
   (a) नैतिक यथार्थवाद
   (b) नैतिक दुविधा
   (c) सहयोग की नैतिकता
   (d) नैतिक क्रिया
4. **निम्नलिखित मे से कौन-सा कथन अभिप्रेरणा की प्रक्रिया के सन्दर्भ में उपयुक्त नहीं है?**
   (a) यह व्यक्ति को लक्ष्य की ओर ले जाता है।
   (b) यह व्यक्ति की शारीरिक आवश्यकताओं की सन्तुष्टि करता है।
   (c) यह मनोवैज्ञानिक आकांक्षा को प्राप्त करने में सहायता करता है।
   (d) यह व्यक्ति को अप्रिय स्थिति से दूर रखता है।
5. **विद्यार्थियों की अभिवृत्तियों में परिवर्तन के लिए निम्नलिखित में से किस विधि का प्रयोग अध्यापक को नहीं करना चाहिए?**
   (a) दबाव से किसी बात या विचार के लिए राजी करना।
   (b) किसी विचार को दोहराना अथवा दृढ़तापूर्वक व्यवहार।
   (c) किसी प्रशंसनीय व्यक्ति के द्वारा समर्थन एवं स्वीकृति।
   (d) सन्देश के साथ साहचर्य स्थापित करना।
6. **उपलब्धि अभिप्रेरक के सम्बन्ध में से कौन-सा कथन सही है?**
   (a) उपलब्धि अभिप्रेरक जीवित रहने के लिए आवश्यक है।
   (b) यदि व्यक्तिगत क्षमताओं की सन्तुष्टि महत्वपूर्ण है, तो उपलब्धि अभिप्रेरक को विकास प्रेरक कहा जा सकता है।
   (c) यदि व्यक्तियों के मध्य प्रतियोगिता पर बल है, तो उपलब्धि अभिप्रेरक को सामाजिक अभिप्रेरक कहा जा सकता है।
   (d) उपर्युक्त सभी।
7. **समायोजन से तात्पर्य स्वयं का विभिन्न परिस्थितियों में अनुकूलन करना है, ताकि..... सन्तुष्ट किया जा सके।**
   (a) दूसरों को
   (b) प्रेरकों को
   (c) उद्देश्यों को
   (d) आवश्यकताओं को
8. **............. को अनुप्रेरित शिक्षण के एक संकेत के रूप में विवेचित किया जाता है।**
   (a) कक्षा में अधिकतम उपस्थिति
   (b) शिक्षक द्वारा किया गया उपचारात्मक कार्य
   (c) विद्यार्थियों द्वारा प्रश्न पूछना
   (d) कक्षा में पूर्ण नीरवता
9. **कक्षा में जो विद्यार्थी प्रश्न पूछते हैं उन्हें-**
   (a) कक्षा के बाद शिक्षक से मिलने की सलाह दी जाए।
   (b) कक्षा-चर्चा में भाग लेने के लिए प्रोत्साहित किया जाना चाहिए।
   (c) लगातार प्रश्न पूछने के लिए प्रोत्साहित किया जाना चाहिए।
   (d) स्वतन्त्र रूप से ढूँढ़ने के लिए प्रोत्साहित करना चाहिए।
10. **विद्यालय में विद्यार्थियों को कैसे अभिप्रेरित करना उचित है?**
   (a) चुने हुए अध्ययन द्वारा
   (b) प्रासंगिक अध्ययन द्वारा
   (c) गहन अध्ययन द्वारा
   (d) सस्वर अधिगम द्वारा
11. **शिक्षा में समावेशन का अर्थ है-**
   (a) शारीरिक रूप से अयोग्य बालकों को शिक्षा प्रदान करना।
   (b) मंदबुद्धि बालकों को शिक्षा प्रदान करना।
   (c) लड़के, लड़कियों व वयस्कों को शिक्षा प्रदान करना।
   (d) सभी विद्यार्थियों को शिक्षा की मुख्य धारा प्रणाली में स्वीकारना।
12. **एक शिक्षक को साधन सम्पन्न होना चाहिए। इसका अर्थ है-**
   (a) उनके पास पर्याप्त धन सम्पदा होनी चाहिए ताकि उसे शिक्षण देने की जरूरत न पड़े।
   (b) उनका अधिकारियों के उच्च स्तर से सम्पर्क होना चाहिए।
   (c) उनको अपने विद्यार्थियों की समस्याओं को हल करने का पर्याप्त ज्ञान होना चाहिए।
   (d) विद्यार्थियों के बीच उनकी प्रसिद्धि होनी चाहिए।
13. **कक्षा में विद्यार्थियों की रुचि बनाए रखने के लिए एक शिक्षक के लिए...... उचित है।**
   (a) श्यामपट्ट का प्रयोग करना
   (b) चर्चा करना
   (c) कहानी कहना
   (d) प्रश्न पूछना
14. **विद्यार्थियों का विद्यालय में खेलना क्यों उचित है?**
   (a) यह उन्हें शारीरिक रूप से सशक्त बनाएगा।
   (b) यह शिक्षकों के लिए काम आसान करेगा।
   (c) यह समय बिताने में सहायक होगा।
   (d) यह सहयोग एवं शारीरिक सन्तुलन का विकास करेगा।
15. **एक शिक्षक विद्यार्थियों में..... सामाजिक मूल्यों को विकसित कर सकता है।**

(a) महान व्यक्तियों के बारे में बोलकर
(b) अनुशासन की अनुभूति को विकसित कर
(c) आदर्श रूप से बर्ताव कर
(d) उन्हे अच्छी कहानियाँ सुनाकर

16. कक्षा में किसी विषयवस्तु पर परिचर्चा के समय एक अध्यापक के लिए आवश्यक प्रथम गतिविधि है-
(a) तर्क-सम्बन्धी तथ्यों की व्याख्या
(b) उद्देश्य की सूचना
(c) विषय-वस्तु को मौखिक रूप से बताना
(d) श्यामपट्ट पर विषय-वस्तु लिखना

17. हम सभी को आवश्यकतानुसार अभिप्रेरणा की शुरुआत होती है, छात्र की वह आवश्यकता जिसे उसको सर्वप्रथम पूरा करना चाहिए, सम्बन्धित है-
(a) सम्मान (b) शारीरिक
(c) सामाजिक
(d) आत्म-अनुभूतिकरण

18. कक्षा में प्रभावी व्याख्यान देते समय, एक अध्यापक-
(a) सम्बन्ध स्थापित करता है।
(b) सार्थक शारीरिक हाव-भाव को समावेशित करता है।
(c) व्याख्यान स्थल पर स्थैतिक बना रहता है।
(d) ध्वनि की तीव्रता और तरीके में परिवर्तन करता है।

19. सीखने की प्रक्रिया में, अभिप्रेरणा-
(a) शिक्षार्थियों की स्मरण-शक्ति को पैना बनाती है।
(b) पिछले सीखे हुए को नए अधिगम से अलग करती है।
(c) शिक्षार्थियों को एक दिशा में सोचने के योग्य बनाती है।
(d) शिक्षार्थियों में सीखने के प्रति रुचि का विकास करती है।

20. विशेष रूप से जरूरतमन्द बच्चों की शिक्षा का प्रबन्ध.... होना चाहिए।
(a) दूसरे सामान्य बच्चों के साथ
(b) विशेष विद्यालयों में विशेष बच्चों के लिए विकसित विधियों द्वारा
(c) विशेष विद्यालय में
(d) विशेष विद्यालय में विशेष शिक्षकों द्वारा

21. किसी विद्यार्थी की सबसे बड़ी महत्वपूर्ण विशेषता है-
(a) दायित्व की अनुभूति
(b) ईमानदारी
(c) सहभागिता
(d) आज्ञाकारिता

22. .... को अभिप्रेरित शिक्षण का संकेतक माना जाता है
(a) कक्षा में अधिकतम उपस्थिति
(b) शिक्षक द्वारा दिए गए उपचारात्मक कार्य
(c) विद्यार्थियों द्वारा प्रश्न पूछने
(d) कक्षा में एकदम खामोशी

23. कृतिका अक्सर घर में ज्यादा बात नहीं करती, लेकिन विद्यालय में वह काफी बात करती है। यह दर्शाता है कि -
(a) विद्यालय हर समय बच्चों को खूब बात करने का अवसर देता है।
(b) शिक्षकों की यह माँग होती है कि बच्चे विद्यालय में खूब बात करें।
(c) कृतिका को अपना घर बिल्कुल पसंद नहीं है।
(d) उसके विचारों को विद्यालय में मान्यता मिलती है।

24. विद्यार्थियों में श्रम की स्फूर्ति का विकास करने के लिए-
(a) शिक्षक अपने ही श्रम में प्रवृत्ति दिखाएगा।
(b) शिक्षक श्रम के महत्व पर व्याख्यान करेगा।
(c) समय-समय पर विद्यार्थियों को श्रम करने का अवसर देना पड़ेगा।
(d) विद्यार्थियों को श्रम करने वाले लोगों का उदाहरण देना पड़ेगा।

25. एक शिक्षक विद्यार्थियों को अनुप्रेरित कर सकता है-
(a) पुरस्कार देकर
(b) सही मार्गदर्शन कराकर
(c) उदाहरण देकर
(d) कक्षा में भाषण देकर

26. उपलब्धि अभिप्रेरणा है-
(a) चुनौतीपूर्ण कार्य करने में डटे रहने की प्रवृत्ति
(b) असफलता से बचने की प्रवृत्ति
(c) सफलता व असफलता को समान रूप से स्वीकारने की तत्परता
(d) बिना विचारे, जल्दबाजी में कार्य करने की प्रवृत्ति

27. आन्तरिक रूप से अभिप्रेरित विद्यार्थी-
(a) के लिए पुरस्कार की बिल्कुल भी आवश्यकता नहीं है।
(b) के लिए बाह्य पुरस्कार उसकी अभिप्रेरणा को बनाए रखने के लिए पर्याप्त नहीं है।
(c) का बाह्य रूप से अभिप्रेरित विद्यार्थी की तुलना में अभिप्रेरणा-स्तर कम होता है।
(d) के लिए औपचारिक शिक्षा की आवश्यकता नहीं है।

28. निम्नलिखित में से कौन-सी विशेषता आन्तरिक रूप से अभिप्रेरित बच्चों के लिए सही नहीं है?
(a) उन्हें कार्य करने में आनन्द आता है।
(b) वे कार्य करते समय उच्च स्तर की ऊर्जा प्रदर्शित करते हैं।
(c) वे चुनौती भरे कार्यों को पसन्द करते हैं।
(d) वे हमेशा सफल होते हैं।

29. एक सशक्त विद्यालय अपने शिक्षकों में निम्नलिखित योग्यताओं में से किसे सर्वाधिक बढ़ावा देगा?
(a) स्मृति
(b) अनुशासित स्वभाव
(c) प्रतिस्पर्धात्मक अभिवृत्ति
(d) परीक्षण करने की प्रवृत्ति

30. सफल समावेशन को निम्नलिखित की आवश्यकता होती है सिवाय-
(a) क्षमता-संवर्द्धन
(b) संवेदनशील बनाना
(c) पृथक्करण
(d) अभिभावकों की भागीदारी

31. एक अभिप्रेरित बालक निम्न में से कौन-से गुण प्रदर्शित नहीं करता?

(a) सीखने की इच्छा
(b) सीखने में आवेष्टन
(c) आकांक्षा स्तर
(d) समूह से अलगाव

32. भूख और प्यास...... हैं।
(a) व्यक्तिगत प्रेरक
(b) जन्मजात प्रेरक
(c) सामाजिक प्रेरक
(d) अर्जित प्रेरक

33. निम्न मे से कौन-सा उदाहरण अभि-प्रेरणा का परिणाम नहीं है?
(a) कृष्णा ने नृत्य का समय एक घंटे से बढ़ा कर दो घंटे कर दिया है।
(b) जॉन स्टुअर्ट मिल ने 12 वर्ष की उम्र में दर्शन का अध्ययन आरम्भ कर दिया था।
(c) जगन ने 'श्वास लेने की प्रक्रिया' में रुचि दिखानी प्रारम्भ कर दी है।
(d) राम ने तेजी से आधुनिक एवं प्राचीन ऐतिहासिक प्रवृत्तियों में सहसम्बन्ध स्थापित करने में प्रगति की है।

34. निम्न में से क्या एक प्रभावी प्रशंसा के रूप में अध्यापक के लिए कार्य करेगा?
(a) विद्यार्थियों के अवधान को उनके कार्य से सम्बन्धित व्यवहार पर केन्द्रित करता है।
(b) विद्यार्थियों के वर्तमान कार्य निष्पादन को उनके समूह के अन्य साथियों के सन्दर्भ में वर्णित करता है।
(c) विद्यार्थियों को उनकी योग्यताओं अथवा कार्य निष्पादन के महत्व की सूचना देता है।
(d) जब विद्यार्थी अपने व्यवहार को नियन्त्रित नहीं कर पाते तो उन्हें सकारात्मक व्यवहारात्मक समर्थन प्रदान करता है।

35. अभिप्रेरणा का वर्गीकरण होता है-
(a) स्वाभाविक और कृत्रिम
(b) कम महत्वपूर्ण तथा अधिक महत्वपूर्ण
(c) जन्मजात तथा प्रलोभन
(d) अभिप्रेरणा तथा प्रलोभन

36. निम्नांकित में कौन-सी विशेषता आन्तरिक रूप से अभिप्रेरित बच्चों के लिए सही नहीं है?
(a) वे चुनौतीपूर्ण कार्य पसन्द करते हैं।
(b) वे हमेशा सफल होते हैं।
(c) वे कार्य के समय आनन्द अनुभव करते हैं।
(d) वे कठिन कार्यों में उच्च स्तर की ऊर्जा प्रदर्शित करते हैं।

37. अभिप्रेरणा के लिए अक्सर ...... शब्द का भी प्रयोग किया जाता है।
(a) संवेग (b) आवश्यकता
(c) भावना (d) प्रत्यक्षीकरण

38. अभिप्रेरणा एक-
(a) वैज्ञानिक विचारधारा है।
(b) भौतिकवादी विचारधारा है।
(c) स्वाभाविक विचारधारा है।
(d) मनोवैज्ञानिक विचारधारा है।

39. बालकों को अभिप्रेरणा प्रदान करने हेतु उत्तम उपाय है-
(a) अच्छा व्याख्यान देना
(b) अभिभावकों से शिकायत करना
(c) नवाचारों का प्रयोग
(d) इनमें से कोई नहीं

40. कोई बच्चा अपनी समस्या जब स्वयं हल कर लेता है तब आप -
(a) बच्चे को कुछ नहीं कहेंगे।
(b) बच्चे को पुरस्कृत करेंगे।
(c) बच्चे को दण्डित करेंगे।
(d) बच्चे को दोबारा ऐसा न करने को कहेंगे।

41 किशोरावस्था में बच्चे किस प्रकार की समस्या का सामना करते हैं?
(a) शारीरिक एवं मानसिक परिवर्तन से समायोजन करना।
(b) अपने माता-पिता से समायोजन करना।
(c) अपने साथियों से समायोजन करना।
(d) पढ़ाई सम्बन्धी समायोजन करना।

42. निम्नलिखित में से कौन-सी आवश्यकता कम विशिष्ट आवश्यकता है?
(a) तापक्रम का नियमन
(b) भूख
(c) प्यास
(d) यौन-प्रवृत्ति

43. निम्नलिखित में से किस मनोवैज्ञानिक ने शक्ति संकल्प को मानव की सर्वश्रेष्ठ प्रेरणा माना है?
(a) एल्फ्रेड एडलर
(b) जे.बी. वाटसन
(c) विलियम मैक्डुगल
(d) सिगमण्ड फ्रायड

44. मानव प्राणियों में काम प्रवृत्ति निम्नलिखित में से किन कारकों पर आधारित होती है?
(a) पर्यावरण
(b) आदत
(c) यौन न्यासर्ग
(d) उपरोक्त सभी

45. भूख बुझाने की कैफेटेरिया विधि में निम्नलिखित किस विधि से भोजन का चुनाव होता है?
(a) चिकित्सक की राय के अनुसार
(b) इच्छानुसार
(c) बलपूर्वक
(d) अनुशासनपूर्वक

उत्तरमाला

1. (d)	**2.** (c)	**3.** (b)	**4.** (d)	**5.** (a)	**6.** (d)	**7.** (d)	**8.** (c)	**9.** (c)	**10.** (c)
11. (d)	**12.** (c)	**13.** (d)	**14.** (d)	**15.** (c)	**16.** (a)	**17.** (d)	**18.** (b)	**19.** (d)	**20.** (a)
21. (d)	**22.** (c)	**23.** (d)	**24.** (c)	**25.** (a)	**26.** (a)	**27.** (b)	**28.** (d)	**29.** (c)	**30.** (c)
31. (d)	**32.** (d)	**33.** (c)	**34.** (d)	**35.** (a)	**36.** (b)	**37.** (b)	**38.** (d)	**39.** (c)	**40.** (b)
41. (a)	**42.** (d)	**43.** (a)	**44.** (d)	**45.** (b)					

अध्याय 7

व्यक्तित्व

व्यक्तित्व

व्यक्तित्व शब्द अंग्रेजी भाषा के पर्सनैल्टी (Personality) शब्द का हिन्दी अनुवाद है। 'Personality' शब्द लातीनी भाषा के Persona से विकसित हुआ है, जिसका अर्थ है **मुखौटा या नकली चेहरा।**

व्यक्तित्व का वास्तविक अर्थ केवल उसके बाह्य और शरीरिक गुणों तक सीमित नहीं बल्कि वह उससे अधिक वास्तविक अर्थ के अनुसार, "व्यक्तित्व व्यक्ति के सामान्य गुण का संगठित स्वरूप है। इसमें शारीरिक, मानसिक, सामाजिक, संवेगात्मक आदि सभी गुण सम्मिलित हैं।"

व्यक्तित्व की परिभाषाएं

व्यक्तित्व समस्त शारीरिक, मानसिक व सामाजिक गुणों का मिश्रण है।

गिलफोर्ड के अनुसार:- "व्यक्तित्व गुणों का समन्वित रूप है।"

मार्टन के अनुसार:- "व्यक्तित्व-व्यक्ति के जन्मजात तथा अर्जित स्वभाव, मूल प्रवृत्तियों, भावनाओं, इच्छाओं का समुदाय है।"

वैलेण्टाइन के अनुसार:- "व्यक्तित्व जन्मजात व अर्जित प्रवृत्तियों का योग है।"

जंग व जुग के अनुसार Personality के तीन प्रकार हैं।

1. **बहिर्मुखी (Extrovert)**
2. **अंतर्मुखी (Introvert)**
3. **मध्यमुखी या उभयोन्मुखी (Ambivert)**

1. बहिर्मुखी:- ये लोग सामाजिक, मिलनसार, संतुष्ट प्रसन्नचित्त व चिंताओं से मुक्त होते हैं। वे हमेशा बाहरी विश्व की ओर उन्मुख होते हैं। ऐसे व्यक्ति हमेशा दूसरों को प्रसन्न रखने का प्रयत्न करते हैं। ये व्यावहारिक जीवन में अत्यधिक निपुण होते हैं। ये सभाओं एवं सामाजिक कार्यो मे रुचि लेते हैं। बहिर्मुखी व्यक्ति आशावादी व अवसरवादी होते हैं। विचारों की अपेक्षा कार्य को अधिक महत्व देते हैं। इनमें समायोजन की योग्यता होती है। ये अपनी चाल-ढाल, योग्यता या वेश-भूषा से दूसरों पर अधिकार जमाने का प्रयत्न करते हैं। ऐसे व्यक्ति मनोरंजनप्रिय खिलाड़ी होते हैं।

"बहिर्मुखी व्यक्तित्व का उदाहरण है-वह दूसरों को प्रसन्न रखता है।"

2. अंतर्मुखी:- ये लोग बहिर्मुखी व्यक्तित्व वाले लोगों के विपरीत होते हैं। ये अपेक्षाकृत, आत्मकेन्द्रित व असामाजिक होते हैं। इन्हें हंसी-मजाक पसंद नही होती है और **ये व्यक्ति कार्य की अपेक्षा कर्म को अधिक महत्व देते हैं**। ये अधिक आध्यात्मिक पुस्तकें पढ़ने में रुचि लेते हैं। जिज्ञासा प्रवृत्ति अत्यधिक प्रबल होती है। ये शक्की या हठी स्वभाव के होते हैं और पारिवारिक जीवन से संतुष्ट नही होते हैं। दिन में सपने देखना इनकी मुख्या विशेषता है।

3. मध्यमुखी:- वे व्यक्ति होते हैं जो न पूर्णरूप से अन्तर्मुखी होते हैं और न बहिर्मुखी। ऐसे व्यक्तियों में कुछ गुण अन्तर्मुखी वाले और कुछ गुण बहिर्मुखी होते हैं। ऐसा व्यक्ति इन दोनों गुणों का मिश्रण होता है। समाज में ऐसे व्यक्तियों की अधिकता पाई जाती है।

शैल्डन के अनुसार व्यक्ति के प्रकार-

1. गोलाकार (Endomorphic):- ऐसे लोगों का शरीर मोटा, भारी और गोलाकार होता है। इनकी पाचन क्रिया कम विकसित होती है।

2. आयताकार (Misomorphic):-इस श्रेणी के लोगो की हडिड्यां और माँसपेशियां, मजबूत व काफी शक्तिशाली होती हैं और शरीर आयताकार होता है। ये लंबे-चौड़े डील-डौल व अच्छे स्वास्थ्य वाले होते हैं।

3. लम्बा आकार (Ectomorphic):- कद व हडिड्यां लंबी होती हैं व इनका शरीर कोमल व कमजोर होता है। ये व्यक्ति अच्छे शरीर के मालिक होते हैं।

क्रेशमर का शारीरिक आधार पर वर्गीकरण-

1. स्थूलकाय/गोलकाय अथवा पिकनिक
2. कृशकाय/निर्बलकाय अथवा एस्थैनिक
3. पृष्ठकाय
4 मिश्रितकाय/डिसप्लास्टिक

थार्नडाइक का चिंतन पर आधारित वर्गीकरण-

1. सूक्ष्मविचारक
2. प्रत्यक्षविचारक
3. स्थूलविचारक

हिप्पोक्रेटस के अनुसार

1. क्रोधी
2 निराशावादी/उदासीन
3. उत्साही/आशावादी
4. विरक्त/श्लैष्मिक

व्यक्ति को प्रभावित करने वाले कारक

1. वंशानुक्रम का प्रभाव
2. सामाजिक वातावरण का प्रभाव
3. परिवार का प्रभाव
4. सांस्कृतिक वातावरण का प्रभाव
5. विद्यालय का प्रभाव
6. संवेगात्मक विकास का प्रभाव
7. मानसिक योग्यता व रुचि का प्रभाव
8. शारीरिक प्रभाव

मुख्य बातें

- व्यक्तित्व के निर्माण की शुरुआत परिवार से होती है।
- अपराधी बालकों के उपचार की सर्वोत्तम विधि वैयक्तिक इतिहास विधि है।
- व्यवहार प्रशिक्षित विधि के प्रतिपादन में स्वयं हार्टशार्न थे।

फ्रायड ने मन की तीन अवस्था बताई हैं-

1. चेतन
2. अर्द्धचेतन
3. अचेतन

सांवेगिक स्थिरतायुक्त व्यक्तित्व सर्वोत्तम माना जाता है।

- प्रश्नावली के प्रथम प्रयोगकर्ता वुडवर्थ थे।

व्यक्तित्व की विशेषताएं

- गतिशीलता
- समायोजन की योग्यता
- आत्मचेतना
- निरंतरता
- अनुपमता
- दृढ़ता
- लक्ष्य-निर्देशित
- लचीलापन
- सामाजिकता
- सुदृढ़ इच्छाशक्ति
- एकीकरण
- मनोदैहिक

मनोविश्लेषणात्मक विचार:- फ्रायड के विचारानुसार व्यक्तित्व के तीन प्रमुख भाग हैं-

1. **इद (Id):-** यह व्यक्ति का अनैतिक, तर्कहीन तथा अवचेतन भाग है। इसमें मनुष्य की वह प्राकृतिक प्रवृत्ति सम्मिलित है जिन्हें समाज में संतुष्ट नही किया जा सकता है। यह शिशु के विकास की प्रथम अवस्था है।
2. **अहं (Ego):-** यह व्यक्तियों का सामाजिक भाग है। इसमें चेतना, इच्छाशक्ति बुद्धि और तर्क सम्मिलित हैं। इसका इद और परम अहं के साथ-साथ सम्बन्ध रहता है।
3. **परम् अहम् (Super Ego):-** यह व्यक्तित्व की नैतिकता के साथ संबंधित है। इसका कार्य अहं को असके अशुभ कार्यो तथा दोषों के प्रति सचेत करना है। फ्रायड का विचार है कि यदि इद और परम अहं में सतुलन हो तो मनुष्य का व्यक्तित्व संतुलित होगा और यदि इद और परम् अहम् में उचित संतुलन न हो तो व्यक्तित्व कु-आयोजित होगा।

व्यक्तित्व मापन की विधि

1. व्यक्तिनिष्ठ विधि (Subjective Method)
2. वस्तुनिष्ठ विधि (Objective Method)
3. प्रक्षेपी विधि (Projective Method)

1. व्यक्तिनिष्ठ विधि

i) **आत्मकथा (Autobiography):-** व्यक्ति अपने जीवन के विभिन्न लक्ष्यों, प्राप्तियों, इच्छाओं, अनुभवों, समस्याओं, रुचियों, अभिरुचियों एवं अनुभवों आदि के बारे में स्वयं लिखता है।

ii) **व्यक्ति इतिहास (Case History):-** इसमें व्यक्ति के परिवार, सामाजिक संबंधों, रुचियों, दृष्टिकोणों, शारीरिक तथा मानसिक योग्यताओं के बारे में तथ्यों को इकट्ठा किया जाता है।

iii) **साक्षात्कार विधि (Interview Method):-** दो व्यक्तियों के आमने-सामने होने वाली बातचीत को साक्षात्कार कहते हैं। इनमे मानवकर्ता एवं व्यक्ति आमने-सामने बैठ. कर, पारस्परिक वार्तालाप द्वारा व्यक्ति की शारीरिक एवं मानसिक योग्यताओं संबंधी प्रश्न पूछता है।

iv) **प्रश्नावली विधि (Question view Method):-** इस विधि में प्रश्नों की एक सूची तैयार की जाती है। इस सूची को व्यक्तियों में बाँट दिया जाता है और उन प्रश्नों के उत्तर माँगे जाते हैं। व्यक्ति के उत्तर प्राय: हाँ या ना या 'कभी-कभी' पर चिन्ह अंकित करने वाले होते हैं।

वस्तुनिष्ठ विधि

निरीक्षण विधि (Observation Method):- इस विधि में निरीक्षण द्वारा व्यक्तित्व का अनुमान लगाया जाता है।

परिस्थितिक परीक्षण विधि (Situational Test):- इस विधि के अन्तर्गत व्यक्ति को किसी विशेष परिस्थिति में रखकर उसके व्यक्तित्व की किसी विशेषता का मूल्यांकन किया जाता है।

रेटिंग स्केल (Rating Scale):- परीक्षाकर्ता बच्चों के व्यक्तित्व के जिस गुण की परीक्षा लेना चाहता है उसको तीन, पाँच और सात कोटि में विभाजित कर लेता है।

समाजमिति विधि (Sociometric Method):- **जे. एल. मोरेनो** को समाजमिति विधि का जन्मदाता कहा जाता है। इस विधि से समूह के सदस्यों के बीच पाई जाने वाली स्वीकृति और अस्वीकृति आकर्षक और विकर्षण का अध्ययन किया जाता है।

प्रक्षेपी विधि

प्रक्षेपी का अर्थ है अपनी अचेतन कामनाओं, विचारों, संवेगों, डर तथा दमित इच्छाओं को किसी बाह्य वस्तु के साथ जोड़ना।

व्यक्ति का मूल्यांकन करने की सभी विधियों में से यह विधि सबसे अधिक विश्वसनीय और वैध है।

रोर्शा का स्याही धब्बा परीक्षण (Rorscha's ink Blot Test):- इस परीक्षण की रचना स्विटजरलैण्ड के प्रसिद्ध मनोचिकित्सक **हरमन रोर्शा ने 1929** में की। इस परीक्षण **में 10 कार्डों** का प्रयोग किया जाता है। इन कार्डों पर रचनाहीन धब्बों से बनी आकृतियां होती हैं।

प्रासंगिक अंतर्बोध परीक्षण (Thematic Apprerception Test of TAT):- मार्गन तथा मुरे ने 1925 में इस विधि की शुरूआत की इस परीक्षण में **30 चित्र** होते हैं। इनमें 10 चित्र पुरुष के, 10 स्त्रियों के तथा 10 दोनों के प्रत्येक व्यक्ति को 20 चित्र दिखाये जाते हैं। ये चित्र असपष्ट होते हैं। इस कहानी के आधार पर व्यक्ति की मौलिक कल्पना को देखा जाता है। इसे **कल्पनाशक्ति परीक्षण** भी कहते हैं।

बालकों का अन्तर्बोध परीक्षण (children Apperception Test of CAT):- इस परीक्षण की शुरूआत 3 वर्ष से 11 वर्ष तक की आयु के बच्चों के व्यक्तित्व का अनुमान करने के लिए **1948 में डॉ. बैलाक** ने किया। इस परीक्षण में 10 कार्ड होते हैं जिन पर जानवर के चित्र होते हैं। जानवरों के इन चित्रों को देखकर बच्चों को कहानी लिखने को कहा जाता है।

अभ्यास प्रश्न

1. वैयक्तिक भिन्नता का क्या अर्थ है?
(a) दो व्यक्तियों में शारीरिक भिन्नता होना।
(b) कोई दो व्यक्ति शारीरिक, मानसिक योग्यता और संवेगात्मक दशा में समान और एक जैसे नहीं होते हैं।
(c) कोई दो व्यक्ति शारीरिक और मानसिक योग्यता में समान और एक जैसे होते हैं।
(d) उपर्युक्त में से कोई नहीं

2. सामान्य परिपक्वन से पहले प्रशिक्षित करना प्रायः
(a) सामान्य कौशलों के निष्पादन के सन्दर्भ में बहुत लाभकारी होता है।
(b) कुल मिलाकर हानिकारक होता है।
(c) दीर्घकालिक दृष्टि से लाभकारी होता है।
(d) लाभकारी हो या हानिकारक, यह इस पर निर्भर करता है कि प्रशिक्षण में किस प्रकार की विधि का प्रयोग किया गया है।

3. छोटे, मोटे, चौड़े तथा गोल व्यक्ति क्रेशमर द्वारा किये गये व्यक्तित्व वर्गीकरण की किस श्रेणी में आते हैं?
(a) एथलेटिक्स
(b) एस्थैनिकस
(c) डिस्प्लास्टिक
(d) पिकनिक्स

4. वैयक्तिक मनोविज्ञान के सिद्धान्त के प्रतिपादक हैं-
(a) कैरेन हार्मी
(b) सुलीवान
(c) एडलर
(d) एरिक एरिकसन

5. ''एक महिला ने भोजन प्राप्त करने के लिए अपने बच्चे को बेच दिया'' इस खबर को .... के आधार पर अच्छी तरह समझा जा सकता है।
(a) मनोविश्लेषणात्मक सिद्धान्त
(b) पदानुक्रमिक आवश्यकताओं का सिद्धान्त
(c) मनोसामाजिक सिद्धान्त
(d) पुनर्बलित आकस्मिकताओं का सिद्धान्त

6. ''व्यक्ति के चेहरे को देखकर उसकी बुद्धि का पता लगाया जा सकता है।'' यह कथन किसका है?
(a) स्पर्जहीम का
(b) बर्ट का
(c) गॉल का
(d) लेवेटर का

7. मानव-व्यक्ति परिणाम है-
(a) केवल वातावरण का
(b) केवल आनुवांशिकता का
(c) पालन-पोषण और शिक्षा का
(d) आनुवांशिकता और वातावरण की अन्तः क्रिया का

8. एक आदर्श अध्यापक में पाया जाने वाला गुण है-
(a) लोकतन्त्रात्मक दृष्टिकोण
(b) विषयवस्तु पर अधिकार
(c) बाल मनोविज्ञान का ज्ञान
(d) ये सभी

9. निम्न में से कौन अच्छे अनुशासन के लिए मुख्य तत्व है?
(a) कुशल मुख्याध्यापक
(b) स्कूल का स्वस्थ वातावरण
(c) आदर्श अध्यापक
(d) पुरस्कार और दण्ड

10. एक सन्तुलित व्यक्तित्व वह है जिसमें-
(a) इदम् एवं परम अहम् के बीच सन्तुलन स्थापित किया जाता है
(b) इदम् एवं अहम् के बीच सन्तुलन स्थापित किया जाता है
(c) अहम् एवं परम अहम् के बीच सन्तुलन स्थापित किया जाता है
(d) मजबूत अहम् को बनाया जाता है

11. बहिर्मुखी विद्यार्थी अन्तर्मुखी विद्यार्थी से किस विशेषता के आधार पर भिन्न होता है?
(a) मजबूत भावनाएं, पसंदगी एवं नापसंदगी
(b) मन ही मन परेशान होने की अपेक्षा अपनी भावनाओं को अभिव्यक्त करता है
(c) अपने बौद्धिक कार्यों में डूबा रहता है
(d) बोलने की अपेक्षा लिखने में बेहतर

12. व्यक्तित्व के संगठन का स्वरूप है-
(a) सामाजिक-आर्थिक
(b) मनोवैज्ञानिक-शारीरिक
(c) सामाजिक-राजनीतिक
(d) मनोवैज्ञानिक-आध्यात्मिक

13. आत्मकेन्द्रित व्यक्ति होता है-
(a) अन्तर्मुखी
(b) बहिर्मुखी
(c) उभयमुखी
(d) समाज पर निर्भर

14. अपने ऊर्जाबल को बाहर की ओर अभिव्यक्त करने वाले व्यक्ति का प्रकार होता है-
(a) ज्ञानात्मक व्यक्तित्व
(b) कलात्मक व्यक्तित्व
(c) बहिर्मुखी व्यक्तित्व
(d) धार्मिक व्यक्तित्व

15. किसी बालक की वैयक्तिक विभिन्नता का कारण..... नहीं है?
(a) वंशानुक्रम
(b) परिपक्वता
(c) वातावरण
(d) इनमें से नहीं कोई

16. अध्यापक बालकों के व्यक्तिगत भेद को किसके द्वारा सबसे उपयुक्त ढंग से माप सकता है?
(a) विद्यार्थियों से निबन्ध लिखवाकर
(b) मनोवैज्ञानिक परीक्षण द्वारा
(c) विद्यालय के परीक्षाओं के परिणाम देखकर
(d) विद्यार्थियों को वाद-विवाद प्रतियोगिता में भाग दिलाकर

17. वैयक्तिक विभिन्नताओं के विकास हेतु पूर्व-माध्यमिक कक्षाओं में बालकों का शिक्षण किस प्रकार किया जाना चाहिए?

(a) खेल विधि के माध्यम से बालकों को गणित तथा भाषा का ज्ञान देना चाहिए
(b) उन्हें अक्षर-ज्ञान तथा गणना की जानकारी प्रारम्भ से ही मौखिक रूप से दी जानी चाहिए
(c) लिखने तथा सिखाने से पूर्व बच्चों से चित्र बनावाए जाने चाहिए
(d) उपर्युक्त सभी

18. एक कक्षा में छात्रों की संख्या कम क्यों होनी चाहिए?
(a) छात्र पर शिक्षक का व्यक्तिगत ध्यानाकर्षण हेतु
(b) भीड़ कम करने हेतु
(c) अधिक फीस प्राप्त करने हेतु
(d) उपर्युक्त सभी

19. स्किनर के अनुसार, ''व्यक्तिगत भेदों के स्वरूप का ज्ञान आवश्यक है।'' किसके लिये?
(a) प्रधानाचार्य के लिए
(b) आचार्य के लिए
(c) नेता के लिए
(d) प्रशासक के लिए

20. ''कक्षा में छात्रों की संख्या कम होनी चाहिए।'' किसने लिखा है?
(a) मन ने
(b) स्ट्रांग ने
(c) मेमो ने
(d) रॉस ने

21. ''बालक गणित और विज्ञान में आगे होते हैं, जबकि बालिकाएं भाषा और सुन्दर हस्तलेख में।'' क्यों?
(a) व्यक्तिगत विभिन्नता के कारण
(b) रुचि के कारण
(c) संवेग के कारण
(d) चिन्तन के कारण

22. ''हमारा सबका जीवन एक ही प्रकार आरम्भ होता है फिर इसका क्या कारण है कि जैसे-जैसे हम बड़े होते जाते हैं, हममें अन्तर होता जाता है? इसका एक ही उत्तर है कि हमारा सबका वंशानुक्रम भिन्न होता है।'' यह किसने लिखा है?
(a) टॉयलर ने
(b) क्रो एण्ड क्रो ने
(c) मन ने
(d) एल्फ्रेड ने

23. ''सम्भवत: व्यक्ति योग्यता की विभिन्नताओं के बजाय व्यक्तित्व की विभिन्नताओं से अधिक प्रभावित होता है।'' ये शब्द किसके हैं?
(a) क्रो एण्ड क्रो के
(b) टॉयलर के
(c) हेनरी के
(d) टाटे के

24. मनुष्य के रंग, रूप, भार, कद, बनावट, यौन-भेद तथा शारीरिक परिपक्वता आदि का कारण है-
(a) शारीरिक विभिन्नता
(b) व्यक्तिगत विभिन्नता
(c) व्यक्तित्व में भिन्नता
(d) चारित्रिक भिन्नता

25. विशिष्ट बालकों के अनुरूप शिक्षा की व्यवस्था करना वैयक्तिक विभिन्नताओं का...... है।
(a) जैवकीय कारण
(b) वैज्ञानिक कारण
(c) शैक्षिक महत्व
(d) सामाजिक महत्व

26. वंशानुक्रम तथा पर्यावरण नीतिगत विभिन्नता का कैसा कारण है?
(a) वैज्ञानिक कारण
(b) वनस्पतिक कारण
(c) शैक्षिक कारण
(d) जैवकीय कारण

27. व्यक्तिगत विभिन्नताएं उपयोगी होती हैं-
(a) प्राचार्य के लिए
(b) भाई के लिए
(c) शिक्षक के लिए
(d) समाज के लिए

28. दुबले-पतले तथा लम्बे शरीर वाले व्यक्ति निम्न में से किस वर्ग में आते हैं?
(a) साइजौइड
(b) साइक्लोयड
(c) एस्थेनिक
(d) इनमें से कोई नहीं

29. प्रासंगिक अन्तर्बोध परीक्षण (थीमैटिक एपरसेप्शन टेस्ट) का प्रयोग होता है-
(a) समायोजन मापन में
(b) व्यक्तिगत मापन में
(c) बुद्धि मापन में
(d) इनमें से कोई

30. व्यक्तित्व को प्रभावित करने वाले जैवकीय तत्व निम्न में से कौन-सा है?
(a) शरीर का ढाँचा
(b) जलवायु
(c) शारीरिक मानसिक स्वास्थ्य
(d) अन्त:स्रावी ग्रन्थियाँ

उत्तरमाला

1. (b)	**2.** (d)	**3.** (d)	**4.** (c)	**5.** (b)	**6.** (d)	**7.** (d)	**8.** (d)	**9.** (b)	**10.** (d)
11. (a)	**12.** (b)	**13.** (a)	**14.** (c)	**15.** (d)	**16.** (b)	**17.** (d)	**18.** (a)	**19.** (b)	**20.** (d)
21. (a)	**22.** (c)	**23.** (b)	**24.** (a)	**25.** (c)	**26.** (d)	**27.** (c)	**28.** (a)	**29.** (b)	**30.** (d)

अध्याय 8

बुद्धि लब्धि

बुद्धि

बुद्धि में व्यक्ति की वे मानसिक एवं ज्ञानात्मक योग्यताएं सम्मिलित हैं जो उसे जीवन की वास्तविक समस्याओं को सुलझाने में सहायता देती हैं और उसके आनंदपूर्ण एवं संतुष्ट जीवन में सहायक होती हैं।

वुडवर्थ के अनुसार:- "बुद्धि ग्रहण करने की क्षमता है।"

थॉर्नडाइक के अनुसार:- "बुद्धि पुराने अनुभवों का लाभकारी प्रयोग करने की क्षमता है।"

निष्कर्ष

- बुद्धि समस्या समाधान की योग्यता है।
- बुद्धि समायोजन की योग्यता है।
- बुद्धि सीखने की योग्यता है।
- बुद्धि अमूर्त चिंतन की योग्यता है।

बुद्धि अध्ययन के पक्ष

कार्यात्मक पक्ष | संरचनात्मक पक्ष | क्रियात्मक पक्ष

बुद्धि का प्रत्यय

सामान्यत: हम किसी को तीव्र बुद्धि, किसी को सामान्य तथा किसी को निम्न बुद्धि का कहते हैं।

सामान्य बुद्धि क्या है, इसके उत्तर में लोग बुद्धि के सामानार्थक शब्दों, ज्ञान, समझ, योग्यता (क्षमता), श्रेष्ठता आदि के द्वारा बुद्धि के अर्थ को समझना चाहते हैं।

विगत् 100 वर्षों में बुद्धि के प्रत्यय पर काफी मनन एवं चिंतन हो चुका है फिर भी बुद्धि क्या है का सर्वमान्य उत्तर नहीं खोजा जा सका है। इससे स्पष्ट है कि बुद्धि मूर्त न होकर अमूर्त होती है जिसे व्यक्ति के व्यवहार द्वारा महसूस किया जा सकता है।

बिने के द्वारा **सन 1905 ई.** में बनाए गए **प्रथम सफल बुद्धि परीक्षण** से लेकर अब तक बुद्धि के संबंध में अनेक मत प्रतिपादित किए जा चुके हैं। सन **1921 ई. में 14** प्रमुख मनोवैज्ञानिकों की बुद्धि की प्रकृति के संबंध में लेखों की एक श्रृखंला प्रकाशित की गई। इन लेखों में बुद्धि के संबंध में 14 भिन्न-भिन्न मत उभर कर सामने आए।

बुद्धि के प्रकार

थॉर्नडाइक के अनुसार:- बुद्धि के तीन प्रकार हैं-

1. अमूर्त बुद्धि
2. ठोस, गद्यात्मक, मेकैनिकल बुद्धि, मूर्त बुद्धि
3. सामाजिक बुद्धि

बुद्धि की विशेषताएं

1. बुद्धि जन्मजात होती है। इसे वातावरण से अर्जित नहीं किया जा सकता।
2. हर व्यक्ति की बुद्धि दूसरे व्यक्ति से भिन्न होती है।
3. लैंगिक भिन्नता के कारण बुद्धि में भिन्नता नहीं होती।
4. किशोरावस्था के मध्य तक बुद्धि का विकास रुक जाता है।
5. वातावरण प्रशिक्षण और शिक्षा भी बुद्धि को प्रभावित करती है।
6. वंशानुक्रम का बुद्धि पर प्रभाव पड़ता है।
7. बुद्धि और ज्ञान में गहरा सम्बन्ध होता है।
8. सीखने व समायोजन करने में बुद्धि सहायक होती है।
9. बुद्धि जटिल समस्याओं को हल करने में सहायक है।
10. वंशानुक्रम के साथ-साथ वातावरण भी बुद्धि को प्रभावित करता है।
11. बुद्धि अमूर्त चिंतन द्वारा बौद्धिक कार्य करने की क्षमता है।
12. बुद्धि सामाजिक परिस्थितियों का सामना करने की कुशलता है।
13. **बुद्धि ज्ञान नहीं है** लेकिन यह ज्ञान से संबंधित है। व्यक्ति के ज्ञान अर्जन करने की सीमा बुद्धि पर निर्भर करती है।
14. बुद्धि कौशल भी नहीं है। यह कौशल से भिन्न है। कौशल सीखा जाता है तथा अभ्यास द्वारा विकसित किया जाता है। परन्तु बुद्धि को अभ्यास द्वारा बढ़ाया नहीं जा सकता।

बुद्धि के सिद्धांत

1. इकाई सिद्धांत/एक कारक सिद्धांत।
2. समूह कारक सिद्धांत।
3. बहुकारक सिद्धांत।
4. द्विकारक सिद्धांत।
5. प्राइमरी मानसिक योग्यता का सिद्धांत।
6. कैले का बुद्धि सिद्धांत।

7. गिलफोर्ड का त्रिआयामी संरचना सिद्धांत।
8. तरल-ठोस बुद्धि सिद्धान्त
9. गार्डनर का बुद्धि सिद्धान्त
10. त्रितन्त्र सिद्धान्त

1. इकाई सिद्धान्त/एक कारक सिद्धान्त

इस सिद्धांत का प्रतिपादन **'जानसन' व 'स्टर्न'** द्वारा किया गया। इस सिद्धान्त के अनुसार बुद्धि एकमात्र शक्ति है जो व्यक्ति की सभी क्रियाओं को प्रभावित करती है।

इस सिद्धांत पर मनोवैज्ञानिक **'बिने' और 'टरमन'** ने भी बल दिया है।

समूह कारक सिद्धान्त की प्राथमिक मानसिक योगग्यताएं

1. आंकिक कारक
2. शाब्दिक कारक
3. स्थानिक कारक
4. वाकपटुता कारक
5. स्मृति कारक
6. प्रत्यक्षात्मक कारक
7. निगमनात्मक तर्कणा कारक
8. आगमनात्मक तर्कणा कारक
9. समस्या समाधान कारक

2. समूह कारक सिद्धांत

इस सिद्धांत का प्रतिपादन **'प्रो. थर्सटन'** द्वारा **1938** में किया गया। इस सिद्धान्त के अनुसार एक बच्चा जो ज्ञान के एक समूह में बुद्धिमान होता है, संभवत: वह दूसरे समूह में बुद्धिमान न हो। परंतु वह विशेष समूह के भिन्न विषयों में समान तौर पर बुद्धिमान हो सकता है।

3. बहुकारक सिद्धांत

इस सिद्धांत का प्रतिपादन **'थार्नडाइक'** ने **1926 ई.** में किया इस सिद्धांत के अनुसार बुद्धि स्वतंत्र तथा मानसिक योग्यताओं से मिलकर बनी होती है। इसके अनुसार व्यक्ति की एक क्षेत्र में कार्य करने की क्षमता से यह अनुमान नहीं लगाया जा सकता कि वह किस प्रकार का कार्य करने की योग्यता-रखता है।

4. द्विकारक सिद्धांत

इस सिद्धांत का प्रतिपादन अंग्रेज मनोवैज्ञानिक **'स्पीयरमैन'** ने **1927 ई.** में किया इस सिद्धांत के अनुसार बुद्धि के दो कारक निर्धारित किए गए हैं। इन दोनों कारकों में **पहले कारक को** 'G' कारक तथा **दूसरे को** 'S' कारक कहा गया है। इनमें 'G' कारक को सामान्य (General) कारक तथा 'S' कारक को **विशिष्ट** (Special) कारक की संज्ञा दी गई है। किसी कार्य को सफलतापूर्वक सम्पन्न करने के लिए दोनों सामान्य और विशिष्ट कारकों की आवश्यकता होती है।

5. प्राइमरी मानसिक योग्यता का सिद्धांत

इसका प्रतिपादन **'थर्सटन'** द्वारा किया गया इस सिद्धांत को प्रस्तुत करने के लिए कारक विश्लेषण विधि को अपनाया गया है। थर्सटन ने प्रयोग द्वारा निष्कर्ष निकाला कि बुद्धि **सात प्राइमरी मानसिक** योग्यताओं से मिलकर बनी है जो इस प्रकार हैं–

1. शाब्दिक या मौखिक कार्य का बोध
2. सांख्यिकी योग्यता
3. प्रत्यक्षीकरण विधि
4. स्थान संबंधी योग्यता
5. तर्क संबंधी योग्यता
6. शब्द प्रवाह
7. स्मृति

6. कैले का बुद्धि सिद्धांत

कैले ने बुद्धि को **पांच मानसिक योग्यताओं** में बांटा है जो निम्न हैं-

1. अंक योग्यता
2. स्थान संबंधी योग्यता
3. कंठस्थ संबंधी योग्यता
4. अनुभव करने की योग्यता
5. समझने की योग्यता

7. गिलफोर्ड का त्रिआयामी सिद्धांत

गिलफोर्ड के अनुसार बुद्धि **तीन** कारकों का योग है जो निम्न हैं –

1. बुद्धि एक प्रक्रिया (Process) का रूप है।
2. बुद्धि एक उत्पाद (Product) का रूप है।
3. बुद्धि निर्णय ले सकने की योग्यता है।

1. प्रथम विमा

(i) दृश्य (ii) श्रव्य
(iii) आकृतिक (iv) सांकेतिक
(v) शाब्दिक (vi) व्यावहारिक

2. द्वित्तिय विमा

(i) संज्ञान (ii) स्मृति अभिलेखन
(iii) स्मृति धारणा (iv) परम्परागत चिंतन
(v) अपरम्परागत चिंतन (vi) मूल्यांकन

3. तीसरी विमा

(i) सूचनाओं की ईकाइयाँ
(ii) ईकाइयों के वर्ग
(iii) ईकाइयों में संबंध
(iv) सूचना प्रणाली
(v) प्रत्यावर्तन (vi) निहितार्थ प्रणाली

8. तरल ठोस बुद्धि सिद्धान्त

इस सिद्धान्त का प्रतिपादन आर. बी. केटन ने **1963** में किया।

बुद्धि के तत्व

तरल बुद्धि   ठोस बुद्धि

1. तरल बुद्धि

तरल बुद्धि स्पीयरमैन के G कारक के समान होती है। इसमें तर्कशक्ति होती है।

2. ठोस बुद्धि

इसमें उन क्षमताओं को सम्मिलित किया जाता है जिन्हें व्यक्ति तरल बुद्धि का उपयोग करके अर्जित करता है। ठोस बुद्धि का विकास वयस्कावस्था में भी होता रहता है।

9. गार्डनर का बुद्धि सिद्धान्त

गार्डनर ने बताया कि बुद्धि में स्वरूप एकांकी न होकर बहु-प्रकारीय होता है। गार्डनर ने नौ प्रकार की बुद्धि बताई जो परस्पर एक दूसरे से स्वतन्त्र होती हैं।

1. भाषायी बुद्धि
2. तार्किक-गणितीय बुद्धि
3. स्थानिक बुद्धि
4. शरीर गतिकी बुद्धि
5. संगीत बुद्धि
6. वैयक्तिक आत्मबुद्धि
7. वैयक्तिक अन्य बुद्धि
8. प्राकृतिक बुद्धि
9. अस्तित्ववादी बुद्धि

10. त्रितन्त्र सिद्धान्त

1985 ई. में **राबर्ट स्टैनबर्ग** ने त्रितन्त्र सिद्धान्त के रूप में बुद्धि की व्याख्या प्रक्रिया-उन्मुख ढंग से करने का प्रयास किया। उसने बुद्धि को आलोचनात्मक ढंग से सोचने की प्रक्रिया के रूप में स्पष्ट किया।

स्टैनबर्ग के अनुसार:- कूट संकेतन, अनुमान, अनुप्रयोग, व्यवस्था तथा अनुक्रिया सभी बुद्धि द्वारा किये जाते हैं।

स्टैन बर्ग ने तीन उपसिद्धान्तों को प्रस्तुत किया-

1. संदर्भात्मक उपसिद्धान्त
2. अनुभवजन्य उपसिद्धान्त
3. घटनीय उपसिद्धान्त

स्टैनबर्ग के अनुसार **घटक तीन** प्रकार के होते हैं-

(i) मेटा घटक
(ii) निष्पादन घटक
(iii) ज्ञान संग्रहण घटक

बुद्धि का मापन

1905 ई. में बनाए गए बुद्धि-मापन के सफल परीक्षण **(अल्फ्रेड बिने द्वारा)** के बाद मनोवैज्ञानिक द्वारा बुद्धि के संबंध में भिन्न-भिन्न मत प्रतिपादित किए जा चुके हैं।

सन् 1905 ई. में बिने ने अपने सहयोगी **साइमन** के साथ मिलकर आधुनिक युग का सबसे बड़ा बुद्धि परीक्षण तैयार किया।

बुद्धिमापन के इतिहास को तीन काल खण्डों में बाँटा जा सकता है-

1. बिने-पूर्वकाल

1896 ई. में ग्रीनविच वेधशाला के एक कर्मचारी द्वारा समय ज्ञात करने में त्रुटि ने कर्मचारियों की योग्यताओं का विधिवत अध्ययन करने को प्रेरित किया।

इसके बाद अमेरिका एवं इंग्लैड में मानसिक योग्यताओं के मापन पर पर्याप्त कार्य हुआ।

मानसिक परीक्षण शब्द का प्रयोग सबसे पहले सन् **1890 ई. में कैटेल** ने किया।

उसने अपनी प्रयोगशाला में स्मरण, शुद्धता, निर्णय आदि अनेक मानसिक क्रियाओं के मापन संबंधी प्रयोग करके व्यक्तिगत विभेद करने का प्रयास किया।

1. 1891 - बोल्टन
2. 1893 - जैस्ट्रो
3. 1894 - गिलबर्ट
4. 1895 - ओहर्न

इन्होंने अपने-अपने द्वारा बनाए गए परीक्षण के द्वारा मानसिक योग्यताओं का मापन करने का प्रयास किया। सन् **1895 ई.** में बिने ने स्मृति, पाठन, निर्देश के ज्यामितीय डिजाइन, ग्रहणशीलता, नैतिक भाव आदि से संबंधित प्रश्नों की एक विस्तृत सूची तैयार की थी। प्रश्नों की यह सूची बाद में बिने-साइमन बुद्धि परीक्षण का प्रमुख आधार बनी।

2. बिनेकाल-

20वीं शताब्दी के प्रारंभ में फ्रांसीसी शिक्षा अधिकारियों का ध्यान अपने यहाँ के प्राथमिक स्कूलों में अनुत्तीर्ण होने वाले छात्रों की बड़ी संख्या की तरफ आकर्षित हुआ। यह जानने की लिए फ्रांस के जन शिक्षा मंत्री ने **1904** में एक आयोग का गठन किया। इस आयोग के द्वारा परीक्षण की आवश्यकता महसूस किए जाने के कारण बिने तथा साइमन के विशेष योगदान से **प्रथम बुद्धि परीक्षण** का निर्माण हुआ तथा इसे 1905 ई. में बिने-साइमन बुद्धि परीक्षण कहा गया।

बुद्धिमापन की सफलता से उत्साहित बिने तथा साइमन ने **1908 ई. में बुद्धि परीक्षण** में सुधार करके इसे नवीन रूप में प्रस्तुत किया।

1905 के 30 प्रश्नों संख्या बढ़ाकर **1908 में 58 कर** दी गई। प्रश्नों को 3 से 13 वर्ष के आयुवर्ग में विभाजित किया गया। तथा मानसिक आयु का प्रत्यय बिने ने इसी संसाधन में प्रस्तुत किया। 1908 वाले इन परीक्षण की बेल्जियम, स्विटजरलैण्ड, जर्मनी, इंग्लैण्ड, अमेरिका में मनोवैज्ञानिकों ने समीक्षा की तथा सुझाव दिए।

इन सुझावों को ध्यान में रखते हुए **1911** में बिने-साइमन परीक्षण का **अंग्रेजी रूपान्तरण गोडार्ड** द्वारा किया गया।

इसके एक वर्ष बाद **विलियम स्टर्न** ने मानसिक आयु तथा वास्तविक आयु के अनुपात के रूप में **बुद्धिलब्धि** का प्रयोग करने का सुझाव दिया।

बिने का बुद्धिमापन में योगदान-

1. बुद्धि परीक्षण के प्रभावीकरन विधि का प्रतिपादन किया।
2. मानसिक आयु का संप्रत्यय प्रस्तुत किया।

3. बिने-उत्तर काल

अमेरिका के **स्टेनफोर्ड विश्वविद्यालय** में प्रोफेसर **टरमन व उनके** सहयोगियों द्वारा **1916, 1937, 1960, 1986, 2003** में स्टेनफोर्ड-बिने परीक्षण एवं संशोधन भी प्रस्तुत किए।

भारत में **1922 ई. में सी. एच. रिच** ने बिने परीक्षण का भारतीय अनुकूलन करके हिन्दुस्तानी बिने परीक्षण प्रस्तुत किया।

1939 में वेश्लर ने वयस्कों के लिए शाब्दिक व क्रियात्मक प्रश्नों वाला बुद्धिपरीक्षण तैयार किया जिसे **WATS** कहा जाता है। **1955** में इसे संशोधित किया गया आयु सीमा **16 से 64 वर्ष** तक रखी गई। वेश्लर ने **1949** में बालकों के लिए वेश्लर बुद्धि परीक्षण **WISC** जिसे **1974** में संसोधित किया गया आयु सीमा **(6-16 वर्ष तक) 1967 में 6 वर्ष** से कम आयु के वेश्लर ने **WPPSI** मापनी का निर्माण किया। प्रथम विश्व युद्ध के दौरान ऑटिस द्वारा-**आर्मी अल्फा स्केल** शाब्दिक परीक्षण या **आर्मी बीटा स्केल** जो अशाब्दिक परीक्षण था, का प्रयोग किया गया।

बुद्धि लब्धि

बुद्धि लब्धि के **पिता या जनक** के रूप में **'वैश्लर'** को जाना जाता है।

बुद्धि लब्धि शब्द का सर्वप्रथम प्रयोग जर्मन वैज्ञानिक **विल हेल्म स्टर्न** द्वारा **1912** में किया गया था। **1916 ई.** में बुद्धि लब्धि का यह विचार स्टेनफोर्ड बिने परीक्षण में प्रस्तुत किया गया। इसके अनुसार बुद्धि लब्धि मानसिक आयु और वास्तविक आयु में अनुपात होता है। **स्टैनफोर्ड-बिने** जो **फ्रांस के मनोवैज्ञानिक** थे, उन्होंने बुद्धि लब्धि का सूत्र ज्ञात किया जो निम्न प्रकार है-

$$\text{बुद्धि लब्धि} = \frac{\text{मानसिक आयु}}{\text{वास्तविक आयु}} \times 100$$

बुद्धि लब्धि की विशेषताएं

1. बुद्धि लब्धि बच्चे की मानसिक दृष्टि की ओर संकेत करती है।
2. यह बच्चे की प्रतिभा का सूचकांक है।
3. यह बच्चे के मानसिक स्तर की वार्षिक प्रगति के आधार को अभिव्यक्त करती है।
4. वास्तविक आयु अलग-अलग होने पर भी बुद्धि एक जैसी हो सकती है।
5. सामान्य परिस्थितियों में यदि बुद्धि लब्धि एक जैसी रहती है तो इसका मतलब है कि बच्चे की प्रगति में कोई बाधा नहीं है।
6. बुद्धि लब्धि व्यक्ति की बुद्धि नहीं है यह तो मात्र बौद्धिक योग्यता का अनुमान है।

विशिष्ट बालक

विद्यालय में अधिकतर विद्यार्थी सामान्य बुद्धि स्तर के होते हैं। इसलिए इनकी समस्याएं भी समान होती हैं। कुछ बालक अतिशीघ्र समझ जाते हैं तो कुछ बालक बहुत धीमी गति से समझते हैं। इसका कारण है कुछ बालकों को तीव्रबुद्धि, कुछ मंदबुद्धि, कुछ पिछड़े व कुछ में शारीरिक दोष होता है। इन बालकों की ज्ञान प्राप्ति संबंधी शारीरिक, मानसिक, संवेगात्मक तथा सामाजिक समस्याएं भी विशिष्ट प्रकार की होती हैं। ऐसे बालकों को **विशिष्ट बालक** कहा जाता है।

"जिन बालकों को अध्यापक के अतिरिक्त मार्गदर्शन की आवश्यकता होती है उन्हें **विशिष्ट बालक** कहा जाता है।"

विशिष्ट बालकों के प्रकार

1. बौद्धिक दृष्टि के अनुसार

- प्रतिभाशाली बालक - 140 या इससे अधिक बुद्धि लब्धि वाले बालक
- मंदबुद्धि बालक - औसत से कम योग्यता रखने वाले बालक

2. मानसिक विकलांगता की दृष्टि से :-

- **जड़ बुद्धि** बालक - 0 से 25 बुद्धि लब्धि वाले
- **मूढ़ बुद्धि** बालक-25 से 50 बुद्धि लब्धि वाले
- **अल्प बुद्धि या मूर्ख बुद्धि** बालक - 50 से 70 बुद्धि लब्धि वाले

* **टरमन के अनुसार बुद्धि लब्धि के अनुसार बच्चों का वर्गीकरण -**

बुद्धि लब्धि	बालकों का वर्गीकरण	
140 या इससे अधिक	प्रतिभाशाली	Genius
120 से 140	अति श्रेष्ठ बुद्धि	Superior
110 से 120	श्रेष्ठ बुद्धि	Above Average
90 से 110	सामान्य बुद्धि	Average
80 से 90	मंद बुद्धि	Feeble minded
70 से 80	क्षीण बुद्धि	Dull
50 से 70	मूर्ख बुद्धि	Moron
25 से 50	मूढ़ बुद्धि	Imbecile
0 से 25	जड़ बुद्धि	Idiot

3. समस्यात्मक दृष्टि से :-

- बाल अपराधी - ये झूठ बोलने वाले, चोरी करने वाले और कक्षा-कक्ष से भागने वाले, नशा करने वाले, लड़ाई-झगड़ा करने वाले बालक होते हैं।
- असमायोजित बालक - ये बालक मानसिक अस्थिरता तथा संवेगात्मक रूप से अस्थिर होते हैं।

4. शैक्षणिक दृष्टि से :-

- पिछड़े बालक - 1. सामान्य पिछड़े, 2. विशिष्ट पिछड़े या कम पिछड़े
- सृजनात्मक बालक - ये बालक चित्रकार, अभिनेता, लेखक, खोजकर्ता इत्यादि होते हैं।

5. शारीरिक रूप से विशिष्ट बालक :-

- शारीरिक विकलांगता या अपंग या पंगू बालक
- अंधे या दृष्टिदोष वाले बालक
- हकलाने या वाक्दोषयुक्त बालक
- बहरा या कम सुनने वाले बालक
- मिरगी आने वाले बालक

प्रतिभाशाली बालक

स्किनर व हैरीमेन के अनुसार :- "प्रतिभाशाली शब्द का प्रयोग उन एक प्रतिशत बालकों के लिए किया जाता है जो सबसे अधिक बुद्धिमान होते हैं।"

टरमन के अनुसार :-

"एक हजार साधारण बालकों की अपेक्षा करने से उतनी क्षति पहुंचने का भय नहीं है जितना कि किसी एक प्रतिभाशाली बालक की अपेक्षा करने से है।"

प्रतिभाशाली बालक की विशेषताएं

1. इनका शब्दकोश विशाल होता है।
2. इनकी मानसिक प्रक्रिया तीव्र होती है।
3. इनके दैनिक कार्यों में विभिन्नताएं होती हैं।
4. इनका सामान्य ज्ञान श्रेष्ठ होता है।
5. इनकी सामान्य अध्ययन में अधिक रुचि होती है।
6. ये बालक अमूर्त विषयों में अधिक रुचि लेते हैं।
7. अध्ययन में अद्वितीय सफलता अर्जित करते हैं।
8. इनकी अन्तर्दृष्टि अद्भुत होती है।
9. इनकी बुद्धि लब्धि उच्च अर्थात् 140 या इससे अधिक होती है।

प्रतिभाशाली बालकों के लिए शिक्षण व्यवस्था

1. विशेष व विस्तृत पाठ्यक्रम
2. अलग कक्षाएं
3. दोहरी उन्नति
4. शिक्षक द्वारा व्यक्तिगत ध्यान
5. पाठ्यसहगामी क्रियाओं का आयोजन
6. नेतृत्व का प्रशिक्षण
7. पुस्तकालय व वाचनालय का प्रबंध
8. योग्य अध्यापकों द्वारा शिक्षा
9. अवसरों का सृजन

मंदबुद्धि

इन बालकों की बुद्धि लब्धि साधारण बालकों से कम होती है। ऐसे बालकों की मानसिक शक्तियों की न्यूनता होती है। इनमें सोचने, समझने और विचार करने की शक्ति

कम होती है। मनोवैज्ञानिकों द्वारा **1913 ई. के बाद मंदबुद्धि और पिछड़े बालकों में अन्तर किया जाने लगा।** मंद बुद्धि बालकों के लिए **1965 ई. में अखिल भारतीय विकलांग समिति का गठन किया गया।** जिन बच्चों की सीखने की दर सामान्य बच्चों की दर से कम होती है उन्हें **मंदबुद्धि बालक** कहा जाता है।

विशेषताएं :-

1. मंदबुद्धि बालकों में दूसरों को मित्र बनाने की इच्छा होती है।
2. विद्यालयों में असफलताओं के कारण वे निराश रहते हैं।
3. संवेगात्मक और सामाजिक रूप से असमायोजित होते हैं।
4. ये बालक मान्यताओं के संबंध में अटल विश्वास रखते हैं।
5. ये सीखी हुई बात को नई परिस्थितियों में नहीं ढ़ाल सकते।
6. मंदबुद्धि बालक अपनी चिंता में लीन रहते है।
7. मंदबुद्धि बालकों में आत्मविश्वास का अभाव पाया जाता है।

मंद बुद्धि बालकों की शिक्षा

1. जन्मजात शक्तियों का विकास करना
2. स्वच्छ आदतों का निर्माण करना
3. शारीरिक स्वास्थ्य की उन्नति करना
4. स्वतंत्रता और आत्मविश्वास की भावना का विकास
5. व्यक्तिगत, आर्थिक व सामाजिक आवश्यकताओं की पूर्ति करना

मंदबुद्धि बालकों के शिक्षकों के गुण

1. शिक्षक को इन बालकों का सम्मान करना चाहिए।
2. बालकों की आवश्यकताओं की पूर्ति का प्रयास करना।
3. इनमें संवेगात्मक सन्तुलन व सामाजिक समायोजन के विकास का प्रयास।
4. बालकों को सहायता, निर्देशन व परामर्श देना।
5. शिक्षक को बालकों की कमी के बारे में पूर्ण जानकारी होनी चाहिए।
6. शिक्षक को बालकों के वास्तविक जीवन से संबंध स्थापित करना चाहिए।
7. दोहराते हुए धीमी गति से पढ़ाना चाहिए।
8. शिक्षण को रोचक बनाने के लिए दृश्य श्रव्य-साधनों का प्रयोग करना चाहिए।
9. शिक्षक का अपने विषय पर पूर्ण अधिकार होना चाहिए।
10. शिक्षक में धैर्य, दृढ़ता व सहनशीलता के गुण होने चाहिए।
11. शिक्षक बाल मनोविज्ञान को जानने वाला होना चाहिए।
12. शिक्षक को मंदबुद्धि के साथ प्रेमपूर्वक व मित्रवत् व्यवहार करना चाहिए।
13. शिक्षक द्वारा ऐसे बच्चों को सक्रिय भागीदारी द्वारा सिखाना चाहिए।

मानसिक विकलांगता की दृष्टि से

1. जड़ बुद्धि बालक (प्रशिक्षित ना किए जाने वाले बालक) :–

यह मानसिक दुर्बलता की निम्न अवस्था है। जिन बालकों की बुद्धि लब्धि 25 से कम होती है। उन्हें **जड़ बुद्धि बालक** कहा जाता है।

ट्रेड गोल्ड के अनुसार :-

ऐसे बालक स्वयं की रक्षा करने में असमर्थ होते हैं। वे आग, पानी, बिजली आदि के खतरे को नहीं समझते हैं और आसानी से दुर्घटनाग्रस्त हो जाते हैं। वे स्वयं भोजन नहीं कर सकते तथा उनमें जीवन रक्षा की इच्छा का पूर्ण अभाव होता है। ऐसे बालक एक वाक्य भी नहीं बना पाते। ये स्वयं के लिए कुछ नहीं कर सकते। शिशुओं के भांति उन्हें नहलाया, धुलाया और भोजन कराया जाता है।

2. मूढ़बुद्धि (प्रशिक्षित किए जाने वाले बालक)

मूढ़ बुद्धि बालकों की बुद्धि लब्धि 25-50 के मध्य होती है। ऐसे बालक जड़ बुद्धि बालकों से थोड़े अच्छे होते हैं लेकिन इनमें भी समस्याओं का अभाव होता है। ये बालक छोटे तथा सरल नामों को पुकार सकते हैं। इन्हें संसार के बारे में बहुत कम ज्ञान होता है। किन्तु फिर भी उन्हें दूसरों की देखभाल की पर्याप्त आवश्यकता होती है। ऐसे बालक सामान्य विद्यालय में पढ़ने में असमर्थ होते हैं। किन्तु उन्हें अपनी देखभाल करने के लिए प्रशिक्षित किया जा सकता है।

3. मूर्खबुद्धि :- (शिक्षित किए जाने वाले बालक)

मूर्ख बुद्धि बालकों की बुद्धि लब्धि 50-70 के मध्य होती है। ऐसे बालकों को अल्पबुद्धि बालक भी कहा जाता है। मंदबुद्धि बालकों का एक बहुत बड़ा भाग अल्पबुद्धि बालकों का होता है। ऐसे बालकों को शिक्षित करने के लिए विशेष प्रबंध करने पड़ते हैं। विशिष्ट शिक्षा के द्वारा ऐसे बालकों में से कुछ बालकों को सामान्य बालकों के समीप लाया जा सकता है।

मूर्ख बुद्धि बालकों को शिक्षित कैसे किया जाता है-

1. विशेष विद्यालय
2. विशेष पाठ्यक्रम
3. दृश्य-श्रव्य सामग्री का प्रयोग
4. विशेष शिक्षण विधियां, योजना विधि, डाल्टन विधि
5. योग्य व प्रशिक्षित अध्यापक
6. विशेष समय सारणी
7. व्यक्तिगत ध्यान
8. व्यावसायिक शिक्षा
9. अभ्यास पर बल
10. मूर्त चिंतन पर बल
11. माता-पिता की भूमिका

बाल-अपराधी

1. कोई बालक जिसकी आयु 8 से 18 वर्ष की है, यदि वह कानून का उल्लंघन करता है, उसे बाल अपराधी कहते हैं।
2. यदि बालक कानूनों की अवहेलना करके समाज विरोधी कार्य करता है तो उसका कार्य बाल अपराध कहलाता है और ऐसा बालक बाल अपराधी कहलाता है।
3. 18 वर्ष से कम आयु का बालक जो चोरी करता है, उपेक्षा करता है, किसी के लिए खतरा बनता है, दूसरों की सम्पत्ति छीनता है और अन्य कोई गैर कानूनी कार्य करता है उसे बाल अपराधी कहते हैं।

गुड के अनुसार:- "कोई भी बालक जिसका व्यवहार सामान्य सामाजिक व्यवहार से इतना भिन्न हो जाए कि उसे समाज विरोधी कहा जा सके ऐसा बालक बाल अपराधी है। इस प्रकार बाल अपराधी

समाज से उपेक्षित और सामाजिक कार्यों से दूर भागने वाला होता है। वह विद्यालय के वातावरण को दूषित करता है जिससे कि अन्य बच्चों की शिक्षा पर बुरा प्रभाव पड़ता है।''

बाल अपराधी बालकों की पहचान

1. विद्यालय छोड़कर भाग जाना
2. चोरी करना
3. झूठ बोलना
4. जेब काटना
5. समाज विरोधी कार्य करना
6. शराब पीना / नशा करना या तम्बाकू सेवन करना
7. छोटे बच्चों को तंग करना
8. समाज विरोधी तत्वों से दोस्ती करना
9. गुंडा व गर्दी करना, मारपीट करना व तोड़-फोड़ करना
10. यातायात के नियमों का पालन न करना
11. आती-जाती लड़कियों से छेड़-छाड़ करना
12. बड़ों व शिक्षकों की आज्ञा का उल्लंघन करना
13. अश्लील भाषा का प्रयोग करना
14. कानून व नियमों का पालन न करना
15. घर से भाग जाना
16. अपने से कमजोर को धमकाना
17. हमेशा लड़ाई के लिए तैयार रहना

बाल अपराध के कारण

1. अनुवांशिक कारण :-

कुछ बालकों की अपराध प्रकृति माता-पिता के वंशानुक्रम द्वारा उन्हें प्राप्त होती है। गुणसूत्र और शारीरिक रचना भी अपराध प्रकृति को प्रभावित करती है।

2. शारीरिक कारण :-

शारीरिक दोषयुक्त बालक तिरस्कार का बदला लेने के लिए अपराधी प्रकृति को अपना लेते हैं। यौन अंगों के तीव्र विकास पर बालक काम संबंधी अपराध करने लगते है।

3. सामाजिक कारण :-

कुसंगति, नगरीय जीवन की अस्वच्छता, साम्प्रदायिक दंगे, मनोरंजन के साधनों का अभाव, गंदी बस्तियों का अभावपूर्ण जीवन आदि से बाल अपराध को बढ़ावा मिलता है।

4. मनोवैज्ञानिक कारण :-

संवेगात्मक असन्तुलन, निम्न सामान्य बुद्धि, मानसिक रोगों से उत्पन्न तनाव व अंतर्द्वन्द्व, मूल प्रवृत्ति का अवरुद्ध होना, भावना ग्रंथियों का निर्माण व निराशा वाले काम बालकों में अपराध प्रवृत्ति को जन्म देते हैं।

5. पारिवारिक कारण :-

परिवार की निर्धनता, बर्बादी, अनैतिकता, आपसी झगड़े, माता-पिता द्वारा तिरस्कृत बच्चे, अनाथ बच्चे और बच्चों के साथ दुर्व्यवहार आदि कारण बालक को अपराध प्रवृत्ति की ओर धकेलते हैं।

6. विद्यालयीय कारण :-

विद्यालय का दूषित वातावरण, बच्चों पर नियंत्रण का अभाव, खेल-कूद व मनोरंजन का अभाव, दोषपूर्ण शिक्षण प्रणाली, स्कूलों की पाठ्यसामग्री आदि बालक को बाल अपराधी बनने में योगदान देते हैं।

असमायोजित बालक :-

ऐसे बालक जो स्कूल तथा समाज में अपने आप को समायोजित करने में असफल रहते हैं ऐसे बालकों को **असमायोजित बालक** कहा जाता है।

मानसिक या संवेगात्मक अस्थिर-असमायोजन

ऐसे बालक जिनकी बुद्धि लब्धि कम या अधिक होती है। जिसके संवेग निश्चित समय से पहले या बाद में प्रकट होते हैं ऐसे बालकों को मानसिक या संवेगात्मक अस्थिर बालक कहा जाता है।

शैक्षणिक दृष्टि से असमायोजित

1. पिछड़े बालक :-

जो बालक कक्षा का औसत कार्य नहीं कर पाता और कक्षा में पीछे रह जाता है उसे **पिछड़ा बालक** कहा जाता है। पिछड़े बालक का मंदबुद्धि होना आवश्यक नहीं है। **यदि प्रतिभाशाली बालक** अपने आयु के बालकों से कम शैक्षिक प्रगति करता है तो वह भी पिछड़ा बालक कहलाता है।

सिरिल बर्ट के अनुसार :-

पिछड़ा बालक वह है जो अपने विद्यालयीय जीवन के मध्य में अपनी कक्षा से नीचे की कक्षा के उस कार्य को न कर सके जो उसकी आयु के बालकों के लिए सामान्य कार्य है।

पिछड़े बालकों की पहचान

1. इनकी सीखने की गति बहुत धीमी होती है।
2. ये बालक जीवन में निराशा महसूस करते हैं
3. इन में समाज विरोधी कार्यों की प्रकृति होती है।
4. व्यवहार में कठिनाई का अनुभव करते हैं।
5. इन बालकों की जन्मजात योग्यताओं से कम शैक्षिक उपलब्धि होती है।
6. ये बच्चे मानसिक रूप से अस्वस्थ व असमायोजित होते हैं।
7. ये बालक अपनी और निचली कक्षा का कार्य करने में असमर्थ होते हैं।

पिछड़े बालकों के कारण

1. न्यून शारीरिक विकास :-

वंशानुक्रम और वातावरण के प्रभाव से इनका शारीरिक विकास समान्य से कम होता है जिससे ये बालक मानसिक व शारीरिक श्रम कम कर पाते हैं।

2. शारीरिक दोष :-

कुछ बालकों में शारीरिक-निर्बलता, कम सुनना, हकलाना या कम दिखाई देना जैसे शारीरिक दोष पाए जाते हैं जिससे इनकी शारीरिक क्षमता घट जाती है तथा इनके सीखने की गति मंद पड़ जाती है।

3. शारीरिक रोग :-

कुछ बालक दूषित वातावरण, रोग प्रतिरोधक क्षमता की कमी, कुपोषण आदि कारणों से बीमारियों से ग्रस्त रहते हैं जिसके कारण वे विद्यालय नहीं जा सकते और उपस्थित न रहने के कारण वे अन्य बच्चों से पिछड़ जाते हैं।

4. परिवार का वतावरण :-

जिस परिवार का आकार बड़ा होता है और परिवार के सदस्य आपस में झगड़ते हैं तो उस परिवार के बच्चे पढ़ाई में ध्यान केंद्रित नहीं कर पाते और पिछड़ जाते हैं।

5. परिवार की निर्धनता :-

जो परिवार निर्धन होता है वहां सुविधाएं जैसे पौष्टिक व पर्याप्त भोजन, पाठ्यसामग्री व शिक्षण सुविधा का सदैव अभाव रहता है जिसके कारण ऐसे बालक पढ़ाई में पिछड़ जाते हैं।

6. विद्यालयीय कारण :-

अयोग्य अध्यापक, दोषपूर्ण समय सारणी, निर्देशन का अभाव, पुस्तकालय व प्रयोगशाला की अवस्था आदि कारणों से बालक प्रगति नहीं कर पाते।

7. माता-पिता का दृष्टिकोण :-

माता-पिता अशिक्षित, बुरी आदतों वाले, बच्चों से कठोर व्यवहार व अधिक लाड़-प्यार करने वाले होते हैं जिसके कारण उनके बालक शैक्षिक प्रगति नही कर पाते और पढ़ाई में पीछे रह जाते हैं।

पिछड़े बालकों की शिक्षण व्यवस्था

1. पिछड़े बालकों के शारीरिक दोषों व रोगों का उपचार करना।
2. ऐसे बच्चों के लिए संतुलित भोजन व शारीरिक व्यायाम की व्यवस्था करना।
3. निर्धन बच्चों को नि:शुल्क शिक्षा व छात्रवृत्ति प्रदान करना।
4. बच्चों के परिवारिक के वातावरण में सुधार करना।
5. बच्चों के अभिभावकों को साक्षर करने के लिए कार्यक्रम चलाना।
6. विशेष विद्यालयों व विशेष कक्षाओं की स्थापना करना।
7. बालकों के लिए शैक्षिक निर्देशन का प्रबंध करना।
8. अच्छे व योग्य प्रशिक्षित अध्यापकों की नियुक्ति करना।
9. बच्चों की योग्यता के अनुसार पाठ्यक्रम निर्माण करना।
10. बच्चों को अतिरिक्त समय देकर पढ़ाना।
11. छोटे समूह में शिक्षा-प्रदान करना।
12. अध्ययन में मूर्त विषयों का अधिक समावेश करना।
13. शिक्षण-सहायक सामग्री का प्रयोग करते हुए पढ़ाना।
14. विशेष शिक्षण विधियों का प्रयोग करना।

सृजनात्मक व सृजनशील बालक

सृजनात्मकता व्यक्ति की वह योग्यता है जिसके द्वारा वह किसी नये विचार या नई वस्तु का निर्माण करता है।

i). स्टेगनर व कार्बोकी के अनुसार:-

"किसी नई वस्तु का पूर्ण या आंशिक उत्पादन सृजनात्मकता है।"

ii). डैव डाइहल के अनुसार :-

"सृजनात्मकता व्यक्ति की वह योग्यता है जिसके द्वारा वह उन वस्तुओं या विचारों का उत्पादन करता है जो अनिवार्य रूप से नये हैं और जिन्हें वह व्यक्ति पहले से न जानता हो"

सृजनात्मक बालकों की विशेषताएं

1. ये बालक विचार और कार्य में मौलिकता का प्रदर्शन करते हैं।
2. ये समायोजन में सक्षम होते हैं और इनकी साहस भरे कार्य में प्रवृत्ति होती है।
3. वह एक रास्ता और ऊबाउपन की अपेक्षा टेढ़े-मेढ़े जीवन से आगे बढ़ना पसंद करता है।
4. उसकी स्मरण शक्ति अच्छी होती है और ज्ञान का दायरा भी विस्तृत होता है।
5. उसमें चुस्ती, सजगता, ध्यान एवं एकाग्रता की प्रचुरता होती है।
6. उसकी प्रवृत्ति जिज्ञासामय पाई जाती है।
7. वह भविष्य के प्रति आशावादी व दूर-दृष्टि वाला होता है।
8. उसमें स्वयं निर्णय लेने की योग्यता होती है।
9. यह अस्पष्ट, गूढ़ एवम् अव्यक्त विचारों में रुचि रखता है।
10. वह प्राय: अपने विचित्र एवं मूर्खता भरे विचारों के लिए प्रसिद्धि अर्जित करता है।
11. जटिलता, अपूर्णता, असमरूपता के प्रति उसका लगाव होता है और वह खुले दिमाग से सोचने में विश्वास रखता है।
12. समस्याओं के प्रति उसमें उच्च संवेदना पाई जाती है।
13. उसके विचार अभिव्यक्ति में अत्यधिक प्रवाहत्मकता पाई जाती है।
14. अपने व्यवहार में वह आवश्यक लचीलेपन का परिचय देता है।
15. उसमें सीखने या अपने प्रशिक्षण को एक परिस्थिति से दूसरी परिस्थिति में स्थानांतरण करने की योग्यता पाई जाती है।
16. उसमें उच्चस्तर की कल्पनाशक्ति जिसे **सृजनात्मक कल्पना** का नाम दिया जाता है, वह पाई जाती है।
17. उसके सोचने-विचारने के ढंग में केन्द्रीयकरण एवं रूढ़िवादिता के स्थान पर विविधता व प्रगति पाई जाती है।
18. उसमें विस्तृतीकरण की प्रवृत्ति पाई जाती है। अर्थात् वह विचारों, कार्यों एवं योजनाओं के अत्यन्त सूक्ष्म पहलुओं पर ध्यान देता है और हर बात को अधिक विस्तार से कहना और करना चाहता है।
19. रहस्यपूर्ण, अज्ञात और अनजान कार्यों से वह भयभीत नहीं होता।
20. समस्या के किसी नवीन हल एवं समाधान तथा योजना के किसी नवीन प्रारूप का उसकी ओर से सदैव स्वागत किया जाता है। इस दिशा में वह स्वयं भी अथक प्रयास करता है।
21. वह अपनी आत्मा को महान सृजक परमात्मा की भांति सृजन करना चाहता है। उसे अपनी सृजन की गई वस्तुओं एवम् विचारों में गौरव एवम् संतुष्टि का बोध होता है।
22. वह अपने समय एवं शक्ति को व्यर्थ नहीं गंवाता, उसके पास अपनी रचना एवं सृजनात्मक कार्यों से आनन्दित होने का पर्याप्त समय सामर्थ्य होता रहती है।
23. उसमें उच्चस्तर की सौन्दर्यात्मक अनुभूति की क्षमता पाई जाती है।
24. अन्य सामान्य बालकों की अपेक्षा उसमें आत्मसम्मान के भाव और अहम के दृष्टिकोण की आवश्यकता कुछ अधिक पाई जाती है।
25. वह आत्म-अनुशासित होता है और अन्याय व बुराइयों से दूर रहता है।
26. वह अपने व्यवहार और सृजनात्मक उत्पादन में विनोदप्रियता तथा बौद्धिक स्थिरता, उल्लास, आंनद एवम् स्वतंत्र अभिव्यक्ति तथा भौतिक स्थिरता का प्रदर्शन करता है।
27. वह अपने उत्तरदायित्व के प्रति सजग रहता है।
28. वह दूसरे के विचारों का आदर करता है और उनके विचारों व सुझावों का बुरा नहीं मानता है।
29. सृजन के समय अगर मस्तिष्क की सोचने विचारने सम्बन्धी प्रक्रिया का कोई ग्राफ प्राप्त किया जाए तो सृजनशील बालक की मस्तिष्क प्रक्रिया अन्य बालकों की तुलना में अलग दिखाई पड़ती है।

30. उसमें स्थिरता और पूर्णता के स्थान पर अस्थिर, सम्भावित एवं अपूर्ण वर्तमान को स्वीकार कर आगे बढ़ने की योग्यता पाई जाती है।
31. उसकी कल्पना एवं दिवास्वप्न का संसार काफी अद्‌भुत एवं महान होता है। सामान्य बालक की तुलना में वह अपना काफी समय इस सुनहरे संसार में विचरण में व्यतीत करता है।

शारीरिक दृष्टि से विशिष्ट बालक

1. शारीरिक दोष वाले बालक (अपंग या पंगु) की पहचान :-

1. अंगों में असंतुलन होता है।
2. चलते समय किसी सहारे जैसे लाठी या बैसाखी का सहारा लेते हैं।
3. लड़खड़ाकर चलना।
4. शरीर की मांसपेशियों में असंतुलन।
5. शरीर के जोड़ों व अन्य भागों में दर्द की शिकायत रहती है।
6. शारीरिक श्रम करने में असमर्थ होना या थोड़ा-सा श्रम करने पर ही थकान होना।
7. चलने फिरने के साथ-साथ उठने-बैठने में कठिनाई अनुभव करना।
8. भारी सामान को इधर-उधर ले जाने में असमर्थ।
9. झुककर कार्य करने में असमर्थ।
10. स्वभाव में सूखापन व चिड़चिड़ापन होना।
11. कृत्रिम अंगों का प्रयोग करके जीना।
12. ऐसे बालक शरीर में दर्द का अधिक अनुभव करते हैं।

2. अंधे व दृष्टिदोष वाले बालक की पहचान :-

1. बालक बार-बार आंखों को मसलता है।
2. आंखों से लगातार पानी बहता है।
3. बालक को प्राय: सिरदर्द की शिकायत रहती है।
4. बालक ब्लैक-बोर्ड पर लिखी सामग्री को पढ़ने व देखकर लिखने में असमर्थ होता है।
5. प्रकाश के प्रति संवेदनशीलता का अनुभव करते हैं।
6. आंखों का आकार असामान्य होता है।
7. किताब आदि पढ़ने में मुश्किल होती है।
8. कई बार बालक एक आंख से देखने का प्रयत्न करता है।
9. आंखें लाल रहती हैं।
10. देखते समय आंखों को बार-बार झपकना या जोर देता है।
11. पलकों का असामान्य होना।
12. एक समय पर दो वस्तुएं दिखाई देना।
13. रंग-भेद करने में असमर्थ होना।
14. आंखों में तिरछापन या बहंगापन होना।
15. चलते समय कदम गलत दिशा में पड़ते हैं।
16. समायोजन में मुश्किल का सामना करना।
17. पठन और लेखन में कठिनाई अनुभव करना।
18. दूरी पर रखी वस्तुओं का सामान्य से कम या अधिक अर्थात् छोटा-बड़ा नजर आना।

3. बहरे या कम सुनने वाले श्रवण दोष युक्त बालक की पहचान :-

1. श्रवण बाधित बालक सुनते समय अपने हाथ को कान के पीछे रखता है या बोलने वाले की तरफ कान को झुकाता है।
2. कान से कोई तरल पदार्थ बहता हो।
3. वह कान में बार-बार उंगली, पेन, पेन्सिल व कागज आदि डालता हो।
4. पढ़ते समय बार-बार अध्यापक को टोकता हो या ऐसा आभास देता हो कि उसको सुनाई नहीं दे रहा है।
5. वह कक्षा में अध्यापक द्वारा बार-बार बुलाने पर जवाब नहीं देता हो।
6. वह कक्षा में अध्यापक की आवाज की अपेक्षा उसके होठों व शारीरिक गतिविधियों की तरफ ज्यादा ध्यान देता हो।
7. बालक अध्यापक के प्रश्नों का उत्तर विषय वस्तु से हटकर देता हो।
8. वह सुनने के लिए आवश्यकता से अधिक उत्सुकता दिखाता हो।

4. वाणी दोषयुक्त बालकों की पहचान

1. उसकी आवाज में भारीपन हो।
2. वह मुंह की बजाए नाक से आवाज निकालता हो।
3. वह रुक-रुक कर बोलता हो।
4. शुद्ध उच्चारण न कर पाता हो।
5. वाक्य के आरम्भ/अन्त में रुक जाता हो।
6. हकलाकर बोलता हो।
7. बात को जल्दी कहकर खत्म करना चाहता हो।
8. शब्दों का उच्चारण गलत करता हो।
9. ऐसे बालक की आवाज सामान्य से अधिक मोटी या पतली होती है।
10. बोलते समय अधिक गुस्सा प्रकट करता हो।
11. कम सुनने वाले बालक में प्राय: वाणी दोष पाया जाता है।
12. भय, सदमा, शर्म व क्रोध के कारण बालक में वाणी दोष आ जाता है।

महत्वपूर्ण तथ्य

1. **लोम्ब्रैसो** को बाल अपराध विज्ञान का जनक माना जाता है।
2. **लोम्ब्रैसो व गोडार्ड** ने निम्न बुद्धि स्तर को बाल अपराध का कारण माना है।
3. वंशानुक्रम व्यक्तिगत विभिन्नताओं का सर्वप्रमुख कारण है।
4. अंधे बालकों को पढ़ाने के लिए ब्रेल लिपि का आविष्कार **लुई ब्रेल** द्वारा किया गया।
5. बहरे बालक को पढ़ाने की विधि को ओष्ठवाचन कहते हैं।
6. पोस्टल संस्थाएं बाल-अपराधियों को सुधारने का कार्य करती हैं।
7. तरुण-गोष्ठियों में बालकों को अपनी रुचि और क्षमताओं को अभिव्यक्त करने का अवसर मिलता है।
8. **ईलूक के** अनुसार **95 प्रतिशत** बाल अपराधी कुसंगति से बनते हैं।
9. **आर. बी. केटलटेल** ने **सन् 1963 ई.** में द्रवीकृत बुद्धि तथा घनीकृत बुद्धि में अन्तर स्पष्ट करते हुए कहा कि द्रवीकृत बुद्धि मुख्यत: व्यक्ति के वंशानुक्रम से निर्धारित होती है जबकि घनीकृत बुद्धि मुख्यत: व्यक्ति के वातावरण से संबंधित होती है।

सीखने सम्बन्धी विकार :-

1. डिस्लेक्सिया Dyslexia
2. डिस्कैलकुलिया Dyscalculia
3. डिस्ग्राफिया Dysgraphia
4. डिस्प्रैक्सिया Dyspraxia

1. डिस्लेक्सिया :-

भाषा सीखने में कठिनाई, पढ़ने, लिखने, बोलने, स्पेलिंग आदि में समस्याएं, पठन विकार।

सुझाव के तरीके : -

1. बिना समय की पाबंदी के टैस्ट
2. डिस्लेक्सिया से ग्रस्त छात्रों को प्रश्नों को पढ़ने के लिए और उनके उत्तर सोचकर लिखने के लिए अतिरिक्त समय की आवश्यकता होती है।
3. मौखिक परीक्षण प्रश्न को छात्र के लिए पढ़ने और छात्रों को उनके मौखिक उत्तर देने संबधी व्यवस्था।

प्रॉपर टेस्ट :-

इन टेस्टों के लिए सही मेल, खाली स्थान, लघु उत्तर प्रश्न आदि का प्रयोग कर सकते हैं। खाली स्थानों वाले प्रश्नों में प्रश्नों के ऊपर खाली स्थान संबंधी शब्दावली दें।

2. डिस्कैलकुलियाः-

गणित के सवाल हल करने में कठिनाई, गणित के प्रश्नों, समय गणना के उपयोग में समस्याएं।

सुझाव के तरीके :-

1. सवाल को हल करने के लिए अतिरिक्त समय दें।
2. यह निश्चित करें कि छात्रों को सवाल समझ में आ गया है।
3. छात्रों की सीखने की शैली को पहचानें (देखकर, सुनकर या स्वयं करके सीखना), सवाल में दी गई मात्रा या संख्या को दृश्यात्मक बनाकर बढ़ावा दें।
4. प्रश्न हल करने के गैर-पारम्परिक तरीकों को सकारात्मक रूप में बढ़ावा दें।
5. वास्तविक जीवन के अधिक से अधिक अच्छे उदाहरण दें।
6. सहयोग करें, न कि दया दिखाएं।

3. डिस्ग्राफिया :-

लिखने में कठिनाई, लिखावट, स्पेलिंग, विचारों को संगठित करने में समस्याएं।

सुझाव के तरीके :-

डिस्ग्राफिया से पीड़ित बच्चों के हाथों की मांसपेशियाँ मजबूत करने हाथों की पकड़ एवं अन्य अंगों से तालमेल सुधारने की आवश्यकता होती है। इसके लिए निम्नलिखित कार्य किए जा सकते हैं-

1. मिट्टी की आकृतियां बनाकर रखना।
2. वस्तुओं को एक लाइन में रखने का प्रयत्न करना।
3. बिंदुओं को जोड़ कर पूरा वर्ण बनाना।
4. हवा में हाथ घुमाकर वर्ण और अंक बनाना।
5. छात्रों को पेन्सिल व पेन को विभिन्न प्रकार से पकड़ने का अभ्यास कराना।

शैक्षिक कार्य में लिखने की आवश्यकता कम करते हुए बदला

1. टेस्ट या कार्य के लेखन को कम कर दें, ऐसे प्रश्नों का चुनाव करें जिनका जवाब अन्य छात्र तो पूर्ण वाक्यों के रूप में दें परंतु डिस्ग्राफिया वाले छात्र कुछ शब्दों में लिख सकें।
2. जब छात्र देखकर परिभाषा लिख रहे हों तो उन्हें छोटा करके लिखवा दें या स्वयं छोटी परिभाषा लिखा दें और महत्वपूर्ण शब्दों या वाक्यांशों के नीचे लाइन खींच दें।
3. छोटे लेखन कार्य दें।
4. अंक/ग्रेड लेखन क्रिया के व्यक्तिगत लेखन तत्व के अनुसार दे सकते हैं। एक कार्य में स्पेलिंग और दूसरे में व्याकरण।
5. छात्रों को लिखने के कार्य की जगह अन्य कार्य दे सकते है। जिससे वे पाठ को सीखें।

4. डिस्प्रैक्सिया :-

शारीरिक कौशलों में हाथ व आँख के समन्वय संतुलन कठिनाई स्तर के कार्य करने में समस्याएं।

सुझाव के तरीके :-

1. छात्र के माता-पिता को स्कूल में बुलायें ताकि वह अपने बच्चों की पढ़ाई में कठिनाई वाले क्षेत्रों को जानें जिनसे वह अनभिज्ञ हैं।
2. छात्र को दो समय-सारणी पत्र दें। एक विद्यालय के लिए और दूसरा घर पर अपनी दीवार पर चिपकाने के लिए।
3. डिस्प्रैक्सिया से पीड़ित बालक की तुलना सामान्य बालक/सहपाठी से नहीं होनी चाहिए।
4. छात्र के प्रत्येक प्रयास और प्रत्येक छोटी-छोटी सफलता पर उसकी प्रशंसा करनी चाहिए। ये बालक लगातार असफल होते हैं। ऐसे में प्रयास करना चाहिए कि उनका आत्मसम्मान बढ़े। जब वह अपने बारे में अच्छा महसूस करते हैं तो व सुकून से सीखने की कोशिश करते हैं।
5. यह याद रखना चाहिए कि जिन्हें श्यामपटट् पर देखने में कठिनाई होती है उन्हें अतिरिक्त समय दिया जाए।
6. छात्र को शिक्षक के करीब बैठायें।
7. निर्देशों को सरल बनायें और छात्र को उन्हें दोहराने के लिए कहें।
8. छात्र को गृहकार्यों और टेस्ट के निर्देश समझा दें ताकि कोई कठिनाई न हो।
9. शिक्षक और माता-पिता के अच्छे संबंध समस्या सुलझाने में सहायक होंगे।

अभ्यास प्रश्न

1. अवधारणाओं का विकास मुख्य रूप से .... का हिस्सा है।

(a) बौद्धिक विकास
(b) शारीरिक विकास
(c) सामाजिक विकास
(d) संवेगात्मक विकास

2. नि:शक्त बालकों की शिक्षा के लिए प्रावधान किया जा सकता है-

(a) समावेशित शिक्षा द्वारा
(b) मुख्य धारा में डालकर
(c) समाकलन द्वारा
(d) इनमें से कोई नहीं

3. निम्नलिखित में से कौन-सी मानसिक मन्दता की विशेषता नहीं है?

(a) बुद्धि लब्धि का 25 से 70 के मध्य होना।
(b) धीमी गति से सीखना एवं दैनिक जीवन की क्रियाओं को न कर पाना।
(c) वातावरण के साथ अनुकूलन में कठिनाई।
(d) अन्तर्वैयक्तिक सम्बन्धों का कमजोर होना।

4. विद्यार्थियों के अच्छे मानसिक स्वास्थ्य को बनाये रखने के लिए निम्न में से कौन-सा तरीका अधिक महत्वपूर्ण है?

(a) सह-शैक्षिक क्रियाओं का प्रावधान
(b) अभिव्यक्ति की स्वतन्त्रता
(c) रुचियों की भिन्नता
(d) अध्यापक की भूमिका एवं विद्यालयीय वातावरण

5. 'कमजोर वर्ग के बालक' से तात्पर्य है-

(a) ऐसे अभिभावकों के बालकों से जिनकी वार्षिक आय कम है।
(b) ऐसे अभिभावकों के बालकों से जो वंचित वर्ग में आते हैं।
(c) ऐसे अभिभावकों के बालक जो गरीबी रेखा से नीचे आते हैं।
(d) ऐसे अभिभावकों के बालकों से जो सरकार द्वारा निर्धारित न्यूनतम सीमा की वार्षिक आय की सीमा से नीचे के वर्ग में आते हैं।

6. रमेश और अंकिता की समान बुद्धि-लब्धि 120 है। रमेश अंकिता से दो वर्ष छोटा है। यदि अंकिता की उम्र 12 वर्ष है तो रमेश की मानसिक आयु होगी-

(a) 9 वर्ष (b) 10 वर्ष
(c) 12 वर्ष (d) 14 वर्ष

7. बुद्धि का कौन-सा सिद्धान्त बुद्धि 'g' और विशिष्ठ बुद्धि 's' की उपस्थिति का समर्थन करता है?

(a) नियम प्रतिकूल सिद्धान्त
(b) गिलफोर्ड के बुद्धि का सिद्धान्त
(c) स्पीयरमैन का द्विखण्ड सिद्धान्त
(d) वर्नोन का पदानुक्रमिक सिद्धान्त

8. मानसिक स्वास्थ्य और .... में घनिष्ठ सम्बन्ध है।

(a) अभिवृत्ति (b) स्वीकार्यता
(c) बचने (d) समायोजन

9. मानसिक स्वास्थ्य के नियमों को खोजना और उन्हें बनाये रखना अध्ययन का केन्द्र बिन्दु है-

(a) शैफर (b) हैडफील्ड
(c) ड्रेवर (d) लैडेल

10. निम्नलिखित में से मानसिक विकार के लक्षणों को सभी दर्शाते हैं सिवाय-

(a) भग्नाशा के (b) तनाव के
(c) सम्बन्ध के (d) चिन्ता के

11. बुद्धि का तरल मोजेक मॉडल किसने दिया था?

(a) कैटेल (b) गिल्फर्ड
(c) थर्स्टन (d) स्पियरमैन

12. निम्न में से कौन-से लक्षण किसी मापक उपकरण के लिए सर्वाधिक वांछनीय हैं?

(a) विश्वसनीयता (b) वैधता
(c) वस्तुनिष्ठता (d) मानक

13. बुद्धि लब्धि के सम्बन्ध में क्या सत्य है?

(a) बौद्धिक आयु से व्युत्क्रमी सम्बन्धित
(b) कालानुक्रमिक आयु से प्रत्यक्षत: सम्बधित
(c) कालानुक्रमिक आयु से व्युत्क्रमी सम्बन्धित
(d) बौद्धिक तथा कालानुक्रमिक आयु दोनों से प्रत्यक्षत: सम्बन्धित

14. बहुबुद्धि सिद्धान्त निम्नलिखित निहितार्थ देता है सिवाय-

(a) विषयों को विभिन्न तरीकों से प्रस्तुत किया जा सकता है।
(b) विविध तरीकों से सीखने का आकलन किया जा सकता है।
(c) संवेगात्मक बुद्धि, बुद्धि-लब्धि से सम्बन्धित नहीं है।
(d) बुद्धि प्रक्रमण संक्रियाओं का एक विशिष्ट समुच्चय है जिसका उपयोग एक व्यक्ति द्वारा समस्या-समाधान के लिए किया जाता है।

15. एकसमान जुडवाँ भाइयों में से एक को सामाजिक-आर्थिक रूप से धनाढ्य परिवार द्वारा गोद लिया जाता है और दूसरे को एक निर्धन परिवार द्वारा। एक वर्ष के बाद उनके बुद्धि-लब्धांक के बारे में निम्नलिखित में से क्या अवलोकित होने की सर्वाधिक सम्भावना है?

(a) निर्धन परिवार वाले लड़के की अपेक्षा धनी समाजिक-आर्थिक परिवार वाला लड़का अधिक अंक प्राप्त करेगा।
(b) दोनों समान रूप से अंक प्राप्त करेंगे।
(c) धनी सामजिक-आर्थिक परिवार वाले लड़के की अपेक्षा निर्धन परिवार वाला लड़का अधिक अंक प्राप्त करेगा।
(d) सामाजिक-अर्थिक स्तर बुद्धि-लब्धांक को प्रभावित नहीं करता।

16. प्रतिभाशाली विद्यार्थी-

(a) अपने निर्णयों में आत्मनिर्भर होते हैं।
(b) शिक्षकों से स्वतन्त्र होते हैं।
(c) स्वभाव में अन्तर्मुखी होते हैं।
(d) अपनी आवश्यकताओं को दृढ़तापूर्वक नहीं कह पाते।

17. बहुविध बुद्धि सिद्धान्त के अनुसार सभी प्रकार के पशुओं, खनिजों और पेड़-पौधों को पहचानने और वर्गीकृत करने की योग्यता........ कहलाती है।

(a) तार्किक-गणितीय बुद्धि
(b) प्राकृतिक बुद्धि
(c) भाषिक बुद्धि
(d) स्थानिक बुद्धि

18. ''अधिकांश व्यक्तियों की बुद्धि औसत होती है। बहुत कम लोग प्रतिभा-सम्पन्न होते हैं और बहुत कम व्यक्ति मन्द बुद्धि के होते हैं।'' यह कथन .... के प्रतिस्थापित सिद्धान्त पर आधारित है।

(a) बुद्धि और जातीय विभिन्नताओं
(b) बुद्धि के त्वरण
(c) बुद्धि की वृद्धि
(d) बुद्धि और लैंगिक विभिन्नताओं

19. बुद्धि-लब्धांक के आधार पर विभिन्न समूहों में विद्यार्थियों के वर्गीकरण उनकी स्व-गरिमा को .... है और उनके शैक्षणिक निष्पादन को .... है।

(a) बढ़ाता ; घटाता
(b) बढ़ाता ; बढ़ाता
(c) घटाता ; घटाता
(d) घटाता ; प्रभावित नहीं करता

20. रेवन का प्रोग्रेसिव मैट्रिसिज परीक्षण .... परीक्षण का उदाहरण है।

(a) मौखिक बुद्धि-लब्धांक
(b) संस्कृति-मुक्त बुद्धि-लब्धांक
(c) समूह बुद्धि-लब्धांक
(d) व्यक्तित्व

21. शारीरिक गतिक बुद्धि रखने वाले बच्चे की अन्तिम अवस्था निम्नलिखित में से कौन-सी हो सकती है?

(a) वाचक
(b) राजनैतिक नेता
(c) शल्य चिकित्सक
(d) कवि

22. वे शिक्षार्थी जो संवृद्ध ज्ञान और शैक्षणिक दक्षता की हार्दिक इच्छा प्रदर्शित करते हैं, उनके पास होता है-

(a) नैपुण्यता अभिविन्यास
(b) निष्पादन-उपागम अभिविन्यास
(c) निष्पादन-परिहार अभिविन्यास
(d) कार्य-परिहार अभिविन्यास

23. सिरिल बर्ट के अनुसार पिछड़े बालकों की बुद्धि-लब्धि होती है-

(a) 120 से अधिक
(b) 85 से कम
(c) 120 से कम
(d) इनमें से कोई नहीं

24. सृजनवाद में-

(a) बच्चे सीखने की प्रक्रिया में निष्क्रिय रूप से प्रतिभाग करते हैं।
(b) शिक्षा शिक्षक केन्द्रित होती है।
(c) शिक्षा बाल केन्द्रित होती है।
(d) शिक्षा व्यवहारवादी होती है।

25. प्रतिभाशाली बालकों में निम्न विशेषता होती है-

(a) अधिक महत्वाकांक्षा
(b) बुद्धि-लब्धि 110 से अधिक
(c) विस्तृत शब्दकोश
(d) इनमें से सभी

26. ''पिछड़ा बालक वह है, जो अपने पाठशालीय जीवन के मध्य (10-11 वर्ष) में अपनी आयु के अनुरूप सामान्य कक्षा से नीचे की कक्षा का कार्य न कर सके'' यह कथन किसका है?

(a) सिरिल बर्ट (b) टर्मन
(c) टेलर (d) मारंटिस

27. एक शिक्षिका का भावनात्मक बुद्धि-लब्धांक ऊँचा है। इसका तात्पर्य है कि -

(a) वह उच्च बुद्धिवाली है।
(b) वह उच्च अनुशासनप्रिय है।
(c) वह हास-परिहास वाली है।
(d) वह संतुलित व्यवहार रखती है।

28. निष्पत्ति लब्धि (A.Q.) का सूत्र है-

(a) $A.Q. = \frac{M.A.}{C.A.} \times 100$

(b) $A.Q. = \frac{C.A.}{E.A.} \times 100$

(c) $A.Q. = \frac{E.A.}{C.A.} \times 100$

(d) $A.Q. = \frac{E.A.}{M.A.} \times 100$

29. उच्च प्राथमिक स्तर पर शिक्षक को क्रियात्मक शोध का ज्ञान होना चाहिये, क्योंकि वे-

(a) इसके माध्यम से बच्चों की समस्या की पहचान कर सुधार करने का कौशल विकसित कर पाएंगे।
(b) अपना स्वयं का विकास कर पाएंगे।
(c) बच्चों को प्रभावी ढंग से पढ़ा पाएंगें।
(d) शोध करने का कौशल विकसित कर पाएंगे।

30. परीक्षा में विद्यार्थियों से किस प्रकार के प्रश्न पूछने चाहिए?

(a) स्मृति एवं समझ पर आधारित
(b) वस्तुनिष्ठ एवं विषयगत
(c) समझ एवं अनुप्रयोग आधारित
(d) केवल वस्तुनिष्ठ

31. आपको लगता है कि आपकी कक्षा में कुछ बच्चे बहुत तेज गति से सीख रहे हैं और कुछ बहुत धीमी गति से। इस परिस्थिति में आप क्या करेंगे?

(a) तेज गति से सीखने वाले बच्चो को आगे बढ़ने देंगे।
(b) धीमी गति से सीखने वाले बच्चों पर कोई ध्यान नहीं देंगे।
(c) इस बात पर कोई ध्यान नहीं देंगे।
(d) तेज गति से सीखने वाले बच्चों की सहायता धीमी गति से सीखने वाले बच्चों को सिखाने हेतु लेंगे।

32. ''प्रतिभाशाली बालक वह है जो अपने उत्पादन की मात्रा, दर तथा गुणवत्ता में विशिष्ट होता है।'' यह कथन दिया गया है-

(a) टर्मन एवं ओडन द्वारा
(b) कैरल एवं मर्टिल्स द्वारा
(c) आर. डब्लू. टेलर द्वारा
(d) उपर्युक्त में से कोई नहीं

33. आर. बी. केटल की तरल बुद्धि तुल्य है-

(a) वंशानुगत कारकों के
(b) पर्यावरणीय कारकों के
(c) बौद्धिक कारकों के
(d) सामाजिक कारकों के

34. अन्तर्वैयक्तिक बुद्धि से तात्पर्य है-

(a) स्वयं की क्षमताओं एवं कमजोरियों की पहचान करना।
(b) दूसरों को अभिप्रेरित करने का कौशल।
(c) विभिन्न व्यक्तियों को समझने का कौशल।
(d) दूसरों के साथ बातचीत करने का कौशल।

35. स्वयं की भावनाओं तथा संवेगों को नियन्त्रित करने से सम्बन्धित बुद्धि को क्या कहा जाता है?

(a) भाषायी बुद्धि
(b) अंत: वैयक्तिक बुद्धि
(c) स्थानिक बुद्धि
(d) वैयक्तिक बुद्धि

36. अन्तर्वैयक्तिक बुद्धि को प्रदर्शित करने वाला व्यवहार है-

(a) दूसरे के अन्तर्मन की इच्छाओं एवं मंशा का पता लगाना
(b) दूसरे के मूड को भांप जाना
(c) मिलते जुलते संवेगों तथा उदासी एवं पछतावा में भेद कर पाना
(d) दूसरों के विचारों एवं व्यवहारों को प्रभावित करने के लिए उनसे सम्बन्धित जानकारी का उपयोग करना।

37. निम्न में से कौन-सा कथन बुद्धि के बारे में सही नहीं है?

(a) यह एक व्यक्ति की मानसिक क्षमता है।
(b) यह सामंजस्य/अनूकूलन स्थापित करने में सहायक है।
(c) यह व्यवहार की गुणवत्ता से आँकी जाती है।
(d) यह स्थायी एवं अपरिवर्तनशील विशेषता है।

38. बिने-साइमन परीक्षण द्वारा मापन किया जाता है-

(a) सामान्य बुद्धि का
(b) विशिष्ट बुद्धि का
(c) अभिवृत्ति का
(d) अभिदक्षता का

39. मानसिक आयु के प्रत्यय का सर्वप्रथम .... ने प्रयोग किया-

(a) थॉर्नडाइक (b) गिलफर्ड
(c) स्पीयरमैन (d) बिने-साइमन

40. 140 से अधिक बुद्धिलब्धि (I.Q.) वाले बच्चों को किस श्रेणी में रखेंगें?

(a) मूर्ख (b) मन्दबुद्धि
(c) सामान्य बुद्धि (d) प्रतिभाशाली

41. ''सृजनशीलता मौलिक परिणामों को अभिव्यक्त करने की मानसिक क्रिया है।'' यह किसका कथन है?

(a) क्रो एण्ड क्रो
(b) जेम्स ड्रेवर
(c) रॉस
(d) स्किनर

42. मनुष्य की बुद्धि आगे की पीढ़ियों में संक्रमित होती है। ...... का कार्य इस जन्मजात योग्यता के विकास के लिये उपयुक्त परिस्थितियों का निर्माण करना है।

(a) क्षेत्र (b) मौसम
(c) वातावरण (d) जलवायु

43. पूरे आवृत्ति वितरण का प्रतिनिधित्व करने वाले मान को .... कहा जाता है।

(a) प्रामाणिक विचलन का मान
(b) केन्द्रवर्ती प्रमाप का मान
(c) सहसम्बन्धीय प्रतिनिधि का मान
(d) समूहज प्रतिशत प्रतिनिधि का मान

44. एक ग्यारह-वर्षीय बच्चे ने ''स्टैनफोर्ड-बिने बुद्धि मापनी'' में 130 अंक पाए। मान लीजिए कि एक सामान्य सम्भाव्य वक्र में $\mu = 100$ तथा $\sigma = 15$ है, तो उन ग्यारह-वर्षीय बच्चों के प्रतिशत की गणना कीजिए जिनसे इस बच्चे ने बेहतर अंक प्राप्त किए।

(a) 98% (b) 88%
(c) 78% (d) 80%

45. निम्नलिखित में से कौन-सा निरीक्षण हॉवर्ड के बहुविध-बुद्धि सिद्धान्त का समर्थन करता है?

(a) मस्तिष्क के एक भाग में हुई क्षति केवल किसी एक विशिष्ट योग्यता को प्रभावित करती है न कि सम्पूर्ण को।
(b) बुद्धि विश्लेषणात्मक, सृजनात्मक एवं व्यवहारात्मक बुद्धियों की अन्त: क्रिया है।
(c) विभिन्न बुद्धियाँ अपने स्वरूप में पदानुक्रमात्मक हैं।
(d) अनुदेशन के प्रारूप का निर्माण करते समय अध्यापकों को किसी एक विशिष्ट शैक्षिक नवाचार के सिद्धान्त का अनुपालन करना चाहिए।

46. निम्नलिखित में कौन-सा कौशल भावात्मक बुद्धि से सम्बद्ध नहीं है?

(a) भावनाओं के प्रति जागरूकता
(b) भावनाओं का प्रबन्धन
(c) भावनाओं की आलोचना
(d) कक्षा सहपाठियों के साथ मैत्रीपूर्ण व्यवहार

47. निम्नलिखित में से कौन-सा आलोचनात्मक दृष्टिकोण 'बहु-बुद्धि सिद्धान्त' से सम्बद्ध नहीं है?

(a) विद्यार्थी प्राय: एक क्षेत्र में ही अपनी विशिष्टता प्रदर्शित करते हैं।
(b) इसका कोई अनुभवात्मक आधार नहीं है।
(c) यह शोधधारिता नहीं है।
(d) विभिन्न बुद्धियाँ भिन्न-भिन्न विद्यार्थियों के लिए विभिन्न पद्धतियों की माँग करती हैं।

48. 'बहु-बुद्धि सिद्धान्त' को वैध नहीं माना जा सकता, क्योंकि-

(a) यह केवल अब्राहम मैस्लो के जीवन-भर के सुदृढ़ भावनात्मक अध्ययन पर आधारित है।
(b) यह सर्वाधिक महत्वपूर्ण सामान्य बुद्धि 'g' के अनुकूल (सुसंगत) नहीं है।
(c) विशिष्ट परीक्षणों के अभाव में भिन्न बुद्धियों का मापन सम्भव नहीं है।
(d) यह सभी सात बुद्धियों को समान महत्व नहीं देता है।

49. मानसिक आयु का प्रत्यय किस वैज्ञानिक ने दिया?

(a) टरमन ने
(b) बर्ट ने
(c) बिने साइमन ने
(d) इनमें से कोई नहीं

50. द्वित्व सिद्धान्त के प्रतिपादक हैं-

(a) थार्नडाइक (b) स्पीयरमैन
(c) थर्सटन (d) कैली

51. गिलफोर्ड ने कितनी मौलिक मानसिक योग्यताओं के आधार पर बुद्धि की संरचना का वर्णन किया है?

(a) एक (b) दो
(c) तीन (d) चार

52. ''कुशाग्रबुद्धि अथवा प्रतिभावान बालक वह है जो निरन्तर किसी भी उचित कार्यक्षेत्र में अपनी अद्‌भुत कार्यकुशलता अथवा प्रवीणता का परिचय देता है''। यह कथन किसका है?

(a) हैविंगहर्स्ट (b) कॉलसनिक
(c) विटी (d) ओड़न

53. ''पिछड़ा बालक वह है जो अपने अध्ययन के मध्यकाल में अपनी कक्षा का कार्य, जो उसकी आयु के अनुसार एक कक्षा नीचे का है, करने में असमर्थ रहता है।'' यह किसने कहा है?

(a) वर्टन हॉल (b) शौनल
(c) सिरिल बर्ट (d) बिटी

54. ''समस्यात्मक बालक जैसे शब्द उन बालकों के लिए प्रयोग किया जाता है जिसका व्यवहार अथवा व्यक्तित्व किसी बात में गम्भीर रूप से असामान्य होता है।'' यह कथन किसके द्वारा प्रतिपादित है?

(a) वेलेन्टाइन (b) वुडवर्थ
(c) स्किनर (d) हल

55. कौन-से बालकों को घर के लिए विशेष कार्य दिया जाना चाहिए?

(a) प्रतिभाशाली बालकों को
(b) पिछड़े बालकों को
(c) मानसिक रूप से पिछड़े बालकों को
(d) समस्यात्मक बालकों को

56. ''वह बालक जो समाज द्वारा स्वीकृत आचरण का पालन नहीं करता, अपराधी कहलाता है।'' किसने कहा है?

(a) गिलिन ने (b) स्किनर ने
(c) वुडवर्थ ने (d) हीली ने

57. अपराधी बालकों के उपचार की कौन-सी विधि नहीं है?

(a) पर्यावरणात्मक विधि
(b) मनोवैज्ञानिक विधि
(c) मनोविश्लेषणात्मक विधि
(d) प्रश्नावली विधि

58. निम्न में बुद्धि के किस सिद्धान्त को बालू का ढेर (Sand Theory) भी कहा जाता है?

(a) एक तत्व सिद्धान्त को
(b) द्वि-तत्व सिद्धान्त को
(c) बहुतत्व सिद्धान्त को
(d) विविध शक्ति सिद्धान्त को

59. एक दस वर्ष का बालक अपनी बुद्धि का प्रदर्शन बारह वर्ष के बालक के समान करता है। उसकी बुद्धि-लब्धि क्या होगी?

(a) 80 (b) 100
(c) 120 (d) 125

60. किसी शास्त्र का वह प्रकार जिसमें विशिष्ट शिक्षा की आवश्यकता होती है-

(a) विशेष लोगों को दी जाती है।
(b) विकलांग व्यक्तियों को दी जाती है।
(c) बुद्धिमान व्यक्तियों को दी जाती है
(d) स्थानीय मुखिया द्वारा संस्थापित होती है।

61. प्रतिभाशाली बालक-

(a) तीव्र और आसानी से सीखते हैं।
(b) जो सुनते या पढ़ते हैं उसे बिना रटे कंठस्थ कर लेते हैं।
(c) वस्तु चिंतन करते हैं।
(d) कम समय में हर अभिप्रेरण का अनुसरण करते हैं।

62. मानसिक रूप से पिछड़े बालकों के लिए निम्न में से कौन-सी व्यूह रचना कार्य करेगी?

(a) कार्यों को मूर्त्त रूप से समझाना।
(b) विद्यार्थियों को लक्ष्य निर्धारित करने के लिए प्रोत्साहित करना।
(c) स्व-अध्ययन के अवसर प्रदान करना।
(d) सहायता के लिए बाहर से संसाधनों को प्राप्त करना।

63. निम्नलिखित में से किसने कहा है कि- बुद्धि की संरचना में मूल रूप से दो कारक निहित होते हैं?

(a) स्पीयरमैन (b) थर्सटन
(c) गार्डनर (d) गिलफोर्ड

64. 25 से कम बुद्धि वाला बालक क्या कहलाता है?

(a) जड़ (b) अल्प
(c) प्रतिभाशाली (d) अल्प बुद्धिमान

65. क्रिस्टेलाइड बुद्धि की क्या विशेषता होती है?

(a) पर्यावरण पर आश्रित
(b) निरन्तर विकसित होती है
(c) संस्कृति व शिक्षा तथा अन्य कुशलताओं पर निर्भर
(d) उपर्युक्त सभी

उत्तरमाला

1. (a)	**2.** (a)	**3.** (d)	**4.** (d)	**5.** (d)	**6.** (c)	**7.** (c)	**8.** (b)	**9.** (c)	**10.** (c)
11. (a)	**12.** (a)	**13.** (c)	**14.** (c)	**15.** (d)	**16.** (a)	**17.** (b)	**18.** (b)	**19.** (d)	**20.** (b)
21. (a)	**22.** (b)	**23.** (d)	**24.** (c)	**25.** (d)	**26.** (b)	**27.** (d)	**28.** (c)	**29.** (d)	**30.** (c)
31. (d)	**32.** (a)	**33.** (a)	**34.** (a)	**35.** (a)	**36.** (d)	**37.** (d)	**38.** (a)	**39.** (d)	**40.** (d)
41. (a)	**42.** (c)	**43.** (b)	**44.** (c)	**45.** (b)	**46.** (b)	**47.** (d)	**48.** (c)	**49.** (c)	**50.** (b)
51. (c)	**52.** (a)	**53.** (c)	**54.** (a)	**55.** (a)	**56.** (d)	**57.** (a)	**58.** (c)	**59.** (c)	**60.** (b)
61. (d)	**62.** (b)	**63.** (a)	**64.** (a)	**65.** (c)					

अध्याय 9

अधिगम

अधिगम - सीखना

व्यक्ति नित्य अपने जीवन में नए-नए अनुभव एकत्रित करता है। ये नवीन अनुभव व्यक्ति के व्यवहार में परिवर्तन करते हैं। इसलिए ये अनुभव और इनका उपयोग ही **सीखना या अधिगम** कहलाता है।

सीखने का महत्व

व्यक्ति अपने जीवन के प्रारम्भ में ही सीखना आरम्भ कर देता है और जीवनपर्यन्त सीखता ही रहता है। व्यक्ति शैशवावस्था के शुरू में बिल्कुल असहाय होता है। उसका जीवन दूसरों पर निर्भर होता है। परन्तु वह धीरे-धीरे अपने को वातावरण के अनुकूल बनाने का प्रयत्न करता है। उसकी यह क्रिया 'सीखना' ही है।

थार्नडाइक के अनुसार

''सीखना संबंध स्थापित करता है। संबंध स्थापित करने का कार्य मनुष्य का मस्तिष्क करता है।''

गेट्स के अनुसार

''सीखना अनुभव द्वारा व्यवहार का शोध है।''

पील (F.A. Peel) के अनुसार

''सीखना व्यक्ति में एक परिवर्तन है जो उसके वातावरण के परिवर्तनों के अनुसरण में होता है।''

गेगने (Gagne) ने सीखने की परिभाषा इस प्रकार दी है- ''सीखना मानव संस्कार अथवा क्षमता में परिवर्तन है।''

वुडवर्थ (Woodworth)

''किसी भी ऐसी क्रिया को जो कि व्यक्ति के (अच्छे या बुरे किसी भी तरह के) विकास में सहायक होती है और उसके वर्तमान व्यवसाय और अनुभवों को जो कुछ वे हो सकते थे, उनसे भिन्न बनाती है, सीखने की संज्ञा दी जा सकती है।''

किंगस्ले एवं गैरी (Kingsley & Garry)

''अभ्यास अथवा प्रशिक्षण के फलस्वरूप नवीन तरीके से व्यवहार (अपने विस्तृत अर्थ में) करने अथवा व्यवहार में परिवर्तन लाने की प्रक्रिया को सीखना कहते हैं।''

क्रो व क्रो (Crow & Crow)

''सीखना आदतों, ज्ञान और अभिवृत्तियों का अर्जन है। इसमें कार्यों को करने के नवीन तरीके सम्मिलित हैं और इसकी शुरुआत व्यक्ति द्वारा किसी भी बाधा को दूर करने अथवा नवीन परिस्थितियों में अपने समायोजन को लेकर होती है। इसके माध्यम से व्यवहार में उत्तरोत्तर परिवर्तन होता रहता है। यह व्यक्ति को अपने अभिप्राय अथवा लक्ष्य को पाने में समर्थ बनाती है।''

हिलगार्ड (Hilgard)

''सीखना या अधिगम वह प्रक्रिया है जिसके द्वारा कोई क्रिया आरम्भ होती है अथवा परिस्थिति से सामना होने पर प्रतिक्रिया द्वारा परिवर्तित की जाती है बशर्ते कि क्रिया में होने वाले परिवर्तन की विशेषताओं को मूल प्रवृत्तियों, परिपक्वता या प्राणी की अस्थायी अवस्थाओं (जैसे थकावट अथवा औषधि के प्रभाव इत्यादि) के आधार पर नहीं समझाया जा सके।''

गार्डनर मरफी (Gardner Murphy)

''सीखने या अधिगम शब्द में वातावरण संबंधी आवश्यकताओं की पूर्ति के लिए व्यवहार में होने वाले सभी प्रकार के परिवर्तन सम्मिलित हैं।''

सीखने की विशेषताएं

★ सीखने की प्रक्रिया आजीवन चलती है।
★ सीखना व्यवहार में परिवर्तन है।
★ सीखना नई परिस्थितियों से अनुकूलन है।
★ सीखना उद्देश्यपूर्ण होता है।
★ सीखना वातावरण की देन है।
★ सीखना खोज करने की प्रक्रिया है।
★ सीखना सामाजिक, व्यक्तिगत दोनों है।
★ सीखना विकास की प्रक्रिया है।
★ सीखना समायोजन की प्रक्रिया है।
★ सीखना सार्वभौमिक प्रक्रिया है।
★ सीखना सक्रिय व सृजनात्मक है।

अधिगम के प्रकार

1. गत्यात्मक अधिगम

गत्यात्मक अधिगम से तात्पर्य ऐसे कार्यों से है, जिनको सीखने में शारीरिक प्रक्रिया या बाह्य व्यवहार प्रभावित होता है। इस प्रकार के अधिगम में क्रियाओं के स्वरूप व गति पर ध्यान दिया जाता है। इसमें से सीखे हुए कार्यों

का बाह्य रूप से निरीक्षण किया जा सकता है। **जैसे:-** साइकिल चलाना, मशीनों से कार्य करना, स्कूटर चलाना आदि।

2. सामाजिक अधिगम

समाज में रहकर बालक समाज के अनुसार आदतें, रहन-सहन, विश्वास, अभिवृत्तियों रीति-रिवाज आदि सीखता है। अर्थात् वह समाज के अन्य व्यक्तियों की भांति सामाजिक व्यवहार सीखता है, इस सामाजिक अधिगम के द्वारा बालक समाज के अनुसार व्यवहार करना सीखता है।

3. वाचिक या शाब्दिक अधिगम

अधिकांशत: मानव वाचिक अधिगम द्वारा सीखता है। अर्थात् वह समाज के अन्य व्यक्तियों की भांति अपने विचारों, भावनाओं आदि का परस्पर आदान-प्रदान करता रहता है। इस प्रकार का सीखना, संकेत, चित्र, शब्द, अंक तथा वाणी आदि के माध्यम से होता है।

4. समस्या समाधान अधिगम

इस प्रकार से सीखने में अधिगम प्राप्तकर्ता अनेक प्रतिक्रियाओं में से खास प्रतिक्रिया चुनकर क्रिया करता है। इस प्रकार के सीखने में प्रयत्न एवं भूल द्वारा सीखना भी सम्मिलित है। यह सीखने का सबसे जटिल रूप है।

5. अनुबंध अधिगम

नये प्रकार के उद्दीपक अनुक्रिया संबंध जिन अधिगम परिस्थितियों मे सीखे जाते हैं उन्हें अनुबंधन कहा जाता है। अनुबंधन संबंधी अध्ययन परिस्थितियों में पुनर्बलन का विशेष महत्व होता है।

सीखने के नियम

थार्नडाइक के अनुसार

सीखने के मुख्य नियम-

1. तत्परता का नियम (Low of readiness)
2. प्रभाव का नियम (The law of effect)
3. अभ्यास का नियम (The law of exercise or frequency)

गौण नियम

i). बहुप्रतिक्रिया का नियम

ii). मनोवृत्ति का नियम

iii). आंशिक क्रिया का नियम

iv). आत्मीकरण का नियम

v). साहचर्य का नियम

तत्परता का नियम

जब हम किसी कार्य को सीखने के लिए तत्पर होते हैं, तो उसे शीघ्र ही सीख लेते हैं। तत्परता में कार्य करने की इच्छा निहित होती है। **जैसे:-** घोड़े को पानी के पास ले जाया जा सकता है। परन्तु उसे पानी पीने के लिए बाध्य नही किया जा सकता है।

प्रभाव का नियम

इस नियम के अनुसार हम उस कार्य को सीखना चाहते हैं, जिसका परिणाम हमारे लिए लाभदायक होता है या जिससे हमें सुख या संतोष मिलता है। जिस कार्य को करने में हमें कष्ट होता है उसको हम करना पसंद नहीं करते।

अभ्यास का नियम

हम किसी कार्य का अभ्यास करते रहते हैं तो उसे सरलतापूर्वक सीख जाते हैं और उसमें कुशल हो जाते हैं। यदि हम सीखे हुए कार्य का अभ्यास नहीं करते तो उसे भूल जाते हैं।

''करत-करत अभ्यास के जड़मति होत सुजान रसरि आवत जात के सिल पर पड़त निशान''

i). बहुप्रतिक्रिया का नियम

जब हम कोई नया कार्य सीखते हैं तो उसके प्रति अनेक प्रतिक्रियाएं करते हैं या कई उपायों या विधियों का प्रयोग करके सफलता प्राप्त करते हैं। प्रयत्न या त्रुटि का सिद्धांत इसी नियम पर आधारित है।

ii). मनोवृत्ति का नियम

जिस कार्य के प्रति हमारी जैसी मनोवृत्ति होती है, उसी अनुपात में हम उसको सीखते हैं। मानसिक रूप से तैयार हुए बिना किसी कार्य को करने पर असफलता मिलती है।

iii). आशिंक क्रिया का नियम

किसी कार्य को छोटे-छोटे भागों में विभाजित करने से कार्य सरल व सुविधाजनक बन जाता है। इन भागों को शीघ्रता व सुगमता से करके संपूर्ण कार्य को पूरा किया जा सकता है। शिक्षक को विषय-वस्तु छोटे-छोटे खण्डों में विभाजित कर प्रस्तुत करनी चाहिए।

iv) आत्मीकरण का नियम

हम नवीन ज्ञान का आत्मीकरण कर अपने पूर्व ज्ञान का स्थायी अंग बना लेते हैं। इसलिए शिक्षक छात्र को कोई बात सिखाता है तो वह पहले सीखी हुई बात से सम्बन्ध स्थापित कर लेता है।

v) साहचर्य परिवर्तन का नियम

इस नियम का अर्थ है पहले कभी की गई क्रियाओं को उसी समान दूसरी परिस्थिति में उसी प्रकार करना। इसमें क्रिया का स्वरूप तो वही रहता है, परंतु परिस्थितियों में परिवर्तन हो जाता है।

अधिगम के सिद्धान्त

1. प्रयास व भूल का सिद्धान्त:- (Educational implications of Thorndikes theory of trial and error) इसके अन्य नाम **''संबंधवाद का सिद्धान्त/उद्दीपक अनुक्रिया का सिद्धान्त/अधिगम का बंद सिद्धान्त''**

इस सिद्धान्त का प्रतिपादन **अमेरिका** के प्रसिद्ध मनोवैज्ञानिक **थार्नडाइक द्वारा 1898 ई.** में किया गया। इनके अनुसार मनुष्य व जानवरों की सीखने की प्रक्रिया बहुत सीमा तक प्रयासों एवं भूल पर निर्भर करती है। थार्नडाइक के अनुसार **''सीखना संबंध स्थापित करना है और संबंध स्थापित करने का कार्य मनुष्य का मस्तिष्क करता है।''** मुनष्य व पशु प्रयास व भूल द्वारा बहुत कुछ सीखते हैं। प्रयास जैसे-जैसे बढ़ते हैं, भूलें वैसे-वैसे कम होती जाती हैं। मनुष्य अपनी भूलों से सीखता है। इस प्रकार प्रयास व भूल विधि में प्रयास करना, असफल होना, फिर तब तक प्रयास करते रहना शामिल है, जब तक मनुष्य को सफलता नहीं मिल जाती है। सीखने वाले व्यक्ति के सामने एक विशेष स्थिति या उद्दीपक होता है, जो उसे एक विशेष प्रकार की प्रतिक्रिया करने हेतु प्रेरित करता है। इससे उद्दीपक प्रतिक्रिया में संबंध स्थापित हो जाता है।

परिणामस्वरूप भविष्य में वैसी ही स्थिति आने पर व्यक्ति वही प्रतिक्रिया करता है।

उद्दीपक ↔ मछली

जानवर पर प्रयोग ↔ भूखी बिल्ली

थार्नडाइक का प्रयोग:- थार्नडाइक ने एक भूखी बिल्ली को एक पिंजरे में बंद कर दिया व पिंजरे में एक बटन लगाया गया जिसके ऊपर

पाँव या दबाव पड़ने पर पिंजरे का दरवाजा खुल जाए। पिंजरे के बाहर एक मछली का टुकड़ा रखा जिसे देखकर भूखी बिल्ली उछल-कूद शुरू करती है। इसी बीच उसका पाँव बटन पर पड़ जाता है जिससे पिंजरे का दरवाजा खुल जाता है व बिल्ली मछली का टुकड़ा प्राप्त करती है। इस क्रिया को बार-बार दोहराने से बिल्ली की क्रिया-प्रतिक्रिया समय में कमी आती जाती है व वह पहली बार में पिंजरा खोलने में कामयाब या प्रवीण हो जाती है।

प्रयास व भूल के सिद्धान्त का शिक्षण में महत्व

★ यह सिद्धान्त बड़े और मंदबुद्धि बालकों के लिए अत्यन्त उपयोगी है।

★ इस सिद्धान्त से बच्चों में धैर्य और परिश्रम के गुणों का विकास होता है।

★ अनुभवों का लाभ उठाने की आवश्यकता (क्षमता) विकसित होती है।

★ बालकों में परिश्रम के प्रति आशा का संचार होता है।

★ यह सिद्धान्त समस्या समाधान करने में सहायक है।

2. संबंध प्रतिक्रिया का सिद्धान्त/ शास्त्रीय अनुबंधन का सिद्धान्त/ अनुकूलित अनुक्रिया का सिद्धान्त/ प्रतिस्थापन का सिद्धान्त

इस सिद्धान्त का प्रतिपादन **रूस** के प्रसिद्ध मनोवैज्ञानिक इवान पेट्रोविच **पावलोव** द्वारा 1904 में किया गया।

इस सिद्धान्त का प्रयोग उसने **एक कुत्ते पर किया** तथा इस सिद्धांत के लिए **पावलोव** को 1904 ई. का **नोबल पुरस्कार** प्रदान किया गया। इस सिद्धांत को आगे बढ़ाने वाले मनोवैज्ञानिक **वाट्सन** थे जिन्होंने अपना प्रयोग **खरगोश** पर किया।

पावलोव का प्रयोग

इस प्रयोग में पावलोव कुत्ते के मुंह में आपरेशन करके एक शीशे की नली लगाता है। वह कुत्ते को खाना देते समय घण्टी बजाता है। अत: घण्टी का बजना व खाने का आना दोनों क्रिया एक साथ ही होती है व खाने को देखकर कुत्ते के मुंह में लार आती है जो नली में उतर जाती है व उसे माप लिया जाता है। ऐसा लगातार करने के कुछ दिन पश्चात् उसने केवल घण्टी बजाई व कुत्ते को खाना नहीं दिया। घण्टी की आवाज सुनकर ही कुत्ते के मुँह मे लार आ जाती है। जब इस लार को मापा जाता है तो उसकी मात्रा भी उतनी ही थी जितनी खाना देते समय पाई जाती थी। इस प्रयोग में लार उत्पन्न करने की प्रक्रिया का वास्तविक कारण खाना सामने रखना था। घण्टी बजने का वास्तव में खाने से और लार उत्पन्न करने से कोई सम्बन्ध न था। परन्तु खाने और घण्टी की आवाज को सम्बन्धित करके एक प्रक्रिया का दूसरी परिस्थिति से सम्बन्ध बना दिया गया।

शिक्षण में प्रयोग

★ यह सीखने की स्वाभाविक विधि है जो क्रियाशीलता द्वारा सीखने पर आधारित है।

★ यह सिद्धांत क्रिया की पुनरावृत्ति पर बल देता है।

★ इस सिद्धांत की सहायता से बालकों में अच्छे व्यवहार और उत्तम अनुशासन का निर्माण किया जा सकता है।

★ यह सिद्धांत भय संबंधित मानसिक संवेगों और विपरीत संवेगों के निराकरण में भी सहायक है।

★ इस सिद्धांत का प्रयोग भाषा सीखने ओर अच्छी आदतें सिखाने में कर सकते हैं।

3. सूझ-बूझ या अन्त: दृष्टि का सिद्धांत/ गैस्टाल्ट का सिद्धांत/ समग्राकृति का सिद्धांत/ पूर्णाकार का सिद्धांत

गैस्टाल्ट शब्द का अर्थ है **'समग्ररूप'** जिसके अनुसार ''व्यक्ति किसी वस्तु को आंशिक रूप से नहीं बल्कि पूर्ण रूप से सीखता'' है। इस सिद्धांत का जन्मदाता **जर्मनी का प्रसिद्ध मनोवैज्ञानिक व बर्लिन विश्वविद्यालय का प्रोफेसर वर्दीमर** था। उसके इस सिद्धांत को आगे बढ़ाने में कोफ्का व कोहलर ने विशेष योगदान दिया।

वर्दीमर का मानना है कि 'संपूर्ण' बड़ा है 'कुछ' उसका अंश है। इसे हिन्दी में **पूर्णाकारवाद** भी कहा जाता है इसके मूल में अंत: दृष्टि या सूझ-बूझ को गहराई से देखना होता है।

वुडवर्थ के अनुसार

''अंत: दृष्टि का अर्थ है अच्छा निरीक्षण। स्थिति को पूर्ण ईकाई के रूप में समझना या स्थिति के उन भागों को समझना जो लक्ष्य प्रति का मार्ग दिखाते हैं।''

कोहलर के अनुसार

''अंत: दृष्टि में पूर्ण दृष्टि निहित होती है। इस सिद्धान्त में स्पष्टीकरण है कि व्यवहार पूर्णता से निर्देशित होता है। व्यक्ति किसी वस्तु का पूर्ण रूप से प्रत्यक्षीकरण करता है न कि भागों में।

कोहलर व कोफ्का ने थार्नडाइक के प्रयास व भूल के सिद्धान्त की आलोचना करते हुए कहा है कि व्यक्ति प्रयास व भूल से सीखकर अन्त: दृष्टि या सूझ-बूझ से सीखता है। **कोहलर** ने पाया कि व्यक्ति अचानक समस्या का सही समाधान ढूंढ़ लेता है। **कोहलर व कोफ्का** इस परिणाम पर पहुँचे कि समस्यात्मक परिस्थिति का समाधान व्यक्ति सूझ-बूझ या अंत: दृष्टि से निकालता है। इस सिद्धान्त के अनुसार विद्यार्थी किसी पाठ को सीखता है तो वह सीखने से संबंधित परिस्थिति के हर पहलू को समझने की कोशिश करता है। इस कोशिश में वह विभिन्न पहलुओं को नए ढ़ंग से देखकर उसके आपसी संबंधों को समझ जाता है। इसके लिए उसको अभ्यास करने की आवश्यकता नहीं होती है।

प्रयोग:- कोहलर ने अपना प्रयोग एक **चिम्पैन्जी** पर किया था जिसका नाम **सुल्तान** था।

कोहलर का प्रयोग

कोहलर ने इस सम्बन्ध में वनमानुषों (Chimpanzees) पर प्रयोग किए। एक प्रयोग में उसने भूखे वनमानुष को एक पिंजरे में बंद कर दिया। उसने पिंजरे में ऊपर से केले लटका दिए जिन तक चिम्पैंजी का हाथ उछलने पर भी न पहुँच सके व पिंजरे में एक डिब्बा रखा गया। चिम्पैंजी के बार-बार प्रयत्न करने पर भी केले न मिलने के कारण वह उदास होकर बैठ गया। तभी उसकी नजर डिब्बे पर पड़ी व उसने डिब्बे को केलों के नीचे रखकर उस पर खड़ा होकर केले प्राप्त कर लिए। फिर केलों की ऊँचाई बढ़ा दी गई व दो डिब्बे रखे गए। वनमानुष ने वही कोशिश दोहराई परन्तु असफल रहा व थककर बैठ गया। फिर कुछ देर बाद उसने दोनों डिब्बों को ऊपर नीचे रखकर उन पर चढ़कर केले प्राप्त कर लिए।

दूसरे प्रयोग में केले पिंजरे से बाहर लटकाए गए जो वनमानुष की पहुँच से बाहर

थे व पिंजरे में एक बांस पड़ा दिखाई दिया तो उसने उस बांस की सहायता के केले उतार कर प्राप्त कर लिए। फिर केलों की दूरी और बढ़ा दी व दो बांस रखे गए जो एक दूसरे से जुड़ सकें। उसी प्रकार वनमानुष ने कोशिश की। वह सफल होने के लिए दोनों बांस उठाकर कोशिश करता है व इस बीच कोशिश करते-करते दोनों बांस आपस में जुड़ गए व वनमानुष ने केले प्राप्त कर लिए।

अन्तः दृष्टि या सूझ एक प्रकार की मानसिक योग्यता है जो मनुष्य तथा उच्च श्रेणी के पशुओं में अधिक पाई जाती है। इस अन्तः दृष्टि के द्वारा किसी भी समस्या का हल अचानक ही मस्तिष्क में आ जाता है।

शिक्षा का महत्व

★ यह सिद्धान्त रचनात्मक कार्यों तथा गणित जैसे कठिन विषयों के लिए उपयोगी है।

★ यह सिद्धान्त बालकों में बुद्धि, कल्पना और तर्कशक्ति का विकास करता है।

★ यह सिद्धान्त स्वयं खोज करके सीखने पर बल देता है।

★ यह सिद्धान्त कला, संगीत और साहित्य की शिक्षा के लिए लाभप्रद है।

4. सक्रिय अनुबन्ध का सिद्धान्त/ क्रिया प्रसूत सिद्धान्त

इस सिद्धान्त का प्रतिपादन **अमेरिका के** प्रसिद्ध मनोवैज्ञानिक **बी. एफ. स्कीनर** द्वारा **1930 ई.** में किया गया। इसने अपना प्रयोग **चूहे व कबूतर** पर किया।

यदि किसी क्रिया के बाद कोई बल प्रदान करने वाला उद्दीपन मिलता है तो क्रिया की शक्ति में वृद्धि होती है। बी. एफ. स्कीनर द्वारा प्रतिपादित इस सिद्धान्त को क्रिया प्रसूत अधिगम सिद्धान्त भी कहा जाता है। स्कीनर अधिगम के क्षेत्र में अनेक प्रयोग करने के बाद इस निष्कर्ष पर पहुँचे की अभिप्रेरणा से उत्पन्न क्रियाशीलता ही सीखने के लिए उत्तरदायी है। अभिप्रेरणा का आधार उद्‌दीपन है। उद्‌दीपन भावी क्रिया को उदित करता है।

स्कीनर के अनुसार दो प्रकार के व्यवहार पाए जाते हैं-

अनुक्रिया तथा सक्रियता

अनुक्रिया का संबंध उद्‌दीपन से होता है और सक्रियता किसी ज्ञात उद्‌दीपन से नहीं जुड़ी होती है। यह स्वतन्त्र होती है।

एम. एल. बिगे के अनुसार

"सक्रिय अनुबन्ध एक अधिगम प्रक्रिया है जिसमें अनुक्रिया सतत् या संभावित होती है। उस समय सक्रियता की शक्ति बढ़ जाती है।"

1. सहल/स्वतः व्यवहार
2. सक्रिय व्यवहार
3. अनुबन्ध व्यवहार

स्कीनर का प्रयोग

स्किनर ने अपने प्रयोग में कबूतर के अधिगम व्यवहार का अध्ययन किया। उसने यह निश्चित किया कि एक कबूतर को दाहिनी ओर पूरा चक्कर घूमना या नाचना सिखाया जाये। इसके लिए उसने एक भूखे कबूतर को एक विशेष पिंजरे में बन्द कर दिया। कबूतर ने जैसे ही अपनी गर्दन दाहिनी ओर घुमाई, उसे स्वचालित उपकरण के द्वारा एक अनाज का दाना खाने को प्राप्त हो गया। ऐसे ही जैसे ही उसने दाहिनी ओर अपना शरीर घुमाया, उसे दो दाने खाने को मिल गए। जैसे-जैसे वह दाहिनी ओर घूमता चला गया, उसे खाने की सामग्री मिलती चली गई। इस प्रकार यह पाया गया कि कबूतर ने पहले (यूं ही) जो अपना व्यवहार दाहिनी ओर अपनी गर्दन घुमाकर या दायें घूमने के द्वारा प्रदर्शित किया था, उस सक्रिय व्यवहार का धीरे- धीरे अनुबंधन या अनुकूलन हुआ और वह परिणामस्वरूप वांछित व्यवहार को सीखने में सफल हो गया।

अनुक्रिया प्रतिपादित व्यवहार

S-type conditioning अनैच्छिक अनुक्रिया से संबंधित है।

R-type conditioning ऐच्छिक अनुक्रिया से संबंधित है।

शिक्षण में प्रयोग

★ अधिगम को स्वरूप प्रदान करने में इस सिद्धान्त का प्रयोग किया जाता है।

★ इस सिद्धान्त का प्रयोग बालकों के शब्द भण्डार में वृद्धि करने के लिए करते हैं।

★ यह सिद्धान्त अभिक्रमिक अधिगम विधि को गति प्रदान करने में सहायक है।

★ इससे कार्य के परिणाम की जानकारी प्राप्त होती है।

★ मानसिक रोगियों के निदानात्मक शिक्षण में उपयोगी है।

★ पुनर्बलन और संतोष द्वारा क्रिया को बल प्रदान करने में सहायक है।

5. पुनर्बलन का सिद्धान्त

इस सिद्धान्त का प्रतिपादन **अमेरिकी मनोवैज्ञानिक सी. एल. हल द्वारा 1915 ई.** में किया। **यह सिद्धान्त थार्नडाइक व पावलोव के सिद्धान्त पर आधारित है।** इस सिद्धान्त को **व्यवस्थित व्यवहार का सिद्धान्त या प्रबलन का सिद्धान्त** भी कहा जाता है। इस सिद्धान्त के अनुसार सीखने का आधार आवश्यकता की पूर्ति की प्रक्रिया है। यदि कोई कार्य पशु या मानव की किसी आवश्यकता को पूर्ण करता है तो वह उसको सीख लेता है। आवश्यकता उद्‌दीपक का कार्य करती है। उसकी पूर्ति के लिए व्यक्ति अनुक्रिया करके सीखता है।

शिक्षण में प्रयोग

★ यह सिद्धान्त बालकों के शिक्षण में प्रेरणा पर बल देता है। यह सिद्धान्त बालक की आवश्यकताओं को ध्यान में रखकर पाठ्यक्रम निर्माण करने पर बल देता है।

★ इस सिद्धान्त में सफलता प्राप्त होने पर बालकों को पुरस्कार देना भी आवश्यक माना है।

★ यह सिद्धान्त बालकों की क्रियाओं का वास्तविक जीवन से संबंध जोड़ने पर बल देता है।

★ बालकों को प्रोत्साहन देकर अधिगम में वृद्धि की जा सकती है।

6. तलरूप सिद्धान्त क्षेत्र संज्ञानात्मक सिद्धान्त

इस सिद्धान्त में जन्मदाता **कुर्टलेविन** ने जीवन के वातावरण को अधिगम का आधार माना है। बालक वातावरण में अनेक प्रकार की कठिनाईयों को हल करते हुए अपना उद्‌देश्य प्राप्त करता है। उद्‌देश्य कभी धनात्मक व कभी ऋणात्मक शक्तियां रखते हैं। बालक को अपने उद्‌देश्य तक पहुँचने में अनेक बाधाओं का सामना करना पड़ता है। इन बाधाओं पर विजय प्राप्त करने के लिए उसे प्रेरणा मिलनी चाहिए अन्यथा वह निराश होकर बैठ जाता है।

7. कार्ल रोजर्स का अनुभवजन्य अधिगम सिद्धान्त

कार्ल रम्सम रोजर्स नामक अमेरिकन मनोवैज्ञानिक ने प्रौढ़ व्यक्तियों की अधिगम प्रक्रिया को स्पष्ट करने हेतु अनुभवजन्य अधिगम सिद्धान्त

का प्रतिपादन किया। उन्होंने अधिगम को दो प्रमुख प्रकारों- संज्ञानात्मक तथा अनुभवजन्य अधिगम में विभक्त किया। उन्होंने बताया कि संज्ञानात्मक अधिगम को जब तक उपयोग में नहीं लाया जाए, यह अपने आप में पूरी तरह निरर्थक ही होता है। इस अधिगम का आधार और प्रयोजन मात्र ज्ञान की प्राप्ति ही होता है। शब्द-ज्ञान, गणितीय ज्ञान, भौगोलिक तथा ऐतिहासिक तथ्यों एवं घटनाओं की जानकारी आदि इस प्रकार के अधिगम के अन्तर्गत आते हैं। अनुभवजन्य भौगोलिक तथा ऐतिहासिक तथ्यों एवं घटनाओं की जानकारी आदि इसी प्रकार के अधिगम के अन्तर्गत आती है।

अनुभवजन्य अधिगम के बारे में उन्होंने बताया कि यह मात्र ज्ञानार्जन में ही नहीं, बल्कि व्यक्ति विशेष की सम्पूर्ण प्रगति और उसके कल्याण में विशेष रूप से सहायक सिद्ध होता है। अनुभवजन्य अधिगम में अधिगमकर्ता की अपनी व्यक्तिगत रुचि एवं तल्लीनता का पूरा-पूरा सहयोग पाया जाता है। यह सिद्धान्त बताता है कि मानव होने के नाते व्यक्ति में सीखने की स्वाभाविक रूप से ही उत्कृष्ट अभिलाषा होती है और सभी व्यक्ति वृद्धि एवं विकास को प्राप्त करना चाहते हैं। इसलिए अपनी स्वाभाविक रुचि तथा इच्छा को ध्यान में रखते हुए प्रगति पथ पर अग्रसर रहने के लिए कुछ-न-कुछ सीखते रहने की कोशिश करते हैं।

अनुभवजन्य अधिगम सिद्धान्त की शैक्षिक उपयोगिता

यह सिद्धान्त अधिगम हेतु उचित रूप से लाभदायक एवं सकारात्मक अधिगम परिस्थितियों का आयोजन करने में सहायक होता है। इस सिद्धान्त की सहायता से विद्यार्थियों के लिए अधिगम स्त्रोतों एवं संसाधनों की व्यवस्था करने में सहायता मिलती है।

शिक्षण में प्रयोग

★ यह सिद्धान्त अधिगम के लिए बालकों के समक्ष उचित वातावरण उपस्थित करने की मांग करता है।

★ इस सिद्धान्त के अनुसार उद्देश्य बालकों के अनुरूप होने चाहिएं।

★ बालकों को समस्या का ज्ञान और कार्य करने की प्रेरणा देनी चाहिए।

8. सामाजिक अधिगम सिद्धान्त

अमेरिकी मनोवैज्ञानिक **अलबर्ट बन्डुरा** एक ऐसे **सामाजिक मनोवैज्ञानिक हैं** जिन्होने सीखने की प्रक्रिया में अन्य के व्यवहार का अवलोकन करने तथा उनकी नकल करके सीखने के महत्व पर बल दिया।

यह सिद्धान्त प्रत्यक्ष अनुभवों पर आधारित अधिगम के स्थान पर अप्रत्यक्ष अनुभवों पर आधारित अधिगम अर्थात् अवलोकनात्मक अधिगम सीखने की प्रक्रिया में अधिक सीखता है।

सामाजिक मनोवैज्ञानिक के अनुसार, प्राणी जो कुछ भी सीखता है उसका अधिकांश भाग दूसरों को देखकर, सुनकर व समझकर सीखा हुआ होता है।

जिन व्यक्तियों के व्यवहारों का अनुकरण किया जाता है उन्हें निदर्श (Model) कहा जाता है।

बन्डुरा ने सामाजिक अधिगम के निम्न चार सोपानों का उल्लेख किया है-

1. व्यवहार को जानना तथा उसका प्रत्यक्षण करना
2. व्यवहार का स्मरण करना
3. स्मृति को क्रिया में बदलना
4. अनुकरणित व्यवहार का पुनर्बलन

अधिगम को प्रभावित करने वाले कारक

i) बालक का स्वास्थ्य

बालक का शारीरिक और मानसिक स्वास्थ्य अधिगम को महत्वपूर्ण ढंग से प्रभावित करता है। शारीरिक और मानसिक रूप से स्वस्थ बालक सीखने में रुचि लेता है। इसलिए वह मंद गति से बहुत कम सीखता है

ii) विद्यालय का वातावरण

शहर की भीड़-भाड़ से दूर शांत और स्वस्थ वातावरण में स्थित जिसमें बड़े-बड़े व हवादार कमरे हों, जिसमें छात्रों को बैठने के लिए उचित स्थान हो तो ऐसे अनुकूल वातावरण में पढ़ने के प्रति रुचि जाग्रत होती है। छात्र जल्दी थकता भी नही। विद्यालय छात्रों में एक दूसरे के प्रति सहयोग और सहानुभूति का भाव भी सीखने में सहयोग देता है।

iii) विषय-वस्तु की प्रकृति

सरल उद्देश्यपूर्ण और रोचक विषय-वस्तु को छात्र आसानी से सीख लेता है। सही ढंग से संगठित विषय-वस्तु को छात्र आसानी से सीख लेता है और जल्दी भूलता भी नही है। इसलिए विषय वस्तु को सरल से कठिन की ओर शिक्षण सूत्र के अनुसार प्रस्तुत करना चाहिए। इसमें अधिगम सरल हो जाता है-

सरल से कठिन की ओर

ज्ञात से अज्ञात की ओर

iv) अभिप्रेरणा

अभिप्रेरणा वह प्रक्रिया है जिससे सीखने वाले की आवश्यकता या आन्तरिक ऊर्जा को वातावरण में स्थित किसी लक्षित वस्तु की ओर निर्देशित कर दिया जाता है। बालक किसी विशिष्ट उद्देश्य की प्राप्ति के लिए उस लक्षित वस्तु की ओर आकर्षित होता है यही अभिप्रेरक बालक को नई बात सीखने के लिए अभिप्रेरित करता है, इसलिए छात्र को प्रोत्साहन, प्रशंसा, प्रतिस्पर्धा आदि तरीकों से पाठ सीखने के लिए प्रेरित किया जा सकता है।

v). अधिगम विधियां

रुचिकर और उपयुक्त मनोवैज्ञानिक शिक्षण विधियों से सीखने की प्रकिया को सरल किया जा सकता है। प्राथमिक कक्षाओं के लिए खेल विधि करके सीखना तथा उच्च कक्षाओं के लिए समूह शिक्षण सहसम्बन्ध आदि विधियों का प्रयोग कर अधिगम को सरल बनाया जा सकता है।

vi) थकान व तत्परता

मानसिक व शारीरिक थकान सीखने वाले की कार्य शक्ति को कम कर देती है। बालक की शारीरिक अवस्था, स्वास्थ्य, ऊर्जा, कार्य क्षमता, ताजापन, थकान न होना आदि बातों से सीखने के लिए तत्पर रहते हैं। लक्ष्य की प्राप्ति के लिए बालक में रुचि और जिज्ञासा पैदा करने तथा उसकी इच्छा शक्ति को मजबूत बनाकर उसे सीखने के लिए तत्पर किया जा सकता है। अत: वह सीखने के लिए तत्पर होगा।

vii) **परिपक्वता**

मानसिक तथा शारीरिक परिपक्वता के लिए आवश्यक है किसी अभ्यास या प्रशिक्षण को उचित आयु से पूर्व दिया जाए तो वह प्रभावशाली नही होता है। पूर्व का अनुभव किसी बात को सीखने या समझने के लिए आधार का काम करता है। इसलिए छात्र जिस स्तर की बातें सीखने के लिए परिपक्व हो चुका है उसी प्रकार का अधिगम परिणामदायक होता है।

viii). **शारीरिक कारक**

बालक की शारीरिक आवश्यकताएं ग्रन्थि की प्रणाली, वंशानुगत बीमारी या विकृति आदि शारीरिक दशाएं अधिगम को प्रभावित करते हैं। विभिन्न शारीरिक दशाएं अधिगम को प्रभावित करती हैं। विभिन्न शारीरिक रोग, कम दिखना, कम सुनना व अन्य बीमारियों से बालक के सीखने की योग्यता पर प्रभाव पड़ता है। थाइराइड ग्रन्थि का सही कार्य न करने पर बालक की बुद्धि पर असर पड़ता है।

एड्रीनल ग्रंथि के सही कार्य न करने से थकान, आलस, रक्तचाप कम होना जैसी समस्याएं पैदा हो जाती हैं। अध्यापक को चाहिए कि वह शारीरिक रूप से ग्रस्त बालकों में सकारात्मक दृष्टिकोण का विकास करें। उन्हें उनके अधिगम में सुधार करना चाहिए।

ix). **कुशल अध्यापक**

बाल मनोविज्ञान का ज्ञाता और अपने विषय पर पूर्ण अधिकार रखने वाला शिक्षक अधिगम को प्रभावशाली बना सकता है। एक लोकतांत्रिक शिक्षक अपने शिक्षण में केवल मात्रात्मक वृद्धि कर सकता है गुणात्मक नहीं।

x). **दृश्य-श्रव्य साधन**

ये अधिगम में महत्वपूर्ण भूमिका निभाते हैं। इनमें प्रयोग से बालक जल्दी सीखते हैं और इनके द्वारा प्राप्त किया गया ज्ञान लंबे समय तक याद रहता है।

महत्त्वपूर्ण कारक

1. अच्छा स्वास्थ्य
2. अच्छा वातावरण
3. सीखने की आयु तथा समय
4. सीखने के लिए तत्परता
5. सीखने की क्रियाएँ
6. अभ्यास का प्रयोग
7. नवीनता का तत्व
8. सीखने की विधियां
9. सीखने का आधार और मूल प्रवृत्तियां
10. करके सीखना
11. प्रतियोगिता का प्रयोग
12. पुरस्कार तथा दण्ड

अधिगम अन्तरण

व्यक्ति जब भी किसी नवीन कार्य करने अथवा सीखने का प्रयास करता है तो उस कार्य को करने अथवा सीखने में उसके द्वारा पूर्व अर्जित ज्ञान तथा अनुभवों का महत्वपूर्ण योगदान रहता है। विद्यालय में बालकों को जो कुछ भी सिखाया जाता है उसका तभी कोई महत्व या उपयोगिता होती है जब बालकों के द्वारा सीखा गया ज्ञान, बोध, कौशल तथा अनुप्रयोग उनके भावी जीवन के विभिन्न कार्यों में अंतरित हो जाता है।

किसी विषय, कार्य अथवा परिस्थिति में अर्जित ज्ञान का उपयोग किसी अन्य विषय, कार्य अथवा परिस्थिति में करना अधिगम अन्तरण कहलाता है।

अधिगम अन्तरण का स्वरूप

1. धनात्मक अन्तरण
2. ऋणात्मक अन्तरण
3. शून्य अन्तरण

अधिगम अन्तरण के प्रकार

1. पार्श्वीय अन्तरण
2. उर्ध्व अन्तरण
3. अनुक्रमिक अन्तरण
4. द्विपार्श्विक अन्तरण

अधिगम अन्तरण के सिद्धान्त

1. **मानसिक अनुशासन का सिद्धान्त**

   यह सबसे प्राचीन सिद्धान्त है।

2. **समान अवयव का सिद्धान्त**

   इस सिद्धान्त का प्रतिपादन ई. एल. थार्नडाइक ने किया था।

3. **सामान्यीकरण का सिद्धान्त**

   इस सिद्धान्त का प्रतिपादन 1908 ई. में **सी. एच. गुड** ने किया था।

अधिगम अन्तरण को प्रभावित करने वाले कारक

1. सीखने वाले की इच्छा
2. सीखने वाले की मानसिक योग्यता
3. सीखने वाले की शैक्षिक उपलब्धि
4. सामान्यीकरण की योग्यता
5. विषयवस्तु की समानता
6. विषय का अन्तरण मूल्य
7. प्रशिक्षण

महत्त्वपूर्ण तथ्य

★ अधिगम के संलग्नात्मक सिद्धान्त के प्रतिपादक पियाजे थे।

★ अचानक सूझ या अन्त: दृष्टि उत्पन्न होने को 'अहा' अनुभव कहा जाता है।

★ हानजिक, बैलोजेट सीखने के लिए पुनर्बलन को आवश्यक नही मानते हैं।

★ S. R. थयूरी के जन्मदाता एडवर्ड ली थार्नडाइक थे।

★ बालकों को प्रोत्साहन देकर अधिगम में वृद्धि की जाती है।

★ गैस्टालर जर्मन भाषा का शब्द है जिसका अर्थ-समग्राकृति, पूर्णाकार है।

★ जब सीखने की क्रिया में कोई उन्नति नही होती उस अवधि को सीखने का पठार कहते हैं।

★ एडविन रे गुथरी ने साम्पीय संबंध के सिद्धान्त का प्रतिपादन किया।

★ रोजर्स अधिगम के मानवतावादी सिद्धान्त के प्रतिपादक हैं।

★ हिलगार्ड (Hilgard) ने अपनी पुस्तक थ्योरीज ऑफ लर्निंग (Theories of learning) में दस से भी अधिक सीखने के सिद्धान्तों का वर्णन किया है।

★ फ्रेंडसन (frandsen) के अनुसार: सिद्धान्त न तो ठीक होते हैं और न गलत।

अधिगम को प्रभावित करने वाले कारकों का वर्गीकरण

1. बालक संबंधी व्यक्तिगत कारक

1. परिपक्वता
2. अभिप्रेरण
3. ध्यान तथा रुचि
4. स्मरणशक्ति
5. तत्परता और क्षमताएं
6. मानसिक स्वास्थ्य
7. थकान
8. भोजन और औषधियाँ
9. संवेदना और प्रत्यक्षीकरण
10. इच्छा शक्ति
11. शारीरिक दोष तथा रोग

2. वस्तु संबंधी कार्य कारक

- कार्य का कठिनाई स्तर
- कार्य की समानता
- कार्य का अर्थपूर्ण होना
- कार्य की लंबाई
- कार्य की रोचकता तथा अरोचकता

3. शिक्षण-अधिगम विधि संबंधी कारक

- पूर्ण तथा अंश विधि
- अभ्यास
- करके सीखना
- सुनाना
- पथ-प्रदर्शन तथा संकेत
- परिणामों का ज्ञान
- सूझ-बूझ द्वारा विधियां
- सीखने की विधियां
- समय सारणी
- सामयिक परीक्षाएं
- सीखने का समय

अधिगम को प्रभावित करने वाले व्यक्तिगत कारकों का वर्गीकरण

(1) **शारीरिक कारक**

1. शारीरिक स्थिति
2. कार्य करने की शारीरिक शक्ति
3. मानसिक स्वास्थ्य

(2) **पारिवारिक कारक**

1. अभिभावकों का बर्ताव
2. परिवार में स्थिति
3. पाठ्यसामग्री की उपलब्धता

(3) **मनोवैज्ञानिक कारक**

1. परिपक्वता
2. अभिप्रेरणा
3. ध्यान
4. रुचि
5. स्मरणशक्ति
6. संवेदना तथा प्रत्यक्ष ज्ञान

(4) **भावात्मक कारक**

1. तत्परता
2. इच्छाशक्ति

वातावरण संबंधी कारक

(i) घर का वातावरण

- **भौतिक वातावरण** — रहने का स्थान आदि
- **मनोवैज्ञानिक वातावरण** — पालन-पोषण की विधियां आदि

(ii) विद्यालय तथा कक्षा का वातावरण

- **भौतिक वातावरण** — कक्षा में फर्नीचर, प्रकाश आदि
- **मनोवैज्ञानिक वातावरण** — अध्यापक का प्रभाव

अभ्यास प्रश्न

1. **अधिगम असमर्थी बालक वह है जिसकी-**
(a) बुद्धि-लब्धि कम है।
(b) बुद्धि-लब्धि अधिक है।
(c) बुद्धि-लब्धि औसत है।
(d) बुद्धि-लब्धि बहुत अधिक है।

2. **अधिगम असमर्थी बालकों की विशेषता होती है-**
(a) संवेगात्मक प्रतिरोध
(b) चेतना की कमी
(c) स्मृति की कमी
(d) ये सभी

3. **अधिगम के प्रक्रम में अभिप्रेरण-**
(a) सीखने वालों की स्मृति को तेज बनाता है।
(b) पुराने अधिगम से नए अधिगम को विभेदित करता है।
(c) एकदिशीय रूप से सोचने में सीखने वालों को प्रस्तुत करता है।
(d) नये सीखने वालों में अधिगम के लिए रुचि का सृजन करता है।

4. **निम्न कक्षाओं में शिक्षण की खेल विधि आधारित है-**
(a) शारीरिक शिक्षा कार्यक्रमों के सिद्धान्त पर
(b) शिक्षण की विधियों के सिद्धान्त पर
(c) विकास एवं वृद्धि के मनोवैज्ञानिक सिद्धान्त पर
(d) शिक्षण के सामाजिक सिद्धान्तों पर

5. **शिक्षा की किण्डरगार्टन पद्धति का प्रतिपादन किया-**
(a) टी. पी. नन ने
(b) स्पेंसर ने
(c) फ्रोबेल ने (d) मॉण्टेसरी ने

6. **बच्चों की सीखने की प्रक्रिया में माता-पिता को .... भूमिका निभानी चाहिए।**
(a) नकारात्मक (b) अग्रोन्मुखी
(c) सहानुभूति पूर्ण (d) तटस्थ

7. **सीखने के अंतः दृष्टि सिद्धान्त को किसने बढ़ावा दिया?**
(a) 'गेस्टाल्ट' सिद्धान्तवादी
(b) पावलोव
(c) जीन पियाजे (d) वाइगोत्सकी

8. **सीखना समृद्ध हो सकता है यदि-**
(a) वास्तविक दुनिया से उदाहरणों को कक्षा में लाया जाए जिसमें विद्यार्थी एक दूसरे से अन्तः क्रिया करें और शिक्षक उस प्रक्रिया को सुगम बनाएं।
(b) कक्षा में अधिक से अधिक शिक्षण सामग्री का प्रयोग किया जाए।
(c) शिक्षक विभिन्न प्रकार के व्याख्यान और स्पष्टीकरण का प्रयोग करें।
(d) कक्षा में आवधिक परीक्षाओं पर अपेक्षित ध्यान दिया जाए।

9. **निम्न में से कौन-से कथन को सीखने की प्रक्रिया की विशेषता नही मानना चाहिए?**
(a) शैक्षिक संस्थान ही मात्र स्थान है, जहाँ अधिगम प्राप्त होता है।
(b) सीखना एक व्यापक प्रक्रिया है।
(c) सीखना लक्ष्योन्मुखी होता है।
(d) अन-अधिगम भी सीखने की प्रक्रिया है।

10. **छोटे शिक्षार्थियों में निम्नलिखित में से कौन-सा लक्षण 'पठन-कठिनाई' का नही है?**
(a) पठन गति और प्रवाह में कठिनाई
(b) शब्दों और विचारों को समझने में कठिनाई
(c) सुसंगत वर्तनी में कठिनाई
(d) वर्ण एवं शब्द पहचान में कठिनाई

11. **निम्नलिखित में से किस मनोवैज्ञानिक ने अधिगम का अनुबंधित अनुक्रिया सिद्धान्त का प्रतिपादन किया?**
(a) पावलोव
(b) थार्नडाइक
(c) अलेक्जेण्डर बेन
(d) लॉयड मॉर्गन

12. **अधिगमकर्ता हेतु अधिगम का मुख्य आधार होता है-**
(a) परिपक्वता
(b) शारीरिक विकास
(c) विद्यालय की बनावट
(d) इनमें से कोई नहीं

13. **पावलोव ने सीखने के अनुबन्धन-प्रतिक्रिया सिद्धान्त का प्रतिपादन ... . पर प्रयोग करके किया था।**
(a) खरगोश (b) चूहे
(c) कुत्ते (d) बिल्ली

14. **अध्यापक के लिए आवश्यक है-**
(a) विषय का पूरा ज्ञान
(b) शिक्षण विधियों का ज्ञान
(c) छात्रों की जानकारी
(d) उपरोक्त सभी

15. **यदि कोई छात्र आपसे किसी दूसरे अध्यापक की निन्दा करता है, तो आप-**
(a) उस अध्यापक से उसके बारे में पूछेंगे
(b) छात्र को तत्काल दण्ड देंगे
(c) छात्र की बात को महत्व नहीं देंगे
(d) उस अध्यापक को छात्र के बारे में बता देंगे

16. **छात्रों में भिन्न-भिन्न कौशल का विकास करने हेतु निम्नलिखित में से क्या करना चाहिए -**
(a) छात्रों को कौशल के महत्व पर भाषण देंगे
(b) जिन व्यक्तियों में कौशल विकसित हो उनके उदाहरण प्रस्तुत करेंगे
(c) जिस कौशल का विकास करना हो उसको स्वयं छात्रों को करने को कहेंगे
(d) उपरोक्त सभी कौशल के विकास में सहायक नहीं होते हैं

17. **आपकी राय में N. C. C. की ट्रेनिंग विद्यालयों में क्यों दी जानी चाहिए -**
(a) इससे नौकरी मिलने में सहायता मिलती है
(b) इससे शरीर पुष्ट रहता है
(c) इससे देश की रक्षा हेतु छात्रों को तैयार किया जाता है
(d) उपरोक्त सभी की प्राप्ति में सहायक है

18. **जो छात्र अन्य छात्रों की सहायता करता है, वह-**
(a) अच्छे अंकों से पास होता है
(b) समाज में सम्मानित होता है
(c) अच्छा अध्यापक बनता है
(d) अच्छा नागरिक बनता है

19. **छात्रों को समय का सदुपयोग करने के लिए-**
(a) समय के महत्व पर भाषण देंगे
(b) स्वयं समय का उपयोग उनके सामने करेंगे
(c) कारण जानने का प्रयास करेंगे
(d) समय के महत्व पर फिल्म दिखाएंगे

20. निम्नलिखित गुणों में से आप छात्रों में कौन से गुण का विकास करना चाहेंगे -
(a) ईमानदारी
(b) काम के प्रति लगन
(c) श्रम के प्रति महत्व
(d) उपरोक्त सभी

21. छात्रों में चोरी करने की आदत को कैसे दूर किया जा सकता है -
(a) बालकों को पारितोषिक देकर
(b) उदाहरण देकर
(c) प्रताड़ना देकर
(d) सजा देकर

22. यदि आपको (शिक्षक को) अपने विषय का पूर्ण ज्ञान होगा, तभी-
(a) आप छात्रों से सम्मान प्राप्त कर सकेंगे
(b) आपके छात्र अच्छे अंकों से पास होंगे
(c) अन्य शिक्षक भी आपसे प्रभावित होंगे
(d) आप अपने छात्रों की सभी शंकाओं का समाधान कर सकेंगे

23. शरारती बच्चों वाली कक्षा के बारे में आप क्या करेंगे -
(a) कुछ छात्रों को दूसरे सेक्शन में भेजने की सलाह देंगे
(b) कुछ छात्रों को स्कूल से निकालने की सिफारिश करेंगे
(c) प्रधानाध्यापक को स्थिति से अवगत कर देंगे
(d) उस कक्षा के बच्चों को पढ़ाना बन्द कर देंगे

24. यदि कोई छात्र आपके कक्षा में आने के समय खड़ा नहीं होता, तो आप-
(a) उसे दण्ड देंगे
(b) उसकी इस बात की ओर ध्यान नहीं देंगे
(c) उसे परीक्षा में कम नम्बर देंगे
(d) अभिभावक-शिक्षक बैठक में छात्र के मां-बाप से शिकायत करेंगे

25. छात्र द्वारा पाठ्य वस्तु को न भूलने हेतु निम्नलिखित में से क्या करेंगे-
(a) गृह कार्य हेतु प्रश्न देंगे
(b) पुराने ज्ञान का नवीन परिस्थितियों में प्रयोग करेंगे
(c) पुराने ज्ञान को दोहराएंगे
(d) भिन्न-भिन्न उदाहरण देंगे

26. आजकल छोटे-छोटे छात्रों को पुस्तकों के बोझ को घर से विद्यालय तक ले जाना पड़ता है, आपकी राय में इससे क्या हानि होने की सम्भावना होती है-
(a) छात्रों में अध्ययन हेतु अरुचि पैदा हो जाती है
(b) छात्रों के कन्धे की हड्डी पर कुप्रभाव पड़ता है
(c) छात्र प्रत्येक पुस्तक का अध्ययन नहीं कर पाते हैं
(d) छात्र वातावरण से दूर हट जाते हैं।

27. कुछ छात्रों के विद्यालय से भागने को रोकने हेतु-
(a) भागने के कारण को जानने का प्रयास करेंगे
(b) कक्षा शिक्षण को रोचक बनाएंगे
(c) अभिभावक को सूचित करेंगे
(d) प्राचार्य को सूचित करेंगे

28. छात्रों की स्वाध्याय में रुचि जाग्रत करने के लिए-
(a) स्वाध्याय के महत्व पर भाषण देंगे
(b) भिन्न-भिन्न स्तर की पत्रिकाओं को पुस्तकालय में रखना
(c) स्वाध्याय न करने के कारण को जानना
(d) छात्रों के अभिभावक को सूचित करना

29. जूनियर कक्षाओं में निम्नलिखित में से किसके द्वारा शिक्षण दिया जाना अधिक प्रभावी होता है -
(a) शिक्षकों द्वारा
(b) शिक्षिका द्वारा
(c) दोनों में किसी के द्वारा
(d) केवल अधिक आयु के शिक्षक द्वारा

30. छात्रावास में छात्रों को देर से सोने की आदत को दूर करने हेतु क्या करेंगे-
(a) रोज सुबह जल्दी उठाकर
(b) इससे होने वाली हानियां बताकर
(c) समय पर उठने के महत्व बताकर
(d) उपरोक्त सभी

31. गृहकार्य देने के सम्बन्ध में आपका क्या विचार है-
(a) अधिक मेधावी छात्रों को गृह-कार्य देने की आवश्यकता नहीं होती
(b) पिछड़े छात्रों को सरल गृह-कार्य दिया जाना चाहिए
(c) सब छात्रों को एक जैसा गृह-कार्य दिया जाना चाहिए
(d) गृह-कार्य छात्रों की क्षमता और उनकी योग्यता के अनुसार देना लाभदायक होता है

32. अनुभवी अध्यापक -
(a) छात्रों को पढ़ाने के लिए घर पर तैयारी नहीं करते
(b) बच्चों में आसानी से अनुशासन स्थापित कर लेते हैं
(c) छात्रों को गृह-कार्य नहीं देते
(d) पाठ को अधिक-से-अधिक रोचक बना सकते हैं

33. यदि आपके (शिक्षक) के पास पर्याप्त समय है, तो आप उसका सदुपयोग कैसे करना चाहेंगे-
(a) कोई भी कार्य जिससे धन कमाया जा सके
(b) ट्यूशन करके
(c) कोई अन्य सम्मानजनक कार्य करके
(d) स्वाध्याय करके

34. यदि आपकी कक्षा का कोई छात्र अनुपस्थित हो, तो आप-
(a) उसके बारे में कक्षा के अन्य छात्रों से पूछेंगे
(b) छात्र के अभिभावक से इसका कारण पूछेंगे
(c) इस ओर ध्यान देना आवश्यक नहीं समझेंगे
(d) उस छात्र को दण्ड देंगे

35. छात्र कक्षा-विषयों में कमजोर है तो आप क्या करोगे-
(a) कारण जानने का प्रयास करेंगे
(b) विशिष्ट प्रकार की कमजोरी का पता लगाएंगे
(c) प्रत्येक विषय में अलग-अलग कमजोरी का पता लगाएंगे
(d) कमजोरी जानकर उसको दूर करने का प्रयास करेंगे

36. यदि किसी छात्र ने आपसे कोई प्रश्न पूछा हो और आपको उसका उत्तर ज्ञात न हो, तो ऐसी स्थिति में आप क्या करना चाहोगे-
(a) छात्र से यह कहेंगे कि उसका प्रश्न असंगत है
(b) छात्र के प्रश्न का कोई उत्तर नहीं देना चाहेंगे

(c) छात्र को डांटकर ऐसे प्रश्न पूछने से हतोत्साहित करेंगे
(d) छात्र को बताएंगे कि उसके प्रश्न का उत्तर ज्ञात करके आप उसे अगले दिन बता देंगे

37. आप अध्यापक के कार्य अर्थात् अध्यापन को क्यों सम्मानजनक कार्य मानते हैं-
(a) इसमें खूब छुट्टियां मिलती हैं
(b) इसमें पर्याप्त वेतन मिलता है
(c) बच्चों पर रौब रहता है
(d) समाज में आदर मिलता है

38. यदि कोई छात्र आपके साथ अभद्र व्यवहार करता है, तो आप क्या करेंगे-
(a) उससे बदला लेंगे
(b) उससे बचकर रहेंगे
(c) उसे क्षमा कर देंगे
(d) उससे माफी मंगवाएंगे

39. छात्रों की विषयगत योग्यता के विकास हेतु शिक्षक को चाहिए कि वह कक्षा में-
(a) परीक्षा का आयोजन करे
(b) मूल्यांकन के उपकरणों में सुधार करे
(c) विचार-विमर्श करे
(d) शिक्षण विधियों को प्रभावी करे व शिक्षण में नवीन खोजो को शामिल करे

40. छात्रों में सृजनात्मक चिन्तन के विकास हेतु शिक्षक को चाहिए कि वह कक्षा में-
(a) उन्मुक्त वातावरण रखे
(b) छात्रों को नियन्त्रित रखे
(c) उन्हें परम्पराओं से हटने न दे
(d) कदम-कदम पर उनको दिशा प्रदान करें

41. मान लीजिए आपकी कक्षा का एक छात्र अपनी पाठ्य पुस्तक घर भूल आता है। ऐसी परिस्थिति में आप क्या करेंगे-
(a) आप स्वयं उसके लिए एक पाठ्य -पुस्तक खरीद देंगे
(b) आप अपनी 'भेंट प्रति' छात्र को दे देंगे
(c) आप उसे तत्काल कक्षा से बाहर निकाल देंगे
(d) उपरोक्त में से कोई नहीं

42. प्रायः ऐसा देखने में आता है कि कुछ छात्र कक्षा मे बहुमत द्वारा पसन्द नहीं किए जाते इसके निम्नलिखित कारण हो सकते हैं-
(a) प्रायः वे छात्र मन्दबुद्धि के शिकार होते हैं
(b) प्रायः वे छात्र शारीरिक विकलांगता के शिकार होते हैं
(c) प्रायः वे छात्र पृथक् जातीय समुदायों से होते हैं
(d) प्रायः इन छात्रों का सामाजिक - आर्थिक स्तर निम्न श्रेणी का होता है

43. मान लीजिए आपकी कक्षा के छात्र बहुत शरारती हैं। वे अपने शिक्षकों के लिए अनेक अशोभनीय बातें कक्षा के श्यामपट्ट पर लिख देते हैं, ऐसी स्थिति में आप किस प्रकार निपटेंगे-
(a) आप कक्षा-नायक को अपने विश्वास में लेंगे तथा ऐसे शरारती छात्रों की पहचान करेंगे
(b) आप अपने अवकाशकाल में कक्षा की निगरानी करेंगे तथा आकस्मिक निरीक्षण द्वारा ऐसे छात्रों की पहचान करेंगे
(c) आप सम्पूर्ण कक्षा पर आर्थिक दण्ड लागू करेंगे
(d) आप सम्पूर्ण कक्षा के प्रति कठोर अनुशासनात्मक कार्यवाही के लिए प्रधानाचार्य को भेज देंगे

44. मान लीजिए आपकी कक्षा में एक छात्र निरन्तर अनुपस्थित चल रहा है। ऐसी परिस्थिति में आप क्या करेंगे-
(a) आप उक्त छात्र की रिपोर्ट प्रधानाचार्य को दे देंगे
(b) आप उक्त छात्र के घर के निकट रहने वाले छात्र से घर का पता लेंगे और उसके माता-पिता से सम्पर्क करेंगे
(c) आप उक्त छात्र की अनुपस्थिति के लिए चिन्ताग्रस्त रहेंगे
(d) आप कक्षा के रजिस्टर से उसका नाम काट देंगे

45. जब आप एक कक्षा को पढ़ा रहे हैं तो आपको पता चलता है कि कुछ विद्यार्थी आपकी कक्षा में उपस्थित नहीं हैं, जबकि दूसरे घण्टों में वे उपस्थित थे। आपका सबसे उचित निष्कर्ष क्या होगा?
(a) विद्यार्थी शरारती हैं
(b) मैं उनके साथ नर्म हूँ
(c) मेरे शिक्षण में कुछ त्रुटि है
(d) विद्यार्थी बुद्धिहीन है

46. शिक्षकों के लिए निम्नलिखित में से क्या सबसे अधिक महत्वपूर्ण है -
(a) अच्छा अनुशासन रखना
(b) छात्रों की कठिनाइयों को दूर करना
(c) समय का पाबन्द होना
(d) अच्छा वक्त होना

47. कौन-सा गुण आप छात्रों में सबसे महत्वूपर्ण मानते हैं-
(a) स्वतन्त्र रूप से विचार व्यक्त करना
(b) विनयशीलता
(c) आज्ञाकारिता
(d) परिश्रमी

48. यदि आपकी कक्षा में छात्र-छात्रा की कोई समस्या है तो आपकी इसके प्रति क्या प्रतिक्रिया होगी-
(a) प्राचार्य को सूचित करेंगे
(b) अभिभावकों को सूचना देंगे
(c) मिल-जुल कर उनकी समस्याओं को हल करेंगे
(d) सह-शिक्षा को बन्द कर देगें

49. यदि आपको ऐसे विद्यालय का प्रधानाचार्य बना दिया जाता है जहां पर शिक्षकों में परस्पर राजनीतिक प्रतिद्वन्द्विता है। इस परिस्थिति में आप अपने कर्तव्य का पालन किस प्रकार करेंगे-
(a) आप स्वयं अपना एक गुट बना लेगें जो कि अन्य गुटों का विरोधी होगा
(b) आप सभी शिक्षकों के मध्य समझौता कराने का प्रयास करेंगे जिससे कि वैमनस्य समाप्त किया जा सके
(c) आप गुटों के मध्य राजनीतिक प्रतिद्वन्द्विता को बढ़ावा देंगे, ताकि आप अपने कर्तव्य का पालन निरंकुशता से कर सकें
(d) आप शिक्षकों के मध्य राजनीतिक प्रतिद्वन्द्विता को समाप्त करने का प्रयास करेंगे

50. यदि मेरे बार-बार समझाने के बाद भी कोई विद्यार्थी समझने में असफल होता है तो -
(a) मुझे बुरा लगता है
(b) मैं विवेचना की किसी अन्य विधि के बारे में सोचता हूं
(c) मैं अपने विचार अभिव्यक्त करने से अपने आपको अयोग्य महसूस करता हूं
(d) मैं सोचता हूं कि वह व्यक्ति वास्तव में एक मूढ़ है

51. छात्र विद्यालय में अनुशासन रखते हैं, क्योंकि-
(a) वे यहां शिक्षा प्राप्त करते हैं
(b) वे शिक्षकों से डरते हैं
(c) ऐसा करना स्वाभाविक है
(d) विद्यालय उनका पथ-प्रदर्शक है

52. एक छात्र कक्षा में प्रदर्शन करने का प्रयास करता है और सिरदर्द बन जाता है, तो मैं-
(a) कक्षा को बताऊंगा कि शिष्य-प्रदर्शन कर रहा है
(b) शिष्य को बुलाकर उसे व्यक्तिगत रूप से समझाऊंगा
(c) उसको सहज रूप से लूंगा
(d) उसे उचित दण्ड दूंगा

53. छात्रों में किसका विकास आपकी दृष्टि में सबसे महत्वपूर्ण है-
(a) काम में लगन
(b) आत्मविश्वास
(c) श्रम का महत्व
(d) धर्मानुराग

54. बालक के शारीरिक विकास की दर निर्भर करती है -
(a) पूर्णरूपेण उसके वंशानुक्रम की संरचना पर
(b) प्राथमिक रूप से वंशानुक्रम की संरचना जोकि पर्यवरणीय प्रभावों से युक्त होती है
(c) प्राथमिक रूप से उन पर्यावरणीय प्रभावों पर जो वंशानुक्रम की सीमाओं से बंधे हैं
(d) वंशानुक्रम एवं वातावरण - दोनों के सम्मिलित एवं निश्चित प्रभावों पर

55. वह अवस्था कौन-सी है जब किशोर बालक लैंगिक परिपक्वता प्राप्त करता है?
(a) लड़कियों के लिए 9 वर्ष तथा लड़कों के लिए 11 वर्ष
(b) लड़कियों के लिए 11 वर्ष तथा लड़कों के लिए 13 वर्ष
(c) लड़के-लड़कियों दोनों के लिए 13 वर्ष
(d) यह एक भौगोलिक क्षेत्र से दूसरे भौगोलिक क्षेत्र में बदल जाती है।

56. बालकों की लम्बाई वृद्धि में सर्वाधिक अन्तर प्रकट होते हैं-
(a) एक आयु वर्ग से दूसरे आयु वर्ग में
(b) एक ग्रेड स्तर से दूसरे ग्रेड स्तर में
(c) प्रदत्त आयु एवं ग्रेड स्तर में
(d) एक ही आयु वर्ग के लड़के-लड़कियों में

57. शारीरिकी के आधार पर किए गए वर्गीकरण का सर्वाधिक लाभ है कि-
(a) शरीर के संभावित रोगों का ज्ञान हो जाता है
(b) बौद्धिक स्तर का ज्ञान हो जाता है
(c) स्वभाव का ज्ञान हो जाता है
(d) व्यक्तित्व समायोजन को समझा जा सकता है

58. छात्रों में बाएं हाथ के स्थान पर दाहिने हाथ के प्रयोग करने की उत्तम नीति है-
(a) यह परिवर्तन दबावग्रस्त रूप से न किया जाए, अन्यथा वाक जटिलताएं उत्पन्न हो सकती हैं
(b) बाएं हाथ से लिखने वाले बालकों को दाहिने हाथ से लिखने का प्रशिक्षण प्रदान किया जाए
(c) बाएं हाथ का प्रयोग करने वाले बालकों में दाहिने हाथ से कार्य करने के कौशलों को विकसित किया जाए
(d) उपर्युक्त तथ्य को प्रोत्साहित किया जाए, जिससे बालक में असुरक्षा की भावना विकसित न हो जाए

59. किशोरावस्था को असंगठन एवं द्वन्द्व का काल कहा जाता है, क्योंकि-
(a) किशोरों में अनेक द्वन्द्वात्मक रुचियाँ जाग्रत हो जाती हैं
(b) किशोर पूर्व कक्षाओं में सीखे गए पाठों को भूल जाते हैं
(c) किशारों के सन्दर्भ में जिन सामाजिक माँगों की अपेक्षा की जाती है वे वर्तमान में उनकी आवश्यकताओं के साथ द्वन्द्वात्मक विरोध प्रकट करती हैं
(d) बालकों व किशोरों की तीव्र मनोशारीरिक क्रियाएँ उनके मानसिक संसाधनों के स्रोतों को नष्ट कर देती हैं

60. एक भद्दे आकार वाले किशोर बालक के साथ व्यवहार करने का उचित ढंग होगा-
(a) उसकी हंसी उड़ाई जाए
(b) उसके प्रति सहानुभूति प्रकट की जाए
(c) उसके अपेक्षित सर्मजन प्राप्त करने तक उसकी अवहेलना की जाए
(d) उसकी अपने भद्दे आकार को बदलने के लिए व्यायाम की सलाह दी जाए

61. किशोर बालक प्रायः माता-पिता के नियंत्रण तथा पर्यवेक्षण से मुक्त होने का प्रयास करते हैं, इसे-
(a) बालकों को उनके समूह में स्वतंत्रता पूर्वक कार्य करने तक ही सीमित कर देना चाहिए
(b) बालकों को आर्थिक स्वतंत्रता प्रदान करने के सन्दर्भ में सीमित कर देना चाहिए
(c) सामान्य विकास का एक लक्षण मानना चाहिए
(d) माता-पिता के विरुद्ध प्रतिद्विन्द्विता का एक कारण मानना चाहिए

62. कॉलेज स्तर पर जिन खेलकूदों पर जोर दिया जाता है, वे हैं-
(a) प्रतिस्पर्धात्मक खेलकूद प्रतियोताएं
(b) अन्तर्विश्वविद्यालयी प्रतियोगिताएं
(c) अन्तर्कालेजीय प्रतियोगिताएं
(d) सामाजिक खेलकूद प्रतियोगिताएं

63. एक हाईस्कूल में उत्तम स्वास्थ्य प्रोग्राम कहा जा सकता है-
(a) बालकों में शारीरिक तथा मनोदैहिक क्रियाओं सम्बन्धी ज्ञान प्रदान करना
(b) बालकों को स्वास्थ्य-विज्ञान का सामान्य ज्ञान प्रदान करना
(c) बालकों की व्यक्तिगत समस्याओं में परामर्श प्रदान करना
(d) बालकों में स्वयं की उचित देखभाल सम्बन्धी गुणों का विकास करना

64. प्रायः लोगों का विश्वास है कि प्राथमिक कक्षा में शारीरिक शिक्षा प्रदान की जानी चाहिए -
(a) नियमित रूप में कक्षा शिक्षक के द्वारा
(b) विशेष व्यायाम शिक्षक के द्वारा
(c) विद्यालय की नर्स के द्वारा
(d) कक्षा शिक्षक तथा व्यायाम शिक्षक के परस्पर सहयोग के द्वारा

65. विद्यालय में शारीरिक शिक्षा का प्राथमिक उद्देश्य है-
(a) बालकों को विश्वविद्यालय में प्रवेश करने से पूर्व उत्तम खिलाड़ियों का निर्माण करना
(b) बालकों में शारीरिक तन्दुरुस्ती का उन्नयन करना
(c) छात्रों को शैक्षिक दुरूहता से मुक्ति प्रदान करना
(d) छात्रों की शारीरिक क्रियाशीलता में वृद्धि

66. संवेग का तात्पर्य है-
(a) बालक का विशेष दशा में दिया गया प्रत्युत्तर
(b) बालक की संवेगात्मक अनुक्रिया
(c) बालक की उद्दीप्त अवस्था जो किसी उद्दीपक के सन्दर्भ में अनुक्रिया द्वारा व्यक्त की गई हो
(d) असंगठित व्यवहार

67. प्रतिस्पर्धात्मक खेलकूद प्रतियोगिताओं द्वारा जिस उद्देश्य की प्राप्ति होनी है, वह है-
(a) सामाजिक आवश्यकताओं की सन्तुष्टि
(b) अन्य स्कूल गतिविधियों के समान ही
(c) बालकों में स्वास्थ्य, शक्ति एवं शारीरिक सौष्ठव की वृद्धि
(d) बालकों में खेलकूद भावना का विकास

68. निम्नलिखित में से कौन-सा कथन किशोरावस्था के बालकों की भीड़ का प्रतिनिधित्व करता है, बजाय बाल्यावस्था के खेल समूह के?
(a) बालकों के समूह में सामाजिक - आर्थिक स्तर सम्बन्धी विभिन्नताओं को मान्यता प्रदान नहीं की जाती है
(b) बालकों के मध्य लैंगिक दरार पाई जाती हैं
(c) बालकों में भौगोलिक निकटस्थता के दर्शन होते हैं
(d) बालकों के समूह में 'समूह-भक्ति' के दर्शन होते हैं

69. एक ऐसा अध्यापक जिसकी कक्षा में हकलाने वाला बालक पढ़ता है, उसमें निम्न गुण होना चाहिए-
(a) शिक्षक बालक को हकलाने पर उचित शब्द पूर्व में ही उच्चारित करके मदद करे
(b) उस छात्र को कक्षा की सभी मौखिक प्रतिस्पर्धाओं में भाग लेने के लिए प्रोत्साहित करे
(c) छात्रों के समक्ष विशिष्ट परिस्थितियों का निर्माण करे, जिससे बालकों में स्वयोग्यता का विकास हो सके
(d) अन्य छात्रों को यथायोग्य मदद प्रदान करने के लिए प्रेरित करे

70. गामक क्रियाओं में पूर्व किशोरावस्था में जो लैंगिक विभेद दृष्टिगोचर होते हैं, वह है-
(a) उनकी परिपक्वता से
(b) अन्तःस्रावी ग्रन्थियों के स्रवण में
(c) वातावरण सम्बन्धी अवसरों में
(d) सांस्कृतिक दबाव सम्बन्धी

71. ''प्रगति की प्रक्रिया को अधिगम कहते हैं।'' यह कहा है-
(a) गेट्स एण्ड अन्य ने
(b) ट्री-मेन ने
(c) वुडवर्थ ने
(d) बर्न ने

72. एक बालक ने एक कुत्ते को डण्डे से मारकर भगा दिया। अब जब भी कुत्ता बालक को देखता है तो तुरंत भाग जाता है। कुत्ते की यह सीखने की क्रिया किस प्रकार की है?
(a) अनुकरण प्रवृत्ति द्वारा सीखना
(b) सम्बद्ध सहज क्रिया द्वारा सीखना
(c) सूझ द्वारा सीखना
(d) प्रयास एवं त्रुटि द्वारा सीखना

73. प्रबलन सिद्धांत किस मनोवैज्ञानिक से संबंधित है?
(a) कोहलर से (b) पावलोव से
(c) हल से (d) थार्नडाइक से

74. प्रयास व भूल का सिद्धांत है-
(a) कोहलर (b) पावलोव
(c) हल (d) थार्नडाइक

75. अन्तर्दृष्टि का सिद्धांत किस मनोवैज्ञानिक का है?
(a) कोहलर (b) पावलोव
(c) हल (d) थार्नडाइक

76. सीखने का सम्बद्ध प्रत्यावर्तन का सिद्धांत किस मनोवैज्ञानिक का है?
(a) कोहलर (b) पावलोव
(c) हल (d) थार्नडाइक

77. प्रभाव का नियम के प्रतिपादक हैं-
(a) पावलोव (b) स्किनर
(c) बुण्ट (d) थार्नडाइक

78. स्मृति का प्रथम सोपान है-
(a) धारण (b) पुनर्स्मरण
(c) सीखना (d) पहचान

79. प्रथम मनोवैज्ञानिक प्रयोगशाला स्थापित करने वाले मनोवैज्ञानिक हैं-
(a) वुंट (b) वेबर
(c) पियाजे (d) थार्नडाइक

80. छात्रों को प्रेरित करने वाली विधि है-
(a) फटकारना (b) दण्ड
(c) प्रशंसा (d) ये सभी

81. एक अवस्था के अधिगम के दूसरी अवस्था के अधिगम को प्रभावित करने को क्या कहते हैं?
(a) प्रशिक्षण अन्तरण
(b) सम्पोषण
(c) अनुकरण
(d) अनुबंधन

82. ऐसे व्यवहार को क्या कहेंगे जो ज्ञात एवं निश्चित उद्दीपकों द्वारा घटित होता है?
(a) घटित व्यवहार
(b) प्रतिकृत व्यवहार
(c) प्रत्यक्ष व्यवहार
(d) अप्रत्यक्ष व्यवहार

83. अन्तर्दृष्टि कैसे होती है?
(a) आकस्मिक (b) धीरे-धीरे
(c) अनिश्चित (d) जन्म से

84. सीखने का अन्तर्दृष्टि सिद्धांत किसकी देन है?
(a) संरचनावादियों की
(b) मनोविश्लेषणवादियों की
(c) व्यवहारवादियों की
(d) गेस्टाल्टवादियों की

85. थार्नडाइक के प्रयत्न एवं त्रुटि सिद्धांत में किस पर विशेष बल नहीं दिया जाता है?
(a) प्रेरणा (b) अभ्यास
(c) समझ (d) भूल

86. 'अधिगम का संपोषक' सिद्धांत किसने दिया?
(a) सी. एल. हल
(b) बी. एफ. स्किनर
(c) जीन पियाजे
(d) वुडवर्थ

87. अधिगम की सामग्री कम होने पर कौन-सी अधिगम प्रणाली उपयोगी है?
(a) समग्र विधि (b) खण्ड विधि
(c) व्यवधान विधि (d) प्रश्नोत्तर विधि

88. किस अधिगम प्रणाली में मानव मस्तिष्क का सबसे अधिक प्रयोग होता है?
(a) क्लासिकी अनुबंधन
(b) क्रिया प्रसूत अनुबंधन
(c) अन्तर्दृष्टि सिद्धांत
(d) इनमें से कोई नहीं

89. प्रशिक्षण अंतरण में सहायक कौन-सा अंतरण प्रकार है?
(a) सकारात्मक अन्तरण
(b) नकारात्मक अंतरण
(c) (a) और (b) दोनों
(d) इनमें से कोई नहीं

90. प्रशिक्षण स्थानांतरण क्या है?
(a) पर्यावरण से सीखना
(b) नवीन कार्य से सीखना
(c) एक परिस्थिति से प्राप्त प्रशिक्षण का दूसरी परिस्थिति के सीखने में उपयोग
(d) एक विधि का प्रयोग दूसरे कार्य में करना

91. थार्नडाइक के प्रयोग में बिल्ली के लिए क्या पुरस्कार स्वरूप था?
(a) उलझन बॉक्स
(b) इधर-उधर घूमने की व्यवस्था
(c) भोजन
(d) समय

92. कोहलर ने अपना प्रसिद्ध प्रयोग किस जन्तु पर किया था?
(a) चिम्पांजी पर (b) चूहे पर
(c) कुत्ते पर (d) बिल्ली पर

93. ''क्रिया की सफलता से संतोष एवं असफलता से असंतोष होता है।'' यह थार्नडाइक के किस नियम को इंगित करता है?
(a) अभ्यास (b) प्रभाव
(c) तत्परता (d) उपर्युक्त सभी

94. थार्नडाइक का प्रसिद्ध प्रयोग किस पर किया गया था?
(a) बिल्ली पर (b) कुत्ते पर
(c) चूहा पर (d) कबूतर पर

95. 'अधिगम का चिह्न समरूप सिद्धांत' किसने दिया?
(a) टालमैन (b) थॉर्नडाइक
(c) स्किनर (d) कोहलर

96. अधिगम की सामग्री अधिक होने पर कौन-सी अधिगम प्रणाली उपयोगी है?
(a) समग्र विधि (b) खण्ड विधि
(c) व्यवधान विधि (d) प्रयोग विधि

97. 'अधिगम का अन्तर्दृष्टि सिद्धांत' किसने दिया?
(a) थॉर्नडाइक (b) स्किनर
(c) पावलोव (d) कोहलर

98. चिंतन के कौन-कौन से प्रकार हैं?
(a) प्रत्यक्षात्मक चिंतन
(b) कल्पनात्मक चिंतन
(c) प्रत्ययात्मक चिंतन
(d) उपर्युक्त सभी

99. ''प्रत्यय वे विचार हैं जो वस्तुओं, घटनाओं, गुणों आदि का उल्लेख करते हैं।'' इस कथन का प्रतिपादन किसने किया है?
(a) रॉस (b) वुडवर्थ
(c) लेविन (d) पियाजे

100. ''समस्या समाधान किसी लक्ष्य की प्राप्ति में बाधक प्रतीत होती कठिनाइयों पर विजय प्राप्त करने की प्रक्रिया है।'' यह कथन किसका है?
(a) स्टेनले ग्रे (b) स्किनर
(c) कैटल (d) कोहलर

101. किसने 'चिंतन प्रक्रिया में पांच तार्किक स्थितियों का वर्णन किया है और तर्क को तार्किक चिंतन कहा है'?
(a) रॉस (b) जॉन डी.वी.
(c) वुडवर्थ (d) स्किनर

102. बालकों में समस्या समाधान की समझ को विकसित करने के लिए निम्नलिखित में से कौन-सी विधि अपनायी जानी चाहिए?
(a) प्रयास एवं भूल विधि
(b) सूझ-बूझ विधि
(c) वैज्ञानिक विधि
(d) उपर्युक्त सभी

103. किसके अनुसार, ''समस्या समाधान वह ढांचा है, जिसमें तार्किक चिंतन निहित है''-
(a) स्टेनले ग्रे (b) स्किनर
(c) कैटल (d) पियाजे

104. प्रयत्न और भूल विधि में सबसे महत्वपूर्ण कारक कौन-सा है?
(a) बिल्ली (b) कुत्ता
(c) उद्दीपक (d) प्रयत्न

105. निम्नलिखित में से किस अधिगम प्रणाली का प्रयोग व्यवहार चिकित्सा में होता है?
(a) क्लासिकी अनुबंधन का सिद्धांत
(b) क्रिया प्रसूत अनुबंधन का सिद्धांत
(c) अनुकरण का सिद्धांत
(d) सूझ का सिद्धांत

106. पावलोव के क्लासिकी अनुबंधन सम्बन्धी प्रयोग किस पर किए गए थे?
(a) कुत्ता (b) बिजली
(c) चूहा (d) चिम्पांजी

107. सीखने की सर्वोत्तम विधि निम्नलिखित में से कौन-सी है?
(a) अनुकरण (b) प्रयत्न और भूल
(c) अन्तर्दृष्टि (d) अनुबंधन

108. निम्नलिखित में से किस शारीरिक कारक का सीखने पर सबसे कम प्रभाव पड़ता है?
(a) थकान (b) रोग
(c) आयु (d) लिंगभेद

109. अधिगम की प्रक्रिया में निम्नलिखित में से कौन-सी विशेषताएं हैं?
(a) व्यवहार में परिवर्तन
(b) परिपक्वता
(c) व्यवहार का ज्ञान
(d) उपर्युक्त सभी

110. ''अधिगम वह क्रिया है जो बाद की क्रिया पर अपेक्षाकृत स्थायी प्रभाव डालती है।'' अधिगम की यह परिभाषा किसकी है?
(a) गेट्स की (b) स्किनर की
(c) पियाजे की (d) वुडवर्थ की

111. प्रयत्न और भूल विधि का सिद्धान्त किसने दिया?

(a) थॉर्नडाइक (b) स्किनर
(c) पावलोव (d) कोहलर

112. क्रिया प्रसूत अनुबंधन सिद्धान्त किसकी देन है?

(a) थॉर्नडाइक (b) स्किनर
(c) पावलोव (d) कोहलर

113. क्लासिकी अनुबंधन सिद्धान्त किसने दिया है

(a) थॉर्नडाइक (b) स्किनर
(c) पैवलोव (d) कोहलर

114. सीखने की सरलतम विधि निम्नलिखित में से कौन-सी है?

(a) अनुकरण
(b) प्रयत्न और भूल
(c) अन्तर्दृष्टि
(d) अनुबंधन

115. निम्नलिखित में से किस शारीरिक कारक का सीखने पर अनुकूल प्रभाव पड़ता है?

(a) थकान (b) रोग
(c) लिंगभेद (d) परिपक्वता

116. "अधिगम प्रगतिशील रूप से व्यवहार को ग्रहण करने की प्रक्रिया है।" अधिगम की यह परिभाषा किसने दी है-

(a) गेट्स (b) स्किनर
(c) पियाजे (d) काल्विन

117. बालकों की चिंतन शक्ति को विकसित करने के लिए कौन-से उपाय किये जाने चाहिए?

(a) भाषा विकास पर ध्यान देना
(b) रटने की आदत को दूर करना
(c) प्रेरणा प्रदान करना
(d) उपर्युक्त सभी

118. किसके अनुसार, "मनोवैज्ञानिक विवेचन में चिंतन शब्द का प्रयोग उस क्रिया के लिए किया जाता है। जिसमें विशेष रूप से श्रृंखलाबद्ध विचार किसी लक्ष्य या उद्देश्य की ओर प्रवाहित होते हैं"?

(a) रॉस (b) वैलेंटाइन
(c) वुडवर्थ (d) काल्विन

119. हिलगार्ड ने अपनी किस पुस्तक में सीखने के दस से ज्यादा सिद्धांतों का वर्णन किया है?

(a) थ्योरीज ऑफ लर्निंग
(b) त्रुटि एवं अधिगम
(c) अधिगम सिद्धांत
(d) थ्योरीज ऑफ चाइल्ड साइंस

120. सीखने के मुख्यतया कितने नियम थॉर्नडाइक ने बताए हैं?

(a) दो (b) तीन
(c) चार (d) पांच

उत्तरमाला

1. (a)	**2.** (d)	**3.** (d)	**4.** (c)	**5.** (c)	**6.** (b)	**7.** (a)	**8.** (a)	**9.** (a)	**10.** (a)
11. (a)	**12.** (a)	**13.** (c)	**14.** (d)	**15.** (c)	**16.** (c)	**17.** (d)	**18.** (d)	**19.** (b)	**20.** (d)
21. (a)	**22.** (d)	**23.** (c)	**24.** (b)	**25.** (b)	**26.** (a)	**27.** (a)	**28.** (b)	**29.** (b)	**30.** (d)
31. (d)	**32.** (d)	**33.** (d)	**34.** (b)	**35.** (d)	**36.** (d)	**37.** (d)	**38.** (c)	**39.** (d)	**40.** (d)
41. (b)	**42.** (d)	**43.** (b)	**44.** (b)	**45.** (c)	**46.** (b)	**47.** (a)	**48.** (c)	**40.** (d)	**50.** (b)
51. (d)	**52.** (c)	**53.** (b)	**54.** (b)	**55.** (b)	**56.** (c)	**57.** (c)	**58.** (d)	**59.** (c)	**60.** (b)
61. (c)	**62.** (c)	**63.** (c)	**64.** (d)	**65.** (b)	**66.** (c)	**67.** (b)	**68.** (d)	**69.** (c)	**70.** (d)
71. (a)	**72.** (b)	**73.** (c)	**74.** (d)	**75.** (a)	**76.** (b)	**77.** (d)	**78.** (c)	**79.** (a)	**80.** (c)
81. (a)	**82.** (b)	**83.** (a)	**84.** (d)	**85.** (c)	**86.** (a)	**87.** (a)	**88.** (c)	**89.** (a)	**90.** (c)
91. (c)	**92.** (a)	**93.** (b)	**94.** (a)	**95.** (a)	**96.** (b)	**97.** (d)	**98.** (d)	**99.** (a)	**100.** (b)
101. (b)	**102.** (d)	**103.** (a)	**104.** (c)	**105.** (b)	**106.** (a)	**107.** (b)	**108.** (d)	**109.** (a)	**110.** (d)
111. (a)	**112.** (b)	**113.** (c)	**114.** (a)	**115.** (d)	**116.** (b)	**117.** (d)	**118.** (b)	**119.** (a)	**120.** (b)

अध्याय 10

मूल्यांकन

मूल्यांकन

मूल्यांकन अँग्रेजी भाषा के शब्द Evaluation का हिन्दी रूपांतरण है।

Evaluation का अर्थ:- किसी तथ्य के संबंध में निर्णय लेना या निष्कर्ष निकालना। **हिन्दी का मूल्यांकन - मूल्य+अंकन** से मिलकर बना है, **जिसका अर्थ है मूल्य आंकना।**

परिभाषा:- जिस साधन के द्वारा हमें यह ज्ञात हो कि कार्य की समाप्ति पर पूर्व निर्धारित उद्देश्यों की पूर्ति किस सीमा तक हुई है और शिक्षण विधियाँ कहां तक सफल हुई हैं, उसे मूल्यांकन कहते हैं।

मूल्यांकन विद्यार्थी के ज्ञानात्मक, भावात्मक तथा मनोप्रेरित क्षेत्र को परखने के लिए निरंतर चलने वाली प्रक्रिया है।

कानब्रैक के अनुसार:- मूल्यांकन वह प्रक्रिया है जिसके द्वारा अध्यापक व छात्र इस बात का निर्णय करते हैं कि शिक्षण के उद्देश्यों को प्राप्त किया जा रहा है या नहीं।

1964 में गठित कोठारी आयोग के अनुसार:- ''मूल्यांकन एक प्रणाली व अविरल चलने वाली प्रक्रिया है जो समग्र शिक्षा प्रणाली का एक अभिन्न अंग है। इसका शैक्षिक उद्देश्यों से घनिष्ठ संबंध है।

मूल्यांकन के उद्देश्य

1. मूल्यांकन का प्रमुख उद्देश्य यह जाँचना होता है कि बालकों ने योग्यताओं, कुशल वृत्तियों, रुचियों समझदारी आदि को किस सीमा तक ग्रहण कर लिया है।
2. छात्रों की कठिनाइयों, विकलताओं और सफलताओं का निर्धारण करना तथा सीमाओं एवं दोषों को जानकर उनका उपचार करना।
3. मूल्यांकन उपचारात्मक शिक्षण पर बल देता है तथा बालकों को उचित व्यक्ति या सामूहिक, शैक्षिक एवं व्यावसायिक पथ-प्रदर्शन देने में सहायक है।
4. बालकों के वर्गीकरण हेतु मूल्यांकन अति आवश्यक है।
5. सीखने की प्रक्रिया को प्रोत्साहित करने में सहायता मिलती है।
6. बालकों के विकास को निरंतर गति देने में सहायक है।
7. पाठ्यक्रम एवं शिक्षा प्रणाली में सुधार लाने हेतु मूल्यांकन आवश्यक है।
8. शिक्षकों की कुशलता एवं सफलता का मापन मूल्यांकन द्वारा ही संभव है।
9. मूल्यांकन द्वारा प्रयोजन शैक्षिक कार्यक्रम शिक्षण विधियों को उपयुक्तता एवं विद्यालयों की समस्त क्रियाओं का अंकन करना है।
10. वैज्ञानिक मूल्यांकन शैक्षिक उद्देश्यों के परिशोधन (बदलाव) में सहायक होता है।
11. मूल्यांकन शिक्षा योजना के पुनरावलोकन पुनर्गठन व समुन्नत विकास हेतु अत्यन्त ही आवश्यक है।
12. शैक्षिक उद्देश्यों में स्पष्टता एवं विशिष्टता लाना।
13. बालक द्वारा नहीं सीखे गए क्षेत्रों के सीखने हेतु उपचारात्मक व्यवस्था करना।
14. अध्ययन-अध्यापन अवसरों की प्रभावशीलता का ज्ञान होना।
15. छात्रों की उपलब्धि का पता लगाना तथा दक्षता की जाँच करना।

मूल्यांकन की विशेषताएँ

1. व्यापकता

व्यापकता से तात्पर्य है कि पाठ्यक्रम में सम्मिलित तथ्यों में से अधिक का समावेश करना अर्थात परीक्षण में दिए गए प्रश्नों का सम्पूर्ण पाठ्यक्रम से संबंधित होना।

व्यापकता का संबंध जहाँ सामग्री से है वहीं दूसरी ओर उद्देश्यों से भी है। जिन उद्देश्यों का निर्धारण किया गया है उन लोगोंकी व्यापकता एवं समावेश ही अच्छा मूल्यांकन का आवश्यक गुण है। एक अच्छी परीक्षा द्वारा पूर्व निर्धारित उद्देश्यों में से अधिक-से अधिक का परीक्षण होना चाहिए।

2. वस्तुनिष्ठता (Objectivity)

जिस परीक्षण का मूल्यांकन विभिन्न परीक्षकों के द्वारा किए जाने पर भी अगर परीक्षा परिणाम में अंतर नही आए तो वह वस्तुनिष्ठता का उत्तम उदाहरण होगा। कोई भी परीक्षा वस्तुनिष्ठता का उत्तम उदाहरण होगी। इसमें परीक्षक की रुचि, मनोदशा तथा पक्षपात का कोई स्थान नही होता है।

3. विश्वसनीयता (Reliability)

किसी विद्यार्थी के विभिन्न अवसरों पर उसी प्रकार के दूसरे परीक्षण में भी लगभग समान अंक आएं तो उसमें विश्वसनीयता का गुण होगा। इस प्रकार इसका संबंध मापन के यथार्थ

से है। यद्यपि परिपक्वता तथा अभ्यास आदि तत्वों के कारण प्राप्त अंकों में अंतर पड़ सकता है। इस पर यह असंगति या अंकों में समानता नगण्य ही मानी जाएगी।

4. विभेदीकारिता (Discriminative)

मूल्यांकन के विभेदीकरण होने का अर्थ है कि उसमें सभी प्रकार के स्तरों के छात्रों के अनुकूल प्रश्न हों। प्रखर बुद्धि तथा मंदबुद्धि वाले सभी छात्रों के लिए परीक्षा में समावेश हो अर्थात् सभी प्रकार के स्तरों के प्रतिभावान, सामान्य, कमजोर छात्रों आदि के बीच भेद करने वाली परीक्षा होनी चाहिए।

5. वैधता (Validity)

किसी भी परीक्षा या मूल्यांकन की वैधता का अर्थ है कि कितनी शुद्धता तथा सार्थकता से किसी विद्यार्थी की योग्यता का मापन करती है। जब मूल्यांकन द्वारा अभीष्ट लक्ष्य का ही मापन होता है तब उसे वैध कहा जाता है। उसे उसी तथ्य का मापन करना चाहिए जिसके लिए उसका प्रयोग किया जाता है।

6. व्यावहारिकता एवं उपयोगिता (Behavior of Usefullness)

वह परीक्षा उपयोगी कही जाएगी जिसमें ऐसे प्रश्नों का समावेश हो जिन्हें छात्र समझ सकें और जिनका उत्तर दे सकें। 'अध्यापकों को भी इस प्रकार की परीक्षा में अंक देने में कठिनाई नही होगी और वांछित उद्देश्यों की प्राप्ति भी हो जाएगी।

मापन

केम्पवेल के अनुसारः- ''मापन नियमों के अनुसार वस्तुओं या घटनाओं के अंक प्रदान करना है। तकनीकी शब्दों में मापन के द्वारा किसी तथ्य के विभिन्न आयामों को प्रतीक प्रदान करना ही मापन है।''

वेसले के अनुसारः- ''मापन मूल्यांकन का वह भाग है जो प्रतिशत मात्रा, अंकों, मध्यम तथा औसत आदि के द्वारा किया जाता है।

मूल्यांकन	मापन
1. मूल्यांकन का क्षेत्र अत्यन्त व्यापक है।	1. मापन का क्षेत्र अत्यन्त सीमित है।
2. मूल्यांकन उद्देश्यों पर आधारित होता है।	2. मापन पाठ्यवस्तु पर आधारित है।
3. मूल्यांकन एक नवीन धारणा है।	3. मापन एक प्राचीन धारणा है।
4. मूल्यांकन में अंक प्रदान करने के बाद मूल्यों का निर्धारण किया जाता है।	4. मापन का कार्य केवल अंक प्रदान करना ही है।
5. मूल्यांकन अनवरत् (continueous) चलने वाली प्रक्रिया है।	5. मापन प्रक्रिया निश्चित समय हेतु प्रयुक्त की जाती है।
6. मूल्यांकन में संख्यात्मक व वर्णनात्मक व्याख्या की जा सकती है।	6. मापने में केवल संख्यात्मक व्याख्या ही की जा सकती है।
7. मूल्यांकन छात्र के सम्पूर्ण व्यक्तित्व के संबंध में मूल्य का अंकन करता है।	7. मापन व्यवहार के कुछ पक्षों का अंकन करता है।
8. मूल्यांकन एक साध्य है।	8. मापन एक साधन है
9. मूल्यांकन के लिए अधिक समय, श्रम तथा धन की आवश्यकता होती है।	9. मापन के लिए अधिक समय, श्रम और धन की आवश्यकता नही होती
10. मूल्यांकन का अर्थ उस व्यक्ति के मूल्य से है जो उद्देश्यनिष्ठ होता है।	10. मापन का अर्थ वस्तु की मात्रा से है। यह भी उद्देश्यनिष्ठ होता है।
11. मूल्यांकन के द्वारा छात्र के संबंध में सार्थक भविष्यवाणी की जा सकती है।	11. मापन के द्वारा सार्थक भविष्यवाणी नहीं की जा सकती ।
12. मूल्यांकन का स्वरूप प्रविधिक है।	12. मापन एक साधारण पद है।
13. मूल्यांकन के द्वारा साक्ष्यों के निष्कर्ष निकाले जाते हैं।	13. मापन द्वारा साक्ष्यों को एकत्रित किया जाता है।
14. छात्र के संबंध में सम्पूर्ण व्यक्तित्व संबंधी स्पष्ट धारणा संभव है।	14. मापन के द्वारा तुलनात्मक अध्ययन संभव नहीं होता क्योंकि इसमें व्यक्तिगत पक्ष की जानकारी होती है।
15. छात्र के संबंध में सम्पूर्ण व्यक्तित्व संबंधी स्पष्ट धारणा संभव है।	15. व्यक्तित्व के संबंध में स्पष्ट धारणा को निर्धारित नही किया जा सकता है
16. यह शिक्षक का आत्मपरीक्षण है।	16. यह छात्र का परीक्षण है।

निष्पत्ति परीक्षण (Achievement Test)

निष्पति परीक्षण छात्र की वर्तमान योग्यता या किसी विशेष विषय के ज्ञान का मापन है। इसके माध्यम से शिक्षक छात्र द्वारा एक विषय में की गई उन्नति का पता लगा सकता है।

निष्पत्ति परीक्षण का सर्वाधिक उपयोग अधिगम के क्षेत्र में ही होता है।

अध्यापक निष्पत्ति परीक्षण के द्वारा समय-समय पर यह जानने का प्रयत्न करता है कि कक्षा में दिए हुए ज्ञान को छात्रों ने कहाँ तक ग्रहण कर लिया है तथा यह शिक्षा के उद्देश्यों को प्राप्त करने के लिए प्रेरित करता है। इस प्रकार निष्पत्ति परीक्षण वे परीक्षाएं हैं जिनकी सहायता से विद्यालय में पढ़ाये जाने-वाले विषयों और सिखाई जाने वाली कुशलताओं में छात्रों की सफलता या उपलब्धि का पता लगाया जाता है।

निष्पत्ति परीक्षण के उद्देश्य

- छात्रों की विषयगत उपलब्धि का मापन करना।
- शिक्षकों के शिक्षण कौशल की जांच करना।
- विद्यार्थियों का योग्यतानुसार वर्गीकरण करना।

- कक्षा में विद्यार्थियों को प्रगति देना।
- परीक्षण के आधार पर शैक्षिक लक्ष्यों को प्राप्त करना।
- शिक्षण विधियों की सफलता का आकलन करना।
- आँकड़ों के आधार पर पाठ्यक्रम में परिवर्तन करना।
- छात्रों का समस्या समाधान में सहयोग देना।
- व्यक्तिगत भिन्नता के अनुसार शिक्षण व्यवस्था करना।
- छात्रों के परिणामों के आधार पर अध्ययन की प्रेरणा देना।

निष्पत्ति परीक्षण के प्रकार

1. **मौखिक परीक्षाएं**
2. **लिखित परीक्षाएं**
3. **प्रयोगात्मक परीक्षाएं**

1. मौखिक परीक्षाएं:- प्राथमिक एवं उच्च प्राथमिक स्तर पर यह विधि सबसे अधिक उपयुक्त है। मौखिक रूप से किए जाने वाले मूल्यांकन में छात्र के (व्यक्तिगत) वैयक्तिक गुणों एवं अवगुणों की जानकारी प्राप्त की जा सकती है। इसमें छात्र परीक्षक के समक्ष प्रस्तुत होकर किसी विशिष्ट विषय-वस्तु या उसके किसी अंश से संबंधित प्रश्न के उत्तर देता है जिससे छात्र के आत्मविश्वास एवं (अभिव्यंजनात्मक) शक्ति की जांच हो जाती है व उत्तर देने की शक्ति की जांच होती है। किन्तु इस प्रकार के मौखिक मूल्यांकन प्रक्रिया में समय अधिक लगता है। लिखित परीक्षा के पूरक के रूप में भी ये परीक्षण उपयोगी होते हैं। इन परीक्षाओं का आयोजन विद्यार्थियों की मौखिक अभिव्यक्ति की जाँच हेतु किया जाता है। छात्रों के ज्ञान का परीक्षण करने के लिए मौखिक परीक्षा बहुत उपयोगी है। बालक में समस्या समाधान की प्रक्रिया की तीव्रता की जाँच इसी के माध्यम से की जा सकती है।

2. लिखित परीक्षाएं:- विद्यालयों में इन परीक्षणों का उपयोग सामान्य है। ये परीक्षण निबन्धात्मक और वस्तुनिष्ठ दो प्रकार के होते हैं। लिखित गृहकार्य, कक्षा कार्य, अभिलेख तैयार करना आदि से छात्रों में प्रत्यास्मरण, अवलोकन, अभिव्यक्ति, स्वतन्त्र विचार शक्ति, विचारों की तार्किक योग्यता का पता चलता है।

निबन्धात्मक परीक्षाएं:- इस प्रकार की परीक्षा के अन्तर्गत कुछ प्रश्नों के उत्तर निर्धारित समय पर देने होते हैं। इस प्रकार की परीक्षा द्वारा मूल्यांकन करने में छात्रों की अभिव्यंजना शक्ति, सुलेख एवं भाषा शैली का पता चलता है। निबन्धात्मक परीक्षा में परीक्षार्थियों के प्रत्येक प्रश्न का पूरा लेख लिखना होता है। साधारणत: निबन्धात्मक परीक्षाओं में चुने हुए प्रश्न सम्पूर्ण पाठ्यक्रम का प्रतिनिधित्व करते हैं। यह परीक्षण प्राचीन काल से प्रसिद्ध है। इसलिए इस प्रकार के प्रश्नों को परम्परागत विधि भी कहते हैं। ऐसे परीक्षण अत्यंत सुविधाजनक होते हैं। प्रश्न निर्माण निबन्धात्मक प्रश्नों में छात्रों से विस्तृत उत्तर प्रस्तुत करने की अपेक्षा की जाती है।

गुण

1. इन प्रश्नों के द्वारा छात्रों की अभिव्यक्ति क्षमता का बोध होता है।
2. छात्रों की भाषा-शैली या लेखन कला का ज्ञान होता है।
3. इस प्रकार के प्रश्नों के प्रश्न-पत्रों का निर्माण तथा मूल्यांकन आसानी से किया जा सकता है तथा समय भी कम लगता है। प्रश्न बनाने हेतु विशेष योग्यता तथा विशेषज्ञ क्योंकि की आवश्यकता नही होती है।
4. रचनात्मक चिन्तन को प्रोत्साहन देते हैं।
5. ये प्रश्न समूह परीक्षण के लिए उपयुक्त होते हैं।
6. अभिव्यक्ति के साथ-साथ अर्थग्रहण का भी सफल परीक्षण हो जाता है।
7. बालकों की कल्पना शक्ति, चिंतन, स्मरण, विश्लेषण विचार कौशल और तर्कशक्ति का विकास होता है।
8. छात्रों को अपने विचारों की अभिव्यक्ति का अच्छा अवसर मिल जाता है।
9. विद्यार्थियों को प्रश्नों के उत्तर देने में पूरी-पूरी स्वतंत्रता होती है।
10. छात्रों को निश्चित समय पर कार्य करने की आदत पड़ जाती है।
11. एक ही मापदण्ड से न्यायपूर्ण ढंग से योग्यता का मापन हो सकता है।
12. मूल्यांकन पर संदेह होने की दशा में प्रश्नों के उत्तरों अथवा प्रमाण का दोबारा मूल्यांकन किया जा सकता है।
13. एक ही समय में अधिक व्यक्तियों की परीक्षा ली जा सकती है। इसलिए इसमें समय तथा परिश्रम दोनों की बचत होती है।
14. निबन्धात्मक परीक्षाओं में छात्र की उच्च मानसिक प्रक्रियाओं का माप सम्भव है।

अवगुण/दोष

1. इस प्रकार के प्रश्नों में विश्वसनीयता नही होती केवल व्यक्तिनिष्ठा होती है तथा वैधता व वस्तुनिष्ठता का अभाव होता है।
2. सम्पूर्ण पाठ्यक्रम से संबंधित प्रश्नों का निर्माण नही किया जा सकता अर्थात व्यापकता का अभाव रहता है।
3. इन परीक्षाओं के जाँच कार्य में काफी श्रम व समय बर्बाद होता है।
4. प्रश्नों का उपयुक्त व सही उत्तर न जानते हुए भी छात्र अनुमान से इच्छानुसार उत्तर लिख देते हैं इसलिए प्रश्नों में एकरूपता की कमी होती है।
5. इन प्रश्नों के द्वारा छात्रों को विषय का व्यवहारिक ज्ञान दिया जाना संभव नही है क्योंकि प्रश्नों के उत्तर की कोई सीमा नहीं होती।
6. इन प्रश्नों द्वारा विद्यार्थियों में रटने की प्रवृत्ति विकसित होती है। इसमें स्मरण-शक्ति पर बल नहीं दिया जाता।
7. परीक्षार्थियों के उत्तरों का मूल्यांकन परीक्षकों की व्यक्तिगत विचारधारा व मापदण्ड, स्वाभाविकता के आधार पर होता है।
8. छात्र-छात्राओं का उद्‌देश्य केवल मात्र परीक्षा में उत्तीर्ण होना ही होता है न कि ज्ञानोपार्जन करना।
9. ऐसी परीक्षाएं परीक्षार्थीयों में आत्मविश्वास का अभाव पैदा करती हैं। वह भाग्यवादी बन जाता है।
10. इस प्रणाली में मूल्यांकन का कोई विशेष मापदण्ड नही होता है।

वस्तुनिष्ठ परीक्षाएं

वस्तुनिष्ठ प्रश्न वस्तुस्थिति पर आधारित होते हैं। उनके उत्तर देने में छात्रों को स्वतंत्रता नहीं होती है और छात्रों से वही विशिष्ट उत्तर देने की आशा की जाती है। यदि छात्र विशिष्ट उत्तर के अतिरिक्त कोई और उत्तर देता है तो

उसका उत्तर गलत माना जाता है।

जेल्म राइस ने सर्वप्रथम 1845 में लिखित वस्तुनिष्ठ परीक्षण का निर्माण किया और इसके महत्वपूर्ण योगदान दिया।

जिन प्रश्नों के उत्तर किसी चिह्न विशेष या एक दो शब्दों में दिए जाते हैं उन्हें वस्तुनिष्ठ प्रश्न परीक्षण कहते हैं। यह बीसवीं सदी में प्रारंभ होने के कारण नवीन प्रकार की प्रणाली है। वस्तुनिष्ठ प्रश्न तकनीकी दृष्टि से निबन्धात्मक परीक्षण की अपेक्षा अधिक विश्वसनीय व वैध होते हैं।

वस्तुनिष्ठ प्रश्नों के प्रकार

1. **चयन प्रश्नः**- इस प्रकार के प्रश्नों में अनेक सम्भावित उत्तरों में से सही उत्तरों का चयन करना होता है। इससे छात्रों के चयन करने की योग्यता का मापन होता है। इसलिए इन्हें अभिज्ञान प्रश्न भी कहते हैं। चयन प्रश्नों को पाँच भागो में बाँटा जा सकता है।

(a) बहुविकल्पीय प्रश्नः- इसमें परीक्षार्थी को दिए अनेक विकल्पों में से सही उत्तर का चयन करना पड़ता है।

जैसेः- सही वर्तनी का का चयन करें-

(i) उज्जवल (ii) उज्ज्वल

(iii) उजवल (iv) उजला

(b) सत्य, असत्य प्रश्नः- इस प्रकार के प्रश्नों में सत्य या असत्य विकल्प में से किसी एक का चयन कर उस पर निशान लगाना पड़ता है।

जैसेः- 1. महात्मा गाँधी हिंसा के पुजारी थे- (सत्य और असत्य)

2. राजाराम मोहन राय अँग्रेजी शिक्षा के घोर विरोधी थे- (सत्य और असत्य)

(c) वर्गीकरण प्रश्नः- इन प्रश्नों में से ऐसे प्रश्नों का समूह दिया जाता है जिसमें एक को छोड़कर सभी शब्द एक प्रकार की क्रियाओं या वस्तुओं से संबंधित होते हैं। इनमें असंगत का चयन करना होता है।

जैसेः- भूमि, धरा, धरती, विटप।

(d) व्यवस्थीकरण प्रश्नः- इनमें कई शब्द कथन या वाक्यांश अव्यवस्थित रूप में रख दिए जाते हैं जिन्हें व्यवस्थित रूप में रखने को कहा जाता है।

जैसेः- शब्द, पद, पदबंध, वाक्य-शब्द, पद, वाक्य, निबंध

(e) उचित मिलान प्रश्नः- इसमें परीक्षार्थी को दो पदों का मिलान करके कोष्ठक में सही पद लिखना होता है।

जैसेः-

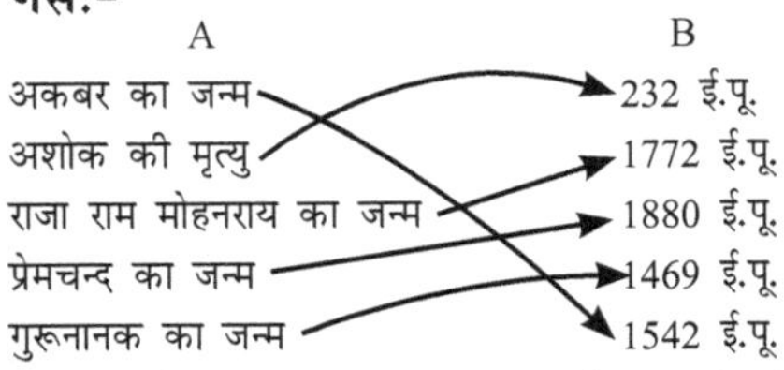

2. **पूर्ति प्रश्नः**- इस प्रकार के प्रश्नों में छात्रों को उत्तर की पूर्ति करनी होती है। इसका उत्तर छात्र अपने ज्ञान का स्मरण करके देता है अथवा कोई अपूर्ण वाक्य दिया जाता है जिसे पूर्ण करना पड़ता है। इस प्रकार के प्रश्नों में मुख्यतया छात्रों की प्रत्यास्मरण की योग्यता का मापन होता है। इसलिए पूर्ति प्रश्नों को प्रत्यास्मरण प्रकार के प्रश्न भी कहते हैं। ये तीन प्रकार के होते हैं-

(a) रिक्तस्थान पूर्ति प्रश्नः- इसमें छात्र को वाक्य में रिक्तस्थान की पूर्ति करनी होती है। पूर्ति के लिए सामान्यतः एक शब्द, नाम, अंक अथवा वाक्यांश पर्याप्त होता है।

जैसेः- (i) महाभारत के लेखक **वेदव्यास** थे।

(ii) भारत की महिला प्रधानमंत्री **इंदिरा गाँधी** थीं।

(iii) भारत में 29 राज्य हैं।

(b) चुनाव वाक्य पूर्ति प्रश्नः- इनमें वाक्य के आगे कुछ शब्द दिए होते हैं। छात्रों को उन शब्दों में से उचित शब्द का चुनाव कर रिक्त-स्थान को पूरा करना होता है।

जैसेः- (i) रामचन्द्रिका के रचनाकार- **केशवदास** हैं (केशवदास, तुलसीदास, घनानंद, अज्ञेय)।

(ii) भारत का प्रथम चक्रवर्ती **सम्राट चन्द्रगुप्त मौर्य** था।

(iii) सीलोन का प्राचीन नाम श्रीलंका था।

(iv) शाहजहाँ का पुत्र जहाँगीर था।

(v) संविधान की आठवी अनुसूची में भाषाएं सम्मिलित हैं- **23**

3. **सरल प्रत्यास्मरण प्रश्नः**- इस प्रकार के प्रश्नो में छात्रों से सीधे-सीधे प्रश्न पूछे जाते हैं। उसका उत्तर संक्षिप्त व विशिष्ट होता है।

जैसेः- (i) महावीर स्वामी के बचपन का नाम क्या था? (वर्धमान)

2. मजदूर दिवस कब मनाया जाता है? (1 मई को)

3. महाराजाधिराज किस शासक को कहा जाता है? (चन्द्रगुप्त प्रथम को)

4. एशिया व यूरोप को कौन सा पर्वत अलग करता है? (यूराल पर्वत)

5. संसार का सबसे बड़ा द्वीप- (ग्रीनलैंड)

वस्तुनिष्ठ परीक्षाओं के गुण

1. ये विषयगत पूरे पाठ्यक्रम के अधिक भाग का प्रतिनिधित्व करते हैं।
2. प्रश्नों को उत्तर देना व उनका अंकन कराना सरल होता है तथा अंक प्रदान करने में शुद्धता होती है।
3. इन प्रश्नों में अध्यापक द्वारा पक्षपात किया जाना संभव नही है।
4. ये अधिक विश्वसनीय तथा वैध होते हैं।
5. इनसे छात्रों के न केवल ज्ञान का पता चलता है अपितु उनके समय के ध्यान, तर्क तथा निर्णयशक्ति का पता चलता है।
6. प्रश्नों के उत्तर देने में छात्रों की भाषा संबंधी कामजोरियां बाधक नही होती हैं। इनकी जाँच परस्पर छात्रों द्वारा भी की जा सकती है।
7. यह निबन्धात्मक परीक्षाओं की तुलना में बालक के पूर्ण ज्ञान की परीक्षा करने में बहुत कम श्रम व समय लेती है।
8. आर्थिक दृष्टि से भी यह परीक्षा प्रणाली बड़ी उपयोगी है क्योंकि इसमें व्यय की मात्रा अधिक नही होती है।
9. इस पद्धति के द्वारा कुशाग्र बुद्धि बालकों और मंदबुद्धि बालकों में अंतर बड़ी सरलता से किया जा सकता है।
10. इसमें बुद्धि मापक परीक्षाओं के समान प्रश्न छोटे-छोटे होते हैं।

वस्तुनिष्ठ परीक्षाओं के दोष

1. प्रश्नपत्रों के निर्माण में बहुत अधिक श्रम व समय व्यय होता है।
2. छात्रों की भाषागत एवं भावाभिव्यक्ति करने की क्षमता का पता नही चलता अर्थात् भाषा-शैली अभिव्यक्ति की कोई परीक्षा नही होती।
3. छात्रों में नकल करने की प्रवृत्ति को प्रोत्साहन मिलता है।
4. छात्रों द्वारा अंदाज से उत्तर देने की संभावना बढ़ जाती है। इसके द्वारा केवल तथ्यों के ज्ञान की परीक्षा होती है।
5. इन परीक्षाओं द्वारा बालक में मौलिकता या सृजनात्मक कल्पना का विकास नही हो पाता है।

6. इन परीक्षाओं में सुलेख का कोई महत्व नहीं है।
7. छात्रों की भाषा संबंधी कमजोरियों का पता नही चल सकता।

अच्छे प्रश्नपत्रों के गुण/विशेषताएं

1. प्रश्न संक्षेप में पूछे जाने चाहिए। उनकी शब्दावली निश्चित होनी चाहिए। प्रश्नों में व्यर्थ की बातों को नही जोड़ा जाना चाहिए।
2. प्रश्नों की भाषा सरल, सहज, बोधगम्य तथा स्पष्ट होनी चाहिए।
3. प्रश्न इस प्रकार के होने चाहिएं जो बालकों की मानसिक क्रियाओं को जाग्रत कर सकें।
4. प्रश्न किसी सुनिश्चित उद्‌देश्य एवं तत्संबंधी व्यवहारगत परिवर्तन पर आधारित होने चाहिए।
5. प्रश्न सुनिश्चित विषय-सामग्री अथवा उसके अंश पर आधारित होने चाहिए।
6. प्रश्न इस प्रकार के हों कि इनका उत्तर सुनिश्चित समय पर दिया जा सके।
7. प्रश्न अपेक्षित कठिनाई एवं कक्षा के स्तर के अनुकुल होने चाहिएं।
8. प्रश्न व्याकरण की दृष्टि से ठीक होने चाहिएं।
9. प्रश्नों का एक निश्चित अर्थ होना चाहिए।
10. प्रश्नों का संबंध एक-दूसरे के साथ होना चाहिए।
11. प्रश्न छात्रों की मानसिक आयु को ध्यान में रखकर पूछने चाहिए।
12. प्रश्न ऐसे होने चाहिएं जो बालकों की विचारशक्ति को जाग्रत करें।

रेमाण्ट के अनुसार:- ''पहली बात तो यह है कि प्रश्नों से बालकों की मानसिक क्रिया जाग्रत होनी चाहिए। इसमें निरीक्षण, स्मृति और विचार शक्ति की प्रेरणा मिलनी चाहिए''।

1. पूछे जाने वाले प्रश्न का फैलाव कक्षा के सभी छात्रों पर होना चाहिए। छात्रों के किसी एक समूह से या कुछ ही छात्रों से प्रश्न नहीं पूछने चाहिए।
2. दोहरे प्रश्न, एक साथ अनेक प्रश्न तथा एक ही प्रश्न को बार-बार न पूछा जाए तथा प्रश्न छात्रों की आयु व स्तर के अनुकूल हो।
3. प्रश्नों के पूछे जाने के बाद छात्रों को उत्तर देने के लिए कुछ समय देना चाहिए तथा उत्तर हेतु समान अवसर दिया जाए।
4. यदि एक बार प्रश्न पूछने पर छात्र का संतोषजनक उत्तर मिल गया हो तो फिर उस प्रश्न को अन्य छात्रों से नही पूछा जाना चाहिए
5. अध्यापक छात्रों को उत्तर देने के लिए प्रेरित करें।
6. यदि अधिकतर छात्र प्रश्न का उत्तर देने मे असमर्थ हों तो शिक्षक को प्रश्न की भाषा बदलकर फिर उसी प्रश्न को दोहराना चाहिए।
7. सामान्यतया ऐसे प्रश्न ना पूछे जाएं जिनका उत्तर हाँ या ना में हो।
8. शिक्षक स्वाभाविक हाव-भाव तथा मुद्रा में प्रश्न पूछें। कक्षा का वातावरण तनाव से मुक्त होना चाहिए।
9. जहाँ तक संभव हो अप्रसारित अथवा लंबे उत्तर देने वाले प्रश्न पूछें जिनका उच्च प्रकार का चिंतन हो।
10. अध्यापक अपने प्रश्न का उत्तर स्वयं ना दें। इससे छात्र निष्क्रिय हो जाते हैं। आवश्यकता से अधिक प्रश्न न पूछें तथा एक भी अप्रासंगिक या असम्बद्ध प्रश्न ना पूछें।

3. प्रायोगिक परीक्षण:- पुस्तकीय ज्ञान के व्यावहारिक स्वरूप में उपयोग करने की कुशलता को सीखने के लिए प्रयोगात्मक कार्य किया जाता है। अधिकतर प्रायोगिक परीक्षा विज्ञान, भूगोल, कम्प्यूटर, मनोविज्ञान और हस्तकौशल से सम्बन्धित विषयों की परीक्षा लेने में प्रयोग की जाती है। प्रायोगिक परीक्षण के माध्यम से छात्रों के कौशल की जाँच की जाती है।

मूल्यांकन की विधियां

1. निरीक्षण या अवलोकन:- निरीक्षण के द्वारा बालकों को सामाजिक विकास, संवेगात्मक स्थिरता तथा बौद्धिक परिपक्वता के बारे में पता चलता है। इसके माध्यम से बालक में विकसित रुचियों, अभिवृत्तियों, क्षमताओं तथा कौशल का सही मूल्याँकन किया जा सकता है।

2. साक्षात्कार:- किसी व्यक्ति के आमने-सामने वार्तालाप करके सूचना एकत्रित करना साक्षात्कर कहलाता है। साक्षात्कार प्रपत्र में सभी प्रश्न उद्‌देश्यनिष्ठ होते हैं। बालक की रुचि में बुद्धि व्यक्तित्व एवं मनोवृत्ति में परिवर्तन से उपलब्धियों का पता चलता है।

3. पड़ताल सूची:- पड़ताल सूची द्वारा सूची बिन्दु के आधार पर की गई क्रियाओं एवं व्यवहार का मूल्यांकन किया जाता है। इसके द्वारा मूल्यांकन छात्रों की क्रियाओं और व्यवहार के सम्मुख हाँ या नहीं लिखकर अर्थात सही या गलत का निशान लगाकर उनकी उपयुक्तता को जाचंता है। इस प्रकार कम समय, श्रम और स्थान में छात्रों से संबंधित पूरा अभिलेख तैयार हो जाता है।

4. प्रश्नावली:- छात्रों से अनेक प्रकार की सूचना प्राप्त करने के लिए प्रश्नावली का उपयोग किया जाता है। इसमें प्रश्न उद्‌देश्यों एवं लक्ष्यों से संबधित होते हैं। उत्तर देने वाले व्यक्ति को प्रश्न पढ़कर केवल चिह्न लगाना होता है या कहीं कुछ शब्द लिखने होते हैं। प्रश्नों के उत्तर से बालकों के ज्ञान अभिवृत्ति का पता लग जाता है।

5. छात्र उत्पत्ति साधन:- छात्रों द्वारा बनाई गई वस्तुएं, तस्वीरें, कविताएं, मॉडल व कहानियां आदि छात्र उत्पादित साधन कहलाते हैं जिनके द्वारा छात्रों की रुचियों और रुझानों का पता चलता है।

6. क्रम निर्धारण (Rating scale):- यह सदैव व्यक्तिगत ही होता है। इसके द्वारा उन विभिन्न परिस्थितियों या विशेषताओं का मूल्यांकन किया जाता है जो बालक को किसी विशेष क्षेत्र या कुशलता की जाँच उसके व्यवहार की प्रगति विभिन्न मात्राओं में प्रस्तुत की जाती है। यहा मापनी सामान्यत: 0 से 5 और 0 से 7 हो सकती है या होती है।

7. संचित अभिलेख (Cumulative Records):- विद्यालय में छात्र को व्यक्तिगत तथ्यपरक जानकारी देने के लिए अभिलेख रखना मूल्यांकन के लिए आवश्यक है। उसके द्वारा बालकों के घर तथा विद्यालय की सूचना का मूल्याँकन होता है। आकस्मिक अभिलेख पत्र भी मूल्याँकन के लिए महत्व- पूर्ण साधन है। इससे छात्रों की रुचि, मनोवृत्ति, व्यक्तिगत एवं सामाजिक समस्याओं का पता चलता है।

8. सामयिक जाँच:- छात्रों को समय-समय पर होने वाली उपलब्धि ज्ञात करने के लिए सामूहिक जाँच पत्रों के माध्यम से जाँच का आयोजन किया जाता है। यह जाँच सम्पूर्ण व अन्तिम परीक्षा नहीं होती है।

9. व्यक्तिगत अध्ययन (Case Study):- इससे बालक के विलक्षण या पिछड़ेपन को समझने हेतु परिवार के मित्र, भाई-बहन एवं रिश्तेदारों से सावधानीपूर्वक सूचनाएं संग्रहीत की जाती हैं तथा संबंधित व्यक्ति को विश्वास में

लेकर ही तथ्यों की जाँच की जाती है। इससे छात्रों की कठिनाइयों को दूर करने की योजना बनाई जाती है।

10. समाजमिति (Sociometry):- मनुष्य एक सामाजिक प्राणी है और जैसा व्यवहार समाज में रहकर वह करता है, उसका मूल्यांकन भी परिस्थिति विशेष में व्यवहार से किया जाता है। सजीव परिस्थितियां बालको की मनोवृत्ति को यथासम्भव प्रकट कर देती हैं तथा क्रिया-प्रतिक्रिया के स्वरूप का निधर्रिण भी करती हैं जिन्हें देखकर उनका वर्गीकरण-मूल्यांकन सम्भव है। समाजमिति द्वारा समाज में व्यक्ति के स्थान का पता लग सकता है।

1. **निदानात्मक परीक्षण**
2. **उपचारात्मक परीक्षण**

1. निदानात्मक परीक्षण (Diagnostic Tests):- निदान से तात्पर्य है किसी रोगी का उपचार करने के लिए किसी रोग का पता लगाना। निदान करने का उद्देश्य यह कि छात्र कौन-कौन से प्रत्ययों, नियमों, सूत्रों एवं सिद्धान्तों को समझने में कठिनाई अनुभव करता है। इस कमजोरी या कठिनाई का क्या कारण है। छात्र की शैक्षिक दुर्बलता से सम्भावित कारणों का पता लगाने के लिए जो पद्धति अपनाएगा और उसके अपनाने के क्रम में जो भी कार्य सम्पन्न होगा वही निदानात्मक परीक्षण प्रक्रिया होगी।

बच्चों के सीखने संबंधी कमजोरियों के कारण तथा कठिनाइयों का ज्ञान प्राप्त करने की प्रक्रिया को शैक्षिक निदान कहते हैं। निदानात्मक परीक्षाओं का कार्य उन तथ्यों का विश्लेषण भी करना होता है जिसके कारण छात्रों को किसी विषय को समझने में कठिनाइयां आती है। छात्रों की कठिनाइयों को समझना और उन्हे दूर करना शिक्षण का पहला कार्य है। शिक्षा देने की बात इसके बाद आती है कि ताकि छात्रों द्वारा प्रश्न विशेष को हल करने की क्षमता और योग्यता की परीक्षा हो जाए।

निदानात्मक परीक्षण के प्रश्नों के उत्तरों को शिक्षकों को भली प्रकार जाँचना चाहिए। साथ ही साथ प्रत्येक बालक में त्रुटियों की जाँच करनी चाहिए। इस प्रकार का विश्लेषण करने के पश्चात उपचारात्मक कार्य की रूपरेखा तथा योजना बनानी चाहिए।

2. उपचारात्मक शिक्षण (सुधार करना):- नैदानिक परीक्षण द्वारा हमें जब छात्रों द्वारा की जाने वाली त्रुटियों का ज्ञान हो जाए तो इन्हे दूर करने के लिए उपचारात्मक कार्य करना होता है। यह कार्य व्यक्तिगत एवं सामूहिक दोनों प्रकार से किया जा सकता है। उपचारात्मक कार्य करते समय छात्रों का वर्गीकरण कर मन्द व प्रखर बुद्धि वाले छात्रों के लिए अलग-अलग प्रारूप तैयार किया जाना चाहिए। इस प्रकार का कार्य अभ्यास कार्य से भिन्न होता है। इसमें इस प्रकार का मौखिक एवं लिखित कार्य कराया जाता है व जिसमें बालकों की कठिनाइयों एवं त्रुटियों को दूर करना, मूल्यांकन की प्रक्रिया सम्पन्न होना, इसी प्रकार के कार्य पर नियंत्रण करता है।

त्यागी एवं श्रीवास्तव के अनुसार:- रोग के निदान के बाद उसका अनुकूल इलाज किया जाता है तो वह उपचार होता है। इसी प्रकार शिक्षण में छात्र की कमजोरी का पता लगाकर उसे दूर करने के लिए जिस प्रकार का शिक्षण किया जाता है वह उपचारिक शिक्षण या उपचारात्मक शिक्षण कहलाता है।

निदानात्मक शिक्षण व उपचारात्मक शिक्षण शिक्षा में उपयोगी:-

- शैक्षणिक निदान से बालकों के सीखने संबंधी कठिनाइयों का पता चल जाता है। जिससे सुधार की प्रेरणा मिलती है।
- पिछड़े बालकों की हीन भावना दूर होती है व कुसमयोजन से बच जाते हैं और उन्हें आगे बढ़ने में प्रेरणा मिलती है।
- छात्र की शारीरिक, भावात्मक एवं संवेगात्मक भावना बढ़ती है तथा उसके व्यक्तित्व का बहुमुखी विकास होता है।
- छात्र अपनी शक्ति एवं योग्यता के अनुसार शैक्षणिक प्रगति करता है।
- उपचारात्मक शिक्षण द्वारा छात्र की व्यक्तिगत कठिनाई दूर होती है।
- इससे छात्रों में एक नया आत्मविश्वास जाग्रत होता है और विषय के प्रति उनकी रुचि बढ़ जाती है।
- उपचारात्मक शिक्षण द्वारा छात्रों को परीक्षा में अनुत्तीर्ण होने से उत्पन्न निराशा की भावना से बचाया जा सकता है।

शैक्षिक मूल्यांकन की आवश्यकता

मूल्यांकन से पता चलता है कि -

1. मूल्यांकन से छात्रों के व्यवहार में आने वाले परिवर्तनों का ज्ञान प्राप्त होता है।
2. शैक्षिक उद्‌देश्य की पूर्ति किस सीमा तक हो रही है।
3. अध्यापक की शिक्षण-विधियाँ प्रभावी हैं या नहीं।
4. विषय सामग्री उपयुक्त है अथवा नहीं।
5. छात्रों की उपलब्धि और सीमाओं के बारे में जानकारी।
6. छात्रों के अपने बारे में जानकारी।
7. अध्यापक स्वयं अपने अध्यापन कौशलों की पहचान करके उनमें उपयुक्त परिवर्तन ला सकता है।
8. बच्चों के वर्गीकरण के लिए आवश्यक जानकारी।
9. पाठ्यक्रम में आवश्यकतानुसार संशोधन करना।
10. शिक्षण उद्देश्यों में परिवर्तन करना।

सतत एवं विस्तृत मूल्यांकन

सतत् एवं विस्तृत मूल्यांकन की अवधारणा को ठीक प्रकार से जानने के लिए आवश्यक है कि शिक्षा के उद्देश्यों पर विचार किया जाए क्योंकि नवीनतम मूल्यांकन प्रणाली का इससे घनिष्ठ संबंध है। शिक्षा का उद्देश्य जो कि शिक्षा के अन्य उद्देश्यों का केन्द्र बिन्दु है, छात्र का सर्वांगीण (बौद्धिक, मानसिक, नैतिक, व्यावसायिक, सामाजिक आदि)

सतत् एवं व्यापक मूल्यांकन के निम्नलिखित तीन आधार हैं-

1. शिक्षा अनुभव, जो छात्र को उपलब्ध कराए जा रहे हैं।
2. शैक्षिक अनुभव, जो छात्र को उपलब्ध कराए जा रहे हैं।
3. मूल्यांकन की विधियाँ तथा साधन-

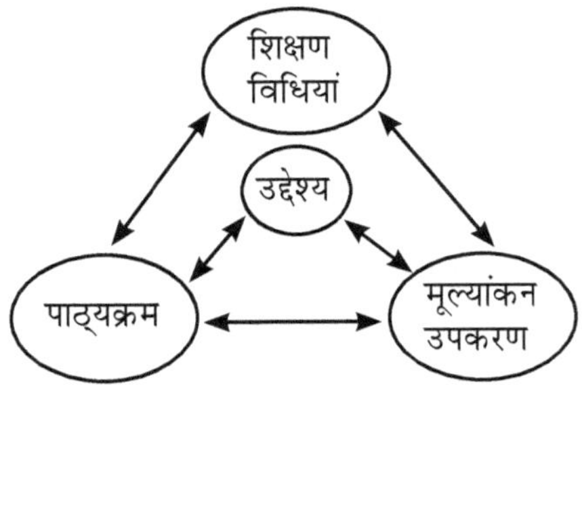

सतत् एवं व्यापक मूल्यांकन पद्धतियां

- परिमाणात्मक
  - निबन्धात्मक
  - लिखित
    - निबन्धात्मक
    - लघुप्रश्नात्मक
    - वस्तुनिष्ठ
      - प्रमाणित
      - अध्यापक निर्मित
  - प्रयोगात्मक
- गुणात्मक
  - चेक लिस्ट
  - रेटिंग स्केल
  - निरीक्षण
  - घटना वृत्त अथवा एनिकडोट
  - संचित अभिलेख

सतत् एवं व्यापक मूल्यांकन का कार्यक्षेत्र

पाठ्यक्रम क्षेत्र	बौद्धिकता	व्यक्तिगत समय	सामाजिक	अभिरुचियाँ	दृष्टिकोण	शारीरिक व्यावसायिक स्वास्थ्य
1. ज्ञानात्मक 2. बोधात्मक 3. ज्ञान का अनुप्रयोग 4. कौशलात्मक 5. भावात्मक		1. निष्ठा 2. सदाचार 3. स्वच्छता 4. भावात्मक 5. स्थायित्व 6. उत्तरदायित्व की भावना	1. सहयोग 2. नागरिक जागरुकता 3. समाज सेवा 4. अभिक्रमशीलता	1. साहित्यिक 2. वैज्ञानिक 3. कलात्मक 4. समाजसेवा	1. अध्यापक की ओर 2. शिक्षा की ओर 3. विद्यालय के कार्यक्रमों की ओर 4. समाज की ओर	

मूल्यांकन की प्रमुख तकनीकें

- छात्रों के व्यवहार का अवलोकन (Observation)
- प्रश्नावली (Questionnaire)
- निर्धारण मापनी (Rating Scale)
- संचित अभिलेख (Cumulative Record)
- साक्षात्कार (Interview)

अभ्यास प्रश्न

1. **मूल्यांकन का मुख्य उद्देश्य होना चाहिए**
   (a) शिक्षार्थियों की उपलब्धि को मापना
   (b) यह निर्णय लेना कि क्या विद्यार्थी को अगली कक्षा में प्रोन्नत किया जाना चाहिए
   (c) सीखने में होने वाली कमियों का निदान और उपचार करना
   (d) शिक्षार्थियों की त्रुटियाँ निकालना

2. **'मैडम चाय खाती है' वाक्य-**
   (a) वाक्य-विन्यास की दृष्टि से सही है लेकिन अर्थ-विज्ञान की दृष्टि से गलत है।
   (b) अर्थ-विज्ञान की दृष्टि से सही है लेकिन वाक्य-विन्यास की दृष्टि से गलत है।
   (c) अर्थ-विज्ञान एवं वाक्य-विकास दोनों की दृष्टि से सही है।
   (d) अर्थ-विज्ञान एवं वाक्य-विन्यास दोनों की दृष्टि से गलत है।

3. **पाठ्यक्रम की रूपरेखा, 2015 में तय की गई है।**
   (a) ज्ञान स्थायी है व दिया जाता है-से ज्ञान का विकास होता है और इसकी संरचना की जाती है।
   (b) शैक्षिक केन्द्र से विषम केन्द्र होने पर
   (c) विद्यार्थी केन्द्रित से अध्यापक केन्द्रित की ओर
   (d) इनमें से कोई नहीं

4. **छात्र की प्रयोगात्मक दक्षता के आकलन का यथोचित रूप है।**
   (a) साक्षात्कार (b) अवलोकन
   (c) प्रश्नावली (d) लिखित परीक्षा

5. **कक्षा नायक (उपदेशक) द्वारा प्रयुक्त मूल्यांकन का प्रकार जो अनुदेशन के समय सीखने के विकास में किया जाता है, ... कहलाता है।**
   (a) नैदानिक मूल्यांकन
   (b) फॉर्मेटिव मूल्यांकन
   (c) प्लेसमेंट मूल्यांकन
   (d) संकलित मूल्यांकन

6. **चेस तथा कार्ड को निम्न में किसमें वर्गीकृत किया जा सकता है?**
   (a) लड़ाई वाले खेल
   (b) बौद्धिक खेल
   (c) प्रायोगिक मूल्यांकन
   (d) गतिमान खेल

7. **कुर्टलेविन के अनुसार समूह में जो परिवर्तन होते हैं, उन्हें-**
   (a) परस्परता कहते हैं
   (b) रचनात्मक कहते हैं
   (c) गतिशीलता कहते हैं
   (d) संगति कहते हैं

8. **16 PF का प्रयोग किसके मापन हेतु किया जाता है?**
   (a) सृजनात्मकता (b) अभिरुचि
   (c) व्यक्तित्व (d) दबाव

9. **शिक्षा के क्षेत्र में पाठ्यचर्चा शब्दावली .... की ओर संकेत करती है।**
   (a) शिक्षण-पद्धति एवं पढ़ाई जाने वाली विषय-वस्तु
   (b) विद्यालय का सम्पूर्ण कार्यक्रम जिसमें विद्यार्थी प्रतिदिन अनुभव प्राप्त करते हैं
   (c) मूल्यांकन-प्रक्रिया
   (d) कक्षा में प्रयुक्त की जाने वाली पाठ्य-सामग्री

10. **एक शिक्षिका अपने शिक्षार्थियों को विभिन्न अधिगम-शैलियों को सन्तुष्ट करने के लिए वैविध्यपूर्ण कार्यों का उपयोग करती है। वह .... से प्रभावित है।**
   (a) कोह्लबर्ग के बहुबुद्धि सिद्धान्त
   (b) गाडर्नर के बहुबुद्धि सिद्धान्त
   (c) वायोत्स्की के सामाजिक सांस्कृतिक सिद्धान्त
   (d) पियाजे के संज्ञानात्मक विकास के सिद्धान्त

11. **निम्न में से कौन-सा बच्चे की सामाजिक-मनोवैज्ञानिक आवश्यकताओं के साथ संबंधित नहीं है?**
   (a) सामाजिक अनुमोदन अथवा सराहना की आवश्यकता
   (b) संवेगात्मक सुरक्षा की आवश्यकता
   (c) शरीर से अपशिष्ट पदार्थों का नियमित रूप से बाहर निकालना
   (d) सान्निध्य (संगति) की आवश्यकता

12. **यदि एक विद्यार्थी कक्षा में भाग लेने में संकोच करता है, तो आप-**
   (a) उससे प्रश्न नहीं पूछेंगे
   (b) जिन प्रश्नों के उत्तर वह दे सकता है, केवल उन्हीं प्रश्नों को पूछेंगे
   (c) उन प्रश्नों को नही पूछेंगे जिनके उत्तर उसकी सामर्थ्य से बाहर है जिसके कारण वह कक्षा में उपहास का पात्र बन सकता है।
   (d) उससे केवल तब प्रश्न पूछेंगे जब वह उनके उत्तर देने के लिए उत्साहित हो।

13. **शिक्षक का बर्ताव होना चाहिए-**
   (a) प्रशासनात्मक (b) शिक्षाप्रद
   (c) आदर्शवादी (d) निदेशात्मक

14. **शिक्षण का सत्तावादी स्तर है-**
   (a) शिक्षक केन्द्रित
   (b) छात्र केन्द्रित
   (c) प्रधानाध्यापक केन्द्रित
   (d) अनुभव केन्द्रित

15. **विज्ञान एवं कला प्रदर्शनियाँ, संगीत एवं नृत्य प्रस्तुतियाँ तथा विद्यालय-पत्रिका निकालना, ... के लिए आता है**
   (a) शिक्षार्थियों को सृजनात्मक मार्ग उपलब्ध कराने
   (b) विभिन्न व्यवसायों के लिए विद्यार्थियों को प्रशिक्षित करने
   (c) विद्यालय का नाम रोशन करने
   (d) अभिभावकों को सन्तुष्ट करने

16. **किशोर .... का अनुभव कर सकते हैं।**
   (a) जीवन के बारे में परितृप्ति का भाव
   (b) दुश्चिन्ता और स्वयं से सरोकार
   (c) बचपन में किए गए अपराधों के प्रति डर के भाव
   (d) आत्मसिद्धि के भाव

17. **जब एक निर्योग्य बच्चा पहली बार विद्यालय आता है, तो शिक्षक को करना चाहिए?**
   (a) बच्चे की निर्योग्यता के अनुसार उसे विशेष विद्यालय में भेजने का प्रस्ताव देना चाहिए

(b) उसे अन्य विद्यार्थियों से अलग रखना चाहिए
(c) सरकारी योजना विकसित करने के लिए बच्चे के माता-पिता से चर्चा करने चाहिए
(d) प्रवेश परीक्षा लेनी चाहिए

18. शिक्षा के सन्दर्भ में समाजीकरण से तात्पर्य है
(a) अपने सामाजिक मापदण्ड बनाना
(b) समाज के बड़ों का सम्मान करना
(c) सामाजिक वातावरण में अनुकूलन और समायोजन
(d) सामाजिक मानदण्डों का सदैव अनुपालन करना

19. एक शिक्षक प्रश्न-पत्र बनाने के बाद, यह जाँच करता है कि क्या प्रश्न परीक्षण के विशिष्ट उद्देश्य की परीक्षा ले रहे हैं। यह मुख्य रूप से प्रश्न-पत्र की के .... के बारे में चिन्तित है।
(a) सम्पूर्ण विषय-वस्तु को शामिल करने
(b) प्रश्नों के प्रकार
(c) विश्वसनीयता
(d) वैधता

20. विवेचनात्मक शिक्षाशास्त्र का यह दृढ़ विश्वास है कि
(a) शिक्षार्थियों को स्वतन्त्र रूप से तर्कणा नहीं करनी चाहिए
(b) बच्चे स्कूल से बाहर क्या सीखते हैं, यह अप्रासंगिक है
(c) शिक्षार्थियों के अनुभव और प्रत्यक्षण महत्वपूर्ण होते हैं
(d) एक शिक्षक को हमेशा कक्षा-कक्ष के अनुदेशनों का नेतृत्व करना चाहिए

21. कोहलबर्ग के अनुसार शिक्षक बच्चों में नैतिक मूल्यों का विकास कर सकता है
(a) नैतिक मुद्दों पर आधारित चर्चाओं में उन्हें शामिल करके
(b) 'कैसे व्यवहार किया जाना चाहिए' इस पर कठोर निर्देश देकर
(c) धार्मिक शिक्षा को महत्व देकर
(d) व्यवहार के स्पष्ट नियम बनाकर

22. निम्नलिखित में से कौन-सी समस्या-समाधान की वैज्ञानिक पद्धति का पहला चरण है?
(a) प्राक्कल्पना का परीक्षण करना
(b) समस्या के प्रति जागरुकता
(c) प्रासंगिक जानकारी को एकत्र करना
(d) प्राक्कल्पना का निर्माण करना

23. निम्नलिखित में से कौन-सा एक वस्तुनिष्ठ प्रश्न है?
(a) लघुउत्तरात्मक प्रश्न
(b) मुक्त उत्तर वाला प्रश्न
(c) सत्य या असत्य
(d) निबन्धात्मक प्रश्न

24. बीजों का अंकुरण संकल्पना के शिक्षण की सबसे प्रभावी पद्धति है
(a) विद्यार्थियों द्वारा पौधे के बीज बोना और उसके अंकुरण के चरणों का अवलोकन करना
(b) श्यामपटट् पर चित्र बनाना और वर्णन करना
(c) बीज की वृद्धि के चित्र दिखाना
(d) विस्तृत व्याख्या करना

25. बाल-केन्द्रित शिक्षा का समर्थन निम्नलिखित में से किस विचारक द्वारा किया गया?
(a) बी. एफ. स्किनर
(b) जॉन ड्यूवी
(c) एरिफ इरिकसन
(d) चार्ल्स डार्विन

26. प्रतिभाशाली बच्चों के सन्दर्भ में संवर्द्धन का अर्थ है-
(a) शैक्षणिक गतिविधियों के सम्पादन में संवर्द्धन करना
(b) सह-शैक्षणिक गतिविधियों के सम्पादन की गति को बढ़ाना
(c) ऐसे विद्यार्थियों को वर्तमान स्तर/ग्रेड को छोड़कर अगले उच्च स्तर/ग्रेड में प्रोन्नत करना
(d) आकलन की प्रक्रिया का संवर्द्धन करना

27. जॉन ड्यूवी द्वारा समर्थित 'लैब विद्यालय' के उदाहरण हैं
(a) फैक्ट्री विद्यालय
(b) प्रगतिशील विद्यालय
(c) पब्लिक विद्यालय
(d) सामान्य विद्यालय

28. निम्न में से कौन सतत् एवं व्यापक मूल्यांकन (सी. सी. ई.) का भाग नहीं हो सकता है?
(a) संचित अभिलेख
(b) दत्त कार्य
(c) अभिभावक-शिक्षक बैठक
(d) एनेकडॉटल रिकार्ड

29. प्रोजेक्ट प्रणाली का प्रयोग निम्नलिखित में से किस शिक्षा पद्धति के अन्तर्गत किया जाता है?
(a) पारम्परिक शिक्षा
(b) प्रगतिशील शिक्षा
(c) वैदिक शिक्षा
(d) इनमें से कोई नहीं

30. निम्न में से यह कथन किसका है कि "ज्ञानात्मक विकास नकल पर आधारित न होकर खोज पर आधारित होता है"
(a) ज्यां पियाजे
(b) कोह्लबर्ग
(c) स्किनर
(d) व्यगोत्स्की

31. निम्न में से कौन शिक्षण कुशलता से सम्बन्धित है?
(a) श्यामपट्ट पर लिखना
(b) प्रश्नों को हल करना
(c) प्रश्न पूछना
(d) ये सभी

32. मूल्यांकन का अर्थ होता है-
(a) निर्धारित करना
(b) ज्ञान का स्तर जानना
(c) मूल्य आंकना
(d) उपरोक्त सभी

33. निम्नलिखित में से .... मूल्यांकन की विशेषता नहीं है।
(a) विभेदीकारिता
(b) वैधता
(c) स्थिरता
(d) व्यापकता

34. असंगठित घर से आने वाला बच्चा .... सबसे अधिक कठिनाई का अनुभव करेगा।

(a) सुनिर्मित पाठों में
(b) स्वतन्त्र अध्ययन में
(c) नियोजित निर्देश में
(d) अभ्यास पुस्तिकाओं में

35. अध्यापन के समय अध्यापक को निम्नलिखित में से किसका सर्वाधिक ध्यान रखना चाहिए?

(a) विषय वस्तु
(b) विद्यार्थियों की आयु
(c) वैयक्तिक विभिन्नता
(d) विद्यार्थियों की पारिवारिक पृष्ठभूमि

36. भाषा में अर्थ की सबसे छोटी इकाई .... है।

(a) वाक्य
(b) रूपिम
(c) स्वनिम
(d) संकेत प्रयोग विज्ञान (प्रैगमैटिक्स)

37. शिक्षकों को अपने विद्यार्थियों की त्रुटियों का अध्ययन करना चाहिए क्योंकि वे प्रायः .... की ओर संकेत करती हैं।

(a) योग्यताओं के अनुसार समूह बनाने हेतु दिशा-निर्देश
(b) भिन्न प्रकार की पाठ्यचर्या की आवश्यकता
(c) उनके ज्ञान की सीमा
(d) आवश्यकता अपचारात्मक युक्तियों

38. निम्नलिखित में से कौन-सा निष्पत्ति परीक्षण का प्रकार नही है

(a) मौखिक परीक्षा
(b) लिखित परीक्षा
(c) प्रयोगात्मक परीक्षा
(d) वाद-विवाद परीक्षा

39. लिखित परीक्षा में निम्नलिखित गुण नहीं हो सकता है-

(a) छात्रों की लेखन कला का ज्ञान
(b) रचनात्मक चिन्तन को प्रोत्साहन
(c) प्रश्नों की पूर्णतः विश्वसनीयता
(d) अभिव्यक्ति के साथ-साथ अर्थग्रहण का भी सफल परीक्षण

40. अच्छे प्रश्नपत्र में-

(a) पूछे गए प्रश्नों की शब्दावली निश्चित होती है।
(b) प्रश्न तथ्य संबंधित होते हैं।
(c) (a) व (b) दोनों।
(d) प्रश्नों का अर्थ निश्चित नही होता है।

उत्तरमाला

1. (c)	**2.** (a)	**3.** (a)	**4.** (b)	**5.** (b)	**6.** (b)	**7.** (c)	**8.** (c)	**9.** (b)	**10.** (b)
11. (c)	**12.** (d)	**13.** (c)	**14.** (a)	**15.** (a)	**16.** (b)	**17.** (a)	**18.** (c)	**19.** (d)	**20.** (c)
21. (b)	**22.** (b)	**23.** (c)	**24.** (a)	**25.** (b)	**26.** (c)	**27.** (b)	**28.** (c)	**29.** (b)	**30.** (a)
31. (d)	**32.** (d)	**33.** (c)	**34.** (b)	**35.** (c)	**36.** (b)	**37.** (d)	**38.** (d)	**39.** (c)	**40.** (c)

अध्याय 11

शिक्षण विधियाँ

शिक्षण विधियाँ

परिभाषा

विद्यार्थी को सैद्धान्तिक और व्यावहारिक अनुभव प्रदान करने के लिए कई प्रकार की युक्तियों की सहायता लेनी पड़ती है। इन युक्तियों को शिक्षण विधियों के नाम से जाना जाता है।

अधिगम की शिक्षण विधियाँ

***i)* अनुसंधान विधि/अन्वेषण खोज विधि**

इस विधि का प्रतिपादन **प्रो. एच. ई. आर्मस्ट्रांग** द्वारा किया गया। यह विधि गणित विषय के लिए सबसे उपयोगी है। इस विधि को स्वयं ज्ञान विधि कहते हैं।

इसे खोज विधि भी कहा जाता है। बालक खोजी के रूप में कार्य करता है। इसमें शिक्षक छात्रा को कुछ निर्देश देता है और छात्र निर्देशों के आधार पर समस्या को हल करता है। यदि छात्र को कहीं गलत निष्कर्ष लगता है तो शिक्षक सही निष्कर्ष निकालने में मदद करता है।

अनुसंधान विधि वह विधि है जिसमें हम विद्यार्थी को एक खोजी के रूप में देखना चाहते हैं। इस विधि में अध्यापक द्वारा केवल उचित दिशा में निर्देशन एवं परामर्श ही मिलता है। छात्रों को अपनी सूझ-बूझ के द्वारा स्वयं ही समस्या का हल निकालना होता है।

***ii)* आगमन विधि**

यह 'स्थूल से सूक्ष्म' की ओर, 'विशेष से सामान्य' की ओर तथा 'उदाहरण से नियम' की ओर जाती है। इस विधि में हम 'अमूर्त से मूर्त' की ओर जाते हैं। यह ऐसी विधि है जो काफी संख्या में उदाहरण देकर सूत्र की रचना करती है। यह आगमन पर निर्भर करती है। जिसका अर्थ होता है सर्वव्यापक तथ्यों को सिद्ध करना। इसमें पहले यह दिखाया जाता है कि तथ्य किसी विशेष स्थिति में सही है तथा फिर यह आवश्यकता के अनुकूल काफी स्थितियों के लिए सही है। तर्क तथा समस्याओं को हल करने की प्रक्रिया द्वारा हम किसी सूत्र या निष्कर्ष की ओर पहुँचते हैं। जब अनेक स्थूल उदाहरणों को समझ लिया जाता है, तो विद्यार्थी सफलतापूर्वक सिद्धान्त का वर्णन करता है। यह विधि नवीन पाठों के शिक्षण के लिए विशेष रूप से सहायक है। इसमें विद्यार्थी के समक्ष विभिन्न उदाहरण प्रस्तुत करने चाहिए जिससे वह सामान्यीकरण सफलतापूर्वक कर सके। जो नियम निर्धारित हों उनकी सत्यता की जाँच करनी चाहिए।

***iii)* निगमन विधि**

यह विधि आगमन विधि के विपरीत है। इस विधि में बच्चे को पहले ही पूर्व अनुभवों, प्रयोगों तथा उदाहरणों द्वारा बने हुए नियम तथा सूत्र बतला दिए जाते हैं। बच्चे स्वयं इन नियमों तथा सूत्रों का प्रयोग करके कुछ प्रश्नों को हल करते हैं। इस विधि में हम 'सामान्य से विशिष्ट' की ओर, 'सूक्ष्म से स्थूल' की ओर व 'नियम से उदाहरणों' की ओर अग्रसर होते हैं।

इस विधि में सूत्र जानने के पश्चात नियमों की सत्यता की जाँच की जाती है।

***iv)* विश्लेषण विधि (टुकड़े करना, अलग करना)**

विश्लेषण मन का सर्वोत्तम बौद्धिक प्रदर्शन है। थार्नडाइक के अनुसार "विश्लेषण का अर्थ है इकट्ठी हुई वस्तुओं को अलग-अलग करने की प्रक्रिया। इस प्रकार विश्लेषणात्मक वह विधि है जिसमें हम किसी भी समस्या की तह तक पहुँचने और उसे सरलता से हल करने के लिए छोटे-छोटे भागों में बाँटते हैं तथा अज्ञात से ज्ञात तक पहुँचते हैं। यह समस्या की गाँठ को खोलने के समान है। यह समस्या की छिपी हुई गुत्थियों को सुलझाने के लिए उसकी चीर-फाड़ करने के समान है।

***v)* संश्लेषणात्मक विधि**

संश्लेषण विधि विश्लेषण विधि के विपरीत होती है। यह 'ज्ञात से अज्ञात' की ओर जाती है। संश्लेषण का अर्थ है अलग-अलग वस्तुओं को इकट्ठा करने की प्रक्रिया। इस विधि में हम किसी भी समस्या को इकट्ठा करके उस का हल खोजने का प्रयत्न करते हैं जैसे- यात्रा को शिक्षा से जोड़कर पढ़ाना

***vi)* योजना विधि (परियोजना विधि)**

योजना विधि जॉन डेवी के विचारों की देन है। इस विधि को आगे बढ़ाने का कार्य किलपैट्रिक द्वारा किया गया। अध्ययन के एकीकरण की प्रणाली की मुख्य विशेषता यह है कि किसी विषय को स्कूल के अन्य सब विषयों का केन्द्र मान लिया जाता है और बाकी सब विषय इसके साथ संबंधित करके पढ़ाए जाते हैं। यह विधि भी क्रिया द्वारा

सीखने पर आधारित है। इसमें यह मान लिया जाता है कि ज्ञान उपयोग से बढ़ता है। यद्यपि बाहरी सुविधाओं के लिए हम सभी विषयों को अलग-अलग पढ़ते हैं, परन्तु ज्ञान की विभिन्न शाखाओं को अलग-अलग नहीं किया जा सकता। ज्ञान विभाजन योग्य वस्तु नहीं है और योजना विधि इस प्रक्रिया के सम्बन्ध के अनुकूल है जैसे-जैसे योजना आगे चलती है ज्ञान का जो भी अंश आवश्यक है, गुणकारी व तथ्य संबंधित है, छात्र उसको प्राप्त करता जाता है।

योजना दो प्रकार की होती है-

(a) व्यक्तिगत योजना

(b) सामाजिक योजना

(a) व्यक्तिगत योजनाएं वे हैं जिसे छात्र व्यक्तिगत रूप से पूर्ण करते हैं।

(b) सामाजिक योजनाएं वे हैं जिन्हें विद्यार्थी सामूहिक रूप से पूर्ण करते हैं। सामाजिक रूप से कार्य करने से बालकों को समाज संबंधी अनेक बातों की शिक्षा मिलती है और उनमें सामाजिक गुणों का विकास होता है।

योजना विधि के सोपान (पद)-

1. परिस्थिति उत्पन्न करना।
2. योजना का चुनाव तथा उसका उद्देश्य स्पष्ट करना।
3. योजना की रूप रेखा तैयार करना।
4. योजनानुसार कार्यक्रम को क्रियात्मक रूप देना।
5. कार्य का मूल्यांकन करना।
6. कार्य का लेखा-जोखा (रिकार्ड) रखना।

पेपर निर्माण → ज्ञानात्मक → बोधात्मक → अनुप्रयोग → कुशलता (स्किल)

vii) समस्या समाधान विधि

सी. वी. गुड के अनुसार "समस्या समाधान विधि शिक्षण की वह विधि है जिसमें ऐसी चुनौतीपूर्ण स्थितियों को उत्पन्न करके शिक्षा दी जाए जिनका समाधान आवश्यक है।"

समस्या समाधान में शिक्षक छात्रों के सामने समस्याओं को रखता है तथा विद्यार्थी सीखे हुए ज्ञान, नियमों, सिद्धान्तों तथा प्रयोग की सहायता से कक्षा में समस्या का हल ज्ञात करते हैं। प्रत्येक समस्या में नवीनता होती है जिसके कारण छात्रों को हल ज्ञात करने की प्रेरणा मिलती है। एक अनुभवी अध्यापक स्वयं तथ्यों को इकट्ठा करके छात्रों की योग्यताओं और क्षमताओं को जानकर समस्याओं का निर्माण करता है तथा इन्हें कक्षा में हल करने के लिए प्रस्तुत करता है।

जो ज्ञान सिखाना है इसको समस्या के रूप में प्रस्तुत करना होता है। समस्याएं विद्यार्थी के सामने बड़े स्वाभाविक तथा प्राकृतिक रूप से पेश की जाती हैं कि बच्चे इसमें मन से रुचि रखे। एल. ए. एवरिल - ''केवल वह जीवन भरपूर है जिसमें इसकी समस्याएं सम्मिलित हैं। इच्छाओं तथा आकांक्षाओं के बिना जीना तो बस अधूरा ही जीना है और बीच में लटकते रहना है।''

मानव का बच्चा जैसे-जैसे विकास करता है उसे समस्याओं का सामना भी करना पड़ता है और समस्याएं हल भी करनी पड़ती हैं। समस्याएं उसके भौतिक वातावरण में उपस्थित होती हैं। उसकी बौद्धिक विचारमाला में उसके सामाजिक संबंधों में भी उपस्थित होती है। जैसे-जैसे वह बड़ा होता जाता है समस्याओं की संख्याओं में वृद्धि होती रहती है। जीवन में उसकी सफलता बहुत हद तक व्यक्ति की इन समस्याओं को हल करने की योग्यता से निर्धारित की जाती है। पग-पग पर उसके लिए समस्याएं हैं। उसकी वृद्धि, उन्नति तथा उसका जीना उसके हक में है। इन समस्याओं को हल करने का कौशल तथा कारीगिरी सीखने के लिए उसे स्कूल में प्रशिक्षण लेना होता है ताकि वह सभी प्रकार की समस्याओं का हल खोजने में सक्षम हो सके।

समस्या समाधान विधि के क्रिया सोपान (पद)-

1. समस्या में दिए गए तथ्यों तथा उसके संबंधों को समझना।
2. समस्या का विश्लेषण करना।
3. सम्भावित हल खोजना।
4. हल ज्ञात करने के लिए गणना करना।
5. समस्या का हल ज्ञात करना।

viii) व्याख्या विधि

यह वह विधि है जिसमें पाठ्यसामग्री के प्रत्येक भाव को सरल भाषा में स्पष्ट किया जाता है। संक्षेप में व्याख्या द्वारा पाठ की प्रत्येक समस्या व उलझन तथा कठिनाई को गहराई के साथ विश्लेषण अथवा अलग-अलग करके इतनी सरल भाषा में स्पष्ट किया जाता है कि कक्षा में सभी बालक उसे अच्छी तरह समझ जाएं।

एक अध्यापक किसी धारणा, सिद्धान्त या किसी क्रिया का वर्णन व्याख्या के द्वारा ही करता है। व्याख्या की सहायता से अध्यापक कारण और प्रभाव में सम्बन्ध स्थापित करने का प्रयत्न करता है।

यह बहुत आवश्यक है कि जब अध्यापक व्याख्या कर रहा होता है तो वह ऐसे शब्दों, कथनों तथा उदाहरणों का प्रयोग करे जो विद्यार्थियों के मानसिक स्तर के अनुकूल हों।

परन्तु छोटी कक्षाओं में पूरे विवरण की आवश्यकता होती है जबकि बड़ी कक्षाओं में उतनी विस्तृत व्याख्या का कुछ भाग विद्यार्थियों के लिए छोड़ दिया जाता है।

व्याख्या विधि एक परम्परागत विधि है जिसका उपयोग प्राचीन काल से होता आ रहा है। यह विधि सामाजिक अध्ययन, शिक्षण व हिन्दी की व्याख्याओं के लिए बहुत आवश्यक व उपयोगी विधि है। इस विधि के माध्यम से अध्यापक प्रत्येक तथ्य को बच्चों के मस्तिष्क में आसानी से डाल सकता है।

व्याख्या की प्रकृति

1. व्याख्या आयु स्तर के अनुसार होनी चाहिए।
2. अध्यापक व्याख्या के अर्थों को सही समझाए।
3. बीच-बीच में प्रश्न पूछते रहना चाहिए।
4. सहायक सामग्री का प्रयोग करना चाहिए।
5. विश्लेषण करना चाहिए।

ix) कहानी विधि

कहानी कथन का अर्थ है-कहानी कहना अथवा सुनाना। इसके द्वारा किसी विषय के सूक्ष्म तथा जटिल अंशों को इतना सरल बनाया जाता है कि कक्षा के सभी बालक उन्हें सरलता पूर्वक ग्रहण कर सकें।

मनोवैज्ञानिक दृष्टि से छोटे बालकों का मानसिक विकास इतना नहीं हो पाता है कि वे सूक्ष्म तथा जटिल विचारों को सुगमता से ग्रहण कर सकें परन्तु वे कहानी सुनने में स्वाभाविक रुचि लेते हैं। कहानी के रूप में प्रस्तुत किए ज्ञान को वे आनन्दपूर्वक, सहजता से ग्रहण कर लें।

कहानी द्वारा बालकों की रुचियों तथा उमंगों को मनोरंजन द्वारा प्रस्तुत करते हुए उनकी कल्पना तथा तार्किक शक्तियों को इस प्रकार से विकसित किया जाता है कि उनमें नैतिक तथा सामाजिक गुण उत्पन्न हो जाते हैं। साथ ही किसी भी विषय के ज्ञान को सरलतापूर्वक आत्मसात् कर लेते हैं।

कहानी कथन विधि का प्रयोग प्रायः छोटी कक्षाओं में विशेष रूप से किया जाता है। परन्तु ऊँची कक्षाओं में भी इस विधि का प्रयोग सफलतापूर्वक किया जाता है।

इस विधि के माध्यम से भाषा शिक्षण और विशेष तौर पर सामाजिक अध्ययन शिक्षण में प्रयोग किया जाता है।

x) प्रदर्शन विधि

यह विधि इस सिद्धान्त पर कार्य करती है- ''सच वह है जो सिर चढ़कर बोले''। अध्यापक को कुछ न कुछ करके दिखाना पड़ता है। तभी विद्यार्थी उस पर विश्वास करते हैं।

अच्छी विधि वह विधि है जिसमें शिक्षक और विद्यार्थी धारा प्रवाह रहें। जहाँ अध्यापक और विद्यार्थी शिक्षण प्रक्रियाओं में वास्तविक रूप से भाग लें।

ऐसे वातावरण में ही विद्यार्थियों का विकास सर्वोत्तम रूप से होता है। प्रदर्शन विधि में इस तथ्य की ओर विशेष रूप से ध्यान दिया जाता है।

प्रदर्शन विधि में बालक वास्तविक रूप से पढ़ता है। अध्यापक कक्षा के सामने प्रयोग करता है और विद्यार्थियों से प्रश्न करता रहता है। इस विधि में विद्यार्थी प्रत्येक गतिविधि को सावधानी से देखने के लिए विवश हो जाते हैं क्योंकि उन्हें प्रत्येक चरण की ठीक-ठीक व्याख्या करनी पड़ती है और निष्कर्ष निकालने पड़ते हैं। हाथ में ली गई समस्या के सम्बन्ध में विद्यार्थी से संबंधित प्रश्न भी पूछे जाते हैं और उनके निष्कर्षों पर कक्षा में भी विचार किया जाता है। इस प्रकार बालकों की निरीक्षण व तर्कशक्ति का विकास प्रदर्शन विधि द्वारा ही पूर्णतः सम्भव है।

प्रदर्शन विधि के पद

1. प्रदर्शन की विषयवस्तु (समस्या या कारण को जानना)
2. परिकल्पना का निर्माण (उद्देश्य)
3. प्रस्तुतीकरण (कार्यान्वित करना)
4. मूल्यांकन (निष्कर्ष)
5. लेखा-जोखा (रिकार्ड)

खेल विधियाँ

1. किंडरगार्टेन विधियाँ

बालोद्यान (बाल+उद्यान) के प्रतिपादक प्रसिद्ध मनोवैज्ञानिक व शिक्षाविद् 'फ्रोबेल' थे। उनका विचार था कि बच्चों को खुले प्राकृतिक वातावरण में रखकर स्वतन्त्र रूप से कार्य करने देना चाहिए। इनसे अन्य बातों के साथ-साथ विविध मानसिक क्रियाओं का विकास अपने आप होता है।

कुछ समय के बाद खेल के माध्यम से ही बच्चे के भीतर-ज्ञानात्मक, भावात्मक और क्रियात्मक क्षमताओं का विकास हो जाता है। शिक्षक को किसी प्रकार का हस्तक्षेप नही करना चाहिए। इस पद्धति में प्रकृति को ही सबसे बड़ा शिक्षक माना जाता है।

किंडरगार्टेन शब्द जर्मन भाषा का शब्द है, जिसका अर्थ है बाल उद्यान। सबसे पहला किंडरगार्टेन स्कूल फोबेल द्वारा 'जर्मनी' में 1839 में खोला गया। किंडरगार्टेन विधि एक खेल विधि है, जिसमें बच्चों को प्राकृतिक वातावरण में रहकर शिक्षा प्राप्ति पर बल दिया जाता है।

2. मान्टेसरी विधि

इस विधि की शुरूआत इटली की मॉरिया मान्टेसरी ने किया। उन्होंने स्कूल में विभिन्न प्रकार के खिलौने और यन्त्रों को रखा और बच्चे उन खिलौनों व यन्त्रों के साथ स्वतन्त्र रूप से खेलते थे। खेलते हुए बच्चों की विभिन्न मानसिक क्रियाओं जैसे संवेदना प्रत्यक्षीकरण, स्मृति, कल्पनाशक्ति,चिन्तन, तर्क, भाषा तथा प्रत्यय निर्माण आदि का विकास होता है।

इस प्रकार खेल के माध्यम से बच्चों को पर्याप्त अवसर मिल पाता है। बच्चे विविध प्रकार के खिलौनों के बीच खेलते हुए ज्ञानार्जन करते हैं और इस कार्य में घंटों तक बच्चों की रुचि बनी रहती है क्योंकि सारी योजना उन्हें अद्‌भुत आनन्द प्रदान करती है।

3. डाल्टन विधि

इस विधि का विकास अमेरिका के (डाल्टन नगर में) डाल्टन नामक विद्यालय में किया गया। इस विधि की प्रणेता अमेरिकन शिक्षिका 'मिस पार्क हस्ट' थीं।

इस विधि में बच्चे सीधे प्रयोगशालाओं में स्वेच्छा से कार्य करते हैं। इसके लिए किसी समय-सारणी की आवश्यकता नही रहती। इसका मुख्य उद्‌देश्य बच्चों द्वारा स्वयं ज्ञानार्जन करना होता है। विधि भी बच्चों को खेल के माध्यम से संज्ञानात्मक क्षमता के विकास का सुअवसर प्रदान करती है।

राधाकृष्णन आयोग (1948-49 ई.)

आयोग की नियुक्ति के उद्देश्य

"भारतीय विश्वविद्यालय द्वारा शिक्षा के विषय में रिपोर्ट देना और उन सुधारों एवं विस्तारों के सम्बन्ध में सुझाव प्रस्तुत करना जो देश की वर्तमान और भावी आवश्यकताओं के लिए वांछनीय हैं।"

आयोग के जाँच के नियम

1. भारत में विश्वविद्यालयीय शिक्षा, अनुसंधान कार्य के उद्देश्य, संगठन, नियंत्रण, कार्य क्षेत्र एवं विधान के सम्बन्ध में आवश्यक परिवर्तन।
2. विश्वविद्यालयों एवं उनसे सम्बद्ध कॉलेजों में शिक्षा एवं परीक्षा के स्तरों में उन्नयन, शिक्षा की अवधि, माध्यम एवं पाठ्‌यक्रम।

आयोग के सुझाव

1. विश्वविद्यालय शिक्षा के उद्देश्य

(i) युवाओं को विभिन्न क्षेत्रों में नेतृत्व के लिए प्रशिक्षित करना।

(ii) मानसिक विकास के साथ-साथ शारीरिक विकास, प्रजातन्त्र को सफल बनाना व देश की सभ्यता और संस्कृति को समृद्ध करना।

2. अध्यापन स्तर

(i) कार्य दिवस 180 दिन प्रतिवर्ष हो और ट्यूटोरियल कक्षाओं की व्यवस्था हो।

(ii) कला और विज्ञान कक्षाओं में 300 तथा सम्बद्ध कालेजों में 1500 से अधिक छात्र न रखे जाएं, विश्वविद्यालय में प्रवेश पाने के लिए न्यूनतम आयु 18 वर्ष हो।

3. अध्यापक वर्ग

(i) प्रोविडेंट फण्ड व 60 वर्ष की आयु पर रिटायर व स्वास्थ्य अच्छा होने पर 4 वर्ष और कार्य करें।

(ii) 18 पीरियड प्रति सप्ताह पढ़ाएं।

4. पाठ्यक्रम

(i) स्नातक की उपाधि प्राप्त करने की अवधि 3 वर्ष हो।

(ii) सामान्य शिक्षा व विशेषीकृत शिक्षा में समन्वय किया जाए व स्नातकोत्तर उपाधि 'ऑनर्स' के एक वर्ष पश्चात् और स्नातक बनने के दो वर्ष बाद प्रदान की जाए।

5. स्नातकोत्तर प्रशिक्षण एवं अनुसंधान।

6. धार्मिक शिक्षा डिग्री कोर्स के प्रथम वर्ष में हो व द्वितीय वर्ष धार्मिक ग्रन्थ व तृतीय वर्ष में धर्म व दर्शन की प्रमुख समस्याओं का अध्ययन किया जाए।

7. स्त्री शिक्षा पर बल दिया जाए।

8. शिक्षा का माध्यम अंग्रेजी के स्थान पर किसी भारतीय भाषा का प्रयोग किया जाए।

आयोग का मूल्यांकन

भारत के लगभग सभी श्रेष्ठ शिक्षा-मर्मज्ञों ने इन सुझावों से विश्वविद्यालय शिक्षा के नवीन रूप का संदेश पढ़ा। इसी की सारगर्भित सिफारिशों को स्वीकार करके भारत सरकार ने 1954 में ग्रामीण उच्च शिक्षा समिति का निर्माण करके ग्रामीण शिक्षा का उत्तरदायित्व उसको सौंप दिया।

सम्भवत: यह कहना गलत न होगा कि आज तक भारत में विश्वविद्यालय शिक्षा का निरीक्षण करने और उसके सुधार के लिए जिन आयोगों एवं समितियों का आविर्भाव हुआ है उनमें विश्वविद्यालय शिक्षा आयोग का नाम सबसे पहले लिया जाता है।

मुदालियर आयोग

बोर्ड के सुझाव से सन्तुष्ट होकर भारत सरकार ने 23 सितम्बर, 1952 को मद्रास विश्वविद्यालय के कुलपति डॉ. लक्ष्मीशंकर मुदालियर की अध्यक्षता में माध्यमिक शिक्षा आयोग की नियुक्ति की घोषणा की। अध्यक्ष के नाम पर इस आयोग का नाम मुदालियर आयोग पड़ा।

उद्देश्य:-भारत की तत्कालीन माध्यमिक शिक्षा के सब पक्षों की जाँच करना एवं उनके विषय में रिपोर्ट करना और उनके पुनर्गठन एवं सुधार के सम्बन्ध में सुझाव प्रस्तुत करना।

आयोग ने अपना प्रतिवेदन 26 अगस्त, 1953 को भारत सरकार की सेवा में प्रस्तुत किया जो 244 पृष्ठों व 14 अध्यायों में विभाजित है।

आयोग की मुख्य सिफारिशें या सुझाव

माध्यमिक शिक्षा के दोष

1. माध्यमिक शिक्षा जीवन सम्बन्धित नहीं है।
2. विदेशी भाषा (अंग्रेजी) शिक्षा का माध्यम है।
3. अध्यापन की रीतियां परम्परागत हैं।
4. शिक्षा चरित्र का विकास नहीं करती।
5. परीक्षा प्रणाली अत्यधिक दोषपूर्ण है।

माध्यमिक शिक्षा के उद्देश्य

1. लोकतन्त्रात्मक नागरिकता का विकास
2. व्यावसायिक कुशलता में वृद्धि
3. व्यक्तित्व का विकास
4. नेतृत्व का विकास

माध्यमिक शिक्षा का नवीन संगठन

1. शिक्षा की अवधि 7 वर्ष होनी चाहिए।
2. 3 वर्ष की जूनियर माध्यमिक शिक्षा।
3. 4 वर्ष की उच्चतर माध्यमिक शिक्षा।
4. इन्टरमीडिएट कक्षा समाप्त कर दिया जाए तथा डिग्री कोर्स 3 वर्ष का हो।
5. बालिकाओं को 'गृह विज्ञान' के अध्ययन की सुविधा हो।

भाषाओं का अध्ययन

1. अंग्रेजी को भविष्य में भी अनिवार्य विषय रखा जाए।
2. हिन्दी को अनिवार्य विषय बनाया जाए।
3. संस्कृत भी पढ़ाई जानी चाहिए।
4. मिडिल स्कूल तथा उच्च माध्यमिक स्तर पर कम से कम दो भाषाएं पढ़ाई जानी चाहिए।
5. शिक्षा का माध्यम मातृभाषा या प्रादेशिक भाषा होना चाहिए।

पाठ्यक्रम

1. पाठ्यक्रम का सम्बन्ध सामाजिक जीवन से होना चाहिए।
2. पाठ्यक्रम में लचीलापन तथा विविधता होनी चाहिए।

आयोग के सुझाव का कार्यान्वयन

1. वर्तमान स्कूलों को बहुउद्देश्यीय स्कूलों में बदला गया।
2. कृषि शिक्षा का विस्तार किया गया।
3. प्राविधिक विद्यालय खोले गये।
4. अनिवार्य रूप से तीन भाषाओं का अध्ययन।
5. अखिल भारतीय क्रीडा परिषद की स्थापना।
6. कक्षाध्यापक प्रशिक्षण की व्यवस्था।
7. अखिल भारतीय माध्यमिक शिक्षा परिषद की स्थापना।

कोठारी आयोग

भारत सरकार ने 14 जुलाई, 1964 को अपने प्रस्ताव में नवीन शिक्षा आयोग की नियुक्ति के कारणों एवं प्रयोजनों का स्पष्टीकरण करके उसी प्रस्ताव के द्वारा विश्वविद्यालय अनुदान आयोग के अध्यक्ष **प्रो. डी. एस. कोठारी** की अध्यक्षता में शिक्षा आयोग की नियुक्ति की। प्रो. कोठारी के नाम से इस आयोग को कोठारी कमीशन भी कहा जाता है। आयोग में कुल 18 सदस्य थे, जिसमें से 6 अन्य देशों के शिक्षा विशेषज्ञ थे।

आयोग के जाँच के विषय

14 जुलाई, 1664 के प्रस्ताव में शिक्षा आयोग में जाँच के विषयों को इस प्रकार लेखबद्ध किया गया है- **''आयोग भारत सरकार को राष्ट्रीय स्वरूप और उसके सब स्तरों एवं पक्षों पर शिक्षा के विकास के लिये सामान्य सिद्धान्तों एवं नीतियों के विषय में परामर्श देगा। आयोग को चिकित्सा या कानून की शिक्षा समस्याओं की जाँच करने की आवश्यकता नहीं है पर इन समस्याओं के उन पक्षों की जाँच वह कर सकता है जो आवश्यक हों।''**

आयोग को अपना प्रतिवेदन 31 मार्च, 1966 तक प्रस्तुत करने का आदेश दिया गया था। किन्तु कुछ कठिनाइयों के कारण उसने अपने प्रतिवेदन को निर्धारित तिथि से लगभग 3 माह पश्चात् 26 जून, 1966 को भारत सरकार के तत्कालीन शिक्षा मंत्री एम. सी. छागला के समक्ष प्रस्तुत किया। लगभग 700 पृष्ठों का यह प्रतिवेदन तीन भागों में विभाजित है और इसका नाम शिक्षा एवं राष्ट्रीय प्रगति है।

आयोग की सिफारिशें

शिक्षा के राष्ट्रीय लक्ष्य

1. उत्पादन में वृद्धि

इसमें निम्नलिखित सुझाव दिये -

(i) विज्ञान की शिक्षा को हर स्तर के पाठ्यक्रम में सम्मिलित किया जाए।

(ii) कार्य अनुभव को शिक्षा का अभिन्न अंग बनाया जाए।

(iii) माध्यमिक शिक्षा को व्यावसायिक बनाया जाए।

(iv) विज्ञान का प्रयोग कृषि और उत्पादन में किया जाए।

2. देश का आधुनिकीकरण

(i) आधुनिकीकरण के लिये शिक्षा को साधन बनाया जाए।

(ii) प्रौद्योगिकी को अपनाया जाए।

(iii) उच्च दृष्टिकोण का विकास किया जाए।

3. प्रजातन्त्र की सुदृढ़ता

(i) 14 वर्ष की आयु के बालकों की शिक्षा निःशुल्क एवं अनिवार्य हो।

(ii) कुशल नेतृत्व का प्रशिक्षण दिया जाए।

(iii) बिना किसी भेदभाव के सबको शिक्षा के लिए समान अवसर दिए जाएं।

(iv) वयस्क शिक्षा की व्यवस्था हो।

4. सामाजिक एवं राष्ट्रीय एकता का विकास

(i) सामान्य विद्यालय प्रणाली को स्वीकार किया जाए।

(ii) सामाजिक एवं सामुदायिक कार्यक्रम की व्यवस्था हो।

(iii) श्रम और सामाजिक सेवा शिविरों की व्यवस्था हो।

(iv) सामाजिक एवं राष्ट्रीय सेवा सभी छात्रों के लिए अनिवार्य हो।

(v) राष्ट्रीय चेतना का विकास किया जाए।

(vi) सांस्कृतिक विरासत के ज्ञान का विकास हो।

(vii) अखिल भारतीय शिक्षा संस्थाओं में अंग्रेजी को शिक्षा का माध्यम बनाया जाए।

5. सामाजिक, नैतिक एवं आध्यात्मिक मूल्यों का विकास

(i) प्राथमिक स्तर पर इन मान्यताओं की की शिक्षा रोचक कहानियों के द्वारा दी जाए।

(ii) माध्यमिक स्तर पर इन मान्यताओं पर शिक्षकों और विद्यार्थियों में विचार विमर्श हो।

(iii) विश्वविद्यालय में 'तुलनात्मक धर्म' नामक विभाग खोला जाए जो इस बात की खोज करे कि इन मान्यताओं का अध्यापन प्रभावशाली ढंग से कैसे किया जा सकता है।

शिक्षा की संरचना और स्तर

1. विद्यालय की नवीन संरचना

(i) 2 वर्ष की उच्चतर माध्यमिक शिक्षा।

(ii) 3 या 2 वर्ष की निम्न माध्यमिक शिक्षा।

(iii) 3 वर्ष की उच्च प्राथमिक शिक्षा।

(iv) 4 से 5 वर्ष की निम्न प्राथमिक शिक्षा।

(v) 2 से 3 वर्ष की पूर्व प्राथमिक शिक्षा।

2. संरचना सम्बन्धी सुझाव

(i) सामान्य शिक्षा की अवधि 10 वर्ष हो।

(ii) प्राथमिक शिक्षा 7 से 8 वर्ष की हो। 4 या 5 वर्ष का निम्न प्राथमिक स्तर और 3 वर्ष का उच्च प्राथमिक स्तर।

(iii) निम्न माध्यमिक शिक्षा की अवधि 3 या 2 वर्ष की रखी जाए।

(iv) उच्चतर माध्यमिक शिक्षा की अवधि 2 वर्ष की जाए।

(v) दसवीं कक्षा तक किसी विषय में विशिष्टीकरण की आज्ञा न दी जाए।

(vi) माध्यमिक स्कूल दो प्रकार के हों-

(a) हाई स्कूल शिक्षा अवधि 10 वर्ष

(b) हायर सेकेण्डरी शिक्षा अवधि 11 या 12 वर्ष

3. उच्च शिक्षा की नवीन संरचना

1 या 3 वर्ष का स्नातकोत्तर कोर्स। 2 या 3 वर्ष का द्वितीय डिग्री कोर्स। 3 वर्ष का प्रथम डिग्री कोर्स।

4. संरचना सम्बन्धी सुझाव

(i) कुछ विश्वविद्यालय में ग्रेजुएट स्कूलों की स्थापना की जाए जिनमें कुछ विषयों में 3 वर्ष के स्नातकोत्तर की व्यवस्था की जाए।

(ii) त्रिवर्षीय डिग्री कोर्स का प्रारम्भ कुछ चुने हुए विषयों और चुने हुए विश्वविद्यालयों में प्रारम्भ किया जाए।

5. स्तरों का उन्नयन

(i) विद्यालयी शिक्षा को गुणात्मक रूप से उन्नत बनाया जाए।

(ii) विश्वविद्यालय उपाधियों के कोर्स में अधिक उन्नत विषय-वस्तु को स्थान दिया जाए।

शिक्षक की स्थिति

1. वेतन

(i) वेतनक्रम में पर्याप्त वृद्धि की जाए।

(ii) सरकारी और गैर सरकारी विद्यालयों में वेतनक्रम समान हो।

2. कार्य और सेवा की दशाएं

(i) कुशल कार्य के लिये न्यूनतम सुविधाएं दी जाएं।

(ii) व्यावसायिक उन्नति के लिये उपयुक्त सुविधाएं दी जाएं।

(iii) पांच वर्ष में एक बार रेलवे का रियायती टिकट भारत के किसी भी स्थान पर घूमने के लिये दिया जाए।

(iv) व्यक्तिगत और सरकारी विद्यालयों में सेवा दशाएं समान होनी चाहिए।

(v) सहकारी गृह-निर्माण योजना को प्रोत्साहन दिया जाए।

(vi) ग्रामीण क्षेत्रों में आवास प्रदान किए जाएं।

(vii) अध्यापकों को 'पत्र-व्यवहार' द्वारा शिक्षा की सुविधा दी जाए।

3 शिक्षकों का वेतनक्रम

क्रम सं.	शिक्षक	वेतन
1.	माध्यमिक कोर्स पास स्कूलों के अप्रशिक्षित शिक्षक	न्यूनतम 150 रु.
2.	माध्यमिक कोर्स पास और 2 वर्ष का प्रशिक्षण प्राप्त प्राथमिक स्कूलों के शिक्षक	न्यूनतम 100 रु.
3.	सेकेन्डरी कोर्स और 2 वर्ष का प्रशिक्षण प्राप्त शिक्षक	न्यूनतम 150 रु.
4.	1 वर्ष का प्रशिक्षण ग्रेजुएट	न्यूनतम वेतन 220 रु.
5.	स्नातकोत्तर उपाधि प्राप्त माध्यमिक स्कूलों में कार्य करने वाले शिक्षक	(i) लेक्चरर, सीनियर स्केल 300-25-600 रु. 300-700 रु.
	सम्बद्ध कालेजों के शिक्षक	(ii) लेक्चरर, सीनियर स्केल 400-30-640-40-800 रु. (iii) रीडर 700-50-1200रु
	विश्वविद्यालय के शिक्षक	(ii) लेक्चरर 400-40-800-50-650 रु. (ii) रीडर 700-40-1200 रु. (iii) प्रोफेसर 1100-50-60-1600 रु.

अध्यापक शिक्षा

1. शिक्षक-शिक्षा की पृथकता का अन्त

(i) शिक्षा विषय को बी. ए. तथा एम. ए. के पाठ्यक्रम में स्थान दिया जाए।

(ii) प्रशिक्षण संस्थाओं में 'प्रसार सेवा विभाग' स्थापित किया जाए।

(iii) प्रत्येक राज्य में प्रशिक्षण संस्थान का निर्माण किया जाए जिसमें शिक्षा के विभिन्न स्तरों के लिए अध्यापकों को प्रशिक्षण दिया जाए।

(iv) प्रत्येक राज्य में 'अध्यापक शिक्षा का स्टेट बोर्ड' स्थापित किया जाए।

2. प्रशिक्षण काल

(i) सेकेण्डरी स्कूल कोर्स पास करने के लिये 2 वर्ष।

(ii) स्नातकों के लिये 1 वर्ष कुछ समय तक रखा जाए लेकिन बाद में इसे बढ़ाकर 2 वर्ष कर दिया जाए।

3. व्यावसायिक शिक्षा में सुधार

(i) विषय सामग्री बदली जाए।

(ii) गुणात्मक सुधार किया जाए।

(iii) विशिष्ट पाठ्यक्रमों में सुधार किया जाए।

4. प्रशिक्षण संस्थाओं में सुधार

(i) कुछ अध्यापकों के पास 'डाक्टर' (Ph.D.) की उपाधि होनी चाहिए।

(ii) मनोवैज्ञानिक, समाज शास्त्र, विज्ञान या गणित विषय पढ़ाने के लिये विशेषज्ञ हों।

(iii) ग्रीष्मकालीन संस्थाएं स्थापित की जाएं जिनमें विद्यालयों में कार्य करने वाले अप्रशिक्षित अध्यापक प्रशिक्षित किए जा सकें।

(iv) छात्राध्यापकों से शुल्क न लिया जाए।

(v) प्रयोगात्मक स्कूल की व्यवस्था हो।

5. उच्च शिक्षा के लिये शिक्षकों की व्यावसायिक तैयारी

(i) नये लेक्चररों को अध्यापकों के व्याख्यानों को सुनने के अवसर दिए जाएं।

(ii) नये शिक्षकों के लिये 'अनुसंस्थापन पाठ्यक्रमों' का गठन किया जाए।

6. प्रशिक्षण सुविधाओं का विस्तार

(i) प्रत्येक राज्य को माँग के अनुसार प्रशिक्षण सुविधाएं दी जानी चाहिए।

(ii) पत्र-व्यवहार द्वारा अंशकालीन प्रशिक्षण की सुविधा होनी चाहिए।

माध्यमिक शिक्षा व व्यवसायीकरण

1. निम्न माध्यमिक स्तर

(i) औद्योगिक प्रशिक्षण संस्थाओं की प्राथमिक शिक्षा समाप्त कर छात्र प्रवेश लें।

(ii) टेक्निकल स्कूलों के अन्तिम पाठ्यक्रमों का विस्तार किया जाए।

(iii) निजी व्यवसाय करने के इच्छुक कक्षा 7 या 8 पास विद्यार्थियों के लिये अंशकालीन व्यवस्था हो।

(iv) कृषि पाठ्यक्रमों का आयोजन हो।

2. उच्च माध्यमिक स्तर

(i) पॉलीटेक्निकों में पूर्णतया पाठ्यक्रमों की सुविधाओं का विस्तार किया जाए।

(ii) उद्योगों में अंशकालीन और पूर्णकालीन और व्यावसायिक शिक्षा की व्यवस्था की जाए।

(iii) पत्राचार पाठ्यक्रमों की व्यवस्था हो।

(iv) स्वास्थ्य, वाणिज्य, प्रशासन, लघु उद्योग सम्बन्धी विभिन्न प्रकार के पाठ्यक्रमों का आयोजन हो।

शैक्षिक अवसरों की समानता

1. नि:शुल्क शिक्षा

(i) चतुर्थ पंचवर्षीय योजना के अन्त तक सभी स्कूलों में ट्यूशन फीस समाप्त कर दी जाए।

(ii) निम्न माध्यमिक शिक्षा चतुर्थ पंचवर्षीय योजना के अन्त तक नि:शुल्क बनाई जाए।

(iii) अगले दस वर्षों में उच्चतर माध्यमिक शिक्षा विश्वविद्यालय शिक्षा को योग्य एवं जरूरतमन्द छात्रों के लिए नि:शुल्क बनाया जाए।

2. शिक्षा के खर्चों में कमी

(i) प्राथमिक स्तर पर पाठ्य-पुस्तकें तथा लेखन सामग्री नि:शुल्क दी जाए।

(ii) पुस्तक गृहों का कार्यक्रम विकसित किया जाए।

(iii) पुस्तकालय में पर्याप्त किताबें होनी चाहिए।

(iv) प्रतिभाशाली छात्रों को किताबें खरीदने के लिए अनुदान दिया जाए।

3. छात्रवृत्तियों की व्यवस्था और योजनाएं

(i) सभी स्तर पर छात्रवृत्तियों की व्यवस्था हो।

(ii) निम्न प्राथमिक स्तर के बाद योग्य एवं प्रभावशाली छात्र को किसी भी दशा में भावी शिक्षा से वंचित न किया जाए।

(iii) माध्यमिक स्तर पर 25 प्रतिशत योग्य छात्रों को छात्रवृत्तियां दी जाएं।

(iv) विश्वविद्यालय स्तर 1976 तक 25 प्रतिशत तथा 1986 तक 25 प्रतिशत योग्य छात्रों को छात्रवृत्तियां दी जाएं।

(v) राष्ट्रीय छात्रवृत्ति की योजना विकसित की जाए।

(vi) विश्वविद्यालय अनुदान आयोग द्वारा विश्वविद्यालय छात्रवृत्तियों की योजना चलाई जाए।

(vii) ऋण छात्रवृत्ति की व्यवस्था हो।

(viii) प्रतिभाशाली छात्रों को विशेष उच्च अध्ययन करने के लिये प्रतिवर्ष 500 छात्रवृत्ति दी जानी चाहिए।

विद्यालय पाठ्यक्रम

1. निम्न प्राथमिक

(i) मातृभाषा, क्षेत्रीय भाषा या प्रादेशिक भाषा

(ii) गणित

(iii) वातावरण का अध्ययन

(iv) सृजनात्मक क्रियाएं

(v) कार्य अनुभव और समाज सेवा

(vi) स्वास्थ्य शिक्षा

2. उच्च शिक्षा

(i) दो भाषाएँ:-

(a) मातृ भाषा या प्रादेशिक भाषा

(b) हिन्दी या अंग्रेजी

(ii) गणित *(iii)* विज्ञान

(iv) सामाजिक अध्ययन

(v) कला

(vi) कार्य अनुभव और समाज सेवा

(vii) शारीरिक शिक्षा

(viii) नैतिक एवं आध्यात्मिक मूल्यों की शिक्षा

3. निम्न माध्यमिक

(i) तीन भाषाएं

(a) हिन्दी भाषी क्षेत्रों में मातृभाषा या प्रादेशिक भाषा अंग्रेजी, हिन्दी तथा एक अन्य आधुनिक भारतीय भाषा

(b) अहिन्दी भाषी क्षेत्रों में मातृभाषा या देशिक भाषा उच्च या निम्न स्तर की हिन्दी, उच्च या निम्न स्तर की अंग्रेजी।

(ii) गणित

(iii) विज्ञान

(iv) इतिहास, भूगोल और नागरिक शास्त्र

(v) कला

(vi) कार्य अनुभव और समाज सेवा।

(vii) शारीरिक शिक्षा

(viii) नैतिक और आध्यात्मिक मूल्यों की शिक्षा।

4. उच्चतर माध्यमिक

***(i)* कोई दो भाषाः-** आधुनिक भारतीय भाषा, आधुनिक विदेशी भाषा तथा शास्त्रीय भाषा।

***(ii)* कोई तीन भाषाः-** अतिरिक्त भाषा, इतिहास, भूगोल, तर्कशास्त्र, मनोविज्ञान, समाज शास्त्र, कला, भौतिक शास्त्र, रसायन शास्त्र, गणित, जीव विज्ञान, भूगर्भशास्त्र, गृह विज्ञान।

(iii) कार्य अनुभव तथा समाज सेवा

(iv) शारीरिक शिक्षा

(v) कला या शिल्प

(vi) नैतिक तथा आध्यात्मिक मूल्यों की शिक्षा

5. त्रिभाषी फार्मूले में संशोधन

आयोग ने त्रिभाषी फार्मूले का निम्नांकित रूप दिया है-

(i) मातृ-भाषा, प्रादेशिक भाषा।

(ii) संघ की राजभाषा जब तक है या सह-राजभाषा।

(iii) एक आधुनिक भारतीय या योरोपीय भाषा जो छात्र द्वारा पाठ्यक्रम से न चुनी गयी हो और शिक्षा का माध्यम न हो।

6. हिन्दी का स्थान

बहुसंख्यक भारतीय जनता की भाषा हिन्दी है अतः इसे भारत के सभी भागों में फैलाने का कार्य किया जाना चाहिए।

7. अंग्रेजी का स्थान

अखिल भारतीय शिक्षा संस्थाओं, विश्वविद्यालयों में अंग्रेजी को ही शिक्षा का माध्यम रखा जाए। अंग्रेजी की पढ़ाई स्कूल स्तर तक ही जारी रखनी चाहिए।

8. शास्त्रीय भाषाओं का ज्ञान

शास्त्रीय भाषाओं का अध्ययन महत्वपूर्ण है। राष्ट्रीय शिक्षा प्रणाली में संस्कृत अपना एक स्थान रखती है। लेकिन आयोग ने त्रिभाषी फार्मूले में इसे स्थान देना उचित न समझा और कहा कि इसे केवल वैकल्पिक विषय के रूप में स्थान दिया जा सकता है।

आयोग का मूल्यांकन

गुण

(i) शिक्षा के पुनर्गठन का प्रयास।

(ii) शिक्षा के राष्ट्रीय उद्देश्य पर बल।

(iii) नवीन प्रयोगों और शोध-कार्यों को प्रोत्साहन।

(iv) शिक्षा का सर्वांगीण विकास।

(v) अधिक से अधिक लोगों से शिक्षा ग्रहण करने का आग्रह।

(vi) विद्यार्थियों को अधिकाधिक सहायता प्राप्त होना।

(vii) प्रौढ शिक्षा के लिये मार्गदर्शन।

(viii) कृषि शिक्षा पर बल।

दोष

(i) अंग्रेजी पर बल।

(ii) संस्कृत भाषा की अवहेलना।

(iii) नैतिक तथा आध्यात्मिक शिक्षा का अभाव।

(iv) भारतीय शिक्षा का विदेशीकरण।

(v) विदेशी व्यक्तियों को आयोग का सदस्य नियुक्त किया गया।

(vi) शिक्षा को अधिक सुरक्षा देने में असफल।

(vii) प्रारम्भिक शिक्षा के अस्पष्ट विचार

राष्ट्रीय शिक्षा नीति, 1986

भारत सरकार ने 1986 ई. में नई शिक्षा नीति की घोषणा की। इस नीति की घोषणा करने के पूर्व शिक्षा की राष्ट्रीय स्थिति का विस्तृत अध्ययन किया गया और उस पर राष्ट्रव्यापी चर्चा की गयी। समस्त स्त्रोतों से प्राप्त सूचनाओं के विश्लेषण के आधार पर मनन-चिन्तन के

पश्चात् नवीन शिक्षा नीति का जन्म हुआ। 24 पृष्ठों की शिक्षा नीति में निम्न बिन्दुओं पर विस्तृत और व्यावहारिक चर्चा की गई-

1. शिक्षा का स्तर एवं उसकी भूमिका
2. राष्ट्रीय शिक्षा व्यवस्था
3. समानता के लिए शिक्षा
4. विभिन्न स्तरों पर शिक्षा का पुनर्गठन
5. तकनीकी एवं प्रबन्ध शिक्षा
6. शिक्षा व्यवस्था को कारगर बनाना
7. शिक्षा का व्यवसायीकरण करना
8. निरक्षरता को दूर करना
9. शिक्षा की विषय-वस्तु तथा प्रक्रिया को नई दिशा प्रदान करना
10. शिक्षक
11. शिक्षा का प्रबन्ध
12. संसाधन और समीक्षा
13. भविष्य

आधुनिक शैक्षिक विचारधारा के विकास में नई शिक्षा नीति का योगदान

आधुनिक शैक्षिक विचारधारा में नई शिक्षा नीति का निम्नलिखित योगदान है-

1. शिक्षा का राष्ट्रीय स्वरूप

राष्ट्रीय शिक्षा नीति के अन्तर्गत सम्पूर्ण राष्ट्र में समान शैक्षिक संरचना लागू करने का प्रस्ताव रखा गया। यह राष्ट्रीय शिक्षा व्यवस्था सम्पूर्ण देश के हेतु समान राष्ट्रीय शिक्षा कार्यक्रम के ढाँचे पर आधारित होगी, जिसमें सामान्य केन्द्रक होगा और अन्य भागों में लचीलापन रहेगा। सामान्य केन्द्रक के अन्तर्गत भारतीय स्वतन्त्रता का इतिहास, संवैधानिक दायित्व और राष्ट्रीय गौरव से सम्बन्धित तत्वों को सम्मिलित किया जाएगा, जो इस प्रकार हैं- हमारी सामान्य सांस्कृतिक धरोहर, लोकतन्त्र, धर्म-निरपेक्षता, स्त्री-पुरुष में समानता, पर्यावरण शिक्षा, सामाजिक समता और सीमित परिवार का महत्त्व आदि। शिक्षा का राष्ट्रीय स्वरूप इस प्रकार का होना चाहिए कि सभी नागरिक एकता के सूत्र में बँध सकें।

2. समानता हेतु शिक्षा

नई शिक्षा नीति में समानता के अवसरों के संवैधानिक लक्ष्यों की प्राप्ति का उद्देश्य रखा गया। इसके अंतर्गत स्त्री शिक्षा, अनुसूचित जातियों की शिक्षा, शैक्षिक रूप से वंचित समुदायों की शिक्षा और अल्पसंख्यक एवं विकलांगों की शिक्षा का विस्तृत विवेचन और निर्देशन किया गया।

लैंगिक समानता के सन्दर्भ में शिक्षा नीति में कहा गया- ''बालक एवं बालिकाओं में किसी प्रकार का भेदभाव न किए जाने की नीति पर पूरा जोर देकर अमल किया जाएगा ताकि तकनीकी एवं व्यावसायिक पाठ्यक्रमों में पारम्परिक रूप से चले आ रहे लिंगमूलक विभाजन को समाप्त किया जा सके और गैर-पारम्परिक आधुनिक व्यवसायों में महिलाओं की भागीदारी बढ़ सके।''

इसी तरह अनुसूचित जातियों में शिक्षा के प्रसार हेतु हर सम्भव प्रयासों का उल्लेख करते हुए शिक्षा नीति में कहा गया- ''अनुसूचित जनजातियों के लिए उनके जीवन के तौर-तरीकों और उनकी खास आवश्यकताओं को ध्यान में रखते हुए ऐसी प्रोत्साहित योजनाए तैयार की जाएगी जिनसे शिक्षा प्राप्ति में आने वाली कठिनाइयाँ दूर हों। उच्च शिक्षा में दी जाने वाली छात्रवृत्तियों में तकनीकी और व्यावसायिक शिक्षा को अधिक महत्त्व प्रदान किया जाएगा।''

शैक्षिक रूप से पिछड़े व्यक्तियों और छात्रों की समस्या के सन्दर्भ में नई शिक्षा नीति में कहा गया- ''शिक्षा की दृष्टि से पिछड़े हुए सभी वर्गों को विशेषकर ग्रामीण क्षेत्रों में समुचित प्रोत्साहन दिया जाएगा। पर्वतीय और रेगिस्तानी जिलों में, दूरस्थ और दुर्गम क्षेत्रों में और टापुओं पर पर्याप्त संख्या में शिक्षा संस्थाएं खोली जाएंगी।''

3. नवोदय विद्यालय

राष्ट्रीय शिक्षा नीति में आर्थिक रूप से दुर्बल और ग्रामीण क्षेत्र के बालक-बलिकाओं को 5वीं कक्षा से ऊपर पढ़ने के उद्देश्य से गति निर्धारक विद्यालयों की स्थापना पर बल दिया गया। इन विद्यालयों को नवोदय विद्यालय की संज्ञा दी गई। राष्ट्रीय शिक्षा नीति में इसके सम्बन्ध में नीति निर्धारित करने हेतु निम्नलिखित निर्देश दिए गए-

(i) यह नितान्त आवश्यक है कि जिन बालकों में विशेष प्रतिभा और अभिरुचि हो, उन्हें अच्छी शिक्षा उपलब्ध कराकर अधिक दक्षता से आगे बढ़ने का अवसर प्रदान किया जाना चाहिए। उनकी आर्थिक स्थिति चाहे कैसी भी हो उनको उचित अवसर मिलना ही चाहिए।

(ii) इस उद्देश्य की पूर्ति हेतु देश के विभिन्न भागों में एक निर्धारित ढाँचे पर गति निर्धारक विद्यालयों (नवोदय विद्यालयों) की स्थापना की जाएगी। इसमें नई-नई विधियों को अपनाने और प्रयोग करने के अवसर प्रदान किए जाएंगे। इन विद्यालयों का उद्देश्य होगा कि वे समता व सामाजिक न्याय के आधार पर शिक्षा में सुधार करें। अनुसूचित जातियों और जनजातियों हेतु इन विद्यालयों में आरक्षण होगा। इन विद्यालयों में देश के विभिन्न भागों में प्रमुख रूप से ग्रामीण क्षेत्रों में प्रतिभाशाली बच्चे एक साथ रहकर पढ़ेंगे जिससे उनमें राष्ट्रीयता की भावना का विकास होगा।

4. शिक्षा का व्यवसायीकरण

राष्ट्रीय शिक्षा नीति के अन्तर्गत माध्यमिक शिक्षा के व्यवसायीकरण पर बल दिया गया। इससे बालकों को जीविकोपार्जन हेतु तैयार करने के अतिरिक्त उन पर शिक्षा में पड़ने वाले अतिरिक्त दबाव को कम किया जा सकता है। इस सन्दर्भ में राष्ट्रीय शिक्षा नीति में कहा गया- **''व्यावसायिक शिक्षा स्वयं में शिक्षा की एक विशिष्ट धारा होगी, जिसका उद्देश्य कई क्षेत्रों के चुने गए काम-धन्धों के लिए विद्यार्थियों को तैयार करना होगा। यह कोर्स सामान्यतया माध्यमिक शिक्षा के बाद प्रारम्भ किया जाएगा लेकिन इस योजना को लचीला रखा जाएगा ताकि कक्षा आठ के बाद भी विद्यार्थी ऐसे व्यवसायों का प्रशिक्षण ले सकें। औद्योगिक प्रशिक्षण संस्थान भी व्यावसायिक शिक्षा के ढाँचे के अनुसार चलेंगे ताकि उनमें प्राप्त सुविधाओं का पूरा लाभ उठाया जा सके।''**

5. उच्च शिक्षा में सुधार

उच्च स्तर पर शिक्षा में सुधार के सम्बन्ध में राष्ट्रीय शिक्षा नीति के अन्तर्गत स्पष्ट किया गया- ''उच्च शिक्षा से लोगों को इस बात का अवसर प्राप्त होता है कि वे मानव जाति की सामाजिक, आर्थिक, सांस्कृतिक, नैतिक और आध्यात्मिक क्षेत्र में उत्पन्न समस्याओं पर विचार कर सकें। विशिष्ट ज्ञान एवं कुशलताओं के प्रसारण द्वारा उच्च शिक्षा राष्ट्र के विकास में सहायक बनती है।''

6. खुला विश्वविद्यालय एवं दूरस्थ शिक्षा की व्यवस्था

उच्च शिक्षा को जनतान्त्रिक समाज के अनुरूप बनाने हेतु खुले विश्वविद्यालयों की स्थापना पर बल दिया गया। इस उद्देश्य हेतु 1986 ई. में इन्दिरा गाँधी खुला विश्वविद्यालय स्थापित किया गया। इसके साथ देश के प्रसिद्ध और समृद्ध विश्वविद्यालयों को दूरस्थ शिक्षा केन्द्र बनाने की पहल की गयी फलस्वरूप अनेक अकादमिक और व्यावसायिक विषयों का प्रशिक्षण प्रदान किया जाने लगा।

7. नौकरियों में डिग्री की अनिवार्यता को समाप्त किए जाने पर बल

माध्यमिक और उच्च शिक्षा के पाठ्यक्रमों को अधिकाधिक व्यवसायोन्मुखी बनाने हेतु नौकरियों में डिग्री की अनिवार्यता को समाप्त करने का सुझाव दिया गया। इस सन्दर्भ में राष्ट्रीय शिक्षा नीति में कहा गया- ''डिग्री को नौकरियों से अलग करने की योजना उन सेवाओं में शुरू की जाएगी जिनमें विश्वविद्यालय की डिग्री आवश्यक नहीं है। इस योजना को लागू करने से विशेष कार्यों एवं अपेक्षित कुशलताओं पर आधारित नवीन पाठ्यक्रम बनने लगेंगे और इससे उन प्रत्याशियों के साथ अधिक न्याय हो सकेगा जिनके पास किसी विशेष काम को करने की क्षमता तो है, लेकिन उन्हें वह काम इसलिए नहीं मिल सकता क्योंकि उसके लिए स्नातक प्रत्याशियों को स्थान दिया जाता है।''

8. ग्रामीण विश्वविद्यालयों की स्थापना

ग्रामीण क्षेत्र की आवश्यकताओं को पूरा करने के लिए राष्ट्रीय शिक्षा नीति में ग्रामीण विश्वविद्यालय की स्थापना का सुझाव दिया गया। इस सम्बन्ध में कहा गया - ''ग्रामीण विश्वविद्यालयों के नये ढाँचे को सुदृढ़ किया जाएगा और इसे महात्मा गाँधी के शिक्षा सम्बन्धी क्रान्तिकारी विचारों के अनुरूप विकसित किया जाएगा। इसका उद्देश्य होगा कि ग्रामीण क्षेत्र के विकास के लिए कार्यक्रमों का आयोजन ग्राम स्तर पर चलाने की दृष्टि से योग्य शिक्षा दी जाए। महात्मा गाँधी की बुनियादी शिक्षा से सम्बद्ध संस्थाओं एवं कार्यक्रमों को सहायता दी जाएगी।''

9. कम्प्यूटर शिक्षा

राष्ट्रीय शिक्षा नीति में तकनीकी शिक्षा को प्रभावी रूप से क्रियान्वित करने हेतु कम्प्यूटर शिक्षा को विशेष महत्त्व प्रदान किया गया। इसमें कहा गया कि प्रत्येक बालक को कम्प्यूटर साक्षरता का ज्ञान प्राप्त करना आवश्यक है। इस सन्दर्भ में शिक्षा नीति में उल्लेख है- ''चूँकि कम्प्यूटर (संगणक) महत्त्वपूर्ण एवं सर्वव्यापक साधन बन गया है अतः कम्प्यूटर के विषय में थोड़ी-बहुत जानकारी और उनके प्रयोग में प्रशिक्षित व्यावसायिक शिक्षा का अंग बन जाएगा। कम्प्यूटर लिटरेसी के कार्यक्रम स्कूल स्तर से ही बड़े पैमाने पर आयोजित किए जाएंगे।''

10. शिक्षा व्यवस्था को प्रभावी बनाना

शिक्षा व्यवस्था को पुनर्गठित करके उसे प्रभावी बनाने हेतु राष्ट्रीय शिक्षा नीति में शिक्षकों और शिक्षण संस्थाओं को उत्तरदायी बना दिया गया है। राष्ट्रीय शिक्षा नीति में शिक्षा को प्रभावी बनाने के उद्देश्य से निम्न सुझाव दिए गए-

(i) शिक्षा को अधिक सुविधाएं देना और अधिक उत्तरदायी बनाना।

(ii) छात्रों हेतु सेवा में सुधार और उनके नैतिक आचरण पर बल।

(iii) शिक्षा संस्थाओं को अधिक सुविधाएं प्रदान करना।

(iv) राष्ट्रीय एवं राज्य स्तर पर निर्धारित किए गए मानदण्डों के आधार पर शिक्षा संस्थाओं के कार्य के मूल्यांकन की पद्धति।

11. सांस्कृतिक शिक्षा पर बल

सांस्कृतिक शिक्षा के विकास पर बल देते हुए राष्ट्रीय शिक्षा नीति में व्याप्त दोषों को दूर करते हुए लिखा गया- ''इस समय शिक्षा की औपचारिक पद्धति और देश की समृद्धि और विविध सांस्कृतिक परम्पराओं के बीच एक खाई है, जिसे पाटना आवश्यक है। आधुनिक टेक्नोलॉजी की धुन में यह नहीं होना चाहिए कि नई पीढ़ी भारतीय इतिहास एवं संस्कृति की मौलिकता से ही दूर हो जाए। संस्कृतिविहीनता, अमानवीयता और अजनबीपन के भाव से हर स्थिति में बचना होगा। परिवर्तनशील टेक्नोलॉजी और निरंतर चली आ रही देश की सांस्कृतिक परम्परा में एक सुन्दर समन्वय की आवश्यकता है और शिक्षा इसे भली-भाँति कर सकती है।''

इस दोष के निवारण हेतु शिक्षा की पाठ्यचर्या और प्रक्रियाओं की सांस्कृतिक विषयवस्तु से सम्बद्ध करना, बालकों में स्थानीय और सामंजस्यता के गुणों को विकसित करना, कला और संस्कृति, पुरातन और प्राचीन अध्ययन के मध्य समन्वय पर बल दिया गया। सांस्कृतिक मूल्यों के विकास के सम्बन्ध में राष्ट्रीय शिक्षा नीति में कहा गया- ''हमारा समाज सांस्कृतिक रूप से बहुआयामी है। इसलिए शिक्षा के द्वारा उन सार्वजनिक और शाश्वत मूल्यों का विकास होना चाहिए जो हम लोगों को एकता की ओर ले जा सके।'' इन मूल्यों द्वारा धार्मिक अन्धविश्वास, कट्टरता, असहिष्णुता, हिंसा और वाद-विवाद का अन्त करने में सहायता मिलनी चाहिए।

12. शैक्षिक प्रौद्योगिकी पर बल

शिक्षक प्रशिक्षण में शैक्षिक प्रौद्योगिकी को प्रारम्भ करने की आवश्यकता पर बल देते हुए राष्ट्रीय शिक्षा नीति में कहा गया - ''शैक्षिक प्रौद्योगिकी का प्रयोग उपयोगी जानकारी के लिए अध्यापकों के प्रशिक्षण और पुनः प्रशिक्षण के लिए शिक्षा की गुणवत्ता को सुधारने के लिए और कला और संस्कृति के प्रति जागरूकता एवं स्थायी मूल्यों के संस्कार उत्पन्न करने के लिए किया जाएगा।''

13. परीक्षा प्रणाली में सुधार

राष्ट्रीय शिक्षा नीति में परीक्षा प्रणाली में सुधार हेतु अग्रलिखित कदम उठाने के लिए कहा गया-

(i) रटने को प्रोत्साहन न देना।

(ii) ऐसी मूल्यांकन प्रक्रिया का विकास करना जिसमें शिक्षा के शास्त्रीय और अन्य पहलू समाहित हो जाएं और पूरी शिक्षण अवधि तक चले।

(iii) शिक्षकों, अध्यापकों और अभिभावकों के द्वारा मूल्यांकन प्रक्रिया का प्रभावी उपयोग।

(iv) परीक्षा के आयोजन में सुधार।

(v) परीक्षा के साथ शिक्षण सामग्री और शिक्षण विधियों में सुधार।

(vi) अंकों के स्थान पर 'ग्रेड' का प्रयोग।

14. शिक्षण गुणवत्ता में सुधार

विद्वानों की यह मान्यता है कि कोई भी राष्ट्र अपने शिक्षकों के सहयोग के बिना प्रगति नहीं कर सकता, अतएव शिक्षकों का समाज के निर्माण में पर्याप्त रुचि लेना आवश्यक है। शिक्षकों की गुणवत्ता में सुधार लाने की दृष्टि से राष्ट्रीय शिक्षा नीति में कहा गया-

''अध्यापकों की भर्ती करने की प्रणाली में इस प्रकार परिवर्तन किया जाएगा कि उनका चयन उनकी योग्यता के आधार पर तथा बिना किसी भेद-भाव के हो सके। अध्यापकों के वेतन और सेवा की शर्तें उनके सामाजिक और व्यावसायिक दायित्वों के अनुरूप हों, ताकि प्रतिभाशाली व्यक्ति शिक्षा व्यवसाय की ओर आकर्षित हों।''

15. ऑपरेशन ब्लैकबोर्ड

नई शिक्षा नीति में प्राथमिक शिक्षा के तीव्र विकास के लिए ''ऑपरेशन ब्लैक बोर्ड'' की आवश्यकता पर विशेष बल दिया गया। ऑपरेशन ब्लैक बोर्ड के अन्तर्गत प्रत्येक प्राथमिक विद्यालय में कम-से-कम दो बड़े कमरे, कुछ आवश्यक चार्ट और मानचित्र, श्यामपट्ट, टाट-पट्टी और अन्य उपयोगी सामग्री उपलब्ध कराई जाए। आरम्भ में प्रत्येक प्राथमिक विद्यालय हेतु दो अध्यापकों की नियुक्ति की जाए किन्तु बाद में ज्यों-ज्यों कोई नवीन कक्षा जोड़ी जाए, उसी प्रकार प्रत्येक कक्षा हेतु एक नया शिक्षक नियुक्त किया जाए। इस ऑपरेशन ब्लैक बोर्ड योजना में स्वयंसेवी संस्थाओं और स्थानीय निकायों को सम्मिलित करने का सुझाव दिया गया।

16. शिक्षा का प्रबन्ध

शिक्षा के आयोजन और प्रबन्ध की व्यवस्था के पुनर्गठन के उद्देश्य से राष्ट्रीय शिक्षा नीति में निम्न सिद्धान्तों का प्रतिपादन किया गया-

(i) शिक्षा के आयोजन और प्रबन्ध हेतु दीर्घकालीन वातावरण तैयार करने और उसे देश के विकासात्मक एवं वित्त की आवश्यकताओं से जोड़ना।

(ii) शिक्षण संस्थाओं में स्वायत्तता की भावना उत्पन्न करना।

(iii) जनता की भागीदारी को प्रधानता देना जिसमें निजी क्षेत्र का प्रबन्ध और स्वैच्छिक प्रयास सम्मिलित हो।

(iv) शिक्षा के आयोजन और प्रबन्ध में महिलाओं को अधिक से अधिक संख्या में सम्मिलित करना।

(v) शिक्षा के उद्देश्यों और मूल्यांकन के सम्बन्ध में उत्तरदायित्व के सिद्धान्त की स्थापना।

(vi) शिक्षा के प्रबन्ध और व्यवस्था में विकेन्द्रीकरण के सिद्धान्त का पालन करना।

उपर्युक्त शिक्षा नीति के प्रभावी कार्यान्वयन के पश्चात् भविष्य में शिक्षा-सम्बन्धी आकांक्षा व्यक्त करते हुए राष्ट्रीय शिक्षा नीति में कहा गया- ''सबसे बड़ा कार्य है-शैक्षिक पिरामिड की बुनियाद को सुदृढ़ करना, उस बुनियाद को जिसमें इस शताब्दी के अन्त तक लगभग 100 करोड़ लोग होंगे। यह सुनिश्चित करना भी उतना ही महत्वपूर्ण है कि जो इस पिरामिड के शिखर पर हों, वे विश्व में सर्वोत्तम स्तर के हों। अतीत में इन दोनों छोरों को हमारी संस्कृति के मूल स्त्रोतों ने भली-भाँति सुरक्षित रखा। लेकिन विदेशी आधिपत्य और प्रभाव के कारण इस प्रक्रिया में दोष उत्पन्न हो गया। अब मानव संसाधन विकास का एक राष्ट्रव्यापी प्रयास पुनः प्रारम्भ होना चाहिए, जिसमें शिक्षा अपनी बहुमुखी भूमिका पूर्ण रूप से निभा सके।''

राष्ट्रीय शिक्षा नीति 1986 का संशोधित प्रारूप, 1992

राष्ट्रीय शिक्षा नीति 1986 को भारतीय शिक्षा के क्षेत्र में एक अत्यन्त महत्वपूर्ण कदम माना गया था। इसके अन्तर्गत 10+2+3 की वास्तविक संरचना अपनाने, ''ऑपरेशन ब्लैक बोर्ड'' योजना लागू करने, नवोदय विद्यालय स्थापित करने, मुफ्त विश्वविद्यालय एवं स्वायत्तशासी विद्यालय की स्थापना करने पर बल दिया गया था। यह भी संकल्प लिया गया था कि प्रत्येक पाँच वर्ष में इसकी समीक्षा की जाएगी। इस सन्दर्भ में आचार्य राममूर्ति की अध्यक्षता में 1990 ई. में भारत सरकार के निर्देश पर एक समिति का गठन किया गया। इसके बाद 1992 ई. में आन्ध्र प्रदेश के मुख्यमंत्री जनार्दन रेड्डी की अध्यक्षता में निरीक्षण समिति, 1992 का गठन किया गया जिसके अन्तर्गत राष्ट्रीय शिक्षा नीति की समीक्षा की गयी। इसे 7 मई, 1992 को संसद के पटल पर रखा गया जहाँ कुछ सुझाव सम्मिलित कर संशोधित प्रारूप तैयार किया गया जिसे ''कार्यान्वयन कार्यक्रम'' 1986 की संज्ञा दी गयी।

राष्ट्रीय शिक्षा नीति 1986 का संशोधन

भारत सरकार ने 1992 में राष्ट्रीय शिक्षा नीति 1986 के विभिन्न पहलुओं में निम्न संशोधन किए-

खण्ड-तीन :- राष्ट्रीय शिक्षा प्रणाली

संशोधन

1. समग्र साक्षरता अभियान पर अधिक बल दिया गया।
2. राष्ट्रीय साक्षरता मिशन को निर्धनता निवारण, राष्ट्रीय एकता, पर्यावरण संरक्षण, लघु परिवार, नारी समानता को प्रोत्साहन, प्राथमिक शिक्षा के सार्वजनीकरण और प्राथमिक स्वास्थ्य परिचर्या से जोड़ने की बात कही गई।
3. व्यवसाय, स्वरोजगार केन्द्रित और आवश्यकता एवं रुचि पर आधारित व्यावसायिक एवं कौशल प्रशिक्षण कार्यक्रमों पर अधिक बल दिया गया।
4. नव-साक्षरों हेतु साक्षरता के बाद सतत् शिक्षा के कार्यक्रम उपलब्ध कराए जाने चाहिए।

खण्ड-पाँचः-

विभिन्न स्तरों पर शैक्षिक पुनर्गठन

संशोधन

1. ऑपरेशन ब्लैक बोर्ड को अधिक व्यापक बनाया जाएगा जहाँ 1986 की नीति में दो कमरे और 2 अध्यापक की बात कही गयी थी, वहीं इस संशोधन में कहा गया कि विद्यालय में 3 कमरे और 3 अध्यापकों की व्यवस्था की जाएगी।
2. भविष्य में नियुक्त किए जाने वाले 50 प्रतिशत शिक्षक महिलाएं होंगी।
3. ऑपरेशन ब्लैक बोर्ड को उच्च प्राथमिक स्तर पर विस्तृत किया जाएगा।
4. किसी तरह शिक्षा से वंचित बालकों एवं बालिकाओं हेतु अनौपचारिक शिक्षा के कार्यक्रम को सुदृढ़ तथा विस्तृत किया जाएगा।
5. 21वीं शताब्दी के प्रवेश के पूर्व 14 वर्ष तक की आयु के बालकों हेतु निःशुल्क एवं अनिवार्य शिक्षा उपलब्ध कराने का आन्दोलन चलाया जाएगा।

6. माध्यमिक शिक्षा के अन्तर्गत बालिकाओं, अनुसूचित जाति एवं जनजाति के बच्चों के नामकरण, विशेषकर विज्ञान, वाणिज्य और व्यावसायिक आधारों पर विशेष बल दिया जाएगा।
7. अधिक से अधिक विद्यालयों में कम्प्यूटर शिक्षा को सुलभ कराया जाएगा।
8. प्राचीन भाषाओं एवं संस्कृति के शिक्षण एवं अनुंसधान को प्रोत्साहित किया जाएगा।
9. मुक्त शिक्षण प्रणाली को अधिक मजबूत बनाया जाएगा।
10. मूल्यांकन में सुधार लाने हेतु राष्ट्रीय मूल्यांकन संगठन का निर्माण किया जाएगा।

खण्ड-छः :- तकनीकी तथा प्रबन्ध

संशोधन

अखिल भारतीय तकनीकी शिक्षा परिषद् को मजबूत किया जाएगा तथा यह विकेन्द्रीकृत ढंग से राज्य सरकारों एवं उच्च गुणवत्ता वाली तकनीकी संस्थाओं की अधिक सहभागिता करेगी।

खण्ड-आठ :- शिक्षा के पाठ्यक्रम और प्रक्रिया का अभिनवीकरण

संशोधन

1. जनसंख्या शिक्षा को जनसंख्या नियन्त्रण की राष्ट्रीय व्यूह-रचना के एक महत्त्व-पूर्ण अंग के रूप में देखा जाएगा। इसे सभी स्तरों पर चेतना के विकास हेतु लागू किया जाएगा।
2. परीक्षा संस्थाओं में शिक्षा निर्देश के रूप में राष्ट्रीय परीक्षा सुधार प्रारूप तैयार किया जायेगा।

खण्ड-दस :- शिक्षा का प्रबन्ध

संशोधन

1. नौवीं पंचवर्षीय योजना के दौरान और उसके पश्चात् शिक्षा पर व्यय राष्ट्रीय शिक्षा 6 प्रतिशत से अधिक होने को निश्चित किया जाएगा।
2. प्रशासनिक प्राधिकरण की भाँति प्राधिकरण की स्थापना राष्ट्रीय एवं राज्य स्तर पर की जाएगी।

कार्यान्वयन कार्यक्रम

1992 ई. में भारत सरकार द्वारा संशोधित कार्यान्वित कार्यक्रम तैयार किया गया। इस संशोधित कार्यक्रम को निम्न 23 खण्डों में विभक्त किया गया –

1. नारी समानता के लिए शिक्षा
2. अनुसूचित जाति/जनजाति तथा अन्य पिछड़े वर्गों की शिक्षा
3. अल्पसंख्यकों की शिक्षा
4. विकलांगों की शिक्षा
5. प्रौढ़ एवं सतत् शिक्षा
6. पूर्व बाल्यकाल की शिक्षा
7. प्रारम्भिक शिक्षा
8. माध्यमिक शिक्षा
9. नवोदय विद्यालय
10. व्यावसायिक शिक्षा
11. उच्च शिक्षा
12. मुक्त शिक्षा
13. उपाधि की रोजगार से विलगता तथा मानव शक्ति का नियोजन
14. ग्रामीण विश्वविद्यालय और प्रशासन
15. अनुसंधान एवं विकास
16. तकनीकी एवं प्रबन्ध शिक्षा
17. भाषाओं का विकास
18. सांस्कृतिक परिप्रेक्ष्य
19. जनसंचार एवं शैक्षिक तकनीकी
20. खेल, शारीरिक शिक्षा एवं युवा
21. मूल्यांकन प्रक्रिया एवं परीक्षा सुधार
22. अध्यापक एवं उनका प्रशिक्षण
23. शिक्षा का प्रबन्ध

शिक्षा का अधिकार अधिनियम -2009

- संसद में 4 अगस्त, 2009 को 6-14 वर्ष तक के सभी बच्चों के लिए प्रारंभिक शिक्षा (1-8) तक को उनका मौलिक अधिकार बना दिया गया।
- 86वें संविधान संशोधन अधिनियम 2002 के भाग-3 में एक नए अनुच्छेद 21(A) को समाविष्ट किया गया है जिसमें 86वें संविधान संशोधन को प्रभावी बनाया गया है।
- 1 अप्रैल, 2010 से यह अधिनियम पूरे देश में लागू हो चुका है।
- हमारे संविधान में वर्तमान में 22 भाग, 12 अनुसूचियाँ व 395 अनुच्छेद हैं। 21-35 अनुच्छेद में अधिकार है (21A)
- इस अधिनियम में क्या है?

1 यदि कोई बच्चा 6 वर्ष की आयु में प्रथम कक्षा में प्रवेश नहीं ले पाता है तो उसे बाद में उसकी आयु के अनुसार कक्षा में प्रवेश दिया जाएगा और उसे कक्षा के स्तर तक लाने के लिए अतिरिक्त अध्ययन व प्रशिक्षण की सुविधाएं दी जाएंगी।

2. किसी भी बच्चे को प्रवेश देने से मना नहीं किया जाएगा।
3. किसी भी बच्चे को किसी भी कारण से कक्षा से नहीं निकाला जाएगा।
4. किसी भी बच्चे को 8वीं कक्षा तक अनुत्तीर्ण (फेल) नही किया जाएगा।

केन्द्र सरकार, राज्य व स्थानीय सरकार विद्यालय व अभिभावकों के दायित्व

1. केन्द्र सरकार का दायित्व

(a) केन्द्र सरकार द्वारा गठित राष्ट्रीय शैक्षिक अनुसंधान एवं प्रशिक्षण परिषद राष्ट्रीय पाठ्यक्रम का ढाँचा तैयार करेगा।

(b) शिक्षकों के प्रशिक्षण के मापदण्ड भी तैयार किए जाएंगे। शिक्षा में नवाचार, अनुसंधान, नियोजन आदि के लिए राज्य सरकार व केन्द्र सरकार तकनीकी साधन व अन्य साधन उपलब्ध कराएगी।
=कुल खर्च का 65% केन्द्र सरकार तथा 35% राज्य सरकार वहन करेगी।

2. राज्य सरकार व स्थानीय सरकारें

(a) 6-14 वर्ष तक के प्रत्येक बच्चे के लिए शिक्षा विद्यालयों में सुनिश्चित की जाएगी।

कोठारी कमीशन (1964-66) की सिफारिश के अनुसार

1 किमी. की सीमा में प्राथमिक विद्यालय तथा 3 किमी. की सीमा में माध्यमिक विद्यालय उपलब्ध कराएंगे।

विद्यालय में कमरे, सभी सामान्य सुविधाएं शिक्षक व अन्य ढाँचागत सुविधाएं उपलब्ध कराने के कार्य इन सरकारों द्वारा किया जाएगा।

3. विद्यालयों का दायित्व

सरकारी विद्यालय तो नि:शुल्क शिक्षा देंगे ही प्राइवेट (निजी) विद्यालय भी 25% सीटों पर निर्धन (S.C.) अभिभावकों के बच्चों को

नि:शुल्क शिक्षा देंगे। यदि वे किसी निर्धन अभिभावक से कोई चंदा या दान लेते हैं तो उनका पहली बार 25 हजार रुपये व इसके बाद 50 हजार रुपये के आर्थिक दण्ड का लगाने प्रावधान है जो सरकार द्वारा निश्चित किया गया है।

4. अभिभावकों का दायित्व

प्रत्येक अभिभावक को 6-14 वर्ष के बच्चों को विद्यालय भेजना होगा।

5. विद्यालयों के कामकाज की निगरानी

1. विद्यालय में कामकाज की निगरानी के लिए प्रत्येक विद्यालय में एक कार्यशाला में प्रबन्धन समिति बनाई जाएगी।
2. इस समिति में स्थानीय सरकार द्वारा चुने हुए प्रतिनिधि, शिक्षक व अभिभावक शामिल होंगे।
3. अभिभावकों में निर्धन अभिभावकों को भी समानुपातिक प्रतिनिधित्व दिया जाएगा।

शिक्षा से संबंधित आयोग व समितियाँ

क्र.सं.	तिथि	संबंधित सुझाव व कार्य
1.	1813	चार्टर अधिनियम में शिक्षा के लिए 1 लाख खर्च का प्रावधान किया गया।
2.	1835	मैकाले का विवरण पत्र -(लार्ड मैकाले) शिक्षा का माध्यम अंग्रेजी बनाने पर जोर दिया।
3.	1854	वुड का आदेश पत्र (चार्ल्स वुड) माध्यमिक विद्यालयों में आर्थिक सहायता हेतु अनुदान प्रणाली का सुझाव दिया गया।
4.	1882	भारतीय शिक्षा आयोग (सर विलियम हण्टर) माध्यमिक विद्यालयों में अनुदान सहायता सुझाव।
5.	1904	विश्वविद्यालय आयोग (लार्ड कर्जन) इण्टरमीडिएट तोड़ने एवं केवल मान्यता प्राप्त विद्यालयों को ही मैट्रिकुलेशन परीक्षा में शामिल होने की अनुमति।
6.	1917	सैडलर आयोग (कलकत्ता विश्वविद्यालय आयोग) डा. माइकल सैडलर, इन्टरमीडिएट कालेजों की स्थापना एवं प्रत्येक प्रांत में शिक्षा परिषद् की स्थापना।
7.	1929	हरटोग समिति (सर फिलिप हरटोग) माध्यमिक शिक्षा में व्यावसायिक विषयों को स्थान दिए जाने का सुझाव।
8.	1936	वुड एक्ट रिपोर्ट (एस. एच. वुड) भारतीय भाषाओं को शिक्षा का माध्यम बनाने का सुझाव।
9.	1944	सर्जेन्ट रिपोर्ट (सर जॉन सार्जेन्ट) साहित्य विद्यालयों की स्थापना
10.	1948	ताराचन्द समिति (माध्यमिक शिक्षा समिति) माध्यमिक शिक्षा 12 वर्ष, बहुउद्देश्यीय विद्यालयों को भेजना।
11.	1948	विश्वविद्यालय आयोग (राधाकृष्णन आयोग)-माध्यमिक शिक्षा आयोग उच्च शिक्षा में गुणात्मक सुधार हेतु सरकार को सुझाव।
12.	1952	मुदालियर आयोग माध्यमिक शिक्षा की अभिवृद्धि और सुधार हेतु सरकार को सुझाव देना।
13.	1955	अखिल भारतीय माध्यमिक शिक्षा परिषद् माध्यमिक शिक्षा के विकास को दिशा प्रदान करना।
14.	1956	विश्वविद्यालय अनुदान आयोग (U.G.C.) विश्वविद्यालयों को वित्तीय सहायता देकर उनके स्तर को उठाना।
15.	1957	अखिल भारतीय प्राथमिक शिक्षा परिषद् सभी बच्चों को नि:शुल्क और अनिवार्य शिक्षा की व्यवस्था सुनिश्चित करना।
		NCERT
16.	1961	राष्ट्रीय शैक्षिक अनुसंधान एवं प्रशिक्षण परिषद् प्राथमिक एवं माध्यमिक शिक्षा में गुणात्मक सुधार लाना।
17.	1964-66	कोठारी आयोग (डा. दौलत सिंह कोठारी) शिक्षा के प्रत्येक स्तर में सुझाव लाने हेतु परामर्श देना।
18.	1968	राष्ट्रीय शिक्षा नीति शिक्षा के समुचित विकास हेतु आधार प्रदान करना।
19.	1979	राष्ट्रीय प्रौढ शिक्षा कार्यक्रम प्रौढ लोग (15-35) को कार्यशील साक्षरता प्रदान करना।
20.	1979	अनौपचारिक शिक्षा आयोग 6-14 वर्ष के आयु वर्ग के स्कूल के बाहर के बच्चों के लिए अल्पावधि शिक्षा की व्यवस्था करना।
21.	1982	आंध्र प्रदेश में भारत के प्रथम-विश्वविद्यालय की स्थापना (डा. भीमराव अम्बेडकर)

22.	1985	नई दिल्ली में इन्दिरा गांधी राष्ट्रीय मुक्त विश्वविद्यालय की स्थापना।
23.	1986	नई राष्ट्रीय शिक्षा नीति-परिवर्तित परिस्थितियों के अनुरूप पूरे देश में शिक्षा को दिशा देना।
24.	1987-88	ऑपरेशन ब्लैक बोर्ड प्राथमिक विद्यालयों में भौतिक सुविधाएं जुटाना।
25.	1988	राष्ट्रीय साक्षरता मिशन कार्यक्रम प्रत्येक युवावर्ग के लोगों को कार्यशील साक्षरता प्रदान करना।
26.	1969	राष्ट्रीय ओपन स्कूल स्कूल छोड़ चुके बच्चों को माध्यमिक शिक्षा दूरस्थ शिक्षा प्रणाली से प्रदान करना।
27.	1990	आचार्य राममूर्ति समिति राष्ट्रीय शिक्षा नीति 1986 की समीक्षा एवं प्रबुद्ध मानवीय समाज की ओर नामक प्रतिवेदक की प्रस्तुति।
28.	1992	यशपाल समिति प्राथमिक स्तर के छात्रों का शैक्षिक बोझ कम करने हेतु सुझाव।
29.	1994	जिला प्राथमिक शिक्षा कार्यक्रम देश में प्राथमिक शिक्षा के सार्वजनीकरण को सुनिश्चित करना।
30.	1995	मध्यान्तर भोजन योजना (मिड-डे-मील) प्राथमिक स्तर पर स्कूल में ठहराव को प्रोत्साहित करना।
31.	1999	शिक्षा गारण्टी योजना सभी गांवों में पंचायतों द्वारा प्राथमिक विद्यालयों में नामांकित या खोलना।
32.	2000	सर्व शिक्षा अभियान स्कूल के बाहर के सभी बच्चों को प्राथमिक विद्यालयों में नामांकित करना।
33.	2005	NCERT द्वारा विद्यालयीय शिक्षा के लिए राष्ट्रीय पाठ्यचर्चा की रूप-रेखा तैयार करना।
34.	2009	शिक्षा अधिकार अधिनियम जिसमें 6-14 वर्ष तक के बच्चों को संविधान के अनुच्छेद 21(A) के अनुसार प्रारंभिक शिक्षा का मौलिक अधिकार प्रदान किया गया है।

अभ्यास प्रश्न

1. शिक्षण में 'सम्पूर्ण उपागम' की संस्तुति की जाती है। क्यों ?

(a) इससे शिक्षक को दैनिक कार्य योजनाओं के निर्माण से मुक्ति मिल जाती है।

(b) इसके द्वारा प्रकरण के महत्वपूर्ण अंगों पर अतिरिक्त बल प्रदान किया जाता है।

(c) यह शिक्षण को सार्थक दिशा-निर्देश प्रदान करता है।

(d) यह परीक्षण कार्यक्रम को अधिक प्रभावी बनाता है।

2. उत्तम अधिगम के लिए आवश्यकता है-

(a) शिक्षक व्याख्यानों तथा अधिगम परीक्षणों की

(b) छात्रों द्वारा अप्रत्यक्ष रूप से अधिगमित सांस्कृतिक प्रतिमानों की

(c) छात्रों द्वारा शैक्षिक-सांस्कृतिक पक्षों के व्यावहारिक प्रशिक्षण की

(d) छात्रों को अपनी पाठ्य-पुस्तकों की सामग्री को दैनिक रूप से रटने की

3. एक उत्तम शिक्षण अभ्यास के लिए निम्नलिखित में से न्यूनतम आवश्यकता होती है-

(a) अनुभव उपागम की

(b) उत्तम लक्ष्य की

(c) विषय-वस्तु उपागम की

(d) पुरस्कार एवं निन्दा सिद्धांत की

4. अधिकांश शिक्षाविदों का ऐसा विचार है कि विवादास्पद विषयों के सन्दर्भ में-

(a) खुले विचार-विमर्श को प्राथमिकता दी जानी चाहिए।

(b) पर्याप्त सतर्कता बरतनी चाहिए।

(c) कक्षा में बहस नहीं करनी चाहिए।

(d) छात्रों को स्वतंत्र रूप से बहस करनी चाहिए।

5. आधुनिक प्राथमिक विद्यालयों में निम्नलिखित में से कौन-सी प्रविधि का प्रयोग नहीं किया जाता है?

(a) पठन पूर्व तैयारियों पर जोर

(b) अनेकानेक पुस्तकों का प्रयोग

(c) छात्रों द्वारा गठित कहानियों के आधार पर उनके अनुभवों का संगठन

(d) प्रारम्भिक पठन हेतु वर्णमाला का ज्ञान कराना

6. यदि शिक्षक कक्षा में शिक्षण के समय कोई गम्भीर त्रुटि कर जाता है, तो उसे निम्नलिखित कार्य करना चाहिए-

(a) वह अपनी त्रुटि को तुरंत स्वीकार कर ले

(b) वह इसे भुलाने का प्रयास करे

(c) त्रुटि करे और भूल जाए

(d) उसके प्रति अनजान बन जाए

7. विद्यालय में 'अध्ययन इकाई' का विश्लेषण निम्नलिखित के अनुसार किया जाना चाहिए-

(a) प्रविधि एवं तकनीकी के

(b) उद्देश्य एवं उनकी प्राप्ति के

(c) क्रियाएं तथा प्रोजेक्ट के

(d) जिन प्रत्ययों का शिक्षण करना है उनके अनुरूप

8. किसी क्रिया को उत्तम अधिगम प्रविधि में परिवर्तित करने के लिए सदैव आवश्यकता होती है-

(a) मानसिक व्यायाम की

(b) एक परीक्षण की

(c) एक वास्तविक शिक्षा के उद्देश्य की

(d) शिक्षक द्वारा संवर्द्धित अधिगम की

9. यदि नवीन घटनाओं के सम्बन्ध में कोई विवादास्पद समस्या प्रकट हो जाती है, तो आपको क्या करना चाहिए?

(a) विनम्रतापूर्वक विवाद का विषय परिवर्तन कर दें।

(b) सर्वस्वीकृत दृष्टिकोण को स्वीकार करते हुए पूर्व प्रकरण पर लौट जाएं।

(c) उस विवाद पर छात्रों को तैयारी करने के लिए कहें तथा अन्य कोई समय सुनिश्चित कर लें।

(d) जब तक कि अन्तिम समाधान की सम्भावना हो, विवाद की समयावधि बढ़ा दें।

10. व्याख्यान विधि निम्नलिखित परिस्थिति में सर्वाधिक लाभकारी सिद्ध होगी-

(a) अनुशासनहीन कक्षा का ध्यान आकृष्ट करने में

(b) पाठ्य-पुस्तक की सहायक विधि के रूप में तथा रुचि के विकास में

(c) विषय-वस्तु को सम्पूर्ण रूप से प्रस्तुत करने में

(d) छात्रों को तथ्यपरक ज्ञान प्रदान करने में

11. आज के तनावपूर्ण जीवन में आप अपना मनोरंजन किस प्रकार करना चाहेंगे?

(a) दोस्तों के साथ गपशप करेंगे

(b) खाली समय में खेलेंगे

(c) श्रेष्ठ साहित्य पढ़ेंगे

(d) उपरोक्त में से कोई नहीं

12. प्रयत्नों के फलस्वरूप भी जीवन में सफलता न मिलने पर आप क्या करेंगे?

(a) सफलता पाने तक प्रयत्न जारी रखेंगे

(b) भाग्य का लिखा हुआ मानकर सन्तोष कर लेंगे

(c) जीवन लक्ष्यों को सरल बनाने का प्रयत्न करेंगे

(d) तटस्थ रूप से प्रयत्न करेंगे

13. जीवन को सफल बनाने के लिए क्या जरूरी है?

(a) पर्याप्त धन-सम्पत्ति

(b) बाल-बच्चे

(c) अच्छा स्वास्थ्य

(d) बहुत लोगों से जान-पहचान

14. यदि परिश्रम करने के बाद भी आपको वांछनीय फल नहीं मिलता है तो आप क्या सोचते हैं?

(a) अपने भाग्य को कोसते हैं

(b) आत्महत्या करने की सोचते हैं

(c) आप सोचते हैं कि आज के युग में परिश्रम बेकार है

(d) परिश्रम करने पर और अधिक बल देते हैं।

15. व्यावसायिक उन्नति प्राप्त करने के लिए आप-

(a) अधिकारियों से मेल-जोल बढ़ाएंगे

(b) समय की प्रतीक्षा करेंगे
(c) धन व्यय करेंगे
(d) उन्नति की चिन्ता नहीं करेंगे

16. व्यक्ति की सफलता का आधार आप किसे मानते हैं?

(a) परिश्रम को
(b) भाग्य को
(c) पैसे को
(d) राजनीतिक प्रभाव को

17. आपका दूधवाला यदि दूध का गलत मापन करता है तो आप क्या करेंगे?

(a) उसे सही माप के लिए कहेंगे
(b) आप सही माप वाले डिब्बे से ही दूध लेंगे जो आपने बाजार से खरीदा है
(c) उसकी शिकायत डेयरी के मालिक से करेंगे
(d) उससे दूध लेना बन्द कर देंगे

18. प्रोन्नति के बारे में हमारा विचार है कि –

(a) प्रोन्नति खुशामद से मिलती है
(b) प्रोन्नति केवल संयोगवश प्राप्त होती है
(c) प्रोन्नति कठिन श्रम से मिलती है
(d) प्रोन्नति केवल भाग्य से प्राप्त होती है

19. जीवन में वही व्यक्ति सफल होता है जिसने-

(a) पर्याप्त प्रतिष्ठा प्राप्त कर ली है
(b) अपने माता-पिता की आकांक्षाओं को पूरा कर दिया है
(c) पर्याप्त धन तथा सम्पत्ति अर्जित कर ली है
(d) अपने लक्ष्य को प्राप्त करके बहुत कुछ सन्तोष प्राप्त कर लिया है

20. एक पाठ्यक्रम निर्माता जो कि प्रकार्यात्मक पाठ्यक्रम के निर्माण में रुचि ले रहा है, उसे अंतरदृष्टि होनी चाहिए –

(a) शैक्षिक दर्शन की
(b) समाज एवं समाज के नियमों की
(c) मनोवैज्ञानिक सिद्धान्तों की
(d) उपरोक्त सभी की

21. एक प्राथमिक स्कूल की प्रथम कक्षा में .... केन्द्रीय शिक्षण कार्य होना चाहिए।

(a) पढ़ना (रीडिंग)
(b) लिखना
(c) शब्द-संरचना
(d) अंकगणित

22. आजकल जूनियर हाईस्कूल स्तर पर अनेक विषयों को संयोजित करके एक विषय 'सोशल-स्टडीज' (Social Studies) का निर्माण किया है जिसका प्रमुख उद्देश्य है –

(a) छात्रों को विशेष स्थानों के बारे में ज्ञान प्रदान करना
(b) छात्रों को विभिन्न महत्त्वपूर्ण तारीखों तथा घटनाक्रमों को रटने पर बल देना
(c) छात्रों को वर्तमान विश्व के स्वरूप से अवगत कराना
(d) विश्व के विभिन्न क्षेत्रों के निवासियों, उनके रहन-सहन तथा जीवन का अध्ययन करना

23. विषय-वस्तु के सम्बन्ध में अधिकांश शिक्षाविद् एकमत हैं कि –

(a) विषय-वस्तु मात्र अध्ययन पाठ्यक्रम तक ही सीमित है
(b) छात्रों को केवल विषय-वस्तु का शिक्षण पर्याप्त नहीं है
(c) पाठ्यक्रम के सभी पक्ष विषय-वस्तु के अन्तर्गत आते हैं
(d) यदि विषय-वस्तु को तार्किक आधार पर चुना गया है, तो 'अध्ययन पाठ्यक्रम' एक संकीर्ण विचार है

24. पाठ्यक्रम की योजना निम्नलिखित में से किसके द्वारा बनाई जानी चाहिए?

(a) कक्षा के शिक्षकों द्वारा जिन्हें पाठ्यक्रम को प्रत्यक्ष रूप से प्रयोग करने का व्यापक अनुभव है
(b) पाठ्यक्रम निर्मात्री समिति द्वारा, जिसमें सभी प्रशासकों तथा पर्यवेक्षकों को सम्मिलित किया जाना चाहिए
(c) शिक्षाविदों एवं सामान्य व्यक्तियों की एक समिति द्वारा
(d) राष्ट्रीय पाठ्यक्रम निर्मात्री समिति का पुनर्गठन

25. प्रगतिशील शिक्षाविदों के विचारों से पाठ्यक्रम सम्बन्धी अनुभवों की शृंखला को ....निर्धारित किया जाना चाहिए।

(a) छात्रों की रुचियों के अनुक्रम में
(b) आधारभूत पाठ्य-पुस्तकों के संगठन के अनुरूप
(c) विषय-वस्तु की तार्किकता के आधार पर
(d) पाठ्यक्रम निर्माता के संगठन के आधार पर

26. प्राथमिक स्तर के पाठ्यक्रमों का झुकाव होना चाहिए –

(a) विषय-वस्तु की ओर
(b) सम्पूर्ण विषयों पर साधिकार चेष्टा की ओर
(c) सामाजिक विकास की ओर
(d) बाल अभिवृद्धि के समस्त पक्षों की ओर

27. आधुनिक प्राथमिक कक्षाओं में अंकगणित पढ़ाने का उद्देश्य है –

(a) छात्रों द्वारा व्यावहारिक समस्याओं का समाधान
(b) छात्रों को विभिन्न सूत्रों एवं सिद्धान्तों का ज्ञान प्रदान करना
(c) छात्रों को वर्गमूल एवं लघुत्तम-महत्तम का ज्ञान प्रदान करना
(d) छात्रों को सामान्य गणित नियम तथा पहाड़ों की जानकारी प्रदान करना

28. वर्तमान समय में 'सोशल-स्टडीज' (Social Sciences) शब्द का तात्पर्य है-

(a) सोशल-साइंसेज (Social Studies) का पर्यायवाची
(b) एक ऐसा विषय जिसका सम्बन्ध मानव एवं उसके पारस्परिक सम्बन्धों से है
(c) 'सोशल एजूकेशन' एवं 'सोशल लिविंग' से मिलता-जुलता शब्द है
(d) 'सोशल-लिविंग' का समानार्थी शब्द है

29. हाईस्कूल स्तर के पाठ्यक्रम के निर्धारण के लिए निम्नलिखित में से कौन-सा कारक सर्वोच्च महत्व का है?

(a) मान्यता प्रदान करने वाली एजेन्सी का मापदण्ड
(b) छात्रों के प्रवेश के लिए अहर्ताएं
(c) पारम्परिक विधियां
(d) स्थानीय सीमाएं

30. देश में वर्तमान में निम्न में से कौन-सी शिक्षा प्रणाली प्रचलित है?

(a) 10+2+3 (b) 10+3+2
(c) 11+1+3 (d) 8+4+3

31. 'ऑपरेशन ब्लैकबोर्ड' शिक्षा की किस अवस्था से सम्बन्धित है?

(a) प्राथमिक शिक्षा से
(b) प्रौढ शिक्षा से
(c) माध्यमिक शिक्षा से
(d) उच्च शिक्षा से

32. शिक्षा की किंडरगार्टेन प्रणाली में योगदान दिया था-

(a) टी.पी.नन ने (b) स्पेन्सर ने
(c) फ्रॉबेल ने (d) मॉण्टेसरी ने

33. राज्य शैक्षिक अनुसन्धान और प्रशिक्षण परिषद् (SCERT) का मुख्य कार्य है-

(a) शिक्षा में शोध के लिए सुविधाएं प्रदान करना
(b) विद्यालयों की शिक्षा गुणवत्ता में सुधार लाना
(c) शिक्षा निदेशालय के कार्य में मदद करना
(d) शिक्षकों को पूर्व सेवाकालीन प्रशिक्षण देना

34. नवोदय विद्यालय प्रारंभ किए गए हैं-

(a) ग्रामीण बच्चों के लिए
(b) गरीब बच्चों के लिए
(c) मन्दबुद्धि बच्चों के लिए
(d) प्रतिभाशाली बच्चों के लिए

35. पर्यावरण शिक्षा विद्यालयों में पढ़ाई जानी चाहिए क्योंकि-

(a) इससे पर्यावरण प्रदूषण पर प्रभाव पड़ेगा
(b) यह जीवन का महत्वपूर्ण अंग है
(c) इससे शिक्षकों को रोजगार मिलेगा
(d) हम पर्यावरण से बच नहीं सकते

36. विश्वविद्यालयों ....को वित्तिय सहायता प्रदान की जाती है।

(a) राज्यपाल द्वारा
(b) केन्द्रिय शिक्षा सलाहकार मंडल द्वारा
(c) विश्वविद्यालय अनुदान आयोग द्वारा
(d) NCERT द्वारा

37. .... नवोदय विद्यालयों की स्थापना की गई है।

(a) ग्रामीण क्षेत्रों में विद्यालयों की संख्या बढ़ाने के लिए
(b) ग्रामीण क्षेत्रों में अच्छी शिक्षा के लिए
(c) 'सर्व शिक्षा अभियान' पूरा करने के लिए
(d) शिक्षा का अपव्यय ग्रामीण क्षेत्रों में रोकने के लिए

38. प्रौढ शिक्षा के अन्तर्गत कौन-सा आयु वर्ग आता है?

(a) 2 से 18 वर्ष (b) 4 से 14 वर्ष
(c) 18 से 21 वर्ष (d) 15 से 35 वर्ष

39. छात्रों द्वारा रटना कम करने के लिए सर्वोत्तम उपाय निम्नलिखित में से क्या होगा?

(a) मूल्यांकन में परिवर्तन करना
(b) सृजनात्मकता को बढ़ावा देना
(c) सहगामी क्रियाओं को बढ़ावा देना
(d) शिक्षण प्रणाली में परिवर्तन करना

40. शिक्षक का सर्वोच्च कर्त्तव्य है-

(a) वह अपने समुदाय की सेवा करे
(b) वह प्रधानाचार्य के आदेशों का अनुसरण करे
(c) वह छात्रों का कल्याण करे
(d) वह मित्र शिक्षकों की मण्डली में रहे

41. पी.टी.ए. (P.T.A.) नामक संस्था से निम्नलिखित का आभास होता है-

(a) प्रोग्रेसिव टीचर्स एसोसिएशन
(b) पेरेंट-टीचर एसोसिएशन
(c) प्राइवेट ट्यूटर एसोसिएशन
(d) प्रिंसीपल-टीचर एसोसिएशन

42. निम्नलिखित व्यवसायों में सर्वोच्च सदस्यता किस व्यवसाय की है?

(a) दन्त चिकित्सकों की
(b) अभियांत्रिकी की
(c) कानूनविदों की
(d) शिक्षकों की

43. कुछ दशक पूर्व तक एक माध्यमिक स्तर का शिक्षण प्राथमिक स्तर के शिक्षण से अधिक महत्वपूर्ण समझा जाता था, इसका प्रमुख कारण था-

(a) माध्यमिक स्तर पर पाठ्यक्रम अधिक जटिल हो जाता है, अत: शिक्षण स्तर अधिक ऊँचा हो जाता है।
(b) माध्यमिक स्तर पर शिक्षक-प्रशिक्षण अधिक जटिल होता है जिससे इस स्तर का महत्व बढ़ जाता है।
(c) माध्यमिक स्तर के शिक्षक का वेतनमान अधिक होता है, इसलिए उसका अधिक सम्मान किया जाता है।
(d) उपर्युक्त सभी सत्य हैं।

44. नैतिक मूल्य नियमावली का अर्थ है-

(a) कुछ निश्चित मापदण्ड जिनका पालन व्यवसाय विशेष में कार्यरत सभी व्यक्ति करते हैं।
(b) आदर्शों एवं सिद्धांतों का सूची-पत्र जिसे किसी व्यवसाय के प्रत्येक सदस्य पर लागू किया जाता है।
(c) ऐसे निश्चित मापदण्ड जिनका अनुमोदन तो उच्च अधिकारी करते हैं, किन्तु पालन निम्न स्तर के कर्मचारी करते हैं।
(d) किसी व्यावसायिक जगत की एक आवश्यक बुराई है।

45. शिक्षकों की नैतिक मूल्य संहिता (कोड ऑफ एथिक्स) उन्हें आज्ञा प्रदान करती है-

(a) शिक्षक बालकों से शिक्षण शुल्क लेकर पढ़ाएं
(b) शिक्षक कक्षा के बाहर राजनीति में सहभागिता करें
(c) शिक्षक किसी रिक्त-स्थान के विज्ञापित होने से पूर्व ही अपना प्रार्थना-पत्र भेज दें
(d) शिक्षक सभी गुप्त बातों को अपने प्रधानाचार्य को बता दें

46. एक शिक्षक संगठन के सन्दर्भ में निम्नलिखित में से कौन-सा तथ्य सही है?

(a) इन संगठनों का राजनीतिकरण हो गया है

(b) इन संगठनों में महिला एवं पुरुषों का विभेदीकरण हो गया है

(c) इन संगठनों में सहयोगात्मक रवैया समाप्त हो गया है

(d) इन संगठनों का निर्माण स्थानीय, राज्य एवं राष्ट्र स्तर पर किया जाता है

47. यदि शिक्षण व्यवसाय की तुलना अन्य व्यवसायों से करें, तो इसमें सबसे बड़ी कमी प्रतीत होती है-

(a) इसका प्रशिक्षण स्तर

(b) प्रशिक्षण संस्थान

(c) उत्तम वेतनमान

(d) उचित सामाजिक दृष्टिकोण

48. वर्तमानकाल में शिक्षक के सम्मान का स्तर आंका जाता है-

(a) एक व्यावसायिक कर्मी से कुछ अधिक

(b) केवल व्यावसायिक कर्मियों के समकक्ष

(c) एक मजदूर के समकक्ष

(d) एक मजदूर एवं व्यावसायिक कर्मी के मध्य की स्थिति के रूप में

49. शिक्षकों के लिए निम्नलिखित में से कौन-सा कर्त्तव्य सर्वाधिक अमान्य घोषित किया गया है?

(a) छात्रों के घर पर आतिथ्य ग्रहण करना

(b) छात्रों की देखभाल एवं उन्हें अनुशासित करना

(c) पाठ्य-पुस्तकों का अभिलेख तैयार करना

(d) छात्रों की परीक्षा एवं अंकसूची तैयार करना

50. विज्ञान के विकसित साधनों एवं शैक्षिक उपकरणों से शिक्षा के क्षेत्र में क्या लाभ हुआ है?

(a) शिक्षा के प्रसार में इससे बड़ी सहायता मिली है

(b) पुस्तकों की स्वच्छ एवं सुन्दर छपाई ने छोटे बच्चों पर बहुत अच्छा प्रभाव डाला है

(c) शिक्षा के हर क्षेत्र में शुद्धता एवं गति आई है

(d) उपरोक्त सभी

51. आपके विचार में शिक्षा तभी सार्थक होगी जब वह-

(a) पाठ्यक्रम केन्द्रित हो

(b) छात्र केन्द्रित हो

(c) समाज केन्द्रित हो

(d) रोजगार केन्द्रित हो

52. निम्न में से कौन-सा कथन सही है?

(a) शिक्षक को पढ़ाते समय छात्रों की भिन्नताओं को ध्यान में रखना चाहिए

(b) शिक्षक को मन्द गति से सीखने वाले छात्रों को झिड़कना नहीं चाहिए।

(c) शिक्षक को मेधावी बालकों का समुचित पथ-प्रदर्शन करना चाहिए।

(d) उपरोक्त सभी।

53. एक डॉक्टर तथा अध्यापक में यह समानता है कि-

(a) दोनों ही समाजसेवी होते हैं

(b) दोनों निदान के पश्चात् ही उपचारात्मक विधि अपनाते हैं

(c) दोनों आरंभ में एक ही जैसी शिक्षा ग्रहण करके आते हैं

(d) दोनों ही व्यवसायी हैं

54. शिक्षा-दर्शन बताता है कि 'क्या शिक्षा दी जाए और क्यों'? इसके विपरीत शिक्षा मनोविज्ञान का सम्बन्ध शिक्षा के-

(a) 'कब और कैसे' पहलू से है

(b) 'किसे और कब तक' पहलू से है

(c) 'किसको और क्यों' पहलू से है

(d) उपरोक्त सभी

55. शिक्षा मनोविज्ञान का जनक किसे कहा जाता है?

(a) पेस्टॉलाजी (b) डीवी

(c) हरबर्ट (d) स्पेन्सर

56. त्रिभाषा-फार्मूला किसने दिया?

(a) राधाकृष्णनन आयोग (1948-49)

(b) कोठारी आयोग (1964-66)

(c) बेसिक शिक्षा समिति

(d) मुदालियर आयोग (1952-53)

57. प्रयोजनवाद ने किसे जन्म दिया?

(a) बेसिक शिक्षा

(b) प्रोजेक्ट विधि

(c) शिक्षा की खेल विधि

(d) व्यवासायिक शिक्षा

58. अभिप्रेरण एक –

(a) भौतिक अवस्था है

(b) मनोवैज्ञानिक अवस्था है

(c) नैसर्गिक अवस्था है

(d) सहज अवस्था है

59. एक शिक्षक कक्षा में प्रश्न पूछता है-

(a) छात्रों को व्यस्त रखने के लिए।

(b) अनुशासन बनाए रखने के लिए।

(c) छात्रों का ध्यान आकर्षित करने के लिए।

(d) शिक्षण के लिए।

60. परामर्श प्रदान करने की स्थिति में एक परामर्शदाता जो प्रथम कार्य करता है, वह है-

(a) अपने छात्र से मधुर सम्बन्ध स्थापित करना

(b) छात्र के मुख से उसकी समस्या को समझना

(c) छात्र सम्बन्धी आँकड़ों के विश्लेषण के आधार पर उसकी समस्या की जड़ तक पहुंचना

(d) छात्र को परामर्श प्राप्त करने के विभिन्न नियमों को बताना

61. निम्नलिखित में से कौन सा व्यक्ति विद्यालय के अंदर छात्रों को उत्तम निर्देशन प्रदान कर सकता है?

(a) निर्देशन विशेषज्ञ

(b) विद्यालय प्रशासक

(c) कक्षा का शिक्षक

(d) बालक का संरक्षक

62. कक्षा के अध्यापक द्वारा निर्देशन सम्बन्धी जो प्रमुख कार्य किया जाता है, वह है-

(a) एक न्यायविद् की तरह-जिसमें छात्र प्रभुत्व सम्पन्न व्यक्तियों से उचित व्यवहार करना सीखता है
(b) एक नैतिकवादी की तरह-जिससे निर्देशन का आधार पूर्ण नैतिक एवं सामाजिक बनता है
(c) एक दर्पण की तरह-जिससे छात्र स्वयं की पहचान करना सीख लेता है
(d) एक सहायक की तरह-जिससे वर्तमान समय की कठिनाइयों में छात्र एक सहारा ढूंढता है

63. निम्नलिखित में से परामर्श प्रदान करने की सर्वाधिक आपत्तिजनक प्रक्रिया कौन सी है, विशेष रूप से जब शिक्षक किशोर बालकों के साथ कार्य करता है-
(a) केवल छात्रों को यह बताना कि आप उनकी कहाँ तक सहायता कर सकते हैं और कहां नहीं
(b) उनके व्यवहार के गतिशील पक्षों में अपेक्षित अन्तर्सूझ पैदा कर देना
(c) अस्वीकृत एवं अवांछनीय व्यवहार को अधिक उपयुक्त एवं वांछनीय व्यवहारों में परिवर्तित कर देना
(d) छात्रों की समस्याओं को स्वयं अपना उत्तरदायित्व मानकर उनका समाधान करना

64. एक शिक्षक परामर्शदाता के रूप में विद्यालयों में घूम-घूम कर कार्य करता है, उसके कार्य को कहा जा सकता है-
(a) प्रशासन सम्बन्धी
(b) शिक्षण सम्बन्धी
(c) निर्देशन सम्बन्धी
(d) कार्यालय सम्बन्धी

65. एक परामर्शदाता का हाई स्कूल स्तर पर प्रमुख दायित्व होता है-
(a) छात्रों को अपनी समस्याओं के समाधान में सहायता करने के योग्य बनाना
(b) प्रधानाचार्य की स्कूल प्रशासन में सहायता करना
(c) छात्रों की अनेकानेक समस्याओं के समाधान में सहायता करना
(d) शिक्षकों को सेवाकालिक प्रशिक्षण में सहायता प्रदान करना

66. निर्देशन में शिक्षक की सर्वप्रमुख भूमिका है-
(a) छात्रों की दैनिक जीवन सम्बन्धी समस्याओं का समाधान करना
(b) छात्र एवं परामर्शदाता के मध्य एक सहयोगी भूमिका का निर्वाह करना
(c) परामर्शदाता के कार्यभार की अधिकता को कम करने के लिए विशिष्ट वर्गों के छात्रों को पहचानने में मदद करना
(d) परामर्शदाता के परामर्शक (कन्सलटेंट) के रूप में कार्य करना

67. गृहकक्ष योजना का निम्नलिखित में से कौन सा कार्य नहीं है?
(a) समूह एवं व्यक्तिगत निर्देशन प्रदान करना
(b) उपस्थिति लेना तथा घोषणाएं पढ़ना
(c) अध्ययन आदतों का विकास करना
(d) उपर्युक्त में से कोई नहीं

68. गृहकक्ष योजनाओं (Home Room Programmes) की संस्तुति प्रायः इसलिए की जाती है, क्योंकि वे शिक्षक को निम्नलिखित अवसर प्रदान करती है-
(a) छात्रों को व्यस्त रखने के
(b) अतिरिक्त समय मिलने पर शिक्षक अपने अन्य कार्य कर लेता है
(c) छात्रों से सुपरिचित हो जाता है
(d) छात्रों को निर्देशन सेवाएं प्रदान करता है

69. कक्षा के शिक्षक द्वारा निर्देशन प्रदान करने में सबसे बड़ी बाधा है-
(a) प्रशिक्षित परामर्शदाताओं का अभाव
(b) कक्षा में शिक्षक की विशेष एवं महत्वपूर्ण स्थिति
(c) कक्षा में समय की अनुपलब्धता
(d) कक्षा की समस्याओं में अधिक सूझ

70. भारतीय संविधान के किस अनुच्छेद में निःशुल्क एवं अनिवार्य शिक्षा का प्रावधान है?
(a) 42वें (b) 26वें
(c) 32वें (d) कोई नहीं

उत्तरमाला

1. (c)	**2.** (c)	**3.** (d)	**4.** (a)	**5.** (d)	**6.** (a)	**7.** (b)	**8.** (c)	**9.** (c)	**10.** (b)
11. (c)	**12.** (a)	**13.** (c)	**14.** (d)	**15.** (b)	**16.** (a)	**17.** (b)	**18.** (c)	**19.** (d)	**20.** (d)
21. (a)	**22.** (c)	**23.** (d)	**24.** (c)	**25.** (a)	**26.** (d)	**27.** (a)	**28.** (b)	**29.** (c)	**30.** (a)
31. (a)	**32.** (c)	**33.** (a)	**34.** (a)	**35.** (d)	**36.** (c)	**37.** (b)	**38.** (d)	**39.** (a)	**40.** (c)
41. (b)	**42.** (d)	**43.** (d)	**44.** (a)	**45.** (b)	**46.** (c)	**47.** (c)	**48.** (d)	**49.** (a)	**50.** (d)
51. (b)	**52.** (d)	**53.** (b)	**54.** (a)	**55.** (c)	**56.** (a)	**57.** (b)	**58.** (b)	**59.** (d)	**60.** (c)
61. (c)	**62.** (b)	**63.** (b)	**64.** (c)	**65.** (a)	**66.** (c)	**67.** (b)	**68.** (d)	**69.** (b)	**70.** (d)

अध्याय 12

अभिरुचि, थकान चिन्तन और स्मृति

अभिरुचि (अभिक्षमता, रुझान)

प्रस्तावना

'Aptitude' शब्द की व्युत्पत्ति 'Aptos' शब्द से हुई है, जिसका अर्थ है 'के लिए लायक'। जब भी हम एक व्यक्ति की अभिरुचि की बात करते हैं तो हम उसकी योग्यताओं और क्षमताओं को ध्यान में रखते हुए उसके भविष्य के लिए देख रहे होते हैं। सरल शब्दों में यह कहा जा सकता है कि अभिरुचि किसी व्यक्ति की विशिष्ट योग्यता या विशिष्ट क्षमता होती है।

परिभाषा-

1. ब्लम एवं बेलिसकी के अनुसार,

"रुझान में वृद्धि, रुचि, व्यक्तित्व और सीखने या प्रशिक्षण के माध्यम से प्राप्त होने वाले वातावरण का प्रभाव सम्मिलित रहता है।"

2. हॉन और मैलीन के अनुसार,

"अभिरुचि एक छुपी हुई शक्ति होती है जिसे प्रशिक्षित किया जा सकता है।"

अभिरुचियों के प्रकार

1. हस्तकार्य के लिए अभिरुचि
2. क्लर्क के कार्य के लिए अभिरुचि
3. विद्या सम्बन्धी क्रियाओं के लिए अभिरुचि
4. शिक्षण के लिए अभिरुचि
5. इंजीनियरिंग के लिए अभिरुचि
6. संगीत तथा कला के लिए अभिरुचि
7. दवा/औषधि के लिए अभिरुचि
8. वकालत के लिए अभिरुचि
9. कौशल व्यवसाय के लिए अभिरुचि

अभिरुचि परीक्षणों की उपयोगिता

1. मार्गदर्शन सेवाओं की रीढ़
2. क्षमताओं का ज्ञान
3. व्यवसाय का चयन
4. विषयों का चयन
5. व्यावसायिक प्रशिक्षण के लिए दाखिले में
6. पाठ्यक्रम की योजना
7. सफलता की भविष्यवाणी
8. शौक/पसंदों का परिचय
9. काम करने वालों का चयन
10. व्यावसायिक प्रशिक्षण

रुचि

प्रस्तावना

सरल शब्दों में रुचि से अभिप्राय 'पसंद एवं नापसंद' से है। आप उस कार्य को करना पसन्द करते हैं क्योंकि आपकी उसमें रुचि होती है।

परिभाषाएं

i) **क्रो एवं क्रो के अनुसार,** "रुचि वह अभिप्रेरक शक्ति है जो हमें किसी व्यक्ति, वस्तु या क्रिया की ओर ध्यान देने के लिए बाध्य करती है"

ii) **जे. एस. रॉस के अनुसार,** "जो वस्तु हमसे संबंधित होती है अथवा प्रयोजन रखती है हमारी रुचि उस में लीन होने तथा उसे जारी रखने की प्रवृत्ति है।

रुचियों की प्रकृति और विशेषताएं

1. रुचि व प्रेरणा में गहरा संबंध है।
2. रुचियां जन्मजात भी होती हैं और अर्जित भी।
3. रुचि व्यक्ति को प्रेरित बल की तरह ऊर्जा प्रदान करती हैं।
4. रुचि में व्यक्तिगत विभिन्नता होती है।
5. बच्चों की रुचि यदि संतुष्ट है तो शिक्षण-अधिगम प्रक्रिया आसान और प्रभावशाली बन जाती है।
6. रुचि बच्चों में थकावट का सामना करने के लिए धैर्य प्रदान करती है।
7. अपनी रुचि के अनुसार कार्य करना हमेशा संतुष्टि प्रदान करता है। इससे व्यक्ति को अपने लक्ष्यों और उद्देश्यों की प्रप्ति में सहायता मिलती है।
8. रुचि स्थिर तथा स्थायी नहीं होती। परिपक्वता, शिक्षा तथा अन्य आन्तरिक एवं बाह्य तत्वों के कारण उनमें परिवर्तन भी होते हैं।

रुचियों को प्रभावित करने वाले कारक

रुचियों को केवल जन्मजात या उत्तराधिकार के रूप मे पाना, समझना अनुचित है। वस्तुत: व्यक्ति को उसके वृद्धि और विकास में दोनों आन्तरिक या निजी कारक या वातावरणीय कारक उसकी रुचि को समान रूप से प्रभावित करते हैं।

निजी कारक	वातावरणीय कारक
1. बच्चों का शारीरिक स्वास्थ्य एवं उनका विकास	1. परिवार की सामाजिक-आर्थिक परिस्थितियां
2. आयु	2. अभिवृत्तियां
3. लिंग	3. विद्यार्थियों के व्यक्तित्व के प्रतिमान
4. बुद्धि	4. माता-पिता द्वारा अपनाया गया पालने का दस्तूर
5. रुचियों में कारक के रूप में अधिगम	5. व्यक्तिगत विभिन्नता
6. बच्चों की इच्छाएं, मूल्य और प्रेरणाएं	6. परिवार की सांस्कृतिक प्रतिष्ठा
7. उनके संवेग, भावनाएं एवं कुण्ठाएं	7. माता-पिता की शिक्षा तथा बच्चों के प्रशिक्षण का संबंध

थकान

प्रस्तावना

थकान प्रभावशाली शिक्षण और सफलतापूर्ण अधिगम को प्रभावित करता है। यह कार्य की मात्रा और विशेषता को कम करती है। थकान से हमारा अभिप्राय व्यक्ति की उस अवस्था से है जब एक शारीरिक या मानसिक क्रिया को निरन्तर करते रहने में असम्भव या मुश्किल होने लगे। तब उस क्रिया को करने के लिए कुछ समय रुकना चाहिए व किसी अन्य कार्य को शुरू कर देना चाहिए।

परिभाषा

i) शिक्षा के शब्दकोश-गुड के अनुसार "क्रिया के परिणामस्वरूप क्षमता या कार्य में कमी होना।"

ii) बोरिग व अन्य के अनुसार, "थकान से अभिप्राय: निरन्तर कार्य करने के परिणाम से क्षमता में घटाव से है।"

iii) गिलबर्ट के अनुसार, "थकान उत्पादन में लिए गए सुख में कमी और कार्य करने की क्षमता में गिरावट है।"

थकान के लक्षण

शारीरिक थकान के लक्षण	मानसिक थकान के लक्षण
1. ऊर्जा का खर्च होना	1. शारीरिक थकान का प्रभाव
2. बार-बार जंभाई आना	2. पूर्ण एकाग्रता नहीं होना
3. चेहरा फीका पड़ना	3. रुचि का अभाव
4. आंखे निद्रालु जैसी लगना	4. समझने की शक्ति का घटना
5. मांसपेशियों का कमजोर होना	5. धीरे सांस लेना
6. ताकत का अभाव	6. शरीर का तापमान गिरना
7. रक्त संचालन का तेज होना	7. दिमाग में सिरदर्द या भारीपन
8. कठोर और तेज सांस लेना	8. अशान्त / बेचैन
9. शरीर का तापमान बढ़ना	9. बदलाव के लिए इच्छा जागना
10. लड़खड़ाना, शरीर के भागों का प्रयोग करने में दर्द महसूस करना	10. व्यक्ति बहुत सारी गलतियां कर सकता है

थकान को दूर करने के उपाय

1. क्रिया का वैज्ञानिक प्रबंधन
2. रुचि
3. आराम
4. कार्य करने के कम घंटे
5. शोर को दूर करना
6. आदतों का निर्माण
7. ऑक्सीजन की पूर्ति
8. अभ्यास
9. अभिप्रेरणा
10. व्यवसाय में परिवर्तन
11. नींद
12. संतुलित आहार

चिन्तन

'चिन्तन' एक ऐसी प्रकिया है जो सभी प्राणियों में होती है। इसने एक अप्रत्यक्ष मानसिक प्रक्रिया कहा गया है। इस प्रक्रिया को हम देख नहीं सकते अर्थात 'अव्यक्त' मानसिक प्रक्रिया होती है।

"चिन्तन को समस्या समाधान प्रक्रिया के रूप में परिभाषित किया गया है जिसमें हम प्रत्यक्ष या स्पष्ट व्यवहार के स्थान पर विचारों या संकेतों का प्रयोग करते हैं।

चिन्तन का स्वरूप निम्न प्रकार का होता है:-

i) चिन्तन में अभिप्रेरणा का भी बहुत महत्व होता है।

ii) चिन्तन में पूर्व अनुभूति शामिल होती है।

iii) चिन्तन प्रक्रिया चाहे मानव की हो या पशु की, प्रकट हो या अप्रकट, इस समस्त चिन्तन प्रक्रिया में भूल और प्रयास की प्रक्रिया शामिल होती है।

iv) चिन्तन एक प्रकार का अप्रकट व्यवहार है।

v) बाल्यकाल में चिन्तन अक्रमबद्ध होता है। जैसे-जैसे वह बड़ा होता है वैसे-वैसे चितंन क्रमबद्ध होता चला जाता है।

vi) चिन्तन एक निरन्तर प्रक्रिया है।

vii) चिन्तन प्रेरक-केन्द्रित होता है।

viii) चिन्तन का प्रभावशाली विश्लेषण कठिन होता है।

ix) चिन्तन मस्तिष्क या सिर तक ही सीमित नहीं, बल्कि वह समस्त शरीर को ही संलिप्त करता है।

x) चिन्तन दृष्टिकोणों, पूर्वाग्रहों और विश्वासों द्वारा प्रभावित होता है।

चिन्तन के विभिन्न प्रकार

1. स्वली चिन्तन

इस श्रेणी के चिन्तन के अन्तर्गत व्यक्ति अपने काल्पनिक विचारों एवं इच्छाओं की अभिव्यक्ति करता है।

उदाहरण- स्वप्न, स्वप्न चित्र, अभिलाषा आदि।

2. यथार्थवादी चिन्तन

इस प्रकार के चिन्तन का सम्बन्ध वास्तविकता से होता है तथा इसके सहारे व्यक्ति किसी समस्या का समाधान कर सकता है।

यर्थाथवादी चिन्तन दो प्रकार का हो सकता है-

(i) अभिसारी चिन्तन

(ii) सृजनात्मक चिन्तन

(i) अभिसारी चिन्तन:-

इस प्रकार के चिन्तन को निगमनात्मक चिन्तन भी कहा जाता है। इस प्रकार के चिन्तन के अन्तर्गत व्यक्ति दिये गए तथ्यों के आधार पर किसी सही निष्कर्ष पर पहुँचने का प्रयास करता है।

(ii) सृजनात्मक चिन्तन या अपसारी

इस प्रकार के चिन्तन को आगनात्मक चिन्तन भी कहा जाता है। व्यक्ति दिये गए तथ्यों में अपनी ओर से नया तथ्य जोड़कर एक निश्चित निष्कर्ष पर पहुँचता है। तब तक व्यक्ति इन नये तथ्यों को अपनी ओर से उसमें नहीं जोड़ता, समस्या का समाधान नहीं हो पाता।

स्मृति

स्मृति का अर्थ

स्मृति एक मानसिक प्रक्रिया है जो प्रत्येक प्राणी में किसी न किसी मात्रा में अवश्य पाई जाती है। वस्तुत: जब व्यक्ति किसी वस्तु, पदार्थ अथवा स्थान को देखता है तो उस वस्तु पदार्थ या स्थान की प्रतिमा अथवा चिह्न उसके मस्तिष्क में बन जाते हैं। ये संचित चिह्न अथवा पूर्व समय में सीखी हुई बातों को याद करना ही स्मृति कहलाता है।

पूर्व अनुभवों को अचेतन मन में संचित रखने और आवश्यकता पड़ने पर चेतन मन में लाने को स्मृति कहते हैं। दूसरे शब्दों में सीखे हुए ज्ञान तथा पूर्व अनुभवों को इस प्रकार सुरक्षित रखा जाए कि जब हमें आवश्यकता हो तो उनका उपयोग किया जा सके। मनोविज्ञान जगत में धारण करने और दोहराने की यह योग्यता 'स्मृति' के नाम से जानी जाती है।

वुडवर्थ ने 'स्मृति' शब्द तथा 'स्मरण' व 'याद रखना'- दोनों शब्दों का एक ही अर्थ लिया है।

समृति की परिभाषा

1. **लेग्डगल के अनुसार**

''स्मृति का तात्पर्य भूतकालीन घटनाओं के अनुभव की कल्पना करना एवं पहचान लेना है कि वे अपने ही भूतकालीन अनुभव हैं।''

2. **स्टाउट के शब्दों में**

''स्मृति एक आदर्श पुनरावृत्ति है जिसमें भूतकाल के अनुभव उसी क्रम तथा ढंग से जाग्रत होते हैं जैसे वह पहले हुए थे।''

3. **वुडवर्थ का कहना हैं**

''सीखे हुए अनुभवों को याद रखना ही स्मृति है।''

4. **रायबर्न का विचार है**

''अपने अनुभवों को संचित रखने और उनको प्राप्त करने के कुछ समय बाद चेतना के क्षेत्र में पुन: वापिस लाने की जो शक्ति हममें होती है, उसी को स्मृति कहते हैं।''

5. **जे. एस. रॉस के अनुसार**

''स्मृति एक नया अनुभव है जो पूर्व अनुभवों की स्थिति द्वारा निर्धारित होता है तथा दोनों के बीच का संबंध स्पष्ट समझा जाता है।''

स्मृति की अवस्थाएं

(1) **अधिगम**	(2) **धारण करना**	(3) **प्रत्यास्मरण**	(4) **पहचान**
सीखना	सीखे हुए अनुभव तथा तथ्यों को सुरक्षित रखना	सीखे हुए अनुभवों और तथ्यों को फिर से चेतना में लाना	किसी वस्तु या परिस्थिति को उसी रूप में देखना जिस रूप में उनकी छाप मानस पटल पर अंकित हो गई हो

स्मृति के प्रकार : वर्गीकरण-I

(1)	(2)
तत्कालीन या संवेदी स्मृति	**अल्पकालीन स्मृति**

स्मृति के प्रकार : वर्गीकरण-II

(1)	(2)
अल्पकालीन या संवेदी स्मृति	**दीर्घकालीन स्मृति**

स्मृति के प्रकार : वर्गीकरण-III

(1) **स्थायी स्मृति**	(2) **तत्कालीन स्मृति**	(3) **सक्रिय स्मृति**	(4) **निष्क्रिय स्मृति**	(5) **यान्त्रिक स्मृति**	(6) **रटंत स्मृति**	(7) **तार्किक स्मृति**	(8) **व्यक्तिगत स्मृति**	(9) **अव्यक्तिगत स्मृति**
(i) सीखी हुई बात का बहुत समय तक प्रत्यास्मरण कर सकना। (ii) तथ्यों में साहचर्य की दृढ़ता	सीखी हुई बात को तुरन्त सुना देना	पुराने अनुभवों तथा तथ्यों का प्रत्यास्मरण कुछ परिश्रम से करना	पूर्व अनुभव का प्रत्यास्मरण बिना परिश्रम के करना	शरीर के भागों अर्थात् हाथों और पैरों को हिलाकर प्रत्यास्मरण करना	तथ्यों को बिना समझे याद करना	किसी कार्य तथा तथ्य में बुद्धि का प्रयोग करना	पूर्व अनुभवों का प्रत्यास्मरण करते हुए उनसे जुड़ी अपनी बातों का प्रत्यास्मरण करना	पुस्तकों तथा साहित्य से सीखी हुई बातों को याद करना

1. तत्कालीन या संवेदी स्मृति तथा अल्पकालीन स्मृति की तुलना

क्र. सं.	तत्कालीन स्मृति	क्र. सं.	अल्पकालीन स्मृति
1.	अल्प समय-सेकेंड से भी कम धारण समय।	1.	तुलनात्मक अधिक कार्यकाल-कम से कम 30 सेकेंड तथा स्मृति को धारण किया जा सकना
2.	स्मृति चिन्ह (दृश्यात्मक उद्दीपन पानी के बुलबले की भांति)	2.	स्मृति चिन्हों को अधिक समय तक धारण कर सकना
3.	प्रयासों का अधिगमकर्त्ता पर कोई प्रभाव नहीं	3.	अभ्यास का प्रभाव
4.	स्मृति विस्तार तुलनात्मक अधिक	4.	स्मृति विस्तार तुलनात्मक कर्म
5.	स्मृति चिन्हों का कुछ समय के पश्चात समाप्त हो जाना अथवा अल्पकालीन स्मृति में बदल जाना	5.	अभ्यास के परिणामस्वरूप स्मृति चिन्हों का दीर्घकाल स्मृति में स्थानान्तरित हो जाना
6.	स्मृति चिन्हों के नष्ट होने से स्मृति में अंकित सामग्री को तुरन्त भूल जाना	6.	स्मृति चिन्हों के धुधंले पड़ने या नष्ट होने पर पुरानी सामग्री के स्थान पर नई सामग्री का स्थान ले लेना।

2. अल्पकालीन स्मृति की दीर्घकालीन स्मृति से तुलना

क्र. सं.	अल्पकालीन स्मृति	क्र. सं.	दीर्घकालीन स्मृति
1.	स्मृति विस्तार सामान्यतया 5 से लेकर 9 इकाइयों तक ही सीमित (अंक, अक्षर वस्तु)।	1.	स्मृति विस्तार अपेक्षाकृत अधिक पूरी की पूरी कहानियों, घटनाओं आदि को स्मृति में बनाए रखना।
2.	स्मृति चिह्नों का जल्दी मिट जाना।	2.	स्मृति चिह्नों का अपेक्षाकृत अधिक मजबूत तथा स्थायी होना।
3.	मस्तिष्क में संयोजी विषय सामग्री का मस्तिष्क द्वारा स्वत: रिहर्सल या पुनरावृत्ति का न होना।	3.	मस्तिष्क में संजोयी विषय सामग्री का समुचित मानसिक रिहर्सल तथा पुनरावृत्ति का होते रहना।
4.	कार्यकाल बहुत छोटा-सामान्यतया 30 सेकेंड से अधिक न होना।	4.	अपेक्षाकृत कार्यकाल लम्बा-कुछ स्थितियों में कार्यकाल घंटों, दिनों या वर्षो तक ही सीमित न रहकर जीवनपर्यन्त बने रहना।
5.	सूचनाओं को बहुत असम्बद्ध ढंग से ग्रहण किया जाना।	5.	सूचनाओं को संबंधित ढंग से ग्रहण किया जाना।
6.	सूचनाओं के भण्डारण की उचित व्यवस्था का न होना।	6.	सूचनाओं के भण्डारण की उचित व्यवस्था का होना।
7.	पुनरावृत्ति अथवा अभ्यास के न होने से धारण की गई सूचनाओं का मानस पटल से बिल्कुल गायब हो जाना।	7.	धारण की गई सामग्री का गायब न होना।
8.	उचित अभ्यास द्वारा सूचनाओं या विषय सामग्री का दीर्घकालीन स्मृति में स्थानान्तरण हो जाना।	8.	इस प्रकार का कोई स्थानान्तरण नहीं होता।
9.	पुरानी सूचनाओं में अस्थिरता का होना।	9.	विस्मृति की बहुत कम संभावना। अंत: सूचनाओं में स्थिरता।

अच्छी स्मृति के लक्षण तथा इसे प्रभावित करने वाले लक्षण

1. शीघ्र अधिगम
2. उत्तम-धारण शक्ति
3. शीघ्र पुन: स्मरण
4. शीघ्र पहचान
5. अनावश्यक बातों की विस्मृति
6. उपयोगिता

स्मृति को प्रभावित करने वाले कारक

1. आन्तरिक कारक

(i) छात्र का स्वास्थ्य
(ii) छात्र की मानसिक तथा शारीरिक दशा
(iii) छात्र की इच्छाशक्ति
(iv) छात्र का मानसिक, शारीरिक संवेगात्मक तथा सामाजिक दृष्टि से समायोजन
(v) छात्र की रुचि तथा अवधान
(vi) दोहराना तथा अभ्यास

2. बाह्य कारक

(i) स्मरण की जाने वाली विषयवस्तु की प्रकृति
(ii) स्मरण किए जाने हेतु अपनाए गए तरीके तथा विधियां

स्मृति उन्नत करने के उपाय

1. जिस बात को बालक स्मरण करना चाहता है उसे याद करने के लिए उसमें दृढ़ निश्चय होना चाहिए।
2. बालक जिस बात को स्मरण करना चाहते हैं, उसका लाभ और उद्देश्य उन्हें स्पष्ट रूप से ज्ञात होना चाहिए।
3. बालकों को पाठ स्मरण करने के लिए विभिन्न विधियों का प्रयोग करने के लिए प्रोत्साहित करना चाहिए।
4. बालकों को जो पाठ स्मरण करने के लिए दिया जाए, उसका अर्थ उन्हें पहले ही पूर्ण रूप से समझा दिया जाना चाहिए।
5. बालकों को स्मरण करने के लिए जो पाठ दिया जाए, उसमें उनकी रुचि होनी चाहिए या रुचि उत्पन्न की जानी चाहिए।
6. बालकों की स्मरण करने की क्रिया, निष्क्रिय न होकर सक्रिय होनी चाहिए। अत: स्मरण करने के समय उनको अपनी ज्ञानेन्द्रियों का अधिक से अधिक प्रयोग करने का अवसर दिया जाना चाहिए।
7. पाठ स्मरण करते समय बालकों में भय, क्रोध, कष्ट, थकान, परेशानी आदि नहीं होनी चाहिए, अन्यथा उन्हें पाठ को स्मरण करने में बहुत देर लगती है और स्मरण करने के बाद व उसे शीघ्र ही भूल जाते हैं।
8. बालकों द्वारा स्मरण किया पाठ कुछ-कुछ समय के पश्चात् दोहराया जाना चाहिए।

रायबर्न के अनुसार

इस बात का पूर्ण प्रयास किया जाना चाहिए कि बालक अपने पाठ को एकाग्रचित्त होकर याद करें।

कॉलेसनिक के अनुसार

स्मृति-प्रशिक्षण की तीन मुख्य विधियाँ हैं-

1. निरीक्षण शक्ति का विकास करना
2. तार्किक शक्ति को बलवती बनाना
3. निर्णय की प्रक्रिया में उन्नति करना

स्मृति के मापन की विधियां

स्मृति का मापन किसी व्यक्ति की 'धारणा शक्ति' के आधार पर किया जाता है। जो कुछ सीखा जाता है, वह अपना प्रभाव अवश्य छोड़ता है जिसे मस्तिष्क में एनग्राम्स नामक एक प्रकार के स्मृति चिह्नों के रूप में सुरक्षित रखा जाता है। अनुभव या अधिगम का स्मृति चिह्नों के रूप में हमारे मस्तिष्क द्वारा इस प्रकार सुरक्षित रखा जाना या संचित करना ही अनुभव अथवा अधिगम का धारण करना कहलाता है।

किसी भी धारणा शक्ति का मापन करने के लिए प्राय: निम्न सूत्र का प्रयोग किया जाता है: स्मृति में धारण की गई विषय सामग्री की मात्रा, स्मरण की गई विषय सामग्री की मात्रा तथा विस्मृत सामग्री की मात्रा।

धारणा के मापन की विधियों का वर्गीकरण

(1) प्रत्यास्मरण या पुन: स्मरण विधि
(2) पहचान अथवा अभिज्ञान विधि
(3) बचत विधि
(4) पुनर्रचना या नवनिर्माण विधि

1. **प्रत्यास्मरण:-** प्रत्यस्मरण के लिए निम्नलिखित तीन तरीकों को प्रयोग किया जाता है-

(i) मुक्त प्रत्यास्मरण (ii) संकेतात्मक प्रत्यास्मरण (iii) क्रमिक प्रत्यास्मरण

(i) मुक्त प्रत्यास्मरण (a) पढ़ाकर सुनाए गए या दिखाए गए अर्थयुक्त शब्दों की सूची में से छात्र से पूछना, क्रम अथवा स्थान की परवाह किए बिना।

उदाहरण:- CAR, HAT, CAP आदि

(b) अंक पूछना : 28, 58, 18, 72 आदि। (c) अर्थहीन शब्द पूछना : TAR, TAH, PAC

(d) कोई गद्य या पद्य का अंश, घटना आदि पूछना।

क्रमिक प्रत्यास्मरण:- उदाहरण के लिए यदि किसी को 10 शब्दों को क्रमिक प्रत्यास्मरण करने को कहा गया और उसने 8 शब्दों का प्रत्यास्मरण कर लिया परन्तु 2 का क्रम गलत बताया तो उसका स्कोर 8-2 = 6 ही होगा।

2. पहचान अथवा अभिज्ञान विधि

(1) **साधारण अभिज्ञान परीक्षण**
(इस परीक्षण में व्यक्ति द्वारा देखी गई वस्तु, स्थान या व्यक्ति का चित्र सामने रखा जाता है या सुनी हुई बात का आडियो टेप सुनाया जाता है।)

(2) **बहु-विकल्पीय अभिज्ञान परीक्षण**
भारत के प्रथम राष्ट्रपति कौन थे?
(i) राजीव गांधी
(ii) राजेन्द्र प्रसाद
(iii) वी. वी. गिरी
(iv) महात्मा गाँधी

3. बचत विधि

एक परीक्षार्थी के सामने 20 शब्दों से युक्त एक अर्थहीन शब्दों की सूची प्रस्तुत की गई। इस सूची को उससे आरम्भ से अन्त तक भली प्रकार देखने और पढ़ने के लिए (मन ही मन या बोलकर) कहा गया। उसने इस प्रकार 15 पुनरावृत्तियों में उसे भली-भांति स्मरण कर लिया, जिसे उसकी परीक्षा लेकर देखा गया। देखा गया कि वह काफी भूल चुका है। उसको पुन: स्मरण करने के लिए समय दिया गया। इस बार उसने पूरी सूची को पूरी तरह स्मरण करने में कम समय लिया तथा केवल 10 पुनरावृत्तियों से ही उसका काम चल गया। इस तरह एक नए सिरे से स्मरण करने में 20-10 = 10 पुनरावृत्तियों की बचत हो गई। जबकि उसके अन्य साथियों की बात 6 या 7 ही रही। स्पष्ट है कि इस विद्यार्थी की धारणा क्षमता दूसरे अन्य विद्यार्थियों की तुलना में पर्याप्त अच्छी मानी जा सकती है।

स्मरण करने की मितव्ययी विधियां

1. सक्रिय विधि
2. निष्क्रिय विधि
3. स्वर विधि
4. पूर्ण विधि
5. खण्ड विधि
6. मिश्रित विधि
7. प्रगतिशील विधि
8. अन्तरयुक्त विधि
9. अन्तरहीन विधि
10. रटने की विधि
11. साभिप्राय स्मरण विधि
12. निरीक्षण विधि
13. क्रिया विधि
14. विचार-साहचर्य की विधि

समृति की अवस्थाएं

1. अधिगम 2. धारणा
3. प्रत्यास्मरण 4. पहचान

1. अधिगम

स्मृति केवल अधिगम अथवा अनुभवों के अंकित होने पर आधारित होती है। अत: स्मृति की पहली अवस्था किसी वस्तु अथवा तथ्य के सीखने की है। सीखने का कार्य चेतन मन करता है।

2. धारणा

सीखी हुई पाठ्यवस्तु अथवा संस्कारों को मस्तिष्क में स्थायी रूप से बनाए रखना धारणा कहलाता है। धारण करने की शक्ति प्रत्येक व्यक्ति में अलग-अलग मात्रा में पाई जाती है। धारण शक्ति 25 वर्ष की आयु तक अपनी चरम सीमा तक पहुंच जाती है। धारण शक्ति मुख्यत: चार बातों पर निर्भर करती है।

(i) मस्तिष्क (ii) स्वास्थ्य
(iii) रुचि (iv) चिन्तन

3. प्रत्यास्मरण या पुन: स्मरण

सीखे हुए अनुभवों का चेतना में लाना प्रत्यास्मरण कहलाता है। व्यक्ति की स्मृति का अच्छा अथवा बुरा होना उसके भूतकालीन अनुभवों को पुन: स्मरण करने पर ही निर्भर करता है।

4. पहचान

पहचान वह मानसिक प्रक्रिया है जिसके द्वारा हम किसी वस्तु अथवा व्यक्ति के सम्पर्क में आकर यह बता देते हैं कि क्या वस्तु है अथवा कौन व्यक्ति है तथा इससे हमारा परिचय कब हुआ?

स्मृति का वर्गीकरण

1. तात्कालिक स्मृति
2. स्थायी स्मृति
3. व्यक्तिगत स्मृति
4. अव्यक्तिगत स्मृति
5. सक्रिय स्मृति
6. निष्क्रिय स्मृति
7. यांत्रिक स्मृति
8. रटन्त स्मृति
9. तार्किक स्मृति

विस्मृति

विस्मृति का अर्थ व परिभाषा

भूतकाल के किसी अनुभव, विचार तथा तथ्य को वर्तमान चेतना में लाने की असफलता को विस्मृति कहते हैं।

जब हम कोई नई बात सीखते हैं या नया अनुभव प्राप्त करते हैं तो हमारे मस्तिष्क में उसका चित्र अंकित हो जाता है। हम अपनी स्मृति की सहायता से उस अनुभव को अपनी चेतना में फिर लाकर उसका स्मरण कर सकते हैं। पर कभी-कभी हम ऐसा करने में सफल नहीं होते हैं। हमारी यही असफल क्रिया 'विस्मृति' कहलाती है।

परिभाषा

1. मन:- ''सीखी हुई बात को स्मरण रखने या पुन: स्मरण करने की असफलता को विस्मृति कहते हैं।''

2. ड्रेवर:- ''विस्मृति का अर्थ है- किसी समय प्रयास करने पर भी किसी अनुभव का स्मरण करने या पहले सीखे हुए किसी कार्य को करने में असफलता।''

विस्मृति की प्रकृति

विस्मृति की प्रकृति जानने के लिए विस्मृति का निम्नलिखित वर्गीकरण नीचे प्रस्तुत है।

विस्मृति के प्रकार वर्गीकरण-I

(1) **सक्रिय विस्मृति** (2) **निष्क्रिय विस्मृति**

विस्मृति के प्रकार वर्गीकरण-II

(1) **स्वाभाविक विस्मृति** (2) **अस्वाभाविक विस्मृति**

विस्मृति के प्रकार वर्गीकरण-III

(1) **सामान्य विस्मृति** (2) **विशिष्ट विस्मृति**

विस्मृति के प्रकार वर्गीकरण-IV

(1) **शारीरिक, भौतिक अथवा जैविक विस्मृति** (2) **मनोवैज्ञानिक विस्मृति**

पहले दो प्रकार के वर्गीकरण विस्मृति की प्रकृति को एक जैसा ही दर्शाते हैं।

सक्रिय विस्मृति तथा निष्क्रिय विस्मृति

1. सक्रिय विस्मृति

इस विस्मृति का कारण व्यक्ति स्वयं है। वह स्वयं किसी बात को भूलने का प्रयत्न करके उसे भुला देता है। फ्रायड का कहना है- ''हम विस्मृति की क्रिया द्वारा अपने दु:खद अनुभव को स्मृति से निकाल देते हैं।''

2. निष्क्रिय विस्मृति

इस विस्मृति का कारण व्यक्ति नहीं है। वह प्रयास न करने पर भी किसी बात को स्वयं भूल जाता है।

शारीरिक विस्मृति तथा मनोवैज्ञानिक विस्मृति

शारीरिक विस्मृति का कारण आय की वृद्धि, बीमारी, चोट लगना आदि के करण स्नायु संस्थान तथा मस्तिष्क की रचना में विकार या कमी का आ जाना है।

चिन्ता, तनाव, अरुचि, भय, क्रोध, दमन, दबाव, विराग के कारण है तो उसे मनोवैज्ञानिक विस्मृति कहते हैं।

इबिनहास का विस्मृति वक्र

विस्मृति की प्रकृति को समझने के लिए इबिनहास नामक मनोवैज्ञानिक ने खोज करके निष्कर्ष निकाला कि सीखी हुई या स्मरण की गई सामग्री कितना कुछ स्मरण रहती है अथवा भुला दी जाती है। यह स्मरण करने के पश्चात गुजरने वाले समय की अवधि पर निर्भर रहता है। शुरू में भूलने की गति तेज होती है, किन्तु बाद में जैसे-जैसे समय का अन्तराल लंबा होता चला जाता है, इसमें कमी होती चली आती है। ये परिणाम विस्मृति चक्र में दर्शाए गए हैं।

विस्मृति वक्र

विस्मृति वक्र का अर्थ

विस्मृति वक्र वह आकृति है जो यह प्रदर्शित करती है कि एक विशेष परिस्थिति में कोई व्यक्ति विशेष अपनी स्मरण की हुई सामग्री को समय के गुजरने के साथ-साथ किस प्रकार भूलता है।

विस्मृति के कारण

(1) **मनोवैज्ञानिक द्वारा खोजे गए सिद्धान्त**

1. बाधा का सिद्धान्त
2. दमन का सिद्धान्त
3. अनाभ्यास का सिद्धान्त
4. अनुपयोगिता का सिद्धान्त
5. भंडारण में विफलता का सिद्धान्त
6. विकृत विस्मृति का सिद्धान्त

(2) **मनोवैज्ञानिक विस्मृति**

1. समय का प्रभाव
2. रुचि का अभाव

विस्मृति के मुख्य कारण

1. बाधा का सिद्धान्त
2. दमन का सिद्धान्त
3. अनाभ्यास का सिद्धान्त
4. समय का प्रभाव
5. रुचि, ध्यान व इच्छा का अभाव
6. सीखने की दोषपूर्ण विधि
7. सीखे जाने वाले विषय का स्वरूप
8. विषय की यात्रा
9. सीखने में कमी
10. संवेगात्मक असन्तुलन
11. स्मरण न करने की इच्छा
12. मादक वस्तुओं का प्रयोग
13. मानसिक रोग
14. मानसिक द्वन्द्व
15. मानसिक आघात

विस्मृति कम करने के उपाय

1. बाल केन्द्रित शिक्षण अधिगम शिक्षण

2. छात्रों की भागीदारी पर आधारित शिक्षण अधिगम

3. पाठ की विषयवस्तु-कोलेसनिक का मत है

4. बालक का स्मरण करने में ध्यान

पाठ को स्मरण करते समय बालक को अपना पूर्ण ध्यान उस पर केन्द्रित रखना चाहिए। वुडवर्थ के शब्दों में इसका कारण यह है: ''पाठ स्मरण हो जाने के बाद जितना अधिक स्मरण किया जाता है, उतना ही अधिक वह स्मृति में धारण रहता है।"

5. पूरे पाठ का अर्थपूर्ण और क्रमबद्ध स्मरण:

बालक को पूरा पाठ सोच-समझकर याद करना चाहिए। जब तक उसे पूरा पाठ याद न हो जाए तब तक उसे स्मरण करने का कार्य स्थगित नहीं करना चाहिए। साथ ही उसे पाठ को आंशिक रूप से स्मरण नहीं करना चाहिए। ऐसा करने से पाठ का भूल जाना स्वाभाविक है।

6. पाठ का अधिक स्मरण

पाठ स्मरण हो जाने के बाद भी बालक को उसे कुछ समय तक और स्मरण करना चाहिए। इसका कारण बताते हुए नन ने लिखा है - ''पाठ स्मरण हो जाने के बाद जितना अधिक स्मरण किया जाता है, उतना ही अधिक वह स्मृति में धारण रहता है।''

7. अधिक समय तक स्मरण रखने का विचार

बालक को पाठ यह विचार करके स्मरण करना चाहिए कि उसे उसको बहुत समय तक याद रखना है। तभी वह उसे शीघ्र भूलने की सम्भावना को कम कर सकता है। बोरिंग, लैंगफील्ड ने लिखा है: ''अधिक समय तक स्मरण रखने के विचार से याद किया हुआ पाठ अधिक समय तक स्मरण रहता है।''

8. विचार-साहचर्य के नियमों का पालन

पाठ स्मरण करते समय बालक को विचार-साहचर्य के नियमों का पालन करना

चाहिए। उसे नवीन तथ्यों और घटनाओं का उन तथ्यों और घटनाओं से सम्बन्ध स्थापित करना चाहिए, जिनको वह जानता है। ऐसा करने से वह सम्भवत: पाठ का विस्मरण नहीं करेगा।

9. पूर्ण व अन्तरयुक्त विधियों का प्रयोगः

बालक को पाठ याद करने के लिए पूर्ण और अन्तरयुक्त विधियों का प्रयोग करना चाहिए।

10. सस्वर वाचन

छात्र को पाठ बोल-बोलकर स्मरण करना चाहिए। वुडवर्थ के शब्दों में इसका कारण यह है:- ''सक्रिय सस्वर वाचन के पश्चात् विस्मरण की गति धीमी होती है।''

11. स्मरण के बाद विश्राम

बालक को पाठ स्मरण करने के उपरान्त कुछ समय तक विश्राम अवश्य करना चाहिए, ताकि पाठ के स्मृति-चिह्न उसके मस्तिष्क रूप में अंकित हो जाएं। वुडवर्थ के शब्दों में ''सीखने के बाद कुछ समय तक विश्राम का महत्त्व अनेक परीक्षणों द्वारा सिद्ध किया गया है।''

12. पाठ की पुनरावृत्ति

पाठ को स्मरण करने के बाद छात्र को उसे थोड़े-थोड़े समय के उपरान्त दोहराते रहना चाहिए। पाठ की जितनी अधिक पुनरावृत्ति हो जाती है, उतनी ही अधिक देर में वह भूलता है। वुडवर्थ ने लिखा है- ''पुन: अधिगम स्मृति-चिह्नों को सजीव बनाता है और विस्मरण को कम करता है।''

13. समय सारणी

जहां तक सम्भव हो दो समान विषयों के घण्टे एक दूसरे के बाद नहीं आने चाहिए।

14. समझ कर स्मरण करना

समझ कर विषय-सामग्री को याद करना चाहिए।

15. स्पष्ट लक्ष्य

छात्र के मन में यह स्पष्ट होना चाहिए कि उसे क्या सीखना है और किस बिन्दु पर विशेष ध्यान देना है।

विस्मरण का महत्व

कॉलिन्स व ड्रेवर ने विस्मरण के महत्त्व के बारे में लिखा है- ''यह सत्य है कि विस्मरण स्मरण के विपरीत है, पर व्यावहारिक दृष्टिकोण से विस्मरण लगभग उतना ही लाभप्रद है, जितना कि स्मरण।''

क्रो एवं क्रो न लिखा है: ''सीखने वाले के लिए यह जानना आवश्यक है कि वह क्या स्मरण रखे और क्या भुला दे।''

स्टर्ट एवं ओकडन का मत है: ''यदि हम अपने विचारों में व्यवस्था और बल चाहते हैं, तो हमारे लिए विस्मरण आवश्यक है।''

भाटिया के शब्दों में: ''भली प्रकार स्मरण करने के लिए हमें बहुत-कुछ भुला देना आवश्यक है।''

मन के अनुसार: ''उचित प्रतिक्रिया का अर्जन करने के लिए हमें अनुचित प्रतिक्रियाओं को बहुधा भुला देना आवश्यक है।''

कोलेसनिक के अनुसार: ''जीवन के अनेक अनुभवों का केवल क्षणिक महत्त्व होता है और वे स्मरण रखने के योग्य नहीं होते हैं।''

कोलिन्स एवं ड्रेवर का कहना है: ''विस्मरण किसी भी प्रकार के लाभप्रद अधिगम का आवश्यक अंग है।''

वुडवर्थ के अनुसार : ''नई बातों को सीखना पुरानी बातों के स्मरण में बाधा डालता है और पुरानी बातों का स्मरण नई बातों को सीखने में बाधा डालता है।''

अभ्यास प्रश्न

1. जब बच्चा कार्य करके ऊबने लगता है तो यह इस बात का संकेत है कि-

(a) सम्भवत: कार्य यान्त्रिक रूप से बार-बार हो रहा है

(b) बच्चा बुद्धिमान नहीं है

(c) बच्चे में सीखने की योग्यता नहीं है

(d) बच्चे को अनुशासित करने की जरूरत है

2. निम्नलिखित में से कौन सा एक सामान्यतः रुचिकर कार्य नही हो सकता-

(a) खेल

(b) कौशल व्यवसाय

(c) वकालत

(d) लगातार कार्य करना

3. विद्यालय में लिंग भेदभाव से बचने का सर्वोत्तम तरीका हो सकता है-

(a) संगीत प्रतियोगिता में लड़कियों की अपेक्षा अधिक लड़कों का चयन करना

(b) शिक्षकों द्वारा उनके लिंग-पक्षपात पूर्ण व्यवहारों का अधिसंज्ञान

(c) पुरुष एवं महिला शिक्षकों को समान संख्या में भर्ती करना

(d) विद्यालय में लिंग-भेदभाव को दूर करने के लिए नियम बनाना और कड़ाई से उसका पालन करवाना

4. निम्नलिखित में से कौन-सा 'समझ के लिए शिक्षण' को प्रदर्शित नहीं करता?

(a) नियम कैसे काम करता है यह स्पष्ट करने हेतु उदाहरण उपलब्ध कराने के लिए विद्यार्थियों को पढ़ाना

(b) समानता और अन्तर देखने और सादृश्यता स्थापित करने के लिए विद्यार्थियों की सहायता करना

(c) विद्यार्थियों को एकांकी तथ्यों और प्रक्रियाओं को याद करने के योग्य बनाना

(d) परिघटना या अवधारणा को अपने शब्दों में अभिव्यक्त करने के लिए विद्यार्थियों को कहना

5. कथन ''प्रायः लड़कियां गणित में कमजोर होती हैं'' यह-

(a) अनुसंधान आधारित धारणा है

(b) लैंगिक पूर्वाग्रह पर आधारित धारणा है

(c) सत्य धारणा है

(d) उपर्युक्त सभी कथन सत्य हैं

6. निम्न में से कौन-सा चिन्तन की प्रक्रिया में सबसे कम महत्वपूर्ण है-

(a) चित्र

(b) प्रतीक एवं चिह्न

(c) मांसपेशीय क्रियाएं

(d) भाषा

7. मूल्यों का वर्गीकरण में सम्मिलित नहीं है।

(a) आध्यात्मिक मूल्य

(b) येन केन प्रकारेण धनार्जन का मूल्य

(c) नैतिक मूल्य

(d) सांस्कृतिक मूल्य

8. चिन्तन की दृष्टि से .... किसी बच्चे में सर्वश्रेष्ठ चिन्तन है।

(a) कल्पनात्मक चिन्तन

(b) प्रत्यक्षात्मक चिन्तन

(c) प्रत्ययात्मक चिन्तन

(d) तार्किक चिन्तन

9. किसी बच्चे में चिन्तन का प्रमुख कारण क्या है?

(a) समस्या-समाधान हेतु

(b) निर्णय लेने की भावना

(c) वातावरण के प्रति चैतन्य समायोजन करने हेतु

(d) उपर्युक्त सभी

10. जन्म के बाद किसी बालक में चिन्तन का विकास कब प्रारम्भ होता है?

(a) दो वर्ष की आयु के बाद

(b) पाँच वर्ष की आयु के बाद

(c) सात वर्ष की आयु के बाद

(d) पंद्रह वर्ष की आयु के बाद

11. आपको अपनी कक्षा में दो मंदबुद्धि बच्चों को बैठाने के लिए बोला गया है आप-

(a) उन्हें अपने विद्यार्थी के रूप में ग्रहण करने से इंकार करेंगे

(b) प्रधानाध्यापक को उन्हें किसी और कक्षा जो कि मन्दबुद्धि बालकों के लिए विशेष रूप से चिह्नित है, में बैठाने के लिए बोलेंगे

(c) ऐसे विद्यार्थियों को सिखाने की तकनीक सीखेंगे

(d) उपरोक्त में से कोई नहीं

12. आप एक अतिसक्रिय बालक को कैसे सही दिशा में लाएंगे?

(a) उसे पहली पंक्ति में बैठाएंगे तथा उस पर कड़ी नजर रखेंगे

(b) उसके कक्षा के कोने में बैठने की जगह निर्धारित करेंगे

(c) उसे श्यामपट्ट आदि साफ करने के काम देंगे

(d) उपरोक्त में से कोई नहीं

13. निम्नलिखित में से कौन-सा सिद्धान्त यह दर्शाता है कि अपेक्षित व्यवहार के सन्निकट सकारात्मक प्रतिक्रिया तथा पुनर्बलन के फलस्वरूप व्यवहारात्मक विकास किया जा सकता है?

(a) शास्त्रीय अनुबन्धन

(b) वाद्य अनुबन्धन

(c) आपरेन्ट अनुबन्धन

(d) सामाजिक अनुबन्धन

14. निम्नलिखित में से कौन-सा असतत चर का अदाहरण नहीं है?

(a) आयु

(b) लिंग

(c) वैवाहिक स्थिति

(d) आवासीय स्थान

15. चिन्तन के सूचना प्रक्रमण सिद्धान्त में निम्नलिखित चरण आते हैं

I. प्रतिक्रिया क्रियावन्यन

II. प्रतिक्रिया चयन

III. पूर्व-प्रक्रमण

IV. श्रेणीकरण

(a) II, III, IV, I

(b) III, IV, II, I

(c) II, I, III, I

(d) III, I, IV, II

16. यदि कोई विद्यार्थी आपका सम्मान नहीं करता है तो आप-
(a) उसकी उपेक्षा करेंगे
(b) परीक्षा में कम अंक देंगे
(c) उसके अभिभावकों से बात करेंगे
(d) उसे डाटेंगे

17. सह-शैक्षणिक क्षेत्रों में निष्पादन के आधार पर शैक्षणिक क्षेत्रों में निष्पादन को बढ़ाने का औचित्य स्थापन किस आधार पर किया जा सकता है?
(a) यह सार्वभौमिक धारणा को सुनिश्चित करता है
(b) यह हाथ से किए जाने वाले श्रम के प्रति सम्मान विकसित करता है
(c) यह वैयक्तिक भिन्नताओं को सन्तुष्ट करता है
(d) यह हाशियाकृत विद्यार्थियों के लिए प्रतिपूरक भेदभाव की नीति का अनुगमन करता है

18. मोनिका जो गणित की शिक्षिका है, राधिका से एक प्रश्न पूछती है। राधिका से कोई न उत्तर न मिलने पर वह तुरन्त मोहन से दूसरा प्रश्न पूछती है। जब उसे महसूस होता है कि मोहन बताने में संघर्ष कर रहा है। तो वह अपने प्रश्न के शब्दों को बदलती है। मोनिका की यह प्रवृत्ति प्रदर्शित करती है कि वह-
(a) राधिका को किसी उलझनपूर्ण स्थिति में नहीं डालना चाह रही
(b) इस तथ्य से पूर्णत: परिचित है कि राधिका सवालों के जवाब देने के योग्य नहीं है
(c) अपने सवाल के प्रति थोड़ा घबरा गई है
(d) मोहन का पक्ष लेकर लिंग भूमिकाओं में रूढ़िबद्धता दे रही है

19. जब बच्चे की दादी उसे उसकी माँ की गोद से लेती है, तो बच्चा रोने लगता है। बच्चा .... के कारण रोता है
(a) सामाजिक दुश्चिंता
(b) संवेगात्मक दुश्चिंता
(c) अजनबी दुश्चिंता
(d) वियोग दुश्चिंता

20. चिन्तन अनिवार्य रूप से है एक -
(a) संज्ञानात्मक गतिविधि
(b) मनोगतिक प्रक्रिया
(c) मनोवैज्ञानिक परिघटना
(d) भावात्मक व्यवहार

21. 'पुरुष स्त्रियों की अपेक्षा ज्यादा बुद्धिमान होते हैं' यह कथन-
(a) सही हो सकता है
(b) लैंगिक पूर्वाग्रह को प्रदर्शित करता है
(c) बुद्धि के भिन्न पक्षों के लिए सही है
(d) सही है

22. एक विद्यार्थी कहता है ''उसका दादा आया है''। एक शिक्षक होने के नाते आपकी प्रतिक्रिया होनी चाहिए-
(a) अच्छा, उसके दादाजी आए हैं।
(b) बच्चे, आप सही वाक्य नहीं बोल रहे।
(c) 'दादा आया है' की जगह पर दादाजी आए हैं।
(d) आप अपनी भाषा पर ध्यान दीजिए।

23. रुचि की प्रकृति होती है-
(a) जन्मजात
(b) अर्जित
(c) (a) व (b) दोनों
(d) उपरोक्त में से कोई नहीं

24. अभिसारी चिन्तन एक प्रकार है-
(a) स्वली चिन्तन का
(b) यथार्थवादी चिन्तन का
(c) सृजनात्मक चिन्तन का
(d) उपरोक्त सभी का

25. निम्नलिखित में से स्मृति के प्रकार हैं
(1) स्थायी स्मृति
(2) निष्क्रिय स्मृति
(3) अपसारी स्मृति
(4) रटंत स्मृति
(a) केवल 3 व 2
(b) केवल 3 व 4
(c) 1, 2 व 3
(d) 1, 2 व 4

26. अच्छी स्मृति का लक्षण नहीं है-
(a) शीघ्र स्मरण
(b) शीघ्र पहचान
(c) शीघ्र विस्मरण
(d) शीघ्र अधिगम

27. 'छात्र का स्वास्थ्य' प्रभावित करता है
(a) स्मृति को
(b) खेल को
(c) चिन्तन को
(d) उपरोक्त सभी को

28. स्मृति का मापन किया जाता है-
(a) 'धारण शक्ति' के आधार पर
(b) स्मरण शक्ति के आधार पर
(c) विस्मरण शक्ति के आधार पर
(d) उपरोक्त सभी

29. समय गुजरने के साथ अधिगम सामग्री को भूल जाना कहलाता है-
(a) विस्मृति वक्र
(b) निष्क्रिय स्मृति
(c) बाधा का सिद्धान्त
(d) अनाभ्यास का सिद्धान्त

30. ''किसी बालक में चिन्तन की योग्यता उसके सफल जीवन का मूल आधार है'' यह कथन किसका है?
(a) जीन पियाजे
(b) क्रो और क्रो
(c) स्किनर
(d) हरलॉक

उत्तरमाला

1. (a)	**2.** (d)	**3.** (b)	**4.** (c)	**5.** (b)	**6.** (c)	**7.** (b)	**8.** (d)	**9.** (d)	**10.** (a)
11. (c)	**12.** (c)	**13.** (c)	**14.** (a)	**15.** (b)	**16.** (a)	**17.** (a)	**18.** (d)	**19.** (d)	**20.** (a)
21. (b)	**22.** (a)	**23.** (c)	**24.** (b)	**25.** (d)	**26.** (c)	**27.** (d)	**28.** (a)	**29.** (a)	**30.** (b)

www.ingramcontent.com/pod-product-compliance
Lightning Source LLC
LaVergne TN
LVHW082042051026
849532LV00011B/3456
9789352965069